aufbau taschenbuch
AUFBAU VERLAGSGRUPPE

Francis Durbridge, der Sohn eines Kaufhausmanagers, studierte in Birmingham Englisch und Volkswirtschaft und arbeitete kurze Zeit bei einem Börsenmakler, bevor er sich 1933 ganz dem Schreiben zuwandte. 1938 erfand er für den britischen Rundfunk (BBC) den auf die feine englische Art ermittelnden Meisterdetektiv Paul Temple. Mit dieser Figur, die 1948 auch den Sprung nach Deutschland schaffte, feierte er einen drei Jahrzehnte andauernden Erfolg in Radio und Fernsehen. Mit seiner fein dosierten Spannung versetzte Durbridge sein Publikum in eine Art Massenhysterie. Während der Sendezeiten waren die Straßen buchstäblich leer gefegt. Am 17. Januar 1962 waren in Deutschland 93 Prozent der damals 5,9 Millionen angemeldeten Fernsehgeräte eingeschaltet. Heute noch erreichen seine Bücher und Hörbücher Millionenauflagen.

Der Schriftsteller Guy Foster ist in einer furchtbaren Lage: Seit der Nacht, in der seine schöne Frau Melissa ermordet wurde, hat sich die Welt offenbar gegen ihn verschworen: Die Polizei verdächtigt ihn der Tat, und ein Nervenarzt behauptet, ihn wegen Eifersucht behandelt zu haben. Aber das ist nur der Beginn einer Kette von Ungereimtheiten.

Francis Durbridge

Melissa

Kriminalroman

Aus dem Englischen
von Peter Th. Clemens

Aufbau Taschenbuch Verlag

Titel der Originalausgabe
My Wife Melissa

ISBN-10: 3-7466-2264-6
ISBN-13: 978-3-7466-2264-4

1. Auflage 2006

Deutsche Erstausgabe Wilhelm Goldmann Verlag, München, ein Unternehmen der Verlagsgruppe Random House GmbH
Umschlaggestaltung Dagmar & Torsten Lemme
unter Verwendung einer Illustration © atelier doppelpunkt, Berlin
Druck GGP Media GmbH, Pößneck
Printed in Germany

www.aufbau-taschenbuch.de

I

Der Abend, an dem Melissa starb, sah mich in sehr schlechter Laune aus der Fleet Street heimkehren. Ich hatte den freiberuflichen Zeitungsjob, den ich anstrebte, wieder nicht bekommen, und wußte, daß Melissa wütend sein würde, wenn sie es erfuhr. Das verschaffte mir im voraus ein bedrücktes Gewissen und machte mich gereizt. Die Folge war, daß ich in Gedanken bereits mit Melissa stritt, ehe ich auch nur unsere Wohnungstür aufschloß.

Der Anblick der Hutschachtel machte die Dinge nicht besser. Sie war das erste, was ich sah, als ich die Vordiele betrat – eine dieser verspielten, rot und golden gestreiften Hutschachteln, geschmückt mit einer kolossalen Seidenschleife. Ein Preisschild war natürlich nicht daran, aber ich zog im stillen weitere zwanzig Pfund von unserem ohnehin nicht sehr üppigen Bankkonto ab. Melissa war eine Närrin mit neuen Hüten. Manchmal schien es mir, daß sie, je länger ich ohne feste Stellung war, um so verrücktere Hüte kaufte. Der Himmel mag wissen, was sie mit ihnen tat – jedenfalls trug sie sie kaum. ›Für jegliche Gelegenheit wünscht meine Frau ein neues Kleid, danach steht all ihr Sinnen‹, klagt ein unbekannt gebliebener Poet. ›Was soll ich bloß beginnen?‹ Wie auf Melissa und mich gemünzt. Meine Frau, mit Schränken voll teurer Kleidung, aber ohne die geringsten Sorgen, wie ich das bezahlen könnte. Als ich durch die Vordiele ging, trällerte mir ihre Stimme entgegen.

»Bist du es, Guy? Du kommst aber spät!«

»Spät, aber wieso denn?«

»Dons Party! Sag nicht, du hättest sie vergessen!« sagte sie schon leicht gereizt.

Ich hatte. Eine Verwünschung unterdrückend, näherte ich mich dem Schlafzimmer. Paula und Felix Hepburn waren da. Paula hielt einen Drink in der Hand und hob mir lächelnd und huldvoll ihr Glas entgegen. Ich rang mir ein Erwiderungslächeln ab. Ich mag Paula, aber gerade jetzt wäre mir ohne die Hepburns wohler gewesen.

Felix war damit beschäftigt, den Reißverschluß am Rücken von Melissas Cocktailkleid zu schließen.

»Na so was, Guy!« stöhnte er in gespieltem Erschrekken. »Ertappst mich auf frischer Tat, wie ich deiner bezaubernden Frau beim Ankleiden behilflich bin.«

Wieder versuchte ich ein mattes Lächeln. Ich mag auch Felix. Er ist ein alter Esel, aber wir kennen uns seit langem, und ich empfinde ihn fast als Erleichterung, verglichen mit einigen meiner intellektuellen Freunde.

»Guy!« sagte Melissa ziemlich scharf. »Willst du dich nicht umziehen? Wir kommen zu spät zu Don. Es ist sein Geburtstag, weißt du.«

»Wirklich? Wie alt wird er? Sechzehn?«

»Sei nicht so garstig«, mahnte Paula.

Donald Page gehört nicht zu den Leuten, die ich mag. Wenn wir jung sind – Jungen meine ich, nicht Mädchen –, verbringen wir im Träumen und Wachen die meisten unserer Stunden am Lenkrad eines roten Rennwagens mit Pedalantrieb beim Umrunden von Haarnadelkurven im Garten hinter dem Haus oder an ruhigen Straßenecken. Etwas später, bald nach der Pubertät, tun wir genau dasselbe, jetzt jedoch mit einer hinreißenden Blondine an unserer Seite, und der Wagen wird von einem Benzinmotor angetrieben. Dann werden wir erwachsen – wir alle, ausgenommen nur die Don Pages auf dieser Welt. Freund Don träumt immer noch von schnellen Wagen – trotz eines ernstlichen Rennunfalls in Le Mans vor einem oder zwei Jahren.

Felix, überraschend auf Draht an diesem Abend, hatte tatsächlich den Spott in meiner Stimme bemerkt. »Ich glaube sagen zu dürfen: Hier irrst du, Guy. Don wird sechsundzwanzig. Stimmt das nicht, Melissa? Gewann er nicht die Stirling-Moss-Trophäe als Einundzwanzigjähriger? Der jüngste und schnellste –«

»Er mag das jüngste und schnellste und hübscheste Lebewesen sein, das je geatmet hat«, warf ich ein. »Aber heute abend werde ich vermutlich den Anblick seines jungen, glatten Gesichts hinter der Cocktailbar in seiner komfortablen Junggesellenwohnung nicht ertragen können. Ich wünsche ihm viel Glück. Erzählt ihm, ich hätte starke Kopfschmerzen – was zufällig sogar stimmt.«

»Ja, armer Guy, du siehst wirklich angegriffen aus«, seufzte Paula mit echter Anteilnahme. »Ich hol' dir was zu trinken.« Sie verließ das Schlafzimmer, und erstaunlicherweise hatte Felix den Takt, hinter ihr drein zu staken. Ich weiß nicht recht, warum ich hier ›staken‹ sage; so schrecklich alt ist er noch nicht – erst etwas über vierzig. Aber er scheint irgendwie zu staken wie ein Greis, wohingegen Paula, die eine unenthüllte Zahl von Jahren älter ist als er – mindestens zehn, behauptet Melissa –, ganz entschieden die Fröhlichkeit des Frühlings ausstrahlt.

Jedenfalls blieben Melissa und ich nun allein, was natürlich gleich wieder zu einer dieser hitzigen kleinen Sticheleien führte, die wir leider allzu häufig hatten. Ich weiß nicht mehr genau, wie es begann. Wahrscheinlich sagte Melissa irgend etwas, was mir nicht paßte. Und ich, wegen meines schlechten Gewissens wegen des abgelehnten Jobs, attackierte daraufhin instinktiv die neue Hutschachtel, Melissas Extravaganz im allgemeinen, ihr unaufhörliches Geflatter von einer Cocktailparty zur anderen im besonderen, und so weiter. Sie entgegnete, ich sei ein mürrischer Brummbär. Es sei nur alberne Eitelkeit, mir einzubilden, ich könne durch Romaneschreiben genug verdienen. Früher oder später würde ich doch genötigt sein, meinen Stolz abzulegen und wieder einen ganztägigen Job in der Fleet Street anzunehmen.

Die Schlafzimmertür stand offen, so daß Paula und Felix das meiste davon gehört haben mußten. Der Streit war kurz und heftig; wir brachen das Rededuell ziemlich bald ab. Melissa erklärte sich bereit, ohne mich zu Dons Geburtstagsparty zu gehen und mein Fernbleiben in passender Weise zu entschuldigen.

»Hast du denn ein Geschenk für das Geburtstagskind gekauft?« fragte ich in einem Versuch, gute Laune zu zeigen; die Hepburns kamen nämlich wieder herein.

»Ja, habe ich«, antwortete Melissa zerstreut. »Ein Paar schicke Handschuhe, Wildleder, schrecklich teuer – wo, zum Kuckuck, sind sie mir denn bloß wieder hingeraten?« Nun begann das übliche Umherhetzen und Zetern, wie immer, wenn Melissa etwas verlegt hatte, was durchschnittlich zwanzigmal in der Woche geschah. Schließlich wurden sie gefunden, die schicken, schrecklich teuren Wildlederhandschuhe; sie lagen, in Seidenpapier gewikkelt, hinter Melissas schwarzer Handtasche, die auf der Hutschachtel in der Vordiele stand.

»Was meinst du? Werden sie ihm passen?«

Ich sagte, das hielte ich für möglich. Melissa kicherte, kontrollierte noch einmal ihr Make-up und gab mir einen flüchtigen Kuß auf die Wange. Es folgte ein Schwall hastiger Instruktionen über die Lebensmittel, die im Kühlschrank bereitlagen für mein Abendessen. Dann folgte ein kurzer Abschied von Melissa und den Hepburns – und husch, husch, waren sie fort, alle drei. Ich sah durch das Wohnzimmerfenster, wie sie unten auf die Straße hinauskamen, und bemerkte, daß meine fahrige Frau versäumt hatte, einen Mantel anzuziehen. Glücklicherweise wirkte Paulas Mantel, ein schwarzer Persianer, weit genug für sie beide. Hastig und mit Bewegungen, als seien sie Abkömmlinge eines nervösen Klabautermannes, bestiegen sie den etwas altersschwachen Austin von Felix und fuhren unter heftigem Auspuffgeknatter davon.

Ein zufälliger Blick in die Vordiele enthüllte mir ein weiteres Beispiel für Melissas Fahrigkeit. Sie hatte vergessen, ihre Handtasche mitzunehmen, die nach wie vor auf der Hutschachtel stand. Ich zuckte die Achseln, und schlenderte zur Mitte des Wohnzimmers. Dort streckte ich mich wie eine Katze und stieß dabei einen langen Seufzer der Erleichterung aus. Der Abend war mein. Drei, vier Stunden ungestörter Konzentration lagen vor mir. Es gibt keinen Platz, an dem ich besser arbeiten kann – ausgenommen vielleicht unser kleines Haus in Lenton-on-Sea.

Den Moment hinauszögernd, da ich frisches Papier in die Schreibmaschine drehen und ein neues Kapitel meines Romans beginnen würde, wärmte ich mich minutenlang buchstäblich an der Stille; dann mixte ich mir sorgfältig einen Drink, zündete eine Zigarette an und saß nur so da. Nach einem Weilchen fiel mein Blick auf den Plattenspieler. Nur eine einzige Platte hing am Wechselarm bereit, um auf den Plattenteller gelegt zu werden und den Raum mit ihrer seltsam subtilen und allzu vertrauten Melodie zu überfluten; sie beginnt mit lauten, eindringlichen Gitarrenklängen, die das Hauptthema sind. Die Musik ist modern, sehr raffiniert gemacht und, wie ich mir habe sagen lassen, nur durch die großzügige Verwendung einer Hammondorgel so ausdrucksvoll. Natürlich hat die Platte irgendeinen belanglosen Titel, aber für mich heißt sie ›Melissas Melodie‹. Melissa spielt sie Tag und Nacht; die Melodie scheint, auch wenn der Plattenspieler schweigt, durch alle unsere Räume zu geistern. Und wenn eines Tages jemand kommen sollte, um die Wohnung von uns zu übernehmen – sofern mein erster großer Romanerfolg den Erwerb eines Häuschens an der Riviera ermöglicht –, dann wird dieser jemand mit dem übrigen Inventar auch die verwünschte Platte übernehmen müssen. Das heißt, falls ich dabei ein Wort mitzureden habe.

Nach einiger Zeit stand ich auf, ging zum Plattenspieler, legte ›Melissas Melodie‹ beiseite, wählte einige Langspielplatten mit Klavierkonzerten von Mozart aus, stellte eine geringe Lautstärke ein und ließ mich vor meiner Schreibmaschine nieder.

Das neue Kapitel machte flotte Fortschritte. Seite um Seite füllte sich, und ich glaube, was ich schrieb, gelang mir gut. Als das Telefon klingelte, sah ich erstaunt, wie schnell die Zeit verflossen war. Die kleine Schreibtischuhr zeigte auf zwanzig Minuten vor elf. Noch in meine Arbeit versponnen, brauchte ich eine oder zwei Sekunden, ehe ich begriff, daß Melissa am Telefon war. Ihre Stimme klang, als amüsiere Melissa sich ausgezeichnet; das tut sie auf Partys immer.

»Wie geht's voran, lieber Guy?«

»Was?«

»Das Buch, Dummkopf!« kicherte sie.

»Danke, recht gut. Und was gibt's Neues bei dir?«

»Guy, ich bin noch bei Don und habe einen schrecklich interessanten Mann namens Walter Starr kennengelernt. Wahrscheinlich hast du schon von ihm gehört. Er ist der Mann, der –«

»Walter Starr! Natürlich habe ich von ihm gehört. Er besitzt halb Piccadilly, und die Hälfte, die ihm nicht gehört, läßt er einreißen.«

»Hör mir zu, Schatz. Ich habe ihm von dir erzählt. Er ist sehr interessiert und möchte dich kennenlernen.«

»Was – heute abend noch?« Ich versuchte, nicht allzu brummig zu klingen.

»Ja. Er hat ein halbes Dutzend von uns in sein Haus eingeladen. Ich sagte, du würdest dort zu mir stoßen.«

»Weshalb, um alles in der Welt, will ein Mann wie Starr ausgerechnet mich kennenlernen?«

»Er sprach davon, daß er ein neues Magazin herausbringt und – aber weißt du, Schatz, red jetzt nicht, schreib lieber die Adresse auf.«

Sie nannte eine Adresse nahe dem Regent's Park, eine Privatstraße namens Clinton News. Ich hatte noch nie von dieser Straße gehört, aber Melissa schien zu sehr erfüllt von ihrer altbekannten sprudelnden Heiterkeit, als daß ich viel hätte fragen können.

»Roxford House, Clinton News?« wiederholte ich.

»Richtig, mein Schatz. Wir brechen hier in etwa zwanzig Minuten auf. Bis nachher, also. Oh, Guy! Beinah hätte ich es vergessen – ich habe meine Handtasche zu Hause gelassen.«

»Ich weiß. Sie steht auf der Hutschachtel in der Vordiele. Ich bemerkte sie, als ihr eben fort wart.«

»Bring sie mir mit, Schatz. Wiedersehen!«

Es verdroß mich ein wenig, daß ich meine Arbeit abbrechen mußte. Aber vielleicht war das nicht weiter schlimm, denn ich wurde ohnehin allmählich zu müde, um noch vernünftig schreiben zu können. Und ich wußte, wie sehr ich Melissas scharfer Zunge ausgeliefert wäre, wenn ich das Angebot ignorieren würde, das Walter Starr mir offenbar machen wollte. Also deckte ich die Haube über meine Schreibmaschine, zog mein Jackett an, fand einen Schlips und überlegte, ob ich mir eine rasche Elektrorasur gönnen sollte oder nicht. Dann dachte ich, zur Hölle mit dem großmächtigen Mr. Starr – entweder mag er mich auch unrasiert, oder er kann sein neues Magazin ohne meine Mitwirkung starten. Ich holte mir Hut und Mantel aus dem Kleiderschrank im Schlafzimmer, klopfte meine Taschen nach Autoschlüsseln und Brieftasche ab und ging in die Vordiele, um Melissas Handtasche mitzunehmen.

So weit, so gut. Das einzig Dumme: Melissas Handtasche war nicht da!

Einen Moment lang stand ich da und starrte den Tisch an, wo sie auf der rot und golden gestreiften Hutschachtel gestanden hatte. Auch die Hutschachtel war weg. Da ich absolut sicher wußte, daß Handtasche und Hutschachtel vorhin auf diesem Tisch gewesen waren, kostete es mich einigen Willensaufwand, in den übrigen Räumen der Wohnung nachzusehen. Natürlich führte dies zu gar nichts.

Ein Rätsel, obwohl es zweifellos eine ganz einfache Erklärung dafür gab. Ich sah zur Uhr. Es ging auf elf. Gewiß war die Zeitspanne begrenzt, in der Mr. Starr, der Große, sich geneigt fühlte, an mir interessiert zu sein. Ich verließ die Wohnung und fuhr zum Regent's Park.

Auf dem Stadtplan, den ich im Auto hatte, war die Clinton News nicht verzeichnet. Suchend fuhr ich langsam durch die Straßen an der Südseite des Parks. Dabei erspähte ich im Rückspiegel einen uniformierten Polizeibeamten, der durch eine der Einfahrten in den Park eilte. Ich wendete, folgte ihm durch dieselbe Parkeinfahrt und holte ihn ein.

Er war jung und anscheinend nicht sehr auskunftsbereit. Jedenfalls dachte ich das zuerst. Dann wurde mir klar, daß er durch irgendeinen Unglücksfall abgelenkt wurde, der sich an einer nahegelegenen Böschung ereignet zu haben schien. Dort lief eine Anzahl uniformierter Männer umher; plötzlich hörte ich das markerschütternde Geheul einer Ambulanz, die sich schnell näherte.

Ich hatte den jungen Polizeibeamten gefragt, ob er mir sagen könnte, wie ich meinen Weg zum Roxford House, Clinton News, fände. Während er noch in seinem Straßenverzeichnis blätterte, kam ein großer Mann im hellen Regenmantel die Böschung hinunter, sah mich, zögerte einen Moment lang und trat dann an meinen Wagen heran.

Der junge Polizeibeamte sprach ihn mit ›Inspektor‹ an und fragte, ob er wisse, wo das Roxford House sei. Der breitschultrige Inspektor antwortete irgend etwas, aber ich hörte kaum hin. Meine Augen waren wie gebannt auf den Pelzmantel gerichtet, den er über einem Arm trug.

Er schien es zu bemerken. »Haben Sie diesen Mantel schon früher gesehen, Sir?« fragte er abrupt; seine angenehm klingende tiefe Stimme hatte einen leicht schottischen Akzent.

Ich sagte: »Ja, ich glaube, den hab' ich schon mal gesehen.«

Er hielt mir den Mantel hin. Es war ein schwarzer Persianerpelz, weit genug für zwei schlanke Frauen.

Ich fragte: »Würden Sie bitte nachsehen, ob unter einem der Aufschläge eine Anstecknadel ist?«

Er untersuchte die Aufschläge. »Ja, da ist so etwas.«

»Ein kleiner roter Marienkäfer?«

»Das ist richtig, Sir.«

»Dann gehört dieser Mantel einer Bekannten von mir, Mrs. Paula Hepburn. Paula hatte immer so ein Marienkäferchen unter ihren Mantelaufschlägen. Als Glücksbringer.«

Der Inspektor sah mich an.

»Heute abend scheint der Glücksbringer versagt zu haben, fürchte ich. Mrs. Hepburn ist vor kurzem hier oben auf dieser Böschung gefunden worden. Erdrosselt. Ich werde Sie um die Gefälligkeit bitten müssen, mit mir zu kommen und die Leiche zu identifizieren.«

Vor Schock halb benommen, verließ ich den Wagen und folgte dem Inspektor. Unterwegs fragte er mich, wann ich Paula Hepburn zuletzt gesehen hätte. Ich erzählte ihm von Donald Pages Party. Er brummte irgendeine nichtssagende Antwort. Dann erreichten wir einen geparkten Ambulanzwagen.

Über die Böschung herab kamen vorsichtig zwei Männer, mit einer Trage zwischen sich. Auf der Trage lag eine zugedeckte Gestalt.

Auf einen Wink des Inspektors blieben die Männer mit der Trage bei uns stehen. Er beugte sich etwas herab und hob behutsam das Ende der Decke, das den Kopf verhüllte.

»Ist das Mrs. Hepburn, Sir?«

Die Welt schien sich plötzlich in einem langsamen, Übelkeit erregenden Halbkreis um mich zu drehen. Ich nahm nicht mehr wahr, wie sie Melissa in den Ambulanzwagen schoben.

Irgendwer mußte mich heimgeschafft, mit einem Schlafmittel versehen und zu Bett gebracht haben wie ein Kind. Wer das getan hatte, erfuhr ich nicht; ich war zu sehr durcheinander, um selbst danach zu fragen. Bestimmt war es nicht Cameron gewesen, der breitschultrige Inspektor mit dem schottischen Akzent. Er hatte sich vom Tatort direkt zu Donald Pages Wohnung begeben; das erzählte er mir, als er mich am folgenden Vormittag besuchte.

Seine zerfurchten, beinah häßlichen Gesichtszüge wurden durch den sympathischen Klang seiner Stimme aufgewogen. Sein Anblick ließ mich irgendwie an ein wohlwollendes Walroß denken, sofern ein Walroß je in einen gut geschneiderten dunklen Maßanzug geraten kann.

»Woher wußten Sie, wo Paula Hepburn gestern abend zu finden wäre?« fragte ich, als ich mit Cameron bei einer Kanne Kaffee am Wohnzimmertisch saß.

»Sie selbst sagten es mir, Sir.«

»Ich? Wann?«

»Als wir von Ihrem Auto zu dem Ambulanzwagen gingen. Sie sagten, Ihre Frau sei von den Hepburns zu Mr. Donald Pages Geburtstagsparty mitgenommen worden. Wo ein so bekannter Mann wie Mr. Page wohnt, ist nicht schwer herauszufinden. Ich begab mich unverzüglich dorthin. Und zwar aus dem einfachen Grund, weil ich erfahren wollte, warum Ihre Frau Mrs. Hepburns Pelz anhatte, als sie ermordet wurde.«

»Und warum hatte sie ihn an?«

»Können Sie sich das nicht selbst erklären, Sir?«

»Nein, Inspektor. Wie ich Ihnen bereits sagte, brach Melissa ziemlich überstürzt auf und vergaß beides – Mantel und Handtasche. Ich sah sie dann erst wieder, als – als –«

»Ach ja, die Handtasche. Darauf kommen wir noch zurück. Wie Mr. und Mrs. Hepburn mir gestern in Mr. Pages Wohnung sagten, entdeckte Ihre Frau unterwegs plötzlich, daß sie ihre Handtasche vergessen hatte, und entschloß sich, sie zu holen. Die Hepburns wollten umkehren und mit ihr zurückfahren. Davon mochte Mrs. Foster nichts wissen, weil sie für die Party ohnehin schon zu spät dran waren. Sie erklärte, sie würde ein Taxi nehmen. Die Hepburns waren einverstanden, und Mrs. Hepburn bot ihr wegen des kühlen Wetters den Pelzmantel an.«

»Das klärt die Sache mit dem Mantel.«

»Bliebe noch die Handtasche.«

»Ein völliges Rätsel für mich. Als Melissa deswegen antelefonierte, sagte ich ihr sofort, ja, die Handtasche stünde auf der Hutschachtel in der Vordiele. Ich meine, ich hatte nicht den geringsten Zweifel, daß sie noch dort wäre. Sie können sich meine Verblüffung vorstellen, als ich entdeckte, daß Handtasche und Hutschachtel fort waren.«

»Ja«, sagte der Inspektor trocken. »Und um welche Zeit war das, Mr. Foster?«

»Ungefähr zwanzig Minuten vor elf. Als das Klingeln des Telefons mich beim Schreiben unterbrach, sah ich auf die Schreibtischuhr und wunderte mich, wie schnell die drei Stunden vergangen waren.«

»Und Sie sagen, daß Sie während dieser drei Stunden – also von etwa zwanzig Minuten vor acht bis etwa zwanzig Minuten vor elf, als Ihre Frau antelefonierte – die Wohnung nicht verlassen haben?«

»Ja. Ich habe die Wohnung während dieser Zeit nicht verlassen.«

»Und Sie empfingen auch keinen Besucher?«

»Nicht eine Seele.«

Camerons Stimme wurde eindringlich. »Das ist von großer Wichtigkeit, Mr. Foster. Könnte Ihnen vielleicht ein Zufallsbesucher entfallen sein, der für eine Minute hereinschaute?«

Ich schüttelte nachdrücklich den Kopf. »Da war niemand! Ich bin die ganze Zeit allein gewesen.«

Cameron musterte mich mit einem langen, forschenden Blick, der das gedankliche Bild vom wohlwollenden Walroß irgendwie trübte. Peinliches Schweigen entstand. Ich goß neuen Kaffee ein.

Wenn ich bisher eine ziemlich kühle Sachschilderung dieser Szene gegeben und die befremdliche Naivität gezeigt habe, gar nicht zu merken, daß ich von einem scharfsinnigen Kriminalbeamten regelrecht verhört wurde, kann ich nur sagen, daß es wirklich so war. Die einfache Wahrheit ist, daß ich noch unter Schocknachwirkungen stand. Die entsetzliche Erkenntnis von Melissas Tod war noch nicht durch den Schleier meiner Benommenheit gedrungen. Das grausame Bewußtwerden sollte bald genug erfolgen. Aber zu dieser Zeit, noch ein wenig vom Schlafmittel betäubt, beantwortete ich Camerons Fragen, als wäre er ein harmloser Meinungsforscher. Erst als er weitersprach, wobei seine Stimme und sein ganzes Verhalten immer grimmiger und seine Blicke immer durchdringender wurden, erkannte ich nach und nach, daß er unerbittlich einen bestimmten Punkt ansteuerte. Einen sehr unerfreulichen, sehr gefährlichen Punkt.

Er leerte zunächst seine Kaffeetasse, dann zückte er sein Notizbuch und bat mich, genau zu wiederholen, was Melissa gesagt hatte, als sie mich zwanzig Minuten vor elf antelefonierte. Das schrieb er sich auf, Wort für Wort.

Dann fragte er: »Sie hatten zu dieser Zeit keinen Zweifel, daß es Ihre Frau war, die zu Ihnen sprach?«

Ich muß verdutzt ausgesehen haben. »Natürlich nicht! Es war Melissa, daran kann es keinen Zweifel geben. Der Sinn Ihrer Frage ist mir unbegreiflich.«

»Nannte Mrs. Foster Sie üblicherweise ›Schatz‹?«

»Ja, fast immer.«

»Und die Stimme, das Lachen – sind Sie dieser beiden Charakteristika völlig sicher?«

»Himmel, ja! Sie hat – hatte – eine bezaubernd melodiöse Stimme. Und ihr Lachen war ganz unverwechselbar.«

»Wenn es also Mrs. Foster war – weshalb informierte sie Sie über verschiedene Punkte falsch?«

»Über welche Punkte?«

»Sie behauptete, zum Beispiel, aus Don Pages Wohnung zu sprechen.«

»Nun, das tat sie ja auch.«

»Nein, Mr. Foster. Sie war gestern abend nicht dort. Alle Teilnehmer an der Party bezeugten übereinstimmend, daß sie nicht erschienen ist. Nachdem sie das Auto der Hepburns verlassen hatte, um ein Taxi zu nehmen, hat niemand sie gesehen – bis man sie erwürgt im Regent's Park fand.«

Ich konnte es mir nicht zusammenreimen und schüttelte ratlos den Kopf. Dann zündete ich mir eine Zigarette an.

Der Inspektor fuhr fort: »Als sie nicht auf der Party erschien, begannen die Hepburns begreiflicherweise besorgt zu werden und riefen schließlich gegen halb zehn hier in Ihrer Wohnung an.«

»Das taten sie bestimmt nicht!« widersprach sie ärgerlich. »Ich habe die Wohnung nicht für eine Minute verlassen, ich habe den ganzen Abend am Schreibtisch gesessen, mit dem Telefon in Reichweite, und der einzige Anruf, den ich erhielt, war der von Melissa.«

Der Inspektor nickte ruhig. »Ihr Apparat scheint zeitweilig nicht in Ordnung gewesen zu sein. Jedenfalls bekam Mr. Hepburn keine Antwort, obschon das Rufzeichen ertönte. Er sagte mir, daß er sich dann mit seiner Frau beriet, und daß sie übereinkamen, ihre Besorgnis zu vergessen. Sie nahmen an, daß Mrs. Foster, als sie wegen ihrer Handtasche wieder hierher kam, die Gelegenheit benutzte und sich mit ihnen über den kleinen Streit aussprach, den Sie beide, laut Angabe von Mr. und Mrs. Hepburn, etwas früher am Abend gehabt hatten, und daß sie Sie dann überredete, mit ihr auszugehen – für einen Drink oder so.«

»Alles schön und gut«, warf ich ein. »Nur ist Melissa nicht wieder in die Wohnung gekommen, und ich habe die Wohnung nicht für eine Minute verlassen.«

Cameron schien etwas sagen zu wollen, überlegte es sich anders und zündete sich etwas umständlich eine Zigarette an, ehe er fortfuhr: »Kommen wir auf Mrs. Fosters Telefonanruf zurück. Nicht nur die Angabe war falsch, daß sie aus Mr. Pages Wohnung telefoniere. Sie erfand außerdem Mr. Walter Starrs Anwesenheit auf dieser Party. Hier die Tatsachen: Mr. Page beschwört, Mr. Walter Starr nie in seinem Leben begegnet zu sein. Mr.

Starr wohnt nicht in der Nähe von Regent's Park. Und zur Zeit ist Mr. Starr nicht einmal im Lande. Er hat eine Stadtwohnung in Mayfair, ein Landhaus in der Nähe von Amersham, und macht gegenwärtig Ferien auf den Bahamas.«

Ich nahm einen tiefen Zug aus meiner Zigarette und überlegte. Schließlich sagte ich: »Sie gebrauchten das Wort ›falsch informiert‹, Inspektor. Das war eine höfliche Umschreibung für ›Lüge‹, nicht wahr? Sie wollen unterstellen, daß Melissa sich die Mühe machte, mich anzutelefonieren und ein Gewebe witzloser Lügen zu erzählen. Das ist Unsinn. Warum sollte sie? Melissa war nicht so.«

»Wie war sie, Mr. Foster?«

»Verzeihung, ich –?«

»Es wäre mir lieb, wenn Sie sich dazu verstehen würden, Ihre verstorbene Frau zu beschreiben. Und Ihre Ehe.«

Ich weiß nicht, wie andere Leute auf solche unverblümte Bitte reagieren. Ich jedenfalls muß bekennen, daß sie mich zögern machte. Der Inspektor schien meine Verlegenheit zu spüren. Er stand auf, begann im Zimmer umherzugehen und machte schließlich vor den Bücherregalen halt, die eine ganze Wand des Wohnzimmers einnehmen.

Nachdem er dort ein Weilchen gestanden hatte, fragte er in liebenswürdigem Konversationston: »Alle diese Bücher gehören Ihnen, Mr. Foster?«

»Ja.«

»Hm. Eine umfangreiche Bibliothek. Für einen Mann allein, meine ich. Oder gehörten einige der Bücher Ihrer Frau?«

»Nein. Melissa las nicht gern.«

»Überhaupt nicht?«

Ich zuckte die Achseln. »Modejournale, Gesellschaftsmagazine und solche Sachen. Anderes kaum.«

Cameron brummte etwas Unverständliches, betrachtete einige in Leder gebundene Übersetzungen griechischer und römischer Dichter und wanderte weiter zu dem Plattenspieler, auf dem noch die Platten mit Mozarts Klavierkonzerten lagen, die mir am Abend zuvor als leise Hintergrundmusik gedient hatten.

»Ah, Mozarts Klavierkonzert in C-Dur, Nummer 21«, sagte er bei Betrachtung der obenauf liegenden Platte. »Das mag ich besonders gern ... Diese andere Platte hier sieht aber abgespielt aus«, fuhr er fort. »Was ist es?«

Er hatte sich einen Schritt seitwärts bewegt und die Platte mit ›Melissas Melodie‹ entdeckt, die jetzt auf einem Nebentischchen lag. Ich sagte ihm, Melissa hätte sie Tag und Nacht spielen lassen.

»In unserem kleinen Haus bei Lenton-on-Sea ist ein zweites Exemplar davon«, fügte ich hinzu. »Melissa war ganz verrückt danach.«

»Nach Mozart auch?«

»Nein, ich fürchte, klassische Musik entsprach nicht ihrem Geschmack.«

Benommen, wie ich war, merkte ich noch immer nicht, was er ansteuerte. Vielleicht war ich zu eifrig damit beschäftigt, meine Erinnerungen zu sortieren, um ihm eine ehrliche Schilderung der Frau geben zu können, mit der ich über drei Jahre verheiratet gewesen und die nun tot war. Ich erzählte ihm, was ich für die Wahrheit hielt. Ich erzählte ihm vom Guten und vom Schlechten in unserer Ehe, beides miteinander vermengt wie in jeder Verbindung zwischen zwei gewöhnlichen Sterblichen. Da war Melissas berauschende Schönheit, da war ihre Heiterkeit, da waren ihre Extravaganzen; da war mein verbissenes Streben, freiberuflich tätig zu bleiben und Romane zu schreiben, da war meine starrsinnige Abneigung gegen einen neuen Normaljob in der Fleet Street, der mich wieder werktäglich von neun bis fünf an einen Büroschreibtisch gefesselt hätte. Da waren unsere Meinungsverschiedenheiten, angefangen von Fragen des kulturellen Geschmacks bis hin zu trivialen Alltäglichkeiten, da waren unsere Streitereien um Geld, da war die überwältigende Tatsache, daß wir uns geliebt hatten. Zu unseren Auseinandersetzungen in jüngster Zeit erläuterte ich, wir wären wohl durch eine jener typischen Krisen gegangen, die in fast jeder Ehe vorkommen; ich fügte hinzu, sicherlich wäre unser Eheschifflein bald wieder in ruhigere Gewässer gelangt.

Inspektor Cameron hatte bei seiner Wanderung neben meinem Schreibtisch haltgemacht. Er hörte mir weiterhin aufmerksam zu und betrachtete dabei nicht minder aufmerksam eine große Fotografie von Melissa, die ich immer auf dem Schreibtisch stehen habe – eine Fotografie aus der Zeit, als Melissa noch Theaterambitionen hatte. Selbst als ich wieder schwieg, schien er außerstande, seinen Blick von ihr abzuwenden.

Nach einem Weilchen drückte er seine Zigarette in einem Aschenbecher aus, drehte sich um und ging hinaus in die Vordiele, um sogleich mit einem mittelgroßen Handkoffer zurückzukehren, den er auf meinen Schreibtisch plazierte. Er öffnete den Koffer jedoch noch nicht.

»Mr. Foster, es tut mir leid, Sie durch Wiederholungen zu ermüden. Aber ich muß Sie noch einmal danach fragen. Sie sagten, daß Mrs. Foster vergaß, ihre Handtasche mitzunehmen, als Mrs. Foster zusammen mit den Hepburns aufbrach, um sich zu Mr. Pages Party zu begeben. Sie behaupten, die Handtasche gleich danach auf der Hutschachtel bemerkt zu haben, die Ihrer Angabe zufolge auf dem Tisch in der Vordiele stand. Mr. und Mrs. Hepburn haben uns versichert, daß Mrs. Foster das Auto der Hepburns zu dem ausdrücklichen Zweck verließ, hierher zurückzukehren, um sich die vergessene Handtasche zu holen. Sie sagen, daß Mrs. Foster nicht hierher zurückgekehrt ist, und daß Sie die Wohnung den ganzen Abend nicht verlassen haben.«

»Ja, das ist richtig.«

Cameron ließ die Schnappschlösser des Koffers aufspringen und hob den Deckel.

»Mr. Foster, wie erklären Sie sich dann die Tatsache, daß Mrs. Fosters Handtasche – etwa zehn Schritte von ihrer Leiche entfernt – im Regent's Park gefunden wurde?«

Ich starrte sprachlos auf die wohlbekannte schwarze Handtasche im Koffer.

Cameron fragte mit schneidender Stimme: »Ist das Mrs. Fosters Handtasche, oder ist sie es nicht?«

Ich nickte stumm.

Er hob die Handtasche aus dem Koffer und leerte ihren Inhalt auf meinen Schreibtisch: Lippenstift, Compactpuder, Nagelfeile, Schlüssel, Kugelschreiber, Notizbuch, Taschentuch.

»Da ist etwas, das ich Sie fragen muß, Mr. Foster«, fuhr Cameron unerbittlich fort. »Etwas, was mich den ganzen Morgen beschäftigt hat. Ich kann nicht verstehen, warum Ihnen noch nicht eingefallen ist, mich zu fragen, wann Ihre Frau getötet wurde?«

Ich fragte verwundert: »Ist das wichtig? Ich meine, nach Ihrem Gesichtspunkt können da keine Zweifel –«

»Ihre Meinung in dieser Frage, Mr. Foster, ist für mich außerordentlich wichtig. Möchten Sie nicht zu schätzen versuchen, welche Todeszeit unsere Ärzte annehmen?«

Sein Ton gefiel mir nicht. Offenbar führte er etwas im Schilde. Aber ich sah keine andere Möglichkeit, als die Wahrheit zu sagen, so ehrlich ich es vermochte.

»Wie ich bereits erwähnte, telefonierte meine Frau mich gegen zwanzig Minuten vor elf Uhr an. Es dürfte etwa fünf oder zehn Minuten nach elf gewesen sein, als ich nahe Walter Starrs Haus den jungen Polizeibeamten anhielt –«

»Mr. Walter Starr wohnt nicht dort, Mr. Foster!«

»Wie dem auch sei«, entgegnete ich gereizt, »meine Antwort auf Ihre Frage ist: Ich schätze, Melissa wurde irgendwann zwischen Viertel vor elf und elf Uhr ermordet.«

Camerons Erwiderung kam wie ein Paukenschlag nach einer unheilverkündenden Melodie: »Ihre Frau starb gegen halb zehn Uhr, Mr. Foster, bei zehn Minuten Spielraum nach jeder Seite. Halb zehn – dieselbe Zeit, als ein Freund Sie antelefonierte und keine Antwort bekam, obwohl – wie er versichert – das Rufzeichen beharrlich erklang.«

»Ich sage Ihnen, das Telefon läutete nicht!«

»Ich vermute, es läutete. Aber Sie antworteten nicht. Sie hörten das Läuten nicht, weil Sie nicht daheim waren!«

»Verdammt, wie oft soll ich Ihnen sagen, daß ich die Wohnung den ganzen Abend lang nicht verlassen habe?«

»Sie haben es oft genug gesagt, Sir. Aber warum hörten Sie dann das Telefon nicht läuten?«

»Es muß nicht in Ordnung gewesen sein.«

»Damit widersprechen Sie sich selbst, Mr. Foster. Denn Sie behaupten, eine Stunde später habe es gut genug funktioniert, daß Mrs. Fosters Anruf Sie erreichte.«

»Ja, natürlich, der Anruf meiner Frau erreichte mich.«

»Das kann gar nicht sein, Mr. Foster. Um die von Ihnen genannte Zeit war sie tot, schon seit einer Stunde tot. Und Tote führen keine Telefongespräche.«

Ich hatte mich aus meinem Sessel erhoben, eine Art Abwehrreaktion auf diesen plötzlichen Angriff.

Cameron ließ einige Sekunden verstreichen, dann erkundigte er sich in ruhigem Ton: »Was haben Sie jetzt zu sagen, Sir?«

Ich sank in meinen Sessel zurück. Zu sagen hatte ich nichts. Wie ein zurückgebliebenes Kind, das endlich beginnt, eine simple Frage zu begreifen, fing ich an zu erkennen, daß ich der Ermordung meiner eigenen Frau verdächtigt wurde.

2

Ich erinnere mich wirklich nicht, wie viele Minuten Inspektor Cameron mir ließ, den Schock zu verkraften, daß ein offenbar sehr befähigter Kriminalbeamter mich wortreich und völlig logisch beschuldigte, Melissa erdrosselt zu haben. Ich weiß nur, daß er mit noch einer oder zwei Überraschungen aufwartete, ehe er mich verließ.

Die erste war ein harmlos aussehendes Stück Papier. Er nahm es unter den Gegenständen aus Melissas Handtasche auf und hielt es in die Höhe – zu weit entfernt, als daß ich hätte lesen können, was darauf geschrieben stand.

»Erkennen Sie das, Mr. Foster?«

»Nein, ich glaube nicht.«

»Würden Sie sagen, Mr. Foster, daß Ihre Frau in letzter Zeit bei guter Gesundheit war?«

»O ja. Alles in allem genommen, ganz entschieden ja.«

»Aber sie konsultierte kürzlich einen Arzt?«

»Davon weiß ich nichts. Sie hat nie geklagt, sich krank zu fühlen. Wenigstens nicht mir gegenüber.«

»Ich frage«, fuhr Cameron fort, »weil es sich bei diesem Stück Papier, das ich in ihrer Handtasche fand, um die untere Hälfte eines ärztlichen Rezeptes handelt. Der Name des Arztes und das Datum sind deutlich lesbar. Das Rezept wurde vor etwas über zwei Wochen ausgestellt.«

»Wer ist der Arzt?« fragte ich.

Cameron sah auf das Rezept. »Doktor Norman Swanson. Sind Sie sicher, daß Ihre Frau niemals einen Doktor Swanson konsultiert hat, Sir?«

»Ich weiß gar nichts darüber. Ich habe nie von ihm gehört.« Cameron gab mir wieder einen seiner peinlich durchdringenden Blicke, und ich machte mich instinktiv auf irgend etwas Unangenehmes gefaßt.

»Mr. Foster«, sagte er langsam, »ich verstehe eigentlich nicht, weshalb Sie hierbei lügen sollten. Es gibt meines Erachtens keinen Grund, weshalb Sie nicht zum Arzt gehen sollten, wenn Sie sich nicht wohl fühlen.«

Es konnte ihm nicht entgehen, daß meine Verblüffung echt war. »Ich hätte einen Arzt konsultiert? Auf was, um alles in der Welt, wollen Sie hinaus? An meiner Gesundheit fehlt nichts! Wollen Sie unterstellen, ich wäre bei diesem Swanson gewesen oder wie er heißt?«

»Meine Informationen besagen dies, Sir.«

»Dann sind Ihre Informationen völlig falsch!«

Er schüttelte den Kopf. »Kaum, Sir. Vorsichtshalber habe ich heute früh, ehe ich hierherkam, Doktor Swanson aufgesucht.«

»Dann müssen Sie aber verdammt zeitig aufgestanden sein!«

»Tatsächlich bin ich letzte Nacht nicht ins Bett gekommen«, erwiderte er trocken.

Ich zündete mir eine neue Zigarette an. Ich wußte nicht, was ich aus dieser neuen Wendung der Ereignisse machen sollte. Versuchte jemand zu beweisen, daß ich ein unzulängliches Gedächtnis hätte? Eine bedrückende Sekunde lang überlegte ich sogar, ob es stimmen könnte – daß ich bei einem Arzt gewesen wäre und alles darüber vergessen hätte.

»Inspektor Cameron«, sagte ich schließlich, »vielleicht werden Sie nun so freundlich sein, zu beweisen, daß ich diesen Ihren sagenhaften Arzt aufgesucht oder auch nur von ihm gehört habe.«

»Aber gewiß, Sir. Wie erwähnt, stattete ich Doktor

Swanson in seiner Praxis in der Wimpole Street heute früh einen Besuch ab. Er erinnerte sich sehr gut an Sie. Seine Sekretärin desgleichen.«

»Nun, dieser Doktor Swanson dürfte Hunderte von Patienten haben«, wandte ich ein. »Sicherlich verwechselt er mich mit einem anderen Patienten gleichen Namens.«

»Und gleicher Adresse, Sir? Ich machte mir die Mühe, dem Arzt und seiner Sekretärin – getrennt voneinander – Ihre Fotografie zu zeigen, ohne zu sagen, wer es ist. Beide bezeichneten Sie unverzüglich als ›Mr. Guy Foster‹. Man legte mir das Terminbuch des Doktors vor. Demnach sind Sie vor etwas über zwei Wochen bei Doktor Swanson gewesen. Man zeigte mir auch das Rezeptbuch. Es enthält eine Abschrift des für Sie ausgestellten Rezeptes, die in allen vergleichbaren Einzelheiten mit der Rezepthälfte übereinstimmt, welche sich in der Handtasche Ihrer Frau befand.«

»Wie sollte ich das Rezept bekommen haben, wenn ich nie bei ihm gewesen bin – vermittels Brieftauben etwa?« fragte ich in einem Versuch, ironisch zu sein – was allerdings kläglich mißlang. »Wie kommt übrigens Melissa in diese Sache?«

Cameron blickte finster. »Erinnern Sie sich nicht, Sir? Es war doch Ihre Frau, die Sie dazu bewegte, Doktor Swanson zu konsultieren. Da sie immer besorgter über Ihren Gesundheitszustand wurde, suchte sie Rat. Ein guter Freund verwies sie an Doktor Swanson.«

»Und wer soll dieser gute Freund gewesen sein?«

»Mr. Donald Page, der Rennfahrer.«

»Darf ich nun fragen, welche Seite meiner Gesundheit es war, die meine Frau veranlaßte –«

»Mrs. Foster sagte zu Doktor Swanson, der übrigens ein sehr angesehener Nervenarzt ist, daß Sie an Schlaflosigkeit litten, zu Eifersucht neigten und häufig ohne erkennbaren Grund mit ihr stritten. Anders ausgedrückt, Sie waren mit den Nerven herunter, und Ihre Frau fürchtete –«

»– ich könnte sie umbringen?« schnappte ich.

Cameron zeigte eine schmerzliche Miene. »So etwas wollte ich nicht sagen, Sir. Auch Ihre Frau hat nichts dieser Art gesagt. Sie fürchtete, daß Sie einen Nervenzusammenbruch erleiden könnten. Das ist alles. Und Doktor Swanson behandelte Sie, um einem möglichen Nervenzusammenbruch vorzubeugen.«

»Nein, er hat mich nie behandelt! Ich habe ihn nie gesehen!« schrie ich und sprang auf. »Das alles ist eine einzige Lüge!« Cameron beäugte mich nicht ohne Mitgefühl und sagte beschwichtigend: »Nicht zu arg aufregen, Sir. Ich fürchte, Sie haben in letzter Zeit unter viel stärkerem Druck gestanden, als Ihnen bewußt ist, oder – als Sie zugeben wollen.«

Er füllte den ausgeschütteten Krimskrams wieder in Melissas Handtasche und legte die Handtasche in den Koffer. Dann sah er auf seine Uhr und murmelte eine Entschuldigung.

»Tut mir leid, daß ich Sie so lange aufgehalten habe, Sir. Ich werde gleich gehen. Nur noch eine Frage. Ich erfuhr von den Hepburns, daß Ihre Frau zu der gestrigen Party ein Paar Handschuhe mitnehmen wollte. Stimmt das?«

»Ja, ein Paar Wildlederhandschuhe, ziemlich teuer, als Geburtstagsgeschenk für Don Page.«

»Haben Sie eine Ahnung, Sir, was mit den Handschuhen geschah?«

»Nicht die geringste.«

»Eine rätselhafte Sache. Mrs. Hepburns Mantel tauchte auf, ebenso die Handtasche. Aber die Handschuhe konnten wir nirgendwo finden.«

»Sind die Handschuhe so wichtig? Melissa könnte sie

verkramt oder liegengelassen haben, vielleicht im Auto der Hepburns. Sie war schrecklich fahrig.«

»Ich hoffe, Sie haben recht, Mr. Foster. Es gibt nämlich noch eine andere Theorie, die mir weit weniger angenehm erscheint.«

»Und die wäre –?«

Cameron sah mich eigentümlich an, ehe er ganz ruhig erwiderte: »Daß der Mörder die Handschuhe trug, als er Ihre Frau erdrosselte. Guten Morgen, Mr. Foster.«

Ich tat viele Stunden lang gar nichts, und dankenswerterweise störte mich auch niemand, weder telefonisch, noch persönlich. Die Nachwirkung des offenbar starken Schlafmittels, das ich bekommen hatte, klang allmählich ab. Ich dachte über Camerons Worte nach.

Hatte ich Melissa geliebt?

Es war schmerzlich, doch mußte ich mir eingestehen, daß wir – abgesehen von der körperlichen Anziehung – einander niemals ganz nahegekommen waren. Ich denke, jeder von uns beiden hatte eine Illusion geheiratet. Melissa glaubte, sie bekäme einen erfolgreichen Fleet-Street-Journalisten, der nebenher brillante Romane schrieb, unzählige wichtige, interessante Leute kannte und ein aufregendes und abwechslungsreiches Leben führte. Und ich bildete mir ein, in Melissa eine schöne, junge Frau zu bekommen, die willens wäre, ihr Leben mit dem meinen zu verschmelzen und die etwas düsteren Falten meines Charakters verständnisvoll mit Sympathie aufzuhellen. Keiner von uns hatte zugeben wollen, daß seine Illusion nicht Wirklichkeit geworden war. Melissa war ihren Weg gegangen und ich den meinen; nur selten waren unsere Pfade parallel verlaufen, noch seltener hatten sie sich ineinander verschlungen. Vielleicht wäre es anders gewesen, wenn wir Kinder oder wenigstens ein Kind gehabt hätten, doch dieses Glück war uns nicht beschieden. Wessen Fehler war das? Wir hatten nie Gelegenheit gehabt, es herauszufinden.

Jetzt war es zu spät. Melissa war fort. Es würde keine Kinder geben. Dafür hatte irgendein Wahnsinniger gesorgt. Und alle schienen zu vermuten, ich sei dieser Wahnsinnige. Guy Foster, wisperten sie, ihr kennt ihn doch – seit undenklichen Zeiten ohne feste Anstellung, außerstande, mit seinen abwegigen Romanen auch nur einen Penny zu machen, finanzielle Nöte, drückende Sorgen; konnte nicht Schritt halten mit Melissa und ihrem melodisch trällernden Lachen. Ja, ja, wißt ihr, manche Leute tun merkwürdige Dinge, wenn ihr Grips unter Zwangsvorstellungen gerät. Na, und Guy sprach oft genug recht sarkastisch über Melissas Freundschaften mit solchen glatten Typen wie Don Page …

Donald Page! Das war es! Ich sprang auf wie ein Mann, der aus einer Trance erwacht. Das war der Punkt, von dem aus ich starten konnte! Ich begann mich anzuziehen – ich war ja noch immer in Pyjama und Hausmantel –, und wenn Inspektor Cameron in diesen Minuten den Ausdruck meines Gesichts gesehen hätte, würde er mich vom Fleck weg eingesperrt haben, aus Angst, ich könnte zu Don Page eilen und diesem jungen Casanova die Seele aus dem Leib prügeln. Solche blutrünstigen Absichten lagen mir aber nicht im Sinn. Ich hatte einfach irgendwo anzufangen, eine Startbasis zu finden. Immerhin war es, laut Inspektor Cameron, Donald Page gewesen, der Melissa zu diesem Dr. Swanson geschickt hatte. Ich glaubte, ein Wort mit Don könnte nicht schaden.

»Guy, du siehst ja schrecklich aus«, murmelte er; ich hatte ihn zufällig in dem Moment getroffen, als er sein Haus verließ. »Glaub mir, alter Junge, wir alle fühlen mit dir. Aber das macht es für dich auch kaum leichter.«

Er sah wirklich tief bekümmert aus; das muß ich zu seinen Gunsten sagen. Der einzige Haken war – seine bekümmerte Miene und sein teilnahmsvoller Ton kontrastierten peinlich mit seinem schimmernden Seidensmoking und den albernen Rüschenverzierungen an seinem Smokinghemd. Wahrscheinlich musterte ich seine hyperelegante Aufmachung mit sehr kritischem Blick; jedenfalls errötete er und wartete hastig mit einer Erklärung auf.

»Ich fühle mich dabei ganz und gar nicht wohl, alter Junge. Ich meine, in dieser juxigen Aufmachung herumzulaufen, so bald nach – so bald nach, nun ja ... Aber siehst du, eins der großen Tiere aus der Autoindustrie gibt mir zu Ehren ein Dinner. Man erwartet mich um sieben Uhr in Coventry. Ich werde fahren müssen wie noch nie.«

Tatsächlich erinnerte ich mich nicht, Don Page anders als bei einer Party, auf dem Weg zu einer Party oder im Begriff getroffen zu haben, selbst eine Party zu geben. Ich unterdrückte eine bittere Bemerkung und sagte: »Ich habe mit dir zu reden, Don. Es ist verdammt wichtig.«

»Nun ...« Er blickte nervös über die Straße, wo ein silbergrauer Jaguar an der Bordschwelle geparkt stand. Don Page schien es wirklich sehr eilig zu haben.

Ich erklärte schnell: »Ich will dich nicht im geringsten aufhalten. Fahr los, wie geplant. Ich komme mit, sage mein Sprüchlein auf, du antwortest mir, und wenn wir fertig sind, setzt du mich beim nächsten Taxistand ab. Es wird kaum fünf Minuten dauern.«

Da er noch zögerte, ging ich zu seinem Wagen hinüber und setzte mich einfach auf den Passagiersitz. Hiergegen war nichts zu machen, es sei denn mit Gewalt, doch das hätte er nicht riskiert. Schließlich folgte er mir, nahm hinter dem Lenkrad Platz und fuhr los.

Er wirkte äußerst reserviert. Wahrscheinlich fürchtete er, ich würde ihn beschuldigen, eine Liebschaft mit Melissa gehabt zu haben. Was ich über diese spezielle Möglichkeit dachte, vermochte ich noch nicht zu entscheiden. Also schob ich sie in meinen Gedanken beiseite und konzentrierte mich auf die rätselhafte Sache mit Dr. Swanson.

»Eine sehr direkte Frage, Don«, begann ich. »Hat Melissa mit dir je über mich gesprochen?«

»Nun – äh –, natürlich hat sie das. Wir unterhielten uns manchmal über dich, alter Junge. Ich meine, das ist doch ganz selbstverständlich – nicht wahr?«

»Hat sie dir je erzählt, ich wäre krank?«

»Krank?«

»Ja. Krank. Nicht ganz auf der Höhe. Mit den Nerven herunter.«

Er wollte antworten, änderte jedoch seine Meinung und gab vor, einstweilen von dem sehr schwierigen Manöver beansprucht zu sein, vom zweiten in den dritten Gang weiterzuschalten – er, der Rennfahrer!

»Nun, tat sie es?« beharrte ich.

Er nickte. Ich hörte und sah, daß er dabei schwer schluckte. »Wann?«

»Das mag etwa – etwa fünf Wochen her sein, schätze ich. Sie kam eines Nachmittags zu mir und . . .« Er hielt nervös inne. »Weiter.«

»Hör mal, alter Junge, bist du sicher –«

»Völlig sicher, Don. Sprich weiter und versuch keine Tricks.« Er seufzte: »Schön, wie du willst, Guy. Du begreifst, daß es verdammt scheußlich für mich ist – nicht wahr? Ich meine, ich betrachte mich als euer bester Freund. Jedenfalls war es so: Melissa sagte mir, sie sei besorgt um dich. Deiner Nerven wegen. Sie sagte, du könntest nachts nicht schlafen, hättest häufig ganz unbegründete Ausbrüche schlechter Laune, und so weiter. Ich antwortete ihr, du solltest einen guten Nervenarzt aufsuchen, einen Mann wie Swanson. Er hat seine Praxis in der Wimpole Street – he, was ist los, alter Junge? Fühlst du dich nicht wohl?«

»Weiter.«

»Ja, dieser Norman Swanson ist einer der führenden Männer auf seinem Fachgebiet und dabei noch ziemlich jung. Übrigens, hast du ihn aufgesucht?«

»Nein, eben nicht! Und das ist wirklich sehr merkwürdig, weil –«

»Du hättest es aber tun sollen, alter Junge. Mir hat er unglaublich gut geholfen. Du erinnerst dich an dieses böse Durcheinander, das ich vor ungefähr einem Jahr hatte? Als ich in Knightsbridge einen alten Mann niederfuhr und ein verdammter Taxifahrer beschwören wollte, ich wäre betrunken gewesen?«

»Ja, ich erinnere mich.«

»Nun, wie du weißt, sprach das Gericht mich frei. Trotzdem machte diese Sache mich fertig, ich verlor fast die Nerven. Viel darüber reden konnte ich natürlich nicht, denn wenn in Rennkreisen das Gerücht aufkommt, ein Rennfahrer hätte die Nerven verloren, läßt man ihn fallen wie eine heiße Kartoffel. Aber Swansons Behandlung rettete mich. Ohne ihn wäre ich beruflich erledigt gewesen.«

Ich ließ ihn weiterschwatzen, weil ich wußte, daß er es hauptsächlich tat, um sein Unbehagen zu überspielen. Unsere Unterhaltung gefiel ihm ganz und gar nicht. Aber er konnte mich nicht gut vermeiden, da ich neben ihm saß und nicht auszusteigen gedachte, ehe ich alles gehört hatte, was er mir zu diesem Thema sagen konnte. Ich war überzeugt, daß er mir etwas vorenthielt.

Als er schwieg, um neuen Atem zu schöpfen, versuchte ich es wieder. »Was sagte Melissa wirklich über mich, Don?«

Er leckte sich die Lippen und wiederholte die bereits gebrauchten Phrasen über Schlaflosigkeit, schlechte Laune, und so weiter.

»Und außerdem?« beharrte ich.

»Und außerdem – wie meinst du das?«

»Was sagte Melissa noch über mich?«

»Nun, äh, sie sagte, du wärst mit den Nerven herunter, könntest kaum noch schlafen, und sie hätte – also, wenn du es unbedingt wissen mußt –, sie sagte, sie hätte Angst vor dir.«

Ich weiß nicht genau, was ich erwartet hatte, aber das war es jedenfalls nicht.

»Was?« keuchte ich. »Melissa hatte Angst vor mir?«

»Ich fürchte, ja, alter Junge«, murmelte Don.

Ich dachte einige Momente lang über diese erschrekkende Eröffnung nach. Dann fragte ich: »Ist da noch mehr dieser Art?«

»Nun, sie sagte, du hättest dich verändert seit den frühen Tagen eurer Ehe. Sie sagte, manchmal wärst du wie ein ganz anderer Mensch.«

Eine Sekunde lang flackerte eine furchtbare Ahnung durch meinen Verstand wie ein scheußliches Gespenst.

War ich schizophren? Ein Dr. Jekyll und Mr. Hyde in einer Person? Gab es zwei Hälften meiner Persönlichkeit, eine düstere und eine lichte? Geriet ich in Phasen tiefster Bewußtseinstrübung, in denen ich nicht wußte, was ich tat? Wie zum Beispiel vergangenen Abend, als ich dachte, ich hätte drei friedliche Stunden mit der Arbeit an meinem neuen Roman verbracht, während ich in Wirklichkeit … Dieser Gedanke war zu grausam, um weiterverfolgt zu werden.

Aber was wußte ich wirklich über Schizophrenie? Nicht mehr als jeder Durchschnittslaie. Nur ein Spezialist würde mir sagen können, was dieser Begriff wirklich bedeutete und ob er auf mich zutraf. Ein Spezialist wie Dr. Norman Swanson, mit seiner Praxis in der Wimpole Street.

Ich ließ Don anhalten, bedankte mich bei ihm und stieg

aus. Er winkte mir einen Abschiedsgruß und fuhr weiter, offensichtlich erleichtert. Ich sah auf meine Uhr. Es war spät, aber mit etwas Glück würde ich den Doktor vielleicht eben noch erreichen können, bevor er seine Praxis verließ. Ich pfiff ein Taxi herbei und bot dem Fahrer den doppelten Fahrpreis, falls er sich beeilte.

Ich klingelte ausdauernd an Dr. Swansons Praxistür und wünschte mir sehnlich, daß jemand käme. Die Inschrift an der Tür besagte, daß die Sprechstunden längst vorüber waren. Ich konnte nur hoffen, daß irgendwelche schriftlichen Arbeiten ihn zurückgehalten hätten.

Endlich hörte ich das Klicken hoher Hacken. Die Tür wurde aufgemacht; ein hübsches junges Mädchen in weißem Kittel lächelte mir zu.

Ich sagte: »Ich möchte Doktor Swanson sprechen. Es ist dringend.«

Sie zögerte einen Moment lang und schien zu überlegen. Dann antwortete sie mit angenehmer Stimme: »Ach, Mr. Foster – nicht wahr? Es tut mir leid, ich erkannte Sie nicht gleich.«

Ich starrte sie bloß an und vergaß wahrscheinlich, den Mund zuzumachen. Ich hatte sie nie zuvor gesehen.

Sie sagte: »Aber, Mr. Foster, Ihr Termin ist doch eigentlich erst an einem Tag Mitte nächster Woche – nicht wahr?«

»Termin? Ich – äh – ich weiß nichts davon.«

Sie schenkte mir ein freundliches Lächeln. »Oh, dann ist es wohl Ihrem Gedächtnis entfallen. Wir vereinbarten einen Tag in der nächsten Woche, als Sie letztesmal hier waren – wann ist das gewesen? Ende März, nicht wahr?«

Ich hatte Mühe, meine durcheinandergeratenen Gedanken zu sammeln.

»Hören Sie, Miss, ich muß Doktor Swanson sprechen! Es ist wirklich sehr dringend.«

»Ach, es tut mir leid, Mr. Foster, aber der Doktor befindet sich heute abend gar nicht in der Stadt. Er wird erst morgen nachmittag zurück sein.«

Ich unterdrückte eine Verwünschung und sagte: »Bestellen Sie Doktor Swanson, ich muß ihn sprechen. Es ist eine Sache um Leben oder Tod. Morgen nachmittag um fünf bin ich wieder hier.«

Damit machte ich kehrt und ging fort, ohne recht zu wissen, wohin eigentlich.

Wenig später wußte ich es. Der Weg bis zu meiner Wohnung war weit, aber ich hatte mich entschlossen, ihn zu Fuß zurückzulegen. Ich hoffte, die kühle Abendluft würde mir den Verstand klären.

Indessen war ich einer Lösung der Probleme immer noch nicht näher, als ich schließlich den Schlüssel in meine Wohnungstür steckte und mich selbst einließ.

Die Abendpost war gekommen; zwei oder drei Drucksachen und ein Brief meines Verlegers lagen auf der Fußmatte. Ich bückte mich danach, schob die Drucksachen achtlos in die Tasche und öffnete erwartungsvoll den Brief des Verlegers. Meine Erwartungsfreude schwand, als ich die bedrückend niedrigen Zahlenangaben über den Verkauf meines letzten Romans las.

Nach und nach stahl sich etwas Anderes in mein Bewußtsein. Der Brief flatterte unbeachtet zu Boden, als mir klar wurde, daß die Wohnung förmlich vibrierte vor – Musik! Melissas Melodie! Sie kam aus dem Wohnzimmer.

Ich eilte zur Wohnzimmertür. Gott allein weiß, was ich zu finden hoffte. Dachte ich, Melissa wäre mir zurückgegeben worden? Würde sich alles als ein Alptraum erweisen? Als eine Fehlidentifizierung? War jemand anders ermordet worden? War es wirklich Melissa gewesen, die am Telefon mit mir sprach – zu einer Zeit, als sie nach Meinung der Polizeiärzte schon tot war? Zwei, drei Sekunden lang hoffte ich auf ein Wunder.

Aber nichts von Wunder. Das Wohnzimmer war leer, ebenso die ganze Wohnung. Als einziges Zeichen von Leben mochte die winzige elektrische Birne gelten, die aufleuchtet, wenn der Plattenspieler eingeschaltet ist. Die grellen Klänge der modernen Konzertgitarre verschmolzen mit Saxophontönen, dann füllte das bizarre Gedröhn der Hammondorgel den Raum. Ich blieb beim Plattenspieler stehen und beobachtete fasziniert, wie die Platte mit ›Melissas Melodie‹ auslief und der automatische Tonabnehmer sich von ihren abgespielten Rillen hob.

Benommen, wie ich war, hatte ich doch genug Geistesgegenwart, um zu begreifen, daß Plattenspieler sich nicht von allein einschalten. Ich räusperte mich und rief in die unheimliche Stille hinein: »He! Wer, zum Teufel, hat das eingeschaltet?«

Keine Antwort. Ich durchsuchte die Wohnung noch einmal. Sie war leer. Aber irgendwer mußte dagewesen sein. Denn auf meinem Schreibtisch, zwischen der Schreibmaschine und Melissas gerahmter Fotografie, stand die rot-golden gestreifte Hutschachtel mit der kolossalen Seidenschleife. Und auf dem Deckel der Schachtel lag ganz beiläufig ein Paar teurer Wildlederhandschuhe.

3

Ich bin nicht ganz sicher, warum. Aber Inspektor Cameron hatte mir zwei Telefonnummern gegeben – eine von Scotland Yard und eine private –, über die ich ihn erreichen konnte, wann immer es nötig wäre. Ich betrachtete die Handschuhe, berührte sie aber nicht, und betrachtete die gestreifte Hutschachtel. Dann wählte ich Camerons Privatnummer. Als er sich meldete, berichtete ich, daß Hutschachtel und Handschuhe aufgetaucht seien. Er versprach, binnen einer halben Stunde zu kommen. Als er genau achtundzwanzig Minuten später eintraf und dann dastand, Hutschachtel und Handschuhe anstarrend, wirkte er zuvorkommend und wohlwollend wie eh und je. Aber in seinen Augen lag ein Glühen, das seine Gesichtszüge von innen her zu illuminieren schien.

Er bat mich, zu erläutern, wie die Gegenstände auf meinen Schreibtisch gekommen seien. Erklären konnte ich natürlich nichts. Aber ich erzählte ihm, wie ich den Nachmittag verbracht hatte. Er verhörte mich ein bißchen, versuchte einige Male sogar, mir Fallen zu stellen, und schien schließlich meine Version zu akzeptieren, so dünn sie auch klingen mochte.

Hiernach wickelte er die Handschuhe behutsam in ein sauberes Taschentuch, legte sie beiseite und öffnete die Hutschachtel. Ich will nicht behaupten, daß einer von uns erwartet hätte, darin eine Zeitbombe zu finden. Dennoch war ich nicht ganz vorbereitet auf das sozusagen extremste Gegenteil, das nun zum Vorschein kam. Denn die Hutschachtel enthielt – einen Hut. Sonst nichts. Bloß dieses kleine frivole Gebilde aus Seide und Federn mit einem schwarzen Veloursband. Cameron notierte Namen und Adresse der Bond-Street-Firma, die das Hütchen geliefert hatte, und legte den Hut wieder in die Schachtel.

Auf die eingewickelten Handschuhe deutend, fragte er: »Vermutlich wissen Sie nicht, wo Ihre Frau diese gekauft hat, Mr. Foster – oder?«

»Tut mir leid, Inspektor, da kann ich nicht helfen.«

Er brummte irgend etwas und schlenderte zum Kamin, wo er, den Rücken mir zugekehrt, einige Sekunden lang stehenblieb. Er war eine eindrucksvolle Erscheinung, groß, breitschultrig, muskulös, nach meiner Schätzung gut zweihundert Pfund schwer. Im Gegensatz zu meiner bisherigen Meinung über die äußere Aufmachung von Kriminalbeamten verwendete er Sorgfalt auf seine Kleidung. Sein Anzug aus gutem dunklem Tuch war maßgeschneidert, sein Hemd makellos sauber, modern und elegant. Selbstverständlich trug er auch sehr gute Schuhe.

Als er sich nun umdrehte, empfand ich allerdings wieder die merkwürdige Wucht seines massiven, walroßähnlichen Gesichts mit den großen, intelligenten Augen und den etwas spärlichen Haarsträhnen, die nicht nach hinten, sondern nach vorn gekämmt waren – eine bei Julius Cäsar oder gewissen modernen Schallplattenjockeis entliehene Frisur, die meines Erachtens nicht unbedingt zu einem Scotland-Yard-Inspektor mittleren Alters paßte.

Da ich seinen Blick ernst und fragend auf mich gerichtet sah, hatte ich das Gefühl, unmittelbar vor einem weiteren höflich, aber mit tödlicher Konsequenz geführten Kreuzverhör zu stehen. Ich nahm in einem Sessel Platz, zündete eine Zigarette an und machte mich auf allerlei neue Überraschungen gefaßt.

Er sagte: »Mr. Foster, vor einer Stunde hatte ich einen Telefonanruf von Doktor Swanson. Er war beunruhigt, was mich im großen und ganzen nicht wundert. Er erzählte, seine Sekretärin habe ihn benachrichtigt, Sie beständen darauf, ihn morgen nachmittag um fünf Uhr zu sprechen.«

»Ja, in der Tat, das will ich, wie ich Ihnen bereits sagte.«

»Hätten Sie etwas dagegen, Sir, wenn ich bei der Unterredung anwesend wäre?«

»Bestimmt nicht. Da dieser Mann offenbar ein Lügner ist, wüßte ich es zu schätzen, wenn Sie dabei sein würden.«

»Sie stehen nach wie vor zu Ihrer Angabe, Doktor Swanson bis jetzt nicht begegnet zu sein? Ihn niemals konsultiert zu haben?«

»Ganz entschieden stehe ich dazu!«

Er zündete sich eine Zigarette an. Ich hatte den Eindruck, daß er das Thema Swanson bis auf weiteres als beendet betrachtete. Nachdem er sein Zündholz ausgeblasen und in den Aschenbecher gelegt hatte, griff er ein neues Thema auf und fragte: »Wann begegneten Sie Mrs. Foster zuerst, Sir?

»Vor ungefähr drei Jahren.«

»Unter welchen Umständen?«

»Paula – Mrs. Hepburn – machte uns miteinander bekannt. Die Hepburns waren auf demselben Schiff wie Melissa von Kapstadt gekommen. Meine Frau stammte aus Südafrika, wie ich schon erwähnte. Ihre Eltern sind seit einiger Zeit tot. Sie hatte keine Verwandten und entschloß sich, nach England zu kommen, um ihr Glück beim Fernsehen oder beim Theater zu versuchen.«

»Hatte sie damit Erfolg?«

»Ich fürchte, ich kam ihr irgendwie in die Quere. Das heißt, ich heiratete sie, ehe sie wirklich anfangen konnte.«

»Ich verstehe. Und Sie waren damals als Journalist tätig, glaube ich? Sie arbeiteten eine Reihe von Jahren beim ›London Mercury‹, wenn ich nicht irre?«

»Neun Jahre lang. Dann ging das Blatt ein.«

Cameron nickte. »Was geschah dann, Sir?«

»Man offerierte mir einen Job bei einem anderen Blatt, aber ich lehnte ab. Ich hatte immer den Wunsch gehabt, als freier Schriftsteller zu arbeiten. So erschien mir die neue Situation wie ein Geschenk des Himmels.«

»War Mrs. Foster glücklich über Ihre Entscheidung?«

»Nicht sehr. Sie hätte mich lieber in einer festen Anstellung gesehen.«

»War dies ein Zankapfel zwischen Ihnen beiden, Mr. Foster?«

Ich zuckte die Achseln. Es wäre sinnlos gewesen, leugnen zu wollen, was er zweifellos schon von anderer Seite gehört hatte. »Hin und wieder stritten wir uns deswegen«, sagte ich. »Es war aber nicht die einzige Quelle unserer Unstimmigkeiten. Meine Frau war extravagant, manchmal geradezu töricht extravagant. Und Geld stand uns nicht allzu reichlich zur Verfügung. Zum Beispiel kaufte sie mehr Hüte als jede andere Frau, die ich kenne, schien aber nicht im geringsten interessiert, diese Hüte auch zu tragen.«

»Ja, ja, Frauen haben bisweilen seltsame Eigenschaften. Besaß Mrs. Foster eigenes Geld?«

»Als wir heirateten, hatte sie noch ungefähr dreihundert Pfund, doch die schmolzen schnell dahin.«

Cameron brummte etwas Unverständliches, verließ seinen Posten beim Kamin, ging in die Vordiele und kam mit einer Aktenmappe zurück. Es war eine ganz schlanke Aktenmappe, ein Nichts im Vergleich zu dem Handkoffer vom vorigen Tag. Er verzichtete diesmal auf dramatische Spannung, machte die Aktenmappe auf und entnahm ihr eine Halskette, einen Ring, eine Brosche und ein Paar Ohrringe. Der Anblick machte mir das Herz schwer. Es waren die Schmuckstücke, die Melissa zu Don Pages Party angelegt hatte. Als Cameron fragte, ob mir die Stücke bekannt seien, bejahte ich es.

Dann erkundigte er sich: »Haben Sie sie für Ihre Frau gekauft, Mr. Foster?«

»Ja. Das heißt, ich gab ihr das benötigte Geld. Sie erlaubte mir nie, Dinge für sie auszusuchen, insbesondere Schmuckstücke. Sie sagte, ich verstünde nichts davon.«

»Hmm.« Cameron nahm die Brosche auf. »Wieviel ist dieses Stück wert, Sir?«

Ich dachte einen Moment lang nach. »Sie kaufte es letzte Weihnachten. Ich gab ihr fünfunddreißig Pfund.«

»Und die Ohrringe, Sir? Wieviel haben die gekostet?«

»Ungefähr dasselbe, glaube ich. Vielleicht etwas mehr.« Cameron lächelte mitleidig. »Ihre Frau hatte recht, Mr. Foster. Ich fürchte, Sie verstehen wirklich nichts von Schmucksachen. Dieses Stück« – er wies auf die Brosche – »ist ungefähr dreihundert Pfund wert.« Er wies auf das Paar Ohrringe und den Ring. »Beides zusammen ungefähr neunhundert Pfund. Die Perlenkette, ebenfalls echt, ist etwa zweihundertfünfzig Pfund wert.«

Ich starrte ihn fassungslos an. »Scherzen Sie, Inspektor? Es ist doch Unsinn, anzunehmen –«

»Sir, ich fürchte, es ist kein Unsinn. Diese Juwelen sind bei uns von zwei Sachverständigen geprüft worden. Der Schmuck, den Ihre Frau vorgestern abend trug, stellte einen Wert von annähernd fünfzehnhundert Pfund dar.«

Er legte die Schmuckstücke wieder in die Aktenmappe, schloß diese und ging in die Vordiele, um sich Hut und Mantel zu holen. Als er zurückkam, machte er beim Schreibtisch halt, um auch das Taschentuch mit den Handschuhen in die Mappe zu legen.

»Ich muß jetzt nach Hause, Mr. Foster. Selbst ein Scotland-Yard-Inspektor hat Anspruch auf wöchentlich eine oder zwei Nächte im Bett. Auch Sie sehen übrigens ziemlich müde aus. Ich nehme an, ein ausgiebiger Schlaf täte Ihnen gut. Man hat, wissen Sie, auf der Welt nichts Wertvolleres als die eigene Gesundheit. Gute Nacht, Mr. Foster.«

Damit ging er.

Ich war nicht ganz sicher, ob seine letzten Worte eine Anspielung enthalten hatten. Viele Leute schienen um meine Gesundheit besorgt. Es mochte interessant sein, zu hören, was Dr. Swanson über dieses Thema zu sagen hatte, wenn wir – der Inspektor und ich – ihm am folgenden Nachmittag um fünf gegenübersitzen würden.

Ich erwachte am nächsten Morgen einigermaßen ausgeruht und spazierte, nachdem ich ein selbstbereitetes Frühstück verspeist hatte, nach West End hinüber, um in die Schaufenster von Geschäften wie ›Asprey's‹, ›Garrarda's‹ und ähnlichen zu sehen. Für einen Versuch, Kenntnisse über Juwelen zu erwerben, war es wohl etwas zu spät in meinem Leben. Ich fürchte, ich verschwendete eine Menge Zeit mit dem Bemühen, merkliche Unterschiede wahrzunehmen zwischen den winzigen funkelnden Objekten, die hier, mit astronomischen Preisen ausgezeichnet, auf kostbaren Samtkissen lagen, und den Kostümjuwelen, die ›Selfridges‹ Warenhaus zum Kauf anbietet. Ganz ehrlich gesagt – es war eine fremde Sprache für mich; ich konnte beim besten Willen nicht erkennen, wodurch sich die Imitationen von den echten Stücken unterscheiden. Und ich wußte, daß ich es niemals begreifen würde.

Diamanten sind – so hat uns Anita Loos einst versichert – *a girl's best friends*. Die instinktive Fähigkeit, den Wert von Schmuckstücken zu erkennen, ist vermutlich jeder Frau seit Eva angeboren. Aber wie hatten dann Melissas Freundinnen versäumt zu erspähen, daß sie echten Schmuck trug? Ich beschloß, hierüber Paula Hepburn zu befragen.

Ich nahm ein Taxi zur Hepburnschen Wohnung am Eaton Square und fand beide, Paula und Felix, Hausmäntel über den Pyjamas, bei einem späten Frühstück.

Nach etwas verlegener Begrüßung fragte Paula: »Hast du denn schon gefrühstückt, mein Herzblatt?«

»Ja, danke.«

»Dennoch könntest du eine Tasse Kaffee von mir annehmen«, beharrte sie. Weil ihr offenbar daran lag, sich als Hausmütterchen zu geben, versuchte ich gar nicht erst, es ihr auszureden. Nachdem sie mir Kaffee eingeschenkt hatte, kam ich auf den Zweck meines Besuchs.

»Paula, ich habe gestern abend mit Inspektor Cameron gesprochen. Du kennst Melissas Schmucksachen. Nun, anscheinend sind sie viel mehr wert, als ich dachte – allein die Brosche dreihundert Pfund. Alles in allem trug Melissa vorgestern abend für knapp fünfzehnhundert Pfund Schmucksachen mit sich herum.«

Felix bekam buchstäblich Stielaugen. »Na, jetzt brate mir einer aber 'n Storch! Wußtest du etwas davon, Paula?«

Wir beide blickten Paula an. Sie schien sehr davon beansprucht, ihren Kaffee umzurühren.

»Paula«, sagte ich, »du bist eine Frau, und Frauen verstehen sich auf solche Dinge. Du mußt gewußt haben, daß sie echten Schmuck trug.«

Paula nickte, ohne aufzublicken. »Nun, ja, es stimmt, ich hatte meine Zweifel. Tatsächlich habe ich mal mit ihr darüber gesprochen.«

Felix war erstaunt. »Wirklich, altes Mädchen? Wann war das?«

»Oh, vor acht oder neun Monaten etwa. Aber sie lachte mich nur aus, sie behandelte die ganze Sache als Spaß. So nahm ich an, daß ich mich geirrt hatte. Ich meine, heutzutage werden ja phantastisch raffinierte Imitationen gemacht. Und außerdem fragte ich mich, wie Melissa denn imstande sein sollte, echten Schmuck zu kaufen.«

»Genau das frage ich mich jetzt auch«, sagte ich grimmig. »Höre, Paula, du warst Melissas beste Freundin. Sie muß dir dann und wann diese seltsam jungmädchenhafte Vertrauensseligkeit erwiesen haben, die Frauen ihrer Art gewöhnlich noch lange anzuhaften pflegt. Hast du nicht irgendeine Idee, wie –«

Paula hob die Hand wie ein Verkehrspolizist. »Halt, Guy! Es stimmt, daß wir eine Menge Spaß miteinander hatten, aber so nahe standen wir uns doch nicht. Ich glaube, niemand stand ihr so nahe. Melissa war in mancher Hinsicht seltsam. Man konnte glauben, von ihr weit ins Vertrauen gezogen zu sein, aber plötzlich – peng! – knallte eine Tür zu, und man fand sich ausgesperrt. Ich habe niemals wirklich gewußt, was in ihrem hübschen Kopf vorging.«

»Ich glaube, das wußte niemand«, murmelte Felix versonnen. »Ausgenommen vielleicht Don.«

»Don?« schnappte ich.

»Na ja, ich denke immer, unser guter alter Don war wohl besser auf Melissa abgestimmt, als sonst jemand.«

Paula bedachte ihn mit einem vernichtenden Blick, vielleicht auch mit einem Fußtritt unter dem Tisch.

Er hüstelte, als ihm sein Schnitzer bewußt wurde. Hastig fügte er für mich hinzu: »Natürlich abgesehen von dir, alter Junge. Ich sprach nur von ihren Freunden.«

»Zu denen ich wohl nicht gehörte?« fragte ich bissig.

Paula schnaufte empört. »Wirklich, Felix! Ich weiß nicht, was haarsträubender ist – deine monumentale Taktlosigkeit oder deine tölpelhaften Versuche, die Dinge dann wieder zurechtzuflicken!« Sie sah mich an, lächelte ihr ansteckendes Lächeln, und plötzlich mußten wir beide lachen. Felix wirkte äußerst verdutzt. »Hör mal, Guy«, sagte Paula, nachdem unser Lachen verklungen war, »heute früh hatten wir einen Anruf von Don. Ich vermute, er ist letzte Nacht nicht im Bett gewesen. Er sagte, du wärst gestern nachmittag zu ihm gekommen, als er gerade nach Coventry starten wollte.«

»Ich hatte ihm einige Fragen zu stellen.«

»Wegen Melissa?«

»Ja. Die Polizei fand in Melissas Handtasche die untere Hälfte eines ärztlichen Rezepts, ausgestellt von einem gewissen Doktor Swanson. Der Inspektor befragte mich deswegen. Bis dahin hatte ich von diesem Swanson nie gehört.«

»Hättest du denn von ihm gehört haben sollen, alter Junge?« fragte Felix.

Ich erzählte ihnen die ganze Geschichte, soweit ich sie bis jetzt kannte.

Felix war ehrlich entrüstet. »Weshalb, zum Teufel, faselt dieser Quacksalber solchen Haufen Lügen?«

Ich zuckte die Achseln. »Das weiß ich nicht. Aber ich bin fest entschlossen, es herauszufinden.«

»Guy«, fragte Paula, »weshalb machte sich Melissa deinetwegen Sorgen?«

»Sie dachte, ich wäre krank oder irgend so etwas.«

»War das ihr einziger Grund?«

»Nein. Da war noch etwas, und es ist nicht sehr hübsch. Sie erzählte Don, sie hätte Angst vor mir.«

»Was?« fuhr Felix auf. »Das ist ja grotesk! Woher, um alles in der Welt, hatte sie solche Ideen? Oder waren es Dons Ideen? Zu uns hat sich Melissa doch nie in diesem Sinne geäußert – nicht wahr, Paula?«

Ich beobachtete Paula aufmerksam und merkte, daß sie meinen Blick vermied.

»Nun, Paula?« drängte ich.

Sie produzierte ein kaum merkliches Achselzucken. »Aber nein, Herzblatt, natürlich nicht. Es ist grotesk, wie Felix sagt. Wirklich, grotesk! Guy, Lieber, dein Kaffee wird kalt.«

Sie vermied meinen Blick noch immer, und ich spürte, daß sie nicht die Wahrheit sagte. Zu machen war dagegen nichts. Wenn sie nicht zugeben wollte, daß Melissa zu ihr von denselben Ängsten gesprochen hatte wie zu Don Page, dann durfte ich – wie ich sie kannte – ziemlich sicher sein, daß sie nur schwieg, um mir nicht weh zu tun.

Es schien mir sinnlos, noch länger bei den Hepburns zu bleiben. Felix redete allerlei geschwollenes Zeug, hauptsächlich um seiner Empörung über diesen Swanson Luft zu machen, und Paula versuchte mich mit vielen mütterlich liebevollen Worten zu überzeugen, daß ich unbedingt zum Lunch bleiben müßte. Aber irgendwie konnte ich mich verabschieden und gehen, ohne die beiden zu verletzen.

Ich wollte allein sein, um über das Geheimnis der teuren Juwelen nachzudenken, die meine mittellose Frau besessen hatte, und um mich auf die kommende Begegnung mit Dr. Swanson vorzubereiten. Ich will ganz aufrichtig sein; ich glaube, insgeheim fürchtete ich dieses Zusammentreffen ebensosehr, wie ich es herbeisehnte. Wünscht ein kranker Mann wirklich zu erfahren, was ihm fehlt? Würde es mir wirklich nichts ausmachen, das Wort ›schizophren‹ zu hören?

Dr. Swanson gebrauchte dieses Wort nicht. Es hing sozusagen ständig in der Luft, und er umkreiste es wie ein sehr wachsames, geschmeidiges Tier. Aber er stempelte mich nicht als einen Schizophrenen ab. Er deutete nicht einmal an, daß ich eine gespaltene Persönlichkeit hätte und fähig wäre, Gewaltverbrechen zu begehen, während mein normales Bewußtsein schlief. Er formulierte seine Meinung viel einfacher.

Nachdem ich ungefähr zum zehnten Male hitzig bestritten hatte, dem Doktor je zuvor begegnet zu sein, fragte Inspektor Cameron ruhig: »Doktor Swanson, es gibt doch bestimmt eine ganz einfache Erklärung für dies alles – nicht wahr?«

»Sicher gibt es eine ganz einfache Erklärung, Inspektor«, bestätigte der Doktor unter gravitätischem Kopfnicken; dann rückte er seine dicke, horngefaßte Brille zurecht, stützte die Ellbogen auf den Schreibtisch und legte elegant seine Fingerspitzen gegeneinander. »In der Tat gibt es zwei völlig logische Alternativen. Entweder versucht Mr. Foster vorsätzlich, die Tatsache zu leugnen, daß er mich vor zwei Wochen aufsuchte – was ich in diesem Fall nicht glaube –, oder er hat einfach vergessen, daß er schon einmal bei mir war.«

Ich studierte Swanson sorgfältig, während er sprach. Jeder kann sich eine gewisse Anonymität verschaffen, wenn er eine Uniform anzieht, und ein weißes Arztjackett ist eine Art Uniform. Mir wäre es lieber gewesen, Swanson auf der Straße zu treffen. Kleider mögen den Mann machen oder nicht – auf jeden Fall verhilft eines Mannes Geschmack in Stoffart und Schnitt und Farbe, verhilft seine Wahl von Hut und Krawatte und Schuhen sehr oft zu richtigen Rückschlüssen auf seine Persönlichkeit. Swansons weißes Arztjackett, weißes Hemd und nüchterner Schlips sagten mir nichts. Und der Rest dieses Mannes war hinter dem Schreibtisch verborgen. Was blieb, waren seine Gesichtszüge. Er hatte einen schmalen, eiförmigen Kopf, straff zurückgebürstetes schwarzes Haar, unbestimmbare, da hinter der dicken Brille versteckte Augen, blassen Teint, straff über die Knochen gespannte Haut, dünne Lippen, betontes, sehr sauber rasiertes Kinn. Seine Stimme war kultiviert, sein Verhalten höflich, aber entschieden. Ich schätzte ihn auf Anfang vierzig.

»Sie haben Miss Dean, meine Sekretärin, getroffen; Inspektor«, fuhr er fort. »Wie Sie wissen – und wie Mr. Foster ausdrücklich bestätigt –, erkannte sie, ohne auf diesen Besuch vorbereitet zu sein, Mr. Foster fast unverzüglich, als er am gestrigen Spätnachmittag hierherkam. Sie ist sehr intelligent, aber ich glaube nicht, daß man ihr halbwegs übernatürliche Gaben nachsagen kann. Heute wußten wir beide, Miss Dean und ich, daß Mr. Foster kommen würde. Gestern jedoch fiel er gewissermaßen direkt vom Himmel vor meine Praxistür. Wie hätte Miss Dean sogleich wissen können, wer er ist – wäre er nicht ein Patient von uns?«

Ich wechselte einen Blick mit Inspektor Cameron. Was ich in seinen Augen las, war nicht besonders ermutigend. Ich spürte, daß er noch versuchte, mir gegenüber objektiv zu bleiben, daß ich aber durch Dr. Swansons präzise Dialektik und professionelle Sachlichkeit immer mehr ins Hintertreffen geriet. Die scharfen Zähne einer Panik begannen an meinen Nerven zu nagen.

Unklugerweise brauste ich auf: »Also, nehmen wir der Sache zuliebe an, ich wäre, wie Sie behaupten, am 27. März hierhergekommen! Was geschah bei dieser Gelegenheit? Versuchte ich aus dem Fenster zu springen? Wollte ich Ihre Sekretärin beißen? Wie benahm ich mich?«

Swanson erwiderte düster: »Sie wissen ganz genau, Mr. Foster, was sich zwischen uns abspielte.«

»Nein, eben nicht! Deswegen würde ich gerne Ihre Darstellung hören! Und vergessen Sie nicht – Inspektor Cameron war bei dieser mysteriösen Konsultation nicht zugegen. Er dürfte besonders interessiert sein, zu hören, was stattfand!«

Mein Ton irritierte Swanson nicht. Er wandte sich höflich an den Inspektor: »Vor einem außenstehenden Dritten den Fall eines Patienten zu diskutieren, widerspricht den Grundsätzen unserer Berufsethik. Da jedoch der Patient selbst es wünscht, sind Sie wohl einverstanden, wenn ich fortfahre, Inspektor?«

»Ich wäre daran sehr interessiert, Sir«, bestätigte Cameron ruhig.

»Nun gut.« Swanson machte eine Schreibtischschublade auf und nahm ein großes flaches Buch heraus. Er suchte am Randregister den Buchstaben ›F‹, öffnete das Buch, überflog die betreffende Seite und sah den Inspektor an.

»Zunächst suchte Mrs. Foster mich auf. Sie sagte mir, daß ihr Gatte nicht schlafen könnte. Sie sagte, er wäre ständig ›auf der Kippe‹ – das waren ihre eigenen Worte – und sehr eifersüchtig. Auf meine Bitte, letzteres genauer zu erläutern, sagte sie, ihr Gatte habe sie beschuldigt, eine Liebschaft mit einem anderen Mann zu unterhalten, und –«

»Das ist lächerlich!« rief ich. »Nie im Leben habe ich so etwas gesagt!«

Cameron warf mir einen verweisenden Blick zu und bat den Doktor, fortzufahren.

»Ein Weilchen später, als Mr. Foster mich aufsuchte, befragte ich ihn über diesen Punkt, und er gab unumwunden zu, daß er sich Sorgen über die eheliche Treue seiner Frau mache. Er sagte, er habe keinen wirklichen Beweis, daß sie Beziehungen zu einem anderen Mann unterhalte, aber im Hintergrund seiner Gedanken lauere ständig dieser entsetzliche Argwohn. Lassen Sie mich nun einiges aus der damals geführten Unterhaltung zitieren, Inspektor. Frage: ›Haben Sie hierüber mit Ihrer Frau gesprochen?‹ Antwort: ›Ja.‹ Frage: ›Haben Sie ihr gesagt, daß Sie sie beargwöhnen? Daß Sie denken, sie unterhalte Beziehungen zu einem anderen Mann?‹ Antwort: ›Ja, das habe ich. Sie bestritt es.‹ Frage: ›Und Sie konnten sich nicht entschließen, Ihrer Frau zu glauben, Mr. Foster – ist es so?‹ Antwort: ›Ich möchte ihr glauben. Ich habe versucht, ihr zu glauben. Gott weiß, daß ich es versucht habe. Aber es geht nicht.‹«

»Das ist nicht wahr!« Ich schlug mit der Faust auf den Schreibtisch, und Swanson zuckte zusammen. »Niemals habe ich Melissa verdächtigt, mit irgendwem eine Liebschaft zu haben! Nicht mal der Gedanke daran ist mir in den Sinn gekommen!«

Inspektor Cameron gebot mir mit einer Handbewegung Ruhe.

»Doktor Swanson«, fragte er, »zu welchem Schluß kamen Sie nach dieser Unterhaltung mit Mr. Foster?«

»Ich fürchte, zu einem endgültigen Schluß kam ich nicht. Aber ich nahm an, er leide wahrscheinlich an einer Zwangsneurose. Deshalb vereinbarte ich einen weiteren Besuch und gab ihm für die Zwischenzeit ein Rezept – jenes Rezept, das Sie in Mrs. Fosters Handtasche fanden. Das verordnete Sodium-Amytol ist ein bewährtes Beruhigungsmittel.«

Nie zuvor habe ich einen Mann gesehen, der mit so kühler Sicherheit und professioneller Korrektheit eine Lüge nach der anderen von sich gab. Allein seine Kühle reizte mich zu derartiger Wut, daß ich mich auf ihn gestürzt hätte, wäre nicht gerade noch im richtigen Moment seine Sekretärin hereingekommen, um ihn an eine dringende Verabredung zu erinnern. Ich konnte ihm nur noch zubrüllen, er sei der größte Lügner, den ich bisher getroffen hätte.

Völlig unberührt von dieser Beschimpfung erhob er sich, um hinauszugehen. Cameron folgte ihm. Und ich stand mit rotem Kopf da wie ein Narr.

Welch verheerende Art, diese Begegnung zu beenden! Ich hätte mich ohrfeigen mögen. Meine Selbstbeherrschung zu verlieren – das letzte, was ich mir hätte erlauben dürfen! Es entsprach genau jenen Dingen, deren ich verdächtigt wurde – Anfälligkeit für hysterische Ausbrüche, die den Keim der Gewalttätigkeit in sich trugen!

Ich nahm Hut und Mantel und schlich hinaus ins Wartezimmer. Swanson war mit Cameron in eine Art Vorraum gegangen, wo ich sie halblaut reden hörte.

Ich fürchte, ich belauschte, was dort gesprochen wurde.

Swanson sagte: »Leider habe ich Grund zu der Annahme, daß er ein kranker Mann ist, Inspektor.«

»Wie krank?«

»Wahrscheinlich jenseits des Punktes, bis zu dem ich hätte helfen können.«

»Hmm ... Würden Sie mir bitte noch dieses sagen, Doktor: Ist es möglich, daß ein Mann, ein anscheinend gesunder Mann, einen Mord begeht und nichts davon weiß? Ich meine – nicht weiß, was er getan hat?«

Einige Sekunden vergingen, ehe der Doktor antwortete.

»Ja, es ist möglich, Inspektor. Unter bestimmten Voraussetzungen ist es möglich.«

4

Es konnte kaum Zweifel daran geben, daß mein Plan, Dr. Swanson zu stellen und als Lügner zu entlarven, sich als Fehlschlag erwiesen hatte. Zu Inspektor Camerons Ehre muß ich festhalten, daß er während der ganzen Unterhaltung peinlich neutral war und auch nachher jegliche Anspielung auf mein unrühmliches Abschneiden unterließ. Mitten auf dem Fahrdamm der Wimpole Street lüftete er einfach seinen Hut, schützte wichtige Geschäfte vor und pfiff ein Taxi herbei. Einen Moment später war er fort.

Dem entschwindenden Taxi nachblickend, strebte ich dem anderen Gehsteig zu und lief dabei gegen eine stahlgraue Bentley-Limousine, die am Straßenrand geparkt stand. Um nicht hinzufallen, mußte ich schnell mit einer Hand Halt an der blankpolierten Motorhaube suchen. Dabei hörte ich einen ärgerlichen Ausruf des livrierten Chauffeurs, der hinter dem Lenkrad saß. Normalerweise wären mir die deutlichen sichtbaren Fingerspuren peinlich gewesen, die ich auf dem äußerst gepflegten Auto hinterlassen hatte. Aber im Augenblick war ich zu sehr von eigenen Sorgen beansprucht, um mich mit Entschuldigungen aufzuhalten.

Eine Minute später sah ich an der Ecke Wimpole und Wigmore Street, wo ich auf ein Taxi wartete, dieselbe Bentley-Limousine wieder und wechselte einen unliebenswürdigen Blick mit dem hochmütigen Chauffeur. Einigermaßen überrascht war ich, als ich dann im Fond der Limousine keinen anderen als Dr. Swanson sitzen sah. Er studierte irgendein Schriftstück und schien mich nicht zu bemerken. Beim Hinterdreinblicken fiel mir die seltsame Zulassungsnummer des Bentley auf. Ich sagte sie halblaut vor mich hin und fand den Klang so komisch, daß ich sie im stillen ständig wiederholte, während ich auf der Suche nach einem Taxi die Wigmore Street entlangging, und sogar auch noch, als ich schließlich in einem Taxi saß, das mich nach Hause fuhr: NU 202 … NU 202 … NU 202 …

Als kurz nach meiner Heimkehr das Telefon läutete, hätte ich mich beinahe mit dieser Autonummer statt mit meiner Telefonnummer gemeldet. Ausgemacht hätte das nichts; es war nur Felix.

»Ja, so was, Guy«, sagte er und klang dabei ziemlich atemlos. Nicht so, als ob er gerannt hätte – ich habe Felix nie im Leben rennen sehen –, sondern so, als hätte es ihn allerlei Mut gekostet, diesen Anruf zu machen.

»Na, gibt's was Besonderes, Felix?« fragte ich.

»Ja … Das heißt, eigentlich nicht … Nun, das heißt, ich überlege mir, ob du nicht meinst, daß es dir ganz guttun könnte, mal ein bißchen auszugehen –«

»Ich bin eben erst von einem Ausgang heimgekommen.«

»Ach so, ja, ja … Nun, was ich meine, wäre eigentlich, ob du nicht mal ein Glas mit einem alten Freund trinken solltest, irgend so etwas. Es würde dich ein bißchen aus dir selbst herausholen – wenn du verstehst, wie ich mir das denke. Du kannst doch nicht dauernd dasitzen und grübeln –«

»Felix, ich versichere dir, daß ich nicht dasitze und grüble. Ich war sehr geschäftig. Übrigens, wessen großartiger Einfall ist das – Paulas?«

»Was sagtest du, alter Junge? Ach so, ja. Doch, doch – Paulas. Die zündende Idee jedenfalls. Aber von mir ist dieser praktische Vorschlag: Wollen wir uns nicht auf ein Bier in der Kneipe an der Vauxhall Bridge Road treffen, wo wir in unserer unsteten Jugend so oft gewesen sind?«

»Ein netter Vorschlag, Felix. Allerdings wollte ich mir eben eine Kleinigkeit kochen.«

»Recht so. Angenommen, wir treffen uns, wenn du gegessen hast? In einer Stunde oder so?«

»Fein.«

»Oh, noch etwas, Guy ...«

»Ja?«

»Sag niemandem etwas davon. Sei so gut, ja?«

Als ich, noch ziemlich verwundert über diese Bitte, den Hörer auflegte, ertönte die Türklingel.

Es war Don Page. Endlich einmal sah ich ihn nicht im Smoking. Er trug einen dunklen Anzug, einen dunklen Schlips und eine entsprechend düstere Miene.

»Hättest du – hättest du wohl eine Minute Zeit für mich, alter Freund?« fragte er nervös.

Sogar einem Blinden wäre aufgefallen, daß Melissas Tod alle meine Freunde ziemlich unsicher gemacht zu haben schien.

Ich sagte Don, daß ich eben im Begriff gewesen sei, mir ein Spaghettigericht zu kochen, und fügte hinzu: »Vielleicht möchtest du mit mir essen?«

Don beklopfte seinen gertenschlanken Leib. »Nein danke, Squire. Muß allen Teigwaren entsagen, damit der alte Kadaver bequem in die Rennwagen paßt. Aber ein Drink könnte mir nicht schaden.«

Daran war nichts Ungewöhnliches; Don pflegte die meisten seiner Kalorien in flüssiger Form zu sich zu nehmen.

»Was hast du denn auf dem Herzen, Don?« fragte ich, während ich ihm einen doppelten Whisky einschenkte, und wies mit einer Kopfbewegung auf die kleine Stahlkassette, die er in der linken Hand hielt. »Du wirkst so nervös. Hast du eine Bank beraubt?«

Er lachte ein bißchen, aber es klang nicht sehr überzeugend. Dann sagte er mit fast feierlichem Ernst: »Es wird höchste Zeit, daß du diese Kassette bekommst, Guy. Sie gehört jetzt dir, nehme ich an. Nach dem Gesetz, meine ich. Sie war Melissas Eigentum, und soviel ich weiß, hatte Melissa keine nahen Verwandten – oder?«

»Nein, sie hatte keine nahen Blutsverwandten mehr«, murmelte ich, während ich die Kassette entgegennahm. »Was ist darin?«

»Keine Ahnung, Squire.«

»Und woher hast du das?«

»Melissa bat mich, die Kassette für sie zu verwahren.«

»Wirklich?« Mein Ton mag etwas scharf geklungen haben. Jedenfalls stürzte Don den Rest seines doppelten Whiskys hinunter und blickte, meine Augen meidend, unstet im Zimmer umher.

»Wann bat Melissa dich, diese Kassette in Verwahrung zu nehmen, Don?«

»Nun, vor sechs Monaten ungefähr. Sieh mal, Squire, heute nachmittag traf ich zufällig Paula, und sie erzählte mir von den Schmucksachen – Melissas Schmucksachen, meine ich. Na, und ich denke, hierüber kann ich dich beruhigen. Ich habe eine ziemlich klare Vorstellung, woher die Sachen kamen.«

»Hast etwa du sie ihr geschenkt?«

Don feixte selbstzufrieden und drohte mir schalkhaft mit einem Finger. »Faule Fährte, Squire. Frauen geben mir Geschenke, nicht umgekehrt. Das hat mit meinem unwiderstehlichen Charme zu tun. Und mach dir keine wilden Gedanken über Melissa und mich. Zwischen uns hat es niemals irgendwelche Heimlichkeiten gegeben – egal, was gewisse Leute auch denken mögen.«

Ich wußte im Moment nicht recht, ob ich das hinnehmen oder ihm ein bißchen auf den Zahn fühlen sollte. Mochte es einstweilen auf sich beruhen. Melissas Liebhaber konnten warten – falls es welche gab; im Augenblick galt all mein Interesse der phantastischen Juwelensammlung, die sie sich zugelegt hatte. Ich bat Don, mir davon zu erzählen.

»Ja. Aber die Geschichte beginnt nicht gleich mit den Juwelen. Sie beginnt damit, wie Melissa zu den Juwelen kam. Sie gewann sie. Sie war die besessenste Spielerin, die ich je traf. Sie spielte um alles. Sie wettete auf Pferde, Hunde, Rennfahrer, Kricketspieler, Boxer und so weiter. Sogar zwei an der Wand krabbelnde Schmeißfliegen wären ihr ein Anlaß zum Wetten gewesen, sofern jemand mitgehalten hätte. Sie –«

»Aber wie, zum Teufel, konnte sie spielen und wetten?« warf ich ein. »Eigenes Geld hatte sie längst nicht mehr, und alles, was ich ihr gab, ging für Kleider und Hüte und allerlei Kinkerlitzchen drauf!«

Don lachte. »Mein lieber Guy, du begreifst nicht! Die meisten Leute spielen und – verlieren. Melissa war eine der seltenen Ausnahmen, die spielen und gewinnen!«

»Was, jedesmal?«

»Beinahe jedesmal. Sie war phantastisch.«

»Wieviel hat sie gewonnen?«

Don zuckte die Achseln. »Das weiß allein der Himmel.«

»Aber warum hat sie mir nichts davon gesagt? Ich meine –«

»Ganz aufrichtig, Guy – ihr beide, du und Melissa, wart von sehr verschiedener Art. Niemand würde sich einfallen lassen, dich als – nun, sagen wir – sorglos und leichtlebig zu bezeichnen. Melissa wußte, daß du, wäre dir etwas über ihre Wettleidenschaft bekanntgeworden, wie ein gestrenger Papa versucht hättest, sie davon abzubringen. Das stimmt doch – nicht wahr, mein Guter?«

Ich ignorierte die Frage; ich fand keinen Gefallen daran, mich in tristen grauen und schwarzen Tönen porträtiert zu sehen.

»Don«, sagte ich, »das klingt nicht ganz echt. Wenn Melissa haufenweise Geld gewann – hätte dann nicht ich der erste sein müssen, der etwas davon merkte?«

»Nur, wenn sie es hätte herumliegen lassen, oder wenn sie so genial gewesen wäre, es in deiner Matratze zu verstecken. Doch das tat sie nicht. Sie legte es in Juwelen an und konnte ziemlich sicher sein, daß du niemals merken würdest, was vorging.«

Darin lag, wie ich mir eingestehen mußte, eine gewisse Logik. Ich starrte die kleine Kassette an, als wäre sie eine Neuausgabe der bekanntlich recht fatalen Büchse einer gewissen Pandora. Ehrlich gesagt – ich begann die Geheimnisse zu fürchten, die diese Kassette enthalten mochte.

»Was ist darin?« fragte ich. »Weißt du es?«

Don schüttelte den Kopf. »Vermutlich Juwelen, aber ich weiß es wirklich nicht. Sie kam vor etwa sechs Monaten mit der Kassette zu mir und bat mich, diese für sie zu verwahren. Ich war darüber nicht gerade begeistert. Ich meine – ich wußte ja einigermaßen Bescheid über ihre Wettleidenschaft, aber ... Nun, siehst du, Melissa und ich, wir hatten uns gegenseitig schon öfter aus kleinen Verlegenheiten geholfen. Letzten Sommer, zum Beispiel, hatte ich meine liebe Not mit einem furchtbar langweiligen Mädchen. Doch Melissa schaffte mir diese lästige Klette vom Hals wie eine wahre Hexenmeisterin – husch, husch, und weg war sie. Ich will mich hier nicht in Einzelheiten verlieren, aber –«

Ich schnitt ihm mit einer jähen Handbewegung die Rede ab; wenn man ihn bei solchen Gelegenheiten gewähren läßt, gerät er schnell ins Uferlose, und dann wird es schwierig. Wie ich schon sagte, war er trotz seiner sechsundzwanzig Jahre noch recht unreif.

Ich wies auf die Kassette. »Gibt es einen Schlüssel dazu?«

Don erwiderte, das sei anzunehmen, aber er habe diesen Schlüssel nicht.

Wo würde eine Frau wie Melissa den Schlüssel zu einer Stahlkassette aufheben, die sie einem gemeinsamen Freund zur Aufbewahrung anvertraut hatte? Sinn für Ordnung war nie ihre Stärke gewesen. Etwas hoffnungslos ging ich ins Schlafzimmer und blickte zweifelnd umher. Ich hatte mich noch nicht dazu entschließen können, Melissas persönliche Habe zu sichten. Ich konnte mir nicht vorstellen, was ich mit all den Kleidern machen sollte. Ein großes Paket an das Rote Kreuz wäre vielleicht die beste Lösung.

Auf gut Glück öffnete ich die Schublade. Sie war vollgestopft mit offenbar defekten Nylons. Als ich die Nylons herausnahm, klirrte irgend etwas zu Boden – ein kleiner flacher Schlüssel. Ich hob ihn auf, dann schaute ich fragend zu Don, der am Türrahmen lehnte und mir zusah.

Er grinste und zuckte die Achseln. »Probier ihn doch mal. Wegen der Größe, meine ich.«

Der Schlüssel sperrte die Kassette auf. Es war unlogisch, aber typisch für Melissa. Die Kassette enthielt vielerlei: Einen kuvertierten Brief ohne Anschrift, ein Bündel Banknoten mit einem Gummiband ringsum, ein wettscheinähnliches Papier und eine flache Juwelenschatulle.

Ich klappte die Schatulle auf. Darin lag die schönste Halskette, die ich je gesehen hatte. Ich gab Don die geöffnete Schatulle.

»Du verstehst von solchen Dingen mehr als ich. Ist diese Kette echt?«

Don besah die Kette genau. »Ob sie echt ist? Bei Gott, das kann man wohl sagen! Sie muß Tausende wert sein, alter Junge!« Die Banknoten schienen ebenfalls echt zu sein – Zehnpfundnoten und Fünfpfundnoten, alle etwas abgegriffen. Wir zählten sie gemeinsam durch, eine nach der anderen, peinlich genau addierend.

Als wir damit fertig waren, sagte ich leise: »Neuntausendsechshundertfünfundvierzig Pfund.«

»Das ist richtig, Squire«, bestätigte Don. »Neuntausendsechshundertfünfundvierzig Pfund.«

In meinem Kopf schwirrte alles durcheinander. Wußte ich überhaupt irgend etwas über meine Frau? Die beiden restlichen Stücke des Kassetteninhalts schienen zu beweisen, daß ich wirklich nichts von ihr wußte. Das wettscheinähnliche Papier war ein Schuldschein über dreitausend Pfund. Da Melissa den Schuldschein besessen hatte, konnte kaum bezweifelt werden, daß sie die Gläubigerin war. Als ich den Namen des Schuldners las, spürte ich, wie mein Herzschlag schneller wurde. Den Schuldschein steckte ich zu mir, ohne ihn Don gezeigt zu haben.

Don war noch in den Anblick des Banknotenbündels vertieft, als ich den Brief aufmachte. Beim Lesen der fünf kurzen Sätze, die er enthielt, muß ich blaß geworden sein.

Don blickte auf, sah mich an und fragte beunruhigt: »Was ist denn, alter Junge? Du solltest dich lieber hinsetzen.«

Das war kein schlechter Vorschlag. Ich setzte mich und las den Brief noch einmal, ganz langsam, Wort für Wort; dann steckte ich ihn zu mir. Don hatte mir gegenüber Platz genommen und starrte mich gespannt an.

»Don«, sagte ich schließlich, »Inspektor Cameron und ich waren heute nachmittag bei deinem Doktorfreund Swanson in der Wimpole Street.«

»Ah, wirklich, alter Junge? Was machst du aus ihm?«

»Dessen bin ich nicht ganz sicher. Zeitweilig hielt ich ihn für den größten Lügner, der mir je begegnet ist, aber jetzt beginne ich daran zu zweifeln. Er – er sagte Cameron, daß ich ... Nun, er behauptete, ich hätte ihn vor einigen Wochen schon einmal aufgesucht und dabei Melissa beschuldigt, einen Geliebten zu haben.«

Don rutschte nervös auf seinem Sessel herum. »Und, alter Freund? Hast du das wirklich gesagt?«

»Nein. Mindestens bin ich ziemlich sicher, nichts dieser Art gesagt zu haben. Es gehörte zu meinen Grundsätzen, Melissa tun zu lassen, was sie wollte. Und ich glaube, es ist wahr, wenn ich sage, daß mir nie in den Sinn kam, sie könnte mir untreu sein. Deshalb –«

»Hör mal, Squire«, unterbrach Don hastig, »ich meine, du solltest nicht voreilige Schlüsse ziehen, einfach weil –«

»Ich ziehe keine voreiligen Schlüsse!« sagte ich abrupt und klopfte auf den Brief in meiner Tasche. »Ich erwache nur. Dieser Brief ist die Weckuhr. Zeit für Guy Foster, mit dem Träumen aufzuhören!«

»Um Himmels willen, sei doch nicht so verdammt melodramatisch, Guy! Was steht in dem Brief?«

Ich zog den Brief aus der Tasche und las ihn Don vor:

›Guy, mein Schatz,

ich bedauere unseren Krach. Ich hatte gehofft, daß Du nie von Peter Antrobus erfahren würdest. Ich versuchte es vor Dir geheimzuhalten – selbst jetzt ahne ich noch nicht, was Dich argwöhnisch machen konnte. Was es auch sein mag – bitte, vergib mir das viele Unglücklichsein, das ich Dir beschert habe.

Melissa.‹

Ich erwartete, daß Don mir nun etwas über Peter Antrobus sagen würde. Zu meiner Überraschung blickte er verdutzt und ratlos drein.

»Don«, fuhr ich auf, »willst du etwa behaupten, du hättest nicht von ihm gehört?«

»Auf Ehre, Guy! Ich habe niemals von ihm gehört, oder ich will auf der Stelle tot umfallen! Ein ungewöhnlicher Name. Wer ist dieser Kerl?«

Nun war es an mir, verdutzt und ratlos dreinzublicken. »Don, ich habe nicht die leiseste Ahnung.«

Bald danach ging Don fort.

Ich sah auf die Uhr. Wenn ich die Verabredung mit Felix einhalten wollte, blieb keine Zeit mehr, das Spaghettigericht zu kochen. Ein Sandwich in der Kneipe, wo wir uns treffen wollten, würde es auch tun. Ich räumte die Wohnung ein bißchen auf, zog die bodenlangen Fenstervorhänge in der Diele zu, versteckte Melissas Kassette an einem sicheren Ort, schielte etwas wehmütig zu der dunkelgrauen Wachstuchhaube meiner Schreibmaschine – ich bemerkte, daß sich bereits eine feine Staubschicht auf dem Wachstuch abgelagert hatte – und verließ die Wohnung. Die Tür schloß ich sorgfältig ab.

Etwas versonnen fuhr ich den Weg zur Vauxhall Bridge Road. Es schien mir typisch für Felix, aus sentimentalen Gründen gerade diese Kneipe zu wählen. In vergangenen Tagen, zehn und mehr Jahre zurück, war sie unsere bevorzugte ›Saufhöhle‹ gewesen – günstig zu der Bank gelegen, in der Felix arbeitete, und ebenso zum Journalistenseminar, an dem ich studierte. Dann hatte ich den Job beim ›London Mercury‹ in der Fleet Street bekommen, und Felix war als Teilhaber in eine kleine Vermögensberatungsfirma hinübergewechselt, wo er, wie einige Freunde ironisch behaupteten, wahrscheinlich nur ein einziges Vermögen ›beraten‹ durfte – nämlich das von Paula, seiner Frau, die als ziemlich reich galt. Unsere ›Saufhöhle‹ war seit damals kein Treffpunkt mehr, doch dann und wann gingen wir um der alten Zeiten willen wieder hin.

Felix war schon da, in unserer gewohnten Ecke. Er winkte, als ich hereinkam, und brachte ein etwas armseliges Lächeln zustande.

»Ja, so was, Guy«, murmelte er, als ich an den Tisch trat.

»Hallo, Felix. Mir scheint, die Bude ist nicht gründlich saubergemacht worden, seit wir voriges Mal hier waren.«

»Wenn man es täte, ginge so etwas wie historische Patina verloren. Der Ort wäre dann nicht mehr unsere alte Höhle ... Was nimmst du, Guy?«

»Ein Glas Bier und ein Käsesandwich. Und du?«

»Whisky. Ich gehe es holen.«

Er stakte zur Bar. Als er mit unseren Getränken und dem Sandwich zurückkam, fand ich, daß er verhärmt und nervös aussah. Dafür mußte es einen Grund geben. Und vermutlich war es das Problem, weswegen er mich sprechen wollte. Ich wartete nun gespannt, wie er das Gespräch darauf bringen würde.

Bei der dritten Runde von Getränken, nach häufigem Gesichtabwischen seinerseits und konfusen Konversationsversuchen, die allesamt schnell steckenblieben, meinte ich, daß wir nun lange genug Katze und Maus gespielt hätten.

Ich griff in die Tasche und hielt ihm Melissas Schuldschein hin. »Ist es das, weswegen du mich sprechen wolltest, Felix?« Der Whisky schien ihm in der Kehle stecken zu bleiben, und die Augen traten ihm aus dem Kopf, als er das Papier sah. »Wie, um alles in der Welt ... Wo hast du das her, Guy?«

Da ich nicht von der Kassette erzählen wollte, sagte ich einfach: »Melissa hatte es.«

Er wischte sich die glitzernde Stirn einmal mehr mit dem bereits feuchten Taschentuch und stöhnte: »Mein Gott, habe ich mir deswegen Sorgen gemacht! Ich wußte, daß dieses verwünschte Ding früher oder später auftauchen würde. Ich konnte nur hoffen, daß es nicht in unrechte Hände geriet. Ich meine, wenn der Inspektor dahintergekommen wäre, daß Melissa mir eine solche Summe geliehen hat – nun, das weitere kannst du dir selbst ausmalen ... Natürlich, Guy, sollst du dein Geld bekommen – vorausgesetzt, du läßt mir ein wenig Zeit, und –«

»Mein Schuldschein ist es nicht«, warf ich ein. »Mir hast du ihn nicht gegeben.«

»Ja, ja, ich weiß. Aber jetzt ist es deiner – nicht wahr?«

Ich zuckte die Achseln. Das Geld interessierte mich nicht. Ich wollte die Geschichte hören, die damit zusammenhing.

»Felix, warum hat Melissa dir dreitausend Pfund geliehen?«

»Weil ich das Geld brauchte. Ich war in furchtbarem Druck.« Er nahm einen hastigen Schluck von seinem Whisky, überzeugte sich, daß niemand in der Nähe war, der hätte mithören können, und begann zu sprechen.

»Es passierte vor sechs Monaten. Ich hatte eine Pechsträhne an der Aktienbörse – du weißt, wie das geht. Irgendein Schlaukopf gibt dir einen Geheimtip, und ehe du Lunte riechst, hast du alle deine Rücklagen verbraten. Ich war pleite, schlicht und gründlich pleite. Natürlich hätte ich das Geld von Paula bekommen können – aber du weißt, wie Paula ist. Mein Leben lang wäre mir diese Sache immer wieder aufgetischt worden, immer wieder ... Nun, eines Tages fuhr ich in meiner Not nach Folkstone, um zu sehen, ob ein alter Freund mir helfen könnte. Kein Glück. Völlig deprimiert war ich auf dem Heimweg nach London, als mein Wagen streikte, mitten in Elvingdale, einer kleinen Stadt in Kent. Um mir die Zeit zu vertreiben, die sie zur Reparatur meiner alten Karre brauchten, ging ich in ein Café. Und wer saß dort? Ausgerechnet Melissa! Zu sagen, daß ich überrascht war, ist eine heuchlerische Untertreibung. Ich –«

»War sie allein?«

»Allein? Ja, da war sonst niemand. Abgesehen von dem Serviermädchen, natürlich ... Nun, du kannst dir die Szene vorstellen. Ich fühlte mich gräßlich deprimiert und hegte trübe Gedanken über das Leben im allgemeinen und mein Bankkonto im besonderen. Und Melissa war sehr flink im Erspähen solcher Sachen. Sie stellte ein paar Fragen, und schließlich erzählte ich ihr die ganze Geschichte – ohne die geringsten Nebenabsichten, versteht sich. Ich hätte ja niemals angenommen, daß sie irgendwelches Geld besäße.«

»Und dann erbot sie sich, dir auszuhelfen? Einfach so?« Ich schnippte mit den Fingern.

»Ja, einfach so. Ich war sprachlos. Ich hatte nie gedacht, daß einer von euch so viel Geld übrig haben könnte.«

»In meinem Fall hattest und hast du recht, Felix«, sagte ich trocken und stand auf, um eine weitere Runde Drinks zu holen. Nachdem ich wieder am Tisch saß, fragte ich; »Was mußtest du für dieses Darlehen tun, Felix?«

»Tun? Was meinst du damit?«

»Welche Bedingungen hatte euer Übereinkommen, euer Vertrag, oder wie du es nennen willst?«

»Guy, du irrst dich. Es gab keine Bedingungen. So war Melissa nicht. Ich mußte ihr nur versprechen, den Mund über die Sache zu halten, und das hätte ich sowieso getan.«

»Ich verstehe.« Ich schob mein inzwischen geleertes Glas zur Seite; einen weiteren Drink wollte ich nicht mehr. Beim Anzünden einer Zigarette fragte ich Felix, ob er je von einem Mann namens Peter Antrobus gehört hätte.

Er schüttelte den Kopf. »Nein, nicht, daß ich mich erinnere. Sollte ich ihn kennen?«

Ich hatte den Eindruck, daß er nicht log. Nach zwei, drei tiefen Zügen aus meiner Zigarette hob ich sein leeres Whiskyglas an und legte den zusammengefalteten Schuldschein darunter.

»Da hast du deinen Schuldschein, Felix. Ich an deiner Stelle würde mich in Zukunft aus solchen Geschichten heraushalten.« Er konnte es nicht glauben. Die Augen traten ihm diesmal so weit aus dem Kopf, daß ich ernstlich befürchtete, sie würden im nächsten Moment auf den Tisch fallen. Als er sprach, war es ein Stottern wie bei einem alten Maschinengewehr mit Ladehemmung.

»Ich sage – bist du dessen – bist du dessen sicher, alter Freund? – Ich meine, dreitausend ... Das ist – das ist schrecklich – schrecklich großzügig von dir ... Aber bist du – bist du dessen wirklich sicher? Wirklich –?«

Ich erklärte, das sei schon in Ordnung, und verabschiedete mich rasch, um seinen Beteuerungen der Dankbarkeit zu entrinnen.

Ich fuhr nach Hause, brachte das Auto in die Garage, ging die Treppen hinauf und öffnete geräuschlos die Wohnungstür. Vermutlich war es albern, aber ich konnte die Schwelle der Wohnung nicht mehr überschreiten, ohne die geheime Furcht – oder Sehnsucht? –, gleich wieder ›Melissas Melodie‹ zu vernehmen. Dieses Mal war alles ruhig.

Ich sah ohne besonderes Interesse meine Abendpost durch und schlenderte dann müßig ins Schlafzimmer. Dort fiel mir ein, daß ich unter die Dusche gehen und mich anschließend meinem Roman widmen könnte. Ich fing an, meine Kleidung abzulegen.

Ich hatte Jacke, Hose und Hemd, Schuhe und Strümpfe bereits ausgezogen, als ich die Wohnungstür klicken hörte.

Es war ein winziges Geräusch, aber seine Wirkung auf meine Nerven glich einem Trompetenstoß. Ich rannte hinaus in die Diele, wo mein Blick von einem der bodenlangen Fenstervorhänge gefangen wurde, der sich leicht zu bewegen schien.

Es ist schwer, in Unterhemd und Unterhose und mit bloßen Füßen mutig zu sein. Aber ich holte tief Luft und schob die Vorhänge blitzschnell auseinander. Natürlich stand dort niemand.

Aber – war es Einbildung? Oder glaubte ich wirklich, den Hauch eines unverwechselbaren Parfüms wahrzunehmen?

Ich wollte trotz meiner spärlichen Kleidung zur Wohnungstür laufen, als ich durch eines der Fenster die schemenhafte Gestalt einer Frau unten auf der Straße bemerkte. Sie stieg schnell in ein Auto, das sofort anfuhr und eine Sekunde später um die nächste Ecke entschwand.

Als ich mich vom Fenster abwandte, berührten meine nackten Zehen etwas Weiches, Zartes. Ich bückte mich und hob ein Taschentuch auf. Es war klein, leicht parfümiert, mit einem aufgestickten Buchstaben in einer Ecke. Der Buchstabe war ›M‹.

Sie war tot. Und doch war sie überall. Von meinem Schreibtisch lächelte mir ihre Fotografie entgegen. Ihr handgeschriebener Brief sprach zu mir, wenn ich die Kassette aufmachte. Ihre Lieblingsmelodie hatte erst gestern abend die ganze Wohnung erfüllt. Sie selbst hatte mich sogar antelefoniert, eine Stunde nachdem sie – laut Feststellung der Polizei – erdrosselt worden war.

Und nun ein Schimmer von honigblondem Haar im Lichtkreis der Straßenlampe und ein winziges Taschentuch mit schwachem Parfümduft und dem aufgestickten Buchstaben ›M‹ …

Ich sank in meinen Schreibtischsessel und verbarg den Kopf zwischen meinen gekreuzten Armen. Die Schreibmaschine war mir irgendwie im Weg. Ich wollte sie etwas zur Seite schieben. Dabei gerieten meine Finger gegen die nackten Tasten – nicht gegen die leicht angestaubte Wachstuchhaube, die die Maschine bedeckt hatte, als ich fortgegangen war … Und nun machte ich eine unheimliche Entdeckung.

Ich starrte auf die unverhüllte Maschine, auf das frisch um die Walze gedrehte Blatt Papier. Es enthielt eine geheimnisvolle Nachricht in wenigen Worten:

```
Du triffst Peter Antrobus in Elvingdale.
Bei Duncan, Sonnabendvormittag, 10.30.
```

5

Als ich am Sonnabendmorgen nach Elvingdale fuhr, wußte ich über dieses Städtchen noch immer nichts weiter als die eine Tatsache: Melissa war in Elvingdale gewesen. Zu seiner eigenen Überraschung war Felix ihr dort begegnet, als sie mutterseelenallein in einem kleinen verschlafenen Café saß.

Was mochte sie in Elvingdale getan haben? Wir hatten keine Freunde in dieser Gegend – jedenfalls ich nicht. Ich konnte mir keinen Anlaß denken, der sie in dieses entlegene Nest geführt hatte. Was war ihr dort so wichtig gewesen? Und wer war Peter Antrobus?

Ganz nebenbei: Wer oder was war ›Duncan‹?

Ich fand mich instinktiv darauf vorbereitet, nach einem Hutgeschäft Ausschau zu halten. Aber Elvingdale – dessen konnte ich nach der ersten Rundfahrt durch dieses Städtchen ziemlich sicher sein – hatte es noch nicht zu einem Hutgeschäft gebracht. Wohl gab es einige altertümliche Läden, in denen Stoffe und Bänder wahrscheinlich noch mit der Elle abgemessen und nach Guineas, Halfpennies und Farthings berechnet wurden; auch einzelne fertige Kleidungsstücke konnte man in diesen Läden kaufen, wie die Schaufensterauslagen zeigten. Aber ein Hutgeschäft war in ganz Elvingdale nicht zu entdecken.

Dafür gab es einen Herrenfriseur, und der hieß Duncan.

Mein Herzschlag schien einen Moment lang zu stokken, als ich den Namen über der Tür sah. Aber ich ging nicht sofort hinein.

Die Nachricht nannte als Zeit 10.30 Uhr; ich hatte noch zehn Minuten zu warten.

Ich beschloß noch einmal um den malerischen Marktplatz des Städtchens zu schlendern. Es war gut, daß ich diesen Rundgang machte; andernfalls hätte ich wohl die stahlgraue Bentley-Limousine nicht bemerkt, die in einer schmalen Nebenstraße geparkt stand, mit einem livrierten, hochmütig dreinblickenden Chauffeur hinter dem Lenkrad. Ich kann nicht sagen, ob er mich überhaupt sah; ich jedenfalls erkannte ihn sofort wieder und die Zulassungsnummer des Wagens ebenfalls – NU 202. Demnach schien auch Dr. Swanson in Elvingdale zu tun zu haben. Und das reckte den langen Arm des Zufalls eigentlich ein bißchen zu weit.

Während ich an der Ecke stand und schaute, sah ich aus der Papierwaren- und Buchhandlung am Anfang der Nebenstraße ein Mädchen kommen. Obwohl ich sie nur von hinten sah, schienen mir die Bewegungen ihrer hübschen, schlanken Gestalt irgendwie vertraut zu sein. Hinter einem dicken Kastanienbaum verborgen, beobachtete ich, wie sie den Fahrdamm überquerte, um zu Dr. Swansons Bentley zu gelangen. Ich hatte recht – sie war Swansons blonde Sekretärin. Miss Dean, oder wie sie hieß. Ich sah auf meine Uhr und stöhnte. Ich hätte Miss Dean gerne begrüßt, aber mir blieb keine Zeit; ich mußte zu dem Friseur.

Mr. Duncans bescheidener Salon enthielt zwei Frisiersessel. Beide waren leer, und niemand wartete darauf, in ihnen Platz zu nehmen. Als ich die Eingangstür hinter mir zumachte, legte ein netter kleiner Mann mit dünnem Schnurrbärtchen und weißem Friseurmantel hastig die Zeitung beiseite, in der er gelesen hatte, und begrüßte mich.

»Guten Morgen, Sir. Womit kann ich dienen?«

Ich erwiderte den Gruß und verlangte einen Haarschnitt. Hinter dem Plastikvorhang am Ende des Ladens entstand Bewegung.

»Jackson!« sagte der nette kleine Mann in Richtung des Vorhangs. »Kundschaft!«

Ein Jüngling mit einem Besen in der Hand blickte um den Vorhang, starrte mich irgendwie entgeistert eine Sekunde lang an, seufzte, kam dann vollends zum Vorschein, jedoch ohne seinen Besen, und wies auf einen der beiden leeren Frisiersessel. Der Mann mit dem Schnurrbärtchen, offenbar der Eigentümer des Salons, machte eine bedauernde Geste.

»Tut mir leid, Sir, daß ich Sie nicht selbst bedienen kann. Ich warte auf einen vorangemeldeten Stammkunden, der jeden Moment kommen muß.« Er sah zur Wanduhr. Ich tat dasselbe, aber durch den großen Spiegel vor mir, in dem unsere Blicke sich begegneten. Es war 10.32 Uhr.

Wenige Augenblicke später – Jackson, der Gehilfe, hatte mir inzwischen den Schulterschutz umgebunden – ertönte ein zartes Geklingel, und die Eingangstür öffnete sich. Auf der Schwelle stand ein sympathischer Mann von etwa Anfang Dreißig und fragte mit angenehmer, gebildet klingender Stimme: »Sie können mich wohl nicht zufällig bedienen, Duncan?«

Der Eigentümer schüttelte den Kopf. »Leider nicht, Sir. Ich habe für zehn Uhr dreißig eine Voranmeldung. Der Kunde ist ein bißchen spät dran, aber er wird gleich da sein.«

»Doch nicht etwa Mr. Antrobus?« fragte der junge Mann auf der Schwelle in gutmütig ironischem Ton.

»Ganz recht, Sir – Mr. Antrobus.«

»Ei, zum Kuckuck. Das scheint mir sonnabends immer zu passieren. Also gut. Ich werde es gegen elf Uhr wieder versuchen – ja?«

»Sehr wohl, Sir, dann bin ich bestimmt für Sie bereit.«

Die Tür schloß sich unter zartem Geklingel. Mir wurde bewußt, daß der zaghafte Jüngling Jackson, der meine Haare schneiden sollte, schon seit einer Minute versuchte, etwas in mein rechtes Ohr zu flüstern; ich war von der Beobachtung der Szene im Spiegel zu sehr beansprucht worden, um ihm genügende Aufmerksamkeit zu schenken.

»Was ist denn?« fragte ich leicht gereizt.

»Wie möchten Sie Ihr Haar, Sir? Halblang, vielleicht –?«

»Hinten und an den Seiten etwas kürzen, aber nicht zu viel fortnehmen«, schnappte ich. Beinah hätte ich hinzugefügt: Und versperre mir nicht andauernd die Sicht zur Tür, du Idiot! Mein Blick klebte förmlich am Spiegelbild der Eingangstür. Aber dann war es Meister Duncan selbst, der mir unabsichtlich den Ausblick versperrte, als die Tür das nächstemal aufging und jemand von der Straße in den Laden kam. Ich verrenkte mich fast in meinem Sessel.

»Ah, schönen guten Morgen, Mr. Antrobus!« sagte Duncan salbungsvoll.

Ein helles Stimmchen krähte die Antwort: »'n Morgen, Mr. Duncan. Tut mir leid, daß ich zu spät komme. Aber der Lehrer ließ uns nicht früher gehen.«

Duncan lachte freundlich. »Macht nichts, Peter. Dein Sessel steht trotzdem für dich bereit. Bitte, nimm Platz. Dann können wir sofort beginnen.«

Ein Schuljunge von höchstens zwölf Jahren zog sich die Mütze vom Kopf und sank mit einem wohligen Seufzer in den anderen Sessel.

Ich konnte zunächst nicht mehr tun, als dazusitzen und leicht verstörten Geistes mein Spiegelbild anzuglotzen. Wenn auch seit Melissas Tod meine Welt aus den Fugen geraten war, fühlte ich mich nicht geneigt, den Gedanken zu akzeptieren, meine Frau hätte eine Liebschaft mit einem kleinen Schuljungen gehabt. Ich zermarterte mir das Gehirn, um eine Erklärung zu finden. Und zu der Zeit, als der zaghafte Jackson seine Bemühungen um Neugestaltung meines Haarschnitts beendete, war ich zu einer verhältnismäßig logischen Schlußfolgerung gelangt: Nicht Antrobus junior war der, den ich treffen sollte, sondern Antrobus senior, Klein-Peters Vater, der vermutlich ebenfalls Peter hieß!

Solchermaßen denkend, sagte ich mir, daß es nicht schaden könnte, ein bißchen freundschaftlichen Kontakt mit Klein-Peter herzustellen. Ich verließ meinen Frisiersessel, nahm dem zaghaften Jackson die schmale weiche Nackenbürste aus der Hand und fuhr mir mit diesem Instrument noch einige Male gründlich zwischen Kragenrand und Genick herum. Dabei raunte ich dem Jungen zu: »Fallen dir die abgeschnittenen Haare auch immer hinten in den Kragen?«

Klein-Peter nickte lebhaft. »Ja! Gräßlich, nicht wahr? Verleidet mir das ganze Haareschneiden.«

»Mir auch.«

»Natürlich ist Mr. Duncan sehr sorgfältig. Aber es passiert trotzdem immer wieder. Und wenn es nur zwei oder drei abgeschnittene Haare sind – sie kitzeln und kitzeln, daß man zappelig werden könnte!«

Ein netter, intelligenter Junge. Ich wandte mich an Duncan und fragte, wieviel ich schuldig sei.

»Drei Shilling, Sir.«

Ich bezahlte und gab dem zaghaften Jackson ein Trinkgeld. Dann sagte ich beiläufig zu Klein-Peter: »Elvingdale scheint mir ein hübsches Städtchen zu sein. Wohnst du hier?«

»Ja, Sir. Das heißt, ein bißchen außerhalb. Am Stadtrand.«

Duncan hatte sein Geld eingesteckt und schaltete sich in die Unterhaltung ein.

»Sind Sie eigentlich zum erstenmal hier, Sir?«

»Ja, so ist es.«

Er runzelte verwundert die Stirn. »Komisch. Ich dachte, ich hätte Sie schon früher gesehen. Vielleicht nicht hier in der Stadt, aber irgendwo in der Gegend.«

»Ich bin, wie gesagt, zum erstenmal in diesem Städtchen. Aber ich habe ein Cottage in Lenton-on-Sea. Das ist etwas weiter westlich von hier.«

»Ah, Lenton! Ein hübscher Ort! Etwas ruhig, aber sehr hübsch. Wie weit mag es bis dahin sein – ungefähr siebzehn Meilen?«

Der zaghafte Jüngling Jackson ließ sich todernst vernehmen: »Nein, mehr als das. Müssen vierundzwanzig Meilen sein. Oder fünfundzwanzig.« Hierauf errötete er.

»Ausgeschlossen!« krähte Klein-Peter mit seinem hellen Stimmchen. »Von uns aus sind's nur sechzehn Meilen!«

»Weißt du das sicher, Peter?« fragte Duncan.

»Na klar, Mr. Duncan. Gleich bei unserer Tankstelle steht ja eine Entfernungstafel.«

Tankstelle! Ich spitzte die Ohren bei dieser Information.

Im nächsten Moment ertönte wieder das Türglöckchen, und ein dunkelhaariges, temperamentvoll und recht hübsch aussehendes Mädchen von etwa Anfang Zwanzig betrat den Laden. Sie war mit einem groben Sweater und blauen Jeans bekleidet und trug eine Anzahl Pakete bei sich. Ich tat uninteressiert, als Duncan sie mit ›Miss Antrobus‹ ansprach.

Sie schien in Eile zu sein. Da der Junge über einer Illustrierten trödelte, die er noch nicht bis zur letzten Seite durchgeblättert hatte, ergriff ich meine Chance und sagte leichthin: »Tadeln Sie mich, Miss Antrobus, wenn Ihr Bruder mit der Illustrierten noch nicht fertig ist. Es ist mein Fehler, ich habe ihn zum Schwatzen verleitet.«

»Ach, schon recht«, entgegnete sie ganz freundlich. »Ich weiß ja, wie Peter ist, wenn er ins Reden kommt.« Dann tat sie, was der Volksmund als ›volle Kehrtwendung‹ bezeichnet: Sie musterte mich mit einem zweiten, jetzt sehr kritischen Blick, schien den Atem anzuhalten, murmelte etwas Unverständliches, schnappte sich Klein-Peter und hastete mit ihm aus dem Laden.

Ich fühlte mich recht seltsam behandelt, und die bedeutungsvollen Blicke, die ich den zaghaften Jackson mit seinem Arbeitgeber tauschen sah, besserten nichts an meinem Unbehagen. Es lag mir auf der Zunge, zu fragen, ob ich plötzlich aussätzig geworden sei. Aber ich verkniff mir das Gekränktspielen, sagte ›Guten Morgen‹ und verließ den Laden.

Als ich draußen am Schaufenster vorbeiging, sah ich durch die dünne Gardine, daß Duncan und sein Gehilfe Kopf an Kopf über die Zeitung gebeugt waren. Was sie da anscheinend aufgeregt studierten, konnte ich natürlich nicht erkennen. Aber ich wußte, welche Londoner Zeitung Duncan bei meinem Eintreten in der Hand gehabt hatte. Zwei Minuten später erstand ich in der Papierwaren- und Buchhandlung des Städtchens ein Exemplar davon.

Es traf mich wie eine unverhoffte eiskalte Dusche, auf der dritten Innenseite des Hauptblattes dieser großen Zeitung mein eigenes Foto zu finden, gleich drei Spalten breit. Auch ein Foto von Melissa war abgedruckt, und die Schlagzeile schrie: ›Wer hat Melissa Foster getötet?‹

Das einzige, was sie vergessen hatten, war ein großer Pfeil, der – den geistig weniger gewandten Lesern zuliebe – unverhohlen auf mich zeigte. Statt dessen brachten sie aber eine genaue und im Endeffekt sehr belastende Zusammenstellung von Melissas und meinen Unternehmungen am Abend der Tat, mit einer minutiösen Zeittabelle; außerdem eine nicht eben liebenswürdige Schilderung meines beruflichen Werdeganges mit Angaben über die geringen Verkaufserfolge meiner Bücher.

Ich war so bestürzt über diese Sache, daß ich nicht beachtete, wohin ich ging, und um ein Haar mit der hübschen Miss Dean zusammengeprallt wäre; sie schien ebenfalls in Gedanken versunken gewesen zu sein.

Ich weiß nicht, wer von uns beiden mehr erschrak. Aber sie faßte sich zuerst und schien bestrebt, die Begegnung so kurz wie möglich zu gestalten. Ich hingegen war willens, mich ihrer für ein Weilchen zu versichern, und griff nach ihrem linken Arm, um sie am Fortlaufen zu hindern. Dann fragte ich, ob auch Dr. Swanson in Elvingdale sei.

»Nein. Ich bin allein hier. Ich besuche meine Mutter. Sie lebt in Elvingdale.«

»Aber gewiß nicht ganz allein?« forschte ich. »Habe ich hier nicht vor kurzem Doktor Swansons Bentley nebst seinem sauertöpfischen Chauffeur gesehen?«

»Möglich«, murmelte sie achselzuckend.

»Wie hübsch für Sie, in solchem Luxus herumkutschiert zu werden!«

»Doktor Swanson ist sehr nett zu mir.«

»Ja, augenscheinlich«, erwiderte ich trocken. »Ich, für mein Teil, würde wünschen, Sie wären neulich etwas netter zu mir gewesen.«

»Was meinen Sie damit, Mr. Foster?«

»Daß Sie neulich, bei meinem ersten Besuch in der Wimpole Street, ohne weiteres vorgaben, mich zu erkennen!«

»Aber ich erkannte Sie, Mr. Foster! Wie sonst hätte ich ihren Namen wissen können, als Sie so spät am Nachmittag ganz unerwartet an der Praxistür klingelten? Und Sie haben Ende vorigen Monats Doktor Swanson schon einmal konsultiert! Das steht doch schwarz auf weiß im Praxisdiarium und im Rezeptbuch des Doktors, und –«

In diesem Moment stoppte der stahlgraue Bentley geräuschlos an der Bordschwelle neben uns. Miss Dean wand geschickt ihren Arm aus meinem Griff.

»Mr. Foster«, sagte sie milde und ernst, »Sie waren kürzlich einer Menge Belastungen ausgesetzt – ich glaube nicht, daß Ihnen bewußt ist, wie schweren Belastungen. Sie sind bereits krank gewesen, als Sie uns Ende vorigen Monats aufsuchten. Und diese schreckliche Sache, die nun noch mit Ihrer Frau passierte, war einfach zuviel für Sie.«

Das klang so aufrichtig, daß ich meine Hand, die wieder nach ihrem Arm fassen wollte, endgültig sinken ließ. Sie wandte sich ab und schlüpfte durch die mittlerweile vom Chauffeur geöffnete Fondtür in die Limousine.

»Deuten Sie an – ich meine, versuchen Sie irgendwie zu sagen, daß mein Gedächtnis gelitten hätte?« fragte ich.

»Mr. Foster, es ist nicht meine Sache, eine Diagnose zu stellen. Ich bin nur Sekretärin und Sprechstundenhilfe. Aber ich denke, Sie sollten wieder zu Doktor Swanson kommen. Ich bin sicher, daß er Ihnen helfen kann.«

Sie schenkte mir ein flüchtiges Lächeln, nickte dem Chauffeur zu, und der Bentley rollte leise davon.

Miss Dean hatte so ehrlich und rechtschaffen gewirkt, daß ich fast überzeugt und auf dem Punkt war, nach London zurückzukehren. Doch in diesem Augenblick sah ich Mary Antrobus und Klein-Peter wieder. Sie saßen in einem etwas ramponierten Kombiwagen, der eben den Parkplatz verließ. Die Erinnerung an Marys seltsames Verhalten belebte mein Verlangen nach weiteren Ermittlungen.

Stoppen konnte ich den Kombiwagen natürlich nicht. Aber ich lief zum Parkplatz und schnappte mir den alten Parkplatzwächter, während der Antrobus-Kombi noch in

Sicht war. Gegen ein reichliches Trinkgeld fragte ich den alten Knaben über die Antrobus-Familie aus. Er bestätigte nur, was ich bereits wußte: daß die beiden Bruder und Schwester seien, Peter und Mary, und daß ihr Vater am Stadtrand eine Tankstelle mit Reparaturwerkstatt und Garagen besitze.

»Antrobus – ein ziemlich häufiger Name hier in der Gegend, nehme ich an?«

»Keineswegs, Chef«, pfiff der Alte durch seine Zahnlücken. »Hier ist nur diese eine Familie Antrobus, soviel ich weiß. Und ich habe mein ganzes Leben lang hier gelebt.«

»Eine große Familie, natürlich? Viele Kinder, Onkel und so weiter?«

»Nein, nein. Seitdem die Mutter starb, sind da nur die drei. Sehr traurige Sache, ehrlich gesagt. George ist seitdem nicht mehr derselbe. Verlor sie vor achtzehn Monaten, der arme Kerl.«

George hieß er also. Nicht Peter. Es ergab keinen Sinn.

Ich sagte strahlend: »Ah natürlich – George! Ich denke, ich habe ihn zwei-, dreimal gesehen. Ein großer, kräftiger Kerl. Recht stattlich. Trägt manchmal eine Brille. Ungefähr fünfundvierzig, schätze ich.«

Der Alte schüttelte nachdrücklich den Kopf. »Da verwechseln Sie ihn, Chef. George ist sechzig und sieht auch an guten Tagen wie sechzig aus. Aber meistens würde man ihn für älter halten. Von einer Brille weiß ich nichts. Und ganz gewiß ist er nicht, was ich groß und stattlich nennen würde.«

Ich wagte keine weiteren Fragen. Ich nickte dem Alten zu, schlenderte wie von ungefähr zu meinem Auto und stieg ein. Als ich davonfuhr, sah ich durch den Rückspiegel, daß er mir nachstarrte. Vielleicht hatte auch er mein Foto in der Zeitung gesehen.

Nachdenklich fuhr ich die Straße entlang, die ein Passant mir genannt hatte. Schon bald kam ich zu einem kleinen Gebäudekomplex mit Tankstelle, Werkstatt und Garagen, der an der Einfahrt den Namen des Eigentümers trug: ›George Antrobus‹. Ich hielt auf der anderen Straßenseite. Als einziges Familienmitglied war Mary in Sicht; sie tankte einen 1100er Morris auf. Ich beobachtete aus der Ferne, wie sie die Tankprozedur beendete, das Geld entgegennahm, Wechselgeld zurückgab, dem startenden Morris einen Moment lang nachblickte und dann in dem kleinen Büro hinter den Zapfsäulen verschwand.

Ich verließ mein Auto und ging ihr nach.

Anscheinend betrat ich das Büro sehr leise; sie drehte mir den Rücken zu und merkte nichts von meinem Kommen. Sie kramte eifrig und nicht ganz geräuschlos in einem metallnen Aktenschränkchen, das vermutlich die Geschäftspapiere enthielt. Das kärglich ausgestattete Büro war mit einem Blick zu überschauen. An Möbeln gab es nur einen Drehstuhl und einen mit Notizzetteln, Geschäftsbriefen, Rechnungen, Tabellen und Katalogen bedeckten Schreibtisch. An drei Wänden standen einfache Holzregale mit Stapeln von Öldosen, Zubehör aller Art und Ersatzteilen. An der vierten Wand, die das kleine, schmutzige Fenster enthielt, hingen zwei Reklamekalender.

Dort hing aber auch eine handschriftlich signierte Fotografie von – Don Page.

Sie war, in Augenhöhe, neben der linken Schmalseite des Schreibtisches mit Reißnägeln an der Wand befestigt. Nicht etwa ein ausgeschnittener Zeitungsschnappschuß, sondern ein richtiger Hochglanzabzug in Schwarzweiß, mit einigen Widmungsworten über dem Namenszug. Don saß in klassischer Siegerpose auf dem Heck eines Ferrari, Sturzhelm in der Hand, ein Grinsen auf dem hübschen ölbeschmutzten Gesicht, über den Schultern ein Blumengebinde. Als ich mich vorwärtsbeugte, um die Widmung zu lesen, kam ich bloß bis zu ›Für Mary –‹; dann bemerkte das Mädchen meine Anwesenheit und wirbelte herum.

»Wie lange stehen Sie dort schon?« fauchte sie ärgerlich.

»Zehn Sekunden, höchstens fünfzehn. Ich bitte um Entschuldigung, wenn ich Sie erschreckt habe.«

»Ich verabscheue Schleicher. Was wollen Sie?«

»Nur ein kurzes Gespräch – falls Sie eine Minute für mich übrig haben. Mein Name ist Foster – Guy Foster.«

»Ich weiß. Ich erkannte Sie vorhin beim Friseur. Ich hatte Ihr Bild in der Zeitung gesehen.«

»Ah, deshalb Ihr seltsames Verhalten –«

»Sie sind der Mann, der seine Frau – oh, Entschuldigung –, der Mann, dessen Frau ermordet worden ist.«

»Richtig. Und deshalb bin ich hier. Ich versuche gewisse Tatsachen herauszufinden. Vielleicht können Sie mir helfen.«

»Ich?« Das Mädchen war ehrlich überrascht. »Wie könnte ich Ihnen helfen?«

»Melissa – meine Frau – stand in engen Beziehungen zu jemandem namens Peter Antrobus. Ich frage mich, ob –«

»Peter Antrobus?« Das Mädchen brach in heftiges Lachen aus. »Daran wäre nichts Schlimmes. Peter Antrobus ist mein Bruder – Sie haben ihn im Friseurladen getroffen. Er ist noch nicht zwölf und –«

»Soviel habe ich selbst erkannt, Miss Antrobus. Was ich nun wissen möchte, ist, ob Sie noch andere Verwandte in Elvingdale haben oder irgend jemanden dieses Namens kennen?«

»Hier und in der ganzen Grafschaft gibt es niemand weiter mit demselben Namen, das weiß ich ziemlich genau.«

Sie machte das Aktenschränkchen entschlossen zu; das Geräusch, welches dabei entstand, war nicht unerheblich.

»Was läßt Sie annehmen, Mr. Foster, daß Ihre Frau in engen Beziehungen zu jemandem namens Peter Antrobus stand?«

»Sie hinterließ mir einen Brief. Darin steht dieser Name. Und über die von ihr selbst erwähnte Art der Beziehungen kann es keinen Zweifel geben.«

»Ich verstehe ... Nun, es tut mir leid, aber ich weiß nicht, wie ich Ihnen helfen soll. Ich bin Ihrer Frau nie begegnet und mein kleiner Bruder bestimmt auch nicht.«

Ihr Verhalten und ihr Tonfall – nach wie vor höflich, aber irgendwie verändert – ließen erkennen, daß sie das Gespräch nun für beendet hielt. Ich war anderer Meinung.

»Miss Antrobus, kurz nach Verlassen des Friseurladens begegnete ich einer Miss Dean. Kennen Sie sie vielleicht? Sie scheint aus dieser Gegend zu stammen. Jedenfalls wohnt ihre Mutter in Elvingdale.«

Das Mädchen zuckte die Achseln und murmelte gleichgültig. »Wieso sollte ich sie kennen?«

»Ich wüßte keinen besonderen Grund, ausgenommen vielleicht, daß Sie beide etwa im gleichen Alter sind. Und Elvingdale ist wohl ein ziemlich kleines Städtchen.«

»Ist sie eine Freundin von Ihnen, Mr. Foster?«

»Das eigentlich nicht.«

»Warum sind Sie dann an ihr interessiert?«

»Weil sie bei der Polizei eine Aussage gemacht hat – eine falsche Aussage, meiner Meinung nach.«

»Über Ihre Frau?«

»Nein, über mich.«

Jetzt, auf einmal, glaubte ich in Marys Augen die Spur eines Zögerns oder irgendeiner Unsicherheit zu erkennen. Mein Herz ging schneller. Ich fühlte, daß sie im Begriff gewesen war, irgend etwas zu erzählen. Nach kurzem Schweigen bat sie mich, den Namen noch einmal zu nennen. Es war offensichtlich, daß sie um Zeit spielte, daß sie versuchte, zu einem Entschluß zu gelangen.

»Der Name ist Miss Dean«, sagte ich. »Sie ist von Beruf Sprechstundenhilfe. Das heißt, eigentlich ist sie etwas mehr – Sprechstundenhilfe und Sekretärin. Bei einem Arzt in London.«

»Merkwürdig genug«, antwortete Mary Antrobus langsam, »ich kenne sie. Ich bin ihr ein paarmal begegnet – Joyce Dean. Aber ich weiß nicht viel über sie. Sie arbeitete im hiesigen Hospital. Ich glaube, vor ungefähr einem Jahr ging sie fort.«

»Sie arbeitet jetzt für einen Facharzt in London, Doktor Norman Swanson, Wimpole Street.«

»Da hat sie Glück! Ich wünschte, ich könnte einen Job in London bekommen. Das wäre –«

In diesem Augenblick ertönte die Klingel, die sie zu den Zapfsäulen rief. Draußen war ein Auto vorgefahren. Sie entschuldigte sich und lief hinaus.

Ich nahm die Gelegenheit wahr, mir Don Pages Fotografie genauer anzusehen. Die Widmung, mit Tinte geschrieben, war recht simpel: ›Für Mary, mit allen guten Wünschen. Don Page.‹ Ein Datum stand nicht dabei.

Eine Sekunde lang war ich versucht, die beiden Reißnägel aus der Wand zu ziehen und die Fotografie an mich zu nehmen. Ich verwarf diese unschöne Idee, verließ das Büro und winkte Mary freundlich zu, als ich zu meinem Auto schlenderte.

Ich wendete und schlug den Rückweg nach London ein. Elvingdale – so glaubte ich zu spüren – hatte mir alles geliefert, was ich zur Zeit erwarten durfte. Aber ich war ziemlich sicher, daß ich wiederkommen würde.

6

Während ich zurück nach London fuhr, versuchte ich zu ergründen, weshalb Melissa, lebendig oder tot, mich unter solchem Aufwand nach Elvingdale geschickt hatte. Was hatte sie mir mit jenem Brief bekanntgeben wollen? Was konnte es sein, daß ich falsch verstanden zu haben schien? Sicher wären einfachere Wege denkbar gewesen, mich zu informieren, daß Joyce Dean früher im dortigen Hospital gearbeitet und daß Don Page eine Freundin namens Mary Antrobus hatte.

Ich beschloß, mir Don Page vorzunehmen, sobald ich seiner habhaft werden konnte. Da er sich am Telefon den ganzen Nachmittag lang nicht meldete, fuhr ich gegen Abend zu seiner Wohnung. Benson, sein etwas gravitätischer Diener, öffnete mir die Tür. Als alter Freund wurde ich geradewegs in den großen Salon geleitet, dessen rückwärtige Hälfte eine überdimensionierte halbmondförmige Bar beherbergt. Zunächst hatte ich für etwa eine halbe Minute Gelegenheit, Don Page bei der Vorführung eines seiner beliebtesten Muskeltricks zu beobachten.

Ein mir fremder Mann saß ihm gegenüber an einem kleinen Tisch. Die beiden waren mit einer recht volkstümlichen Kraftprobe beschäftigt; sie hielten ihre rechten Ellbogen auf die Tischplatte gestemmt, hatten ihre rechten Hände gegeneinander gelegt und versuchten, den senkrecht gehaltenen Unterarm des anderen flach auf den Tisch zu drücken. Ich selbst habe so etwas noch nie praktiziert, aber ich glaube, eine Grundregel dieses freundschaftlichen Ringkampfes bestimmt, daß die Ellbogen der

Gegner während der ganzen Zeit auf der Tischplatte zu bleiben haben; die aufgewendete Kraft darf nur aus Unterarm, Handgelenk und Fingern kommen.

Ich sah den beiden Männern unbemerkt zu. Don lächelte und strengte sich offenbar überhaupt nicht an. Sein Gegner jedoch war purpurrot im Gesicht und schien alle verfügbare Kraft aufzubieten, um seinen Unterarm wenigstens senkrecht zu halten.

Dann schaute Don auf, erblickte mich, rief ein freundliches Grußwort und befand augenscheinlich, daß es an der Zeit war, den Wettkampf zu beenden. Seine Halsmuskeln strafften sich, sein Mund wurde zu einer schmalen Linie, und in Sekundenschnelle hatte er den Unterarm des anderen flach auf die Tischplatte gedrückt. Es war ganz offensichtlich, daß er dies schon längst hätte tun können. Der andere rang schnaufend um Atem und ging, sobald die Höflichkeit es erlaubte, ins Badezimmer, um sich zu waschen; ich bekam ihn übrigens an diesem Abend nicht mehr zu Gesicht. Don zeigte keine Zeichen von Anstrengung. Ich vergegenwärtigte mir, daß die Handgelenke und Finger eines Autorennfahrers infolge der hohen Leistungen, die ihnen abgefordert werden, besonders kräftig sein müssen.

Don begab sich hinter die enorme Bar und offerierte mir einen Drink. Ich bat um Scotch mit Sodawasser. Auf der Bar standen Tabletts mit Sandwiches aller Art, sowie Schalen mit Oliven, Kartoffelchips, Salaten und feinem Gebäck. Ich fragte Don, ob er eine Party gäbe.

»Es kommen ein paar Freunde, alter Junge«, antwortete er und zupfte sich sein elegantes, offenbar ganz neues Dinnerjackett zurecht. Da es im Moment kaum etwas gab, woran mir weniger gelegen wäre als an einem munteren Abend mit Dons Rennfahrerkollegen, kam ich ohne Umschweife zur Sache.

»Don, ich war heute vormittag in Elvingdale, einem Städtchen in Kent. Kennst du es?«

Ich beobachtete ihn während der folgenden Unterhaltung genau. Er wirkte völlig gelöst, beinah ein bißchen zerstreut – etwa so, als folge er dem Gespräch mit nur einem Ohr, weil er das andere sozusagen gespitzt hielt für die Türklingel, die übrigens jedesmal, wenn jemand den Klingelknopf drückt, ein melodisches Glockenspiel ertönen läßt.

»Elvingdale? Kenne es kaum, alter Junge. Bin vielleicht zwei- oder dreimal durchgefahren – auf dem Weg zur Küste. Was führte dich dorthin, Guy?«

Ich erzählte ihm von meiner nutzlosen Jagd auf Peter Antrobus, leitete über zu der Begegnung mit Mary Antrobus und achtete nun besonders scharf auf seine Reaktion.

»... sie hat, neben ihrem Schreibtisch an die Wand geheftet, ein handsigniertes Foto von dir.«

»Oh, wirklich?« Auffallend überrascht klang es nicht.

»Ein recht interessantes Mädchen, falls du den schlanken, dunkelhaarigen, temperamentvollen Typ magst.«

Er lachte leise. »Ich mag alle Typen. Vorausgesetzt, sie sind nicht zu anhänglich.«

»Zweiundzwanzig oder dreiundzwanzig dürfte sie sein, schätze ich.«

Don spürte die Frage in meinem Ton und schüttelte den Kopf. »Könnte nicht sagen, daß ich mich an sie erinnere. Aber reizvoll scheint sie zu sein. Ich werde einen Vermerk über sie in mein kleines schwarzes Buch kritzeln.«

Mir schien es, als sei er etwas zu glatt über die Sache mit dem handsignierten Foto hinweggerutscht; ich fragte also direkt danach.

»Mein lieber Squire, seit ich ein leidlich erfolgreicher Rennfahrer bin, habe ich Hunderte oder Tausende solcher Dinger signiert. Sie sind über den ganzen Erdball verstreut.«

»Wie die von einem Filmstar?«

»Beinahe so«, lachte er. »Nach Siegen oder guten Placierungen bekomme ich haufenweise Verehrerpost, meistens Autogrammbitten. Die Fotos werden mir von der Firma gestellt.«

»Malst du nur deinen Namenszug darauf, oder schreibst du noch etwas dazu?«

»Das hängt davon ab, um was ich gebeten werde. Falls es nicht zu albern ist, schreibe ich, was sie möchten.« Er hob sein Glas. »Auf die schlanke, dunkelhaarige, temperamentvolle Mary Antrobus, wer sie auch sein mag! Ich werde sie mir auf Eis legen, bis ich mal wieder durch Elvingdale fahre.«

Er zwinkerte mir grinsend zu und begann nach Zigaretten zu suchen. Ich fand mich völlig im Ungewissen, ob er log oder die simple Wahrheit sagte, und überlegte gerade, wie ich ihn aus einer anderen Richtung packen könnte, als er mir mit einer eigenen Frage zuvorkam.

»Ich weiß, daß es mich eigentlich nichts angeht, Squire. Aber dieser Schuldschein, den du in Melissas Kassette gefunden hast –«

»Ja?«

»Nun, vielleicht sollte ich diese Frage nicht stellen, aber – war er von Felix?«

Ich wollte nicht direkt antworten. »Wie meinst du das genau?«

»Der Schuldschein – war er von Felix Hepburn unterzeichnet?« In eben diesem Augenblick ertönte das Glokkenspiel der Wohnungstür.

»Offenbar kommen jetzt deine Freunde«, sagte ich, froh über die Unterbrechung. »Vielleicht sollte ich jetzt lieber gehen.«

Den letzten Satz hörte Don nicht, da er selbst zur Tür eilte und, wie ich sehen konnte, seinem gravitätischen Diener Benson um eine reichliche Armlänge zuvorkam.

Gleich darauf hörte ich Paulas Stimme, die munter über Dons elegantes neues Dinnerjackett witzelte. Dann kam das langgezogene, wahrhaft an Eselsgeschrei erinnernde Lachen von Felix, gefolgt von hastiger, halblauter Unterhaltung. Vermutlich sagte Don den beiden, daß ich da sei. Einen Moment später betraten sie den Salon, irgendwie befangen.

Warum hatte Don mir nicht gesagt, daß er die Hepburns erwartete, als ich ihn nach der Party fragte? Glaubten sie nun, daß sie mich wegen meines Trauerfalles mit respektvoller Zurückhaltung behandeln müßten, oder war es ihnen einfach peinlich? Ich wußte es nicht. Aber die Situation kam mir so gezwungen vor, daß ich irgendwie versuchte, ihnen ihre Unbefangenheit zurückzugeben.

Nach und nach tauten sie auf, was auch an den Drinks liegen mochte. Und obwohl die Unterhaltung immer wieder auf das Geheimnis um Melissas Tod und die Ermittlungen der Polizei zurückkam, schienen sie sich bald behaglicher zu fühlen, als anfangs erwartet werden konnte. Oder spielten sie alle Theater?

Ich jedenfalls spielte Theater.

Ich habe mich seither beim Gedanken an diese Szene oft gefragt, wie erfolgreich mein Theaterspielen wirklich gewesen ist. Ich heuchelte weitgehende Unaufmerksamkeit für das, was gesprochen wurde. In der Tat aber lauschte ich wie ein Fuchs auf dem Pirschgang, alle Sinne gespannt, um den geringsten falschen Zungenschlag einzufangen und den winzigsten Hinweis zu beachten, der irgendein Licht in das Dunkel zu werfen schien.

Ich erfuhr bald, daß Don von Inspektor Cameron vernommen worden war, und daß Cameron bei dieser Gelegenheit auch Fragen über Felix gestellt hatte. Ebenso war Felix vernommen worden und hatte Fragen über Don beantworten müssen. Ich vermutete, daß Cameron hierbei einem mehr oder weniger fest umrissenen Schema gefolgt war.

Auch fand ich es bemerkenswert, zu hören, daß Don sich im Lauf seiner eigenen Geburtstagsparty für einige Zeit entfernt hatte; anscheinend war Carol Stewart, eins der Partygirls, von Übelsein befallen worden, und Don hatte sie nach Hause fahren müssen. Dies schien den Inspektor ebenso verblüfft zu haben, wie es jetzt mich stutzig machte.

Weiterhin erfuhr ich, daß der Telefonanruf, mit dem Felix und Paula mich zu erreichen versuchten, nicht aus Dons Wohnung, sondern aus einer Telefonzelle erfolgt war, und zwar, weil Dons Telefon nicht funktionierte. Aber es hatte wohl nur für kurze Zeit nicht funktioniert. Denn wenig später konnte Carol Stewart aus ihrer Wohnung bei Dons Wohnung anrufen, um Don zu sprechen – nur war der gute Don, der die vom Übelsein befallene Carol ja nach Hause gefahren hatte, zu Carols offenbarer Verwunderung um diese Zeit noch nicht wieder in seine Wohnung zurückgekehrt.

So beiläufig wie möglich stellte ich einige Fragen über Carol Stewart, die ich noch nicht kannte.

»War sie eine Freundin von Melissa?« erkundigte ich mich bei Paula.

»Ja, sie waren wohl ziemlich eng befreundet, Guy. Auch Carol träumte oder träumt noch davon, beim Theater oder beim Fernsehen Karriere zu machen. Hat Melissa dir denn nie von Carols ›großer Szene‹ bei Partys erzählt, bevor sie plötzlich so beschwipst zu sein vorgibt, daß der jeweilige Gastgeber sie nach Hause fahren muß? Köstlich, sage ich dir! Und jedesmal dieselbe Routine! Immer muß es der Gastgeber sein – besonders, wenn er jung und hübsch ist wie Don.«

Wir alle lachten über Paulas trockenen Ton.

Das Lachen war noch nicht ganz verklungen, als wir gewahr wurden, daß der gravitätische Benson in der Salontür erschien, um einen neuen Gast anzukündigen. Gleich darauf tänzelte ein übertrieben aufgetakeltes Mädchen an ihm vorüber in den Raum.

Paula gönnte mir ein schiefes Lächeln, und Don rief aus: »Carol, wie reizend!« Für meine Ohren fehlte seiner Stimme einiges an Echtheit.

Ich beäugte Carol Stewart mit unverhülltem Interesse. Sie war ungefähr in Melissas Alter, aber sonst in allem ganz anders. Sie hatte dunkles, sehr modern gestutztes Haar und trug zuviel Make-up. Ihre Kleidung war elegant, jedoch ungeeignet für ihre etwas füllige Figur. Sie kicherte zuviel und zu laut. Und sie war mit zu vielen auffallenden Stücken Kostümschmuck behängt. Irgendwie erinnerte sie an einen überladenen Christbaum.

Als ich ihr vorgestellt wurde, fragte sie mit unüberbietbarer Taktlosigkeit, ob ›der Fall Melissa‹ Fortschritte mache. Selbst Felix konnte sich ein mißbilligendes Seufzen nicht versagen.

Ich zuckte die Achseln. »Offen gestanden, ich weiß es nicht. Es ist schwer zu erkennen, ob die Polizei irgendwelche Fortschritte macht oder nicht. Ein gewisser Inspektor Cameron bearbeitet den Fall. Er wirkt sehr tüchtig und –«

»Ja, ich weiß, ich kenne ihn«, warf Carol ein. »Er war heute früh bei mir.«

Paula erkundigte sich: »Hat er Ihnen eine Menge witzloser Fragen gestellt, Kindchen?«

Carols Antwort kam überraschend keck: »Er hat eine Menge Fragen gestellt, ja.«

Felix grinste eulenhaft. »Ich wette, er wollte wissen, wie lange der gute Don brauchte, um Sie nach Hause zu bringen – eh?«

»Unter anderem, ja«, entgegnete Carol.

Don fragte beinah scharf: »Was meinst du damit – unter anderem?«

»Nun, hauptsächlich fragte er mich, wie meine Beziehungen zu Melissa gewesen wären.«

Ich fand, daß Don nach dieser harmlosen Antwort merklich erleichtert aussah. Bei dem Versuch, Carol zu einem Drink zu überreden, gab er sich sehr charmant.

Sie entgegnete: »Nein, Don, ich mag nicht – trotzdem danke schön! Ich bin auf dem Weg zu einer Premiere, und unten wartet jemand auf mich. Ich kam nur herauf, um ein Wort mit dir zu reden. Aber es ist nicht so wichtig. Ich rufe dich morgen früh an.«

Don nahm sie galant beim Ellbogen und geleitete sie hinaus. Es mag nicht ganz korrekt gewesen sein, aber ich hatte den Verdacht, daß Don und Carol ohne Zeugen miteinander sprechen wollten, und beschloß deshalb, ein bißchen zu lauschen. Unter dem Vorwand, ins Badezimmer zu gehen, verließ ich den Salon durch eine andere Tür und schlich draußen den Korridor entlang, bis ich Don und Carol in der Vordiele flüstern hörte. Don schien sehr nervös zu sein, als er sich erkundigte: »Was sagte der Inspektor sonst noch?«

»Um dir das zu sagen, bin ich ja gekommen, Darling«, antwortete Carol. »Aber vor den anderen Leuten dort drinnen –«

»Um Himmels willen, Carol, was hast du ihm erzählt?«

»Natürlich habe ich ihm die Wahrheit gesagt. Was denn sonst?«

»Entschuldige, Süße. Aber anscheinend hat dieser Cameron auch Felix über mich ausgefragt. Er fängt an, mich nervös zu machen. Er wollte genau wissen, wie lange ich von meiner Geburtstagsparty fort war und was geschah.«

Carol lachte. »Meine Güte, er darf doch nicht erwarten, daß ein Mädchen ihm alles erzählt! Aber ich kann dich beruhigen. Er schien nicht so sehr an dir interessiert. Er hat mich hauptsächlich über Felix ausgefragt.«

»Was! Dich hat er über Felix ausgefragt?« Don war alarmiert, fast bestürzt.

»Ja. Deshalb war es mir so verdammt peinlich, hier Felix zu begegnen.«

»Erinnerst du dich genau an das, was er fragte?«

»Ja. Er wollte wissen, ob Felix je versucht hätte, sich von mir Geld zu borgen.«

»Was sagtest du darauf?«

»Ich sagte ihm die Wahrheit. Felix hat tatsächlich vor ungefähr einem Jahr versucht, von mir fünfhundert Pfund zu leihen. Ohne Erfolg, natürlich. Nicht ein Pfund hatte ich übrig.«

Anscheinend brauchte Don ein paar Sekunden, um dies zu verdauen. Dann raunte er: »Weiter, Carol! Was noch?«

»Nun, er fragte mich, ob Felix einen Telefonanruf erledigt hätte, während er auf der Party war. Ich sagte, ganz sicher wäre ich dessen nicht, aber ich dachte kaum, daß er telefoniert hätte.«

»Tatsächlich hat er etwas später telefoniert«, erläuterte Don. »Von einer Telefonzelle aus. Das war in der Zeit, als ich dich nach Hause brachte. Von hier aus konnte er nicht telefonieren, weil mein Telefon nicht in Ordnung war.«

»Wer will dir denn das einreden?« fragte Carol schnell.

»Hmm?«

»Na, lange kann es kaum in Unordnung gewesen sein, Don. Ich habe ja kurz danach deine Telefonnummer gewählt, und die Verbindung kam ohne weiteres zustande. Mir war, als hätte ich mich nicht nett genug zu dir benommen, und ich rief an, um mich zu entschuldigen. Irgendeine Frau meldete sich, und aus dem Hintergrund konnte ich den Klamauk von der Party hören. Ich fragte nach dir. Als die Frau erklärte, du wärst noch nicht wieder zu Hause, sagte ich, wie Felix es immer macht, ›Na so was!‹, aber etwas enttäuscht oder gereizt, und legte auf.«

Don schwieg sekundenlang, ehe er fragte: »Hast du dem Inspektor von diesem Anruf erzählt?«

»Nein, das schien mir nicht nötig. Es hatte nichts mit Felix zu tun, und er interessierte sich nur für Felix. Darling, jetzt muß ich rennen, sonst komme ich zu spät zu der Premiere. Die Premiere selbst ist mir schnuppe, aber du weißt ja – man trifft so wichtige Leute dort. Jetzt renne ich wirklich!«

Sie küßten sich. Was sie noch redeten, verstand ich nicht mehr. Für mich wurde es höchste Zeit, wenn ich wieder im Salon sein wollte, ehe Don zurückkehrte.

Ich schaffte es eben noch, Don kam nur einen Moment später. Als er kurz danach erwähnte, nun würden bald ein paar seiner Freunde aus der Motorindustrie erscheinen, erfand ich irgendeinen Vorwand, um mich zu verabschieden. Paula und Felix fragten vorsichtig, ob ich nicht mit ihnen zehn oder vierzehn Tage Ferien machen wollte, aber ich lehnte ab, da ich wußte, daß es sich bei meinem bedrückten Zustand doch für keinen von uns gelohnt hätte.

»Tatsächlich erwäge ich«, sagte ich dann und sprach damit eine Idee aus, die mir eben erst ganz vage durch den Sinn gegangen war, »mich in mein Cottage bei Lenton-on-Sea zurückzuziehen – das heißt, wenn Inspektor Cameron es erlaubt. Ich möchte eine Zeitlang ganz allein sein.«

»Hast du denn diese triste Bude noch, Guy?« fragte Don verwundert. »Ich war der Meinung, du hättest sie längst verkauft.«

»Wir boten sie verschiedentlich zum Verkauf aus, aber niemand wollte anbeißen.«

»Überrascht mich nicht«, bemerkte Felix. »Wer möchte schon ein abgelegenes Cottage kaufen, wo außer den Möwen keiner ist, mit dem man sprechen kann?«

Paula lachte. »Nicht alle Menschen sind so gesellig veranlagt wie du, Felix. Ich möchte annehmen, das Cottage wäre ideal für Guy, wenn er an seinem Roman weiterarbeiten will.« Zu mir gewandt, fügte sie hinzu: »Ich konnte nie verstehen, warum du nicht mehr Zeit dort verbrachtest.«

»Melissa haßte das Cottage. Schließlich bekam ich sie nicht mal mehr für ein Wochenende dorthin«, sagte ich. »Also, noch einen netten Abend, allerseits ... Nein danke, Don, du brauchst mich nicht hinauszubegleiten.«

Ich fuhr nach Hause, betrat vorsichtig und gespannt die Wohnung, in der sich diesmal gar nichts rührte, mixte mir einen Drink und sank in einen Sessel.

Ich hatte an diesem Tag eine ganze Menge erfahren, in Elvingdale und in Dons Wohnung. Aber einer Lösung – wie auch immer sie aussehen mochte – war ich nicht näher gekommen. Ich beschloß, Inspektor Cameron anzurufen, um zu hören, ob er etwas Neues wüßte. Ich versuchte es mit beiden Telefonnummern, die er mir gegeben hatte, aber er meldete sich weder im Scotland Yard, noch daheim. Nun, ich durfte kaum annehmen, daß er den ganzen Tag dasitzen und auf meinen Anruf warten würde.

Da ich nicht wußte, was ich anfangen sollte, geschah es, daß ich den Fehler machte, mich mit Melissas persönlichen Dingen zu befassen.

Aber als ich ein bestimmtes Halstuch, ein winziges Spitzenhöschen, einen leichten Sweater in die Hände bekam – alles Dinge, die sie besonders gemocht hatte –, erwachte erst der wirkliche Schmerz, sie verloren zu haben. Mit jedem Kleidungsstück kam eine Erinnerung, ein wildes Aufwallen wehmütiger Gefühle. Nach kurzer Zeit war ich derart von rührseligem Selbstmitleid zermürbt, daß ich aufgeben mußte. Ich stürzte zu dem Tischchen mit Whiskykaraffe und Sodasiphon wie ein Wettläufer beim Start; sie schienen meine einzige Zuflucht.

Zwei Stunden später – oder waren es drei? Oder war es nur eine? – klingelte das Telefon.

Ich nehme an, die Klingelei holte mich ins Bewußtsein zurück. Zuerst dachte ich, ich wäre schon zu Bett gegangen. Dann wurde mir nach und nach bewußt, daß der Telefonapparat auf dem Schreibtisch stand, neben Melissas Fotografie, und daß ich, kaum einen halben Meter davon entfernt, im Schreibtischsessel hockte.

Ich beschloß, nicht zu antworten. Ich glaubte nicht, daß ich imstande sein würde, verständlich zu sprechen. Mein Kopf war dick, und die beträchtliche Menge Whisky, die ich getrunken hatte, schien meine Zunge unter eine schwere Lage nassen Sandes gebettet zu haben.

Das Telefon klingelte beharrlich, ein modernes Marterinstrument.

Nun, es gibt eine gute Art, ein beharrlich klingelndes Telefon daran zu hindern, daß es einen zur Verrücktheit treibt: Man nimmt den Hörer ab. Ganz einfach.

Ich nahm den Hörer ab, legte ihn auf den Schreibtisch, beachtete ihn überhaupt nicht und bettete meinen Kopf wieder auf meine Arme.

Wie in einem Traum hörte ich eine Stimme, schmerzlich vertraut und unsagbar geliebt, über den Draht flüstern.

»... Guy, Darling, bist du es? Bist du da, Schatz?«

7

Ich werde niemals wissen, wie ich – unversehrt und ohne das Auto in Trümmer gefahren zu haben – nach Lenton-on-Sea gelangt bin. Zu sagen, daß ich wie ein Verrückter fuhr, wäre ungenau. Ich fuhr wie ein Betrunkener. Und die ganze Zeit hetzten Melissas geflüsterte Worte mich vorwärts.

›... hörst du zu, Schatz? Hier spricht Melissa ... Guy, Darling, ich muß dich sehen. Ich bin im Cottage. Du mußt kommen, es ist schrecklich dringend. So schnell du kannst. Bitte komm, Schatz – bitte ...‹

Gegen alle Gesetze der Vernunft war Melissas Stimme über den Telefondraht zu mir gekommen. Und als drüben aufgelegt worden war – ohne daß ich eine einzige all der Fragen hatte stellen können, die mir auf der Zunge lagen –, da fühlte ich mich plötzlich nicht mehr sicher, ob es Wirklichkeit gewesen war, oder ob ich mir Dinge einbildete.

Logik und Vernunft sprachen dagegen. Aber ich wünschte, daß es wahr gewesen wäre, ich verlangte mit allen Fasern meines Herzens danach. Und so rannte ich, um das Auto aus der Garage zu holen und loszufahren, ehe Zweifel über mich kämen.

Wie ich aus London hinauskam, ohne von einem Polizisten gestoppt zu werden, ist mir ein weiteres Rätsel. Einmal auf den Landstraßen von Kent, hatte ich weniger von der Polizei zu fürchten, als von meiner eigenen hochgradigen Erschöpfung und den Folgen meiner Whiskytrinkerei. Verschiedentlich wäre ich beinahe von der Fahrbahn abgekommen. Einmal streifte ich mit der Stoßstange ein ungeschickt abgestelltes Fahrrad und sah es zur Seite fliegen.

Und dann folgte ein entsetzlicher Moment, als ich merkte, daß ich geradewegs auf die Lichter eines aus entgegengesetzter Richtung kommenden Lastwagens zufuhr; erst in letzter Sekunde konnte ich ausweichen, und mir war, als hörte ich durch das Kreischen der Bremsen einen Schwall von Flüchen. Dieses Erlebnis hatte glücklicherweise einen ernüchternden Einfluß auf mich. Bei der nächsten geeigneten Stelle schwenkte ich von der Straße ab, steuerte das Auto unter ein paar Bäume, schaltete das Licht aus und fiel, den Kopf auf die über dem Lenkrad gekreuzten Arme gebettet, in unruhigen Schlummer.

Wie lange dieser Schlummer dauerte, weiß ich nicht. Ein Rütteln an der Schulter weckte mich. Im matten Licht der anbrechenden Morgendämmerung sahen meine blinzelnden Augen ein freundliches, unrasiertes Gesicht und darüber eine verwegen aufgesetzte Chauffeurmütze.

»Na, alles in Ordnung, Kollege?«

Ich murmelte eine bejahende Antwort; mein Mund und meine Zunge fühlten sich pelzig an.

»Dachte mir, ich sollte mal nachgucken. Sie sahen aus wie tot.«

»Ich habe mich bloß ein bißchen ausgeruht.«

Mein neuer Freund grinste verständnisvoll. »Na ja, der Duft von Ihrem Schlummerpunsch ist noch zu riechen.«

Ich fragte, wie spät es sei.

»Vier vorbei. Na, Kollege, tut mir leid, daß ich Sie in Ihrem Schlaf gestört habe. Gute Fahrt, nachher.«

Er nickte mir zu und tapste davon, ein großer Schatten zwischen den Bäumen. Eine Minute später hörte ich die Geräusche eines anfahrenden Lastwagens.

Ich starrte benommen auf meine Uhr. Sie hatte nicht nur verfehlt, meinem angeschlagenen Verstand die Zeit zu vermitteln, sie bereitete mir obendrein auch Schmerz. Denn das metallene Armband kniff dank der ungeschickten Haltung, in der ich geschlafen hatte, heftig in mein Handgelenk. Ich streifte die Uhr ab, steckte sie in die Tasche und zündete mir eine Zigarette an. Sie schmeckte scheußlich. Ich warf sie weg, betätigte den Starter und manövrierte das Auto wieder auf die Straße.

Von nun an fuhr ich vorsichtig. Wenn in dem Cottage wirklich Melissa auf mich wartete, würde sie zweifellos vorziehen, mich etwas später, aber ohne Verletzungen zu erhalten.

Fast volles Tageslicht herrschte, als ich Lenton erreichte. Ich durchquerte das Dorf, wo sich noch nicht viel regte, und bog in die schmale Küstenstraße ein, die zu unserem Cottage führt. Das Cottage ist fast völlig von Strandkieseln umgeben, bis auf einen schmalen Sandpfad, der von der Straße zur Vordertür reicht.

Ich bremste das Auto. Es hielt. Ich stieg aus, eilte den Sandpfad entlang und steckte den Schlüssel in das Türschloß. Die Tür quietschte erbärmlich, als ich sie öffnete. Ich versprach mir, sie bald zu ölen.

»Melissa!« rief ich leise. »Melissa! Ich bin es – Guy. Wo steckst du?«

Im Wohnzimmer war sie nicht. Als ich zum Schlafzimmer ging, trat ich auf etwas. Ich bückte mich danach. Es waren ein Paar Handschuhe – die alten Gartenhandschuhe, die ich für gewöhnlich auf einem Regal hinter der Küchentür verwahrte. Als ich mich aufrichtete, bemerkte ich, daß die Tür zur Küche offen stand und daß in der Küche die trübe Deckenlampe brannte.

Ich ging in die Küche. Einen winzigen Moment später wünschte ich mir, daß ich das nicht getan hätte – wünschte es mir mit all der vergeblichen Intensität, die wir aufbringen, wenn wir verzweifelt um die Gnade beten, das Rad der Geschichte zurückdrehen zu können.

Das Mädchen in dem alten Korbstuhl war tot. Und ich stand da, das entsetzliche Bild anstarrend, anstatt daheim in London friedlich in meinem Bett zu schlummern.

Abgesehen von den Handschuhen berührte ich nichts. Ich hockte einfach auf dem alten Diwan im Wohnzimmer, von wo aus die Leiche in der Küche nicht zu sehen war, und lauschte halb unbewußt, wie draußen die sanften Brandungswellen über die Strandkiesel plätscherten. Für mich gab es nichts zu tun als auf die örtliche Polizei zu warten, die ich telefonisch alarmiert hatte.

Der Kriminalsergeant, der schließlich mit einigen Assistenten, einem Arzt und einem Fotografen erschien, war weder beschränkter noch intelligenter als die meisten seiner Art. Seine Hauptsorge war – so schien es mir –, nichts zu tun, wofür er später getadelt werden könnte. Er lehnte es ab, mich mit Inspektor Cameron telefonieren zu lassen, und behielt mich während jeder Minute dieses endlosen Morgens wachsam im Auge.

Zum viertenmal fragte ich: »Sergeant, warum geht es Ihnen nicht in den Kopf, daß Inspektor Cameron der einzige Mann ist, der diese schreckliche Situation vielleicht verstehen kann?«

»Ich selbst tue mein Bestes, sie zu verstehen, Sir. Wollen wir, wenn es Ihnen nichts ausmacht, jetzt einen oder zwei Punkte noch einmal durchnehmen?«

»Wie Sie wünschen, Sergeant.«

»Nun gut.« Er machte eine leichte Kopfbewegung zur Küche. »Sie geben also zu, diese junge Lady gekannt zu haben?«

»Ja. Das sagte ich Ihnen bereits zweimal.«

»Hmm. Und sie war in der Tat eine Freundin von Ihnen?«

»Mary Antrobus war keineswegs eine Freundin von mir!« entgegnete ich beinah schreiend. »Ich habe sie zu ihren Lebzeiten genau einmal getroffen! Einmal, Sergeant! Ist das jetzt klar?«

»Gewiß. Sie haben es mir gesagt, Sir. Sie haben es mir mehrmals gesagt. Aber ich denke, wir lassen es einstweilen auf sich beruhen, bis wir Gelegenheit haben, einige Routineermittlungen durchzuführen. Hm, hm! Ja. Wie erklären Sie nun die Tatsache, Sir, daß Ihre Fußspuren auf dem Sandpfad zwischen Straße und Vordertür sind?«

Ich stöhnte verzweifelt. »Weil das der Weg ist, auf dem ich das Cottage betreten habe – natürlich! Sie wollen mir doch nicht erzählen, daß dort nur meine Fußspuren sind?«

»Ich fürchte, so ist es, Sir.«

»Und Ihre eigenen? Die Ihrer Assistenten? Die des Arztes, des Fotografen und so weiter? Oder sind Sie alle durch die Luft geflogen?«

»O nein, Sir, beileibe nicht. Aber wir waren so umsichtig, über die Strandkiesel zu gehen.«

Er war ausgesucht höflich, das muß ich sagen. Und doch – welche Murkserei! Ich holte tief Atem und versuchte es auf meine vernünftigste und überzeugendste Art.

»Demnach, Sergeant, dürfte der Weg über die Strandkiesel genau der sein, den auch der Mörder wählte. Ganz logisch, nicht wahr?«

Sergeant Heston zog die Augenbrauen zusammen und bedachte es. Er schien es nicht unbedingt zu bejahen, aber auch nicht ganz zu verneinen, und ging lieber auf einen sichereren Kurs.

»Sie haben mir gesagt, Sir, Sie seien heute nacht hierhergekommen, weil Ihre Frau Sie anrief und bat, hier mit ihr zusammenzutreffen?«

»Ja.«

»Ihre Frau ist doch tot, Sir. Sie wurde erdrosselt im Regent's Park gefunden – nicht wahr?«

»Ich weiß, daß dies als gegeben erachtet wird, aber –«

»Wie hätte sie telefonieren können, wenn sie tot ist?«

Ich unterdrückte meinen jäh aufwallenden Ärger und sagte mit fester Stimme: »Hören Sie, Sergeant, ich habe Ihnen alles gesagt, was ich sagen kann. Und nun werde ich keine Frage mehr beantworten, bis Sie zu der Einsicht gelangen, daß es wohl doch besser wäre, sich mit Inspektor Cameron in Verbindung zu setzen.«

Er überlegte ein Weilchen daran herum; dann schien es ihm in den Kopf zu gehen, daß ich meinte, was ich sagte. Jedenfalls führte er ein Telefongespräch mit Cameron. Mich selbst ließ er nicht mit dem Inspektor reden. Aber nachdem er aufgelegt hatte, erteilte er mir die Erlaubnis, nach London zurückzukehren – unter diskreter Polizeibewachung natürlich.

Als einen freien Mann durfte ich mich also nicht mehr betrachten. Niemand gebrauchte das Wort ›Gefangener‹, o nein. Aber genau das war ich – ein Gefangener. Bis auf die Bezeichnung.

Beim Yard angelangt, geleiteten mich meine Bewacher in einen düsteren Raum, wo ich von einem düster dreinblikkenden Inspektor Cameron erwartet und der unerfreulichsten Vernehmung unterzogen wurde, die ich bisher erlebt hatte.

Cameron kam sofort zur Sache: »Mr. Foster, wollen Sie uns wirklich weismachen, Sie wären letzte Nacht von Ihrer Frau angerufen worden?«

»Was ich gesagt habe, klingt vielleicht absurd. Aber ich bleibe dabei.«

»Ihre Frau ist tot. Es kann unmöglich die Stimme Ihrer Frau gewesen sein, die Sie im Telefon hörten.«

»Aber es war ihre Stimme! Zumindest klang sie so, genau so! Ich sage Ihnen, es war unheimlich!«

Cameron holte tief Luft. Ich spürte, daß er seine Ungeduld zügeln mußte. »Mr. Foster, ich will ganz offen mit Ihnen sein. Ich habe einen Bericht aus Elvingdale erhalten. Danach steht fest, daß sie erst gestern vormittag dort waren und spezielle Fragen über das Mädchen stellten, das letzte Nacht in Ihrem Cottage ermordet wurde – Mary Antrobus. Sie sprachen in Duncans Friseurladen mit ihrem kleinen Bruder und befragten wenig später auch einen alten Mann namens Richard Stockton, der auf dem Parkplatz tätig ist.«

»Einen Moment, bitte. Das ist nicht ganz richtig.«

»Sie bestreiten, mit einem der beiden gesprochen zu haben?«

»Nein, das nicht. Aber Sie legen die Sache falsch aus. Ich suchte nicht nach Mary Antrobus, ich suchte nach einem Mann namens Peter Antrobus ... Ich will es Ihnen von Anfang an erzählen. Donald Page kam vorgestern in meine Wohnung und brachte mir eine Stahlkassette ...«

Ich berichtete, was in der Kassette war; ich berichtete vor allem von dem Brief, der mir über Melissas Tun die Augen geöffnet hatte.

Cameron fragte: »Dieser Brief bestätigt tatsächlich, daß Ihre Frau enge Beziehungen zu einem Peter Antrobus unterhielt – und daß Sie deswegen mit ihr Streit hatten?«

»Ja, das stimmt.«

»Demnach hatte Doktor Swanson doch recht, Sir! Sie glaubten, daß Ihre Frau Ihnen untreu wäre!«

»Nein, durchaus nicht! Ich berichte hier nur, was in dem Brief stand. Von diesem Antrobus habe ich nie gehört, bis ich Melissas Brief las.«

»Ich verstehe. Und was geschah dann?«

»Nun, etwas später am selben Abend brach jemand in meine Wohnung ein – das heißt, einbrechen ist wohl nicht das richtige Wort, denn es muß ein passender Schlüssel verwendet worden sein. Also – etwas später am selben Abend drang jemand in meine Wohnung ein und hinterließ auf der Walze meiner Schreibmaschine diese Nachricht.« Ich holte das Stück Papier aus meiner Brieftasche und gab es Cameron. »Ich bin ziemlich sicher, daß es auf meiner Maschine getippt wurde. Die Typen sind dieselben, auch gewisse kleine Eigenheiten stimmen überein.«

Der Inspektor studierte das Papier, während ich ihm erzählte, wie ich tags darauf nach Elvingdale gefahren war, um Peter Antrobus zu suchen. Er hörte schweigend zu.

Als ich geendet hatte, fragte er: »Sie wissen nicht, wer einen Schlüssel zu Ihrer Wohnung haben könnte, mit dem er hineingegangen ist, um diese Nachricht zu tippen?«

»Nein, ich ahne es nicht. Ich vermute nur, daß es eine Frau war. Ich fand bei den Fenstervorhängen in der Diele ein kleines Spitzentaschentuch und glaubte dort auch einen schwachen Hauch von Melissas Parfüm wahrzunehmen. Ich denke, die Frau muß sich hinter den Vorhängen versteckt haben. Ich meine sogar, durch das Fenster einen flüchtigen Blick auf sie erhascht zu haben, als sie unten auf der Straße eilig in ein Auto stieg, das sofort davonfuhr.«

»Hm. Haben Sie das Taschentuch verwahrt?«

»Ja. Zufällig habe ich es sogar bei mir.«

Ich zog es aus der Tasche, reichte es ihm über den Schreibtisch und schwieg, während er es eingehend betrachtete. Schließlich legte er es beiseite und brummte dabei etwas Unverständliches.

Ich sagte: »Als ich den Buchstaben ›M‹ darauf sah, dachte ich –«

»Ja, ich kann mir vorstellen, was Sie dachten, Mr. Foster.« Der Inspektor zündete sich eine Zigarette an, hielt mir aber die Schachtel nicht hin. Aus seinen Zügen sprach kein Wohlwollen, als er den Rauch ausblies und dann fragte: »Sind Sie ganz sicher, daß Sie mir die volle Wahrheit über Ihren Besuch in Elvingdale gesagt haben?«

»Absolut sicher.«

»Sie sind nicht hingefahren, um Mary Antrobus zu sehen?«

»Nein, ich bin hingefahren, um Peter Antrobus zu sehen. Daß er eine Schwester hatte, ahnte ich nicht, bis sie in den Friseurladen kam, um ihn abzuholen.«

»Und Sie haben später mit ihr auch nicht verabredet, daß Sie sich im Cottage in Lenton-on-Sea treffen wollten?«

»Nein, nichts dieser Art – das schwöre ich.«

»Sahen sie – außer Mary und ihrem kleinen Bruder – sonst noch jemanden in Elvingdale?«

Ich dachte einen Moment lang nach und sagte: »Oh, das hätte ich beinahe vergessen. Hören Sie, wen ich noch getroffen habe: Joyce Dean, Doktor Swansons Sprechstundenhilfe und Sekretärin. Zuerst sah ich sie zufällig aus einer Buchhandlung kommen. Und nach meinem Besuch in Duncans Friseurladen prallte ich förmlich mit ihr zusammen.«

Die buschigen Augenbrauen des Inspektors hoben sich in merklichem Interesse. »Was tat sie in Elvingdale? Wissen Sie das?«

»Sie sagte mir, sie besuche ihre Mutter, die dort wohnt. Von Mary Antrobus hörte ich nachher, daß sie bis vor einem Jahr im dortigen Hospital gearbeitet hat.«

»War sie allein?«

»Nein, Doktor Swansons Chauffeur war auch da. Ein zwielichtiger Bursche, meines Erachtens. Ich nehme an, der Doktor hatte ihr für diesen Tag seinen Wagen nebst Chauffeur zur Verfügung gestellt.«

Falls ich insgeheim gehofft haben sollte, mein Ton und die Wahl meiner Worte würden Cameron veranlassen, kritisch über Dr. Swansons Beziehungen zu seiner eleganten

Sekretärin nachzudenken, stand mir eine Enttäuschung bevor. Der Inspektor äußerte nichts, drückte seine Zigarette sorgfältig in den Aschenbecher und stand auf.

»Wo ist der Brief, in dem Ihre Frau von ihren Beziehungen zu diesem Peter Antrobus geschrieben hat, Mr. Foster?«

»In der Stahlkassette. Und die Kassette ist in meiner Wohnung.«

»Gut. Ich möchte diesen Brief sehen. Gehen wir!«

Ohne ein Wort miteinander zu sprechen, fuhren wir zu meiner Wohnung. Ich konnte nur hoffen, daß ich den Brief noch in der Kassette finden würde; nach den jüngsten Ereignissen schien es mir angezeigt, mich auf künftige unerfreuliche Überraschungen gefaßt zu machen.

Aber der Brief war noch in der Kassette.

Ich seufzte erleichtert, als ich ihn dem Inspektor überreichte. Cameron begab sich zu seinem Lieblingsplatz am Kamin, zog den Brief aus dem Kuvert und begann zu lesen. Ich beobachtete sein Gesicht. Je weiter er las, desto unmißverständlicher wurde die Verwunderung, die seine Züge überschattete.

Er ließ den Brief sinken, sah zu mir und fragte: »Sind Sie ganz sicher, daß dies der Brief ist, Mr. Foster?«

»Selbstverständlich. Stimmt etwas nicht?«

Er kam zu mir und gab mir den Brief. Beim ersten überfliegen merkte ich nichts. Dann las ich ein zweitesmal und sah, was nicht stimmte. Von einer gewissen Einzelheit abgesehen, war dieser Brief fast genauso geschrieben wie der Brief, den ich Don Page gezeigt hatte; daß es sich um Melissas Handschrift handelte, konnte nicht bezweifelt werden. Aber es gab einen entscheidenden, wichtigen Mangel: Peter Antrobus war nicht erwähnt. Der Brief lautete:

›Guy, mein Schatz,
ich bedauere unseren Krach. Ich hatte gehofft, daß Du nie erfahren würdest, was an jenem Abend geschah. Ich versuchte es vor Dir geheimzuhalten – selbst jetzt ahne ich noch nicht, was Dich argwöhnisch machen konnte. Was auch sein mag – bitte, vergib mir das viele Unglücklichsein, das ich Dir beschert habe.

Melissa.‹

Cameron sagte gelassen: »Ich fürchte, ich sehe da keine Erwähnung des Namens Peter Antrobus, Sir.«

»Aber der Name war erwähnt! Ich schwöre, daß er erwähnt war!«

»Ist es derselbe Brief, Sir?«

»Er sieht fast genauso aus. Und doch kann er es nicht sein!«

»Wenig wahrscheinlich, daß es zwei Briefe gäbe, Sir.«

Ich zuckte hilflos die Achseln. Ich wußte nicht, was ich sagen sollte.

Cameron fragte: »Hat Mr. Page diesen Brief gesehen, Sir?« Ich nickte stumm.

»Gut. Dann sollte ich wohl mit ihm sprechen.«

Cameron nahm Hut und Mantel. An der Tür blieb er stehen und sagte trocken: »Ich nehme an, daß Sie keine Reiseabsichten haben, Mr. Foster? Sie werden in den nächsten Tagen hier erreichbar sein?«

Ich nickte düster. Ich war wieder dasselbe wie vorhin, auf der Fahrt von Lenton nach London und im Vernehmungszimmer bei Scotland Yard – ein Gefangener. Und nun stand ich unter Hausarrest.

Ich verbrachte den Nachmittag damit, etwas von dem Schlaf nachzuholen, den ich in der Nacht versäumt hatte. Ein beharrliches Klingeln an der Wohnungstür weckte mich. Draußen war es inzwischen dunkel geworden. Gereizt zog ich meinen Hausmantel über und ging zur Tür. Es war Don Page, wieder einmal in tadellos gebügelter Abendkleidung. Ich fragte mich insgeheim, wann er je Zeit für Autorennen und Training fände.

»Guy, ich möchte mir dir sprechen. Darf ich hineinkommen?« Er schien düsterer Laune, was bei ihm unüblich war. Immerhin paßte es zu meiner eigenen Laune.

»Was gibt's, Don?« fragte ich, als wir das Wohnzimmer betraten.

»Guy, weshalb, zum Kuckuck, hast du Inspektor Cameron von der Kassette erzählt?«

»Warum nicht? Ist es etwa ein Staatsgeheimnis?«

»Nein, aber ... Aber weshalb mußtest du mich hineinziehen? Weshalb mußtest du ihm erzählen, daß Melissa mich gebeten hat, die Kassette für sie zu verwahren?«

»Weil ich den Eindruck hatte, daß dies die Wahrheit ist. Ich gehöre zu den altmodischen Typen, die das einfacher finden.«

»Zugegeben, alter Junge. Und doch hättest du das alles nicht ausgerechnet Cameron erzählen sollen. Jetzt wird dieser verdammte Narr unter dem Eindruck weiterarbeiten, Melissa und ich – nun, wir wären extrem freundschaftlich miteinander gewesen!«

»Wart ihr das denn nicht?«

»Ja, ganz allgemein. Aber du weißt, was ich meine. Cameron versucht mehr in dieser harmlosen Freundschaft zu sehen. Tatsächlich scheint er jetzt überzeugt, daß ich alles weiß, was es über Melissa zu wissen gibt.«

»Ich glaube nicht, Don, daß dies überhaupt jemand weiß. Weder du, noch ich oder sonst irgendwer.«

»Versuch das Cameron beizubringen, alter Junge!«

Ich sah nicht ein, warum er sich aufregte. »Don, ich mußte ihm von der Kassette erzählen. Verstehst du das nicht?«

»Doch, natürlich. Aber du brauchtest ihm nicht zu erzählen, daß ich dieses Ding hergebracht habe. Du hättest einfach sagen können, daß es Melissa gehört hat.«

Ich fing an, mich über Don zu ärgern. Er konnte nur an seine eigene Haut denken, an seinen Namen als Rennfahrer. Wer aber wirklich in der Tinte saß, war ich.

»Don, ich glaube nicht, daß du dir die Situation wirklich klar machst. Ein Mädchen namens Mary Antrobus ist ermordet worden, und –«

»Ich weiß alles darüber, mein Bester. Cameron war heute nachmittag bei mir. Scheint eine scheußliche Geschichte zu sein. Der Inspektor wollte nicht viel darüber sagen. Er schien mehr an diesem Brief interessiert zu sein, den du mir vorgelesen hast.«

Beinahe hätte ich es gar nicht beachtet, aber aus meinem Unterbewußtsein kam ein Alarmsignal. Vorgelesen?

»Don, natürlich sagtest du ihm, daß du diesen Brief gesehen hast? Daß dieser Brief tatsächlich in der Kassette war?«

»Nun, alter Freund, tatsächlich habe ich diesen Brief nur von außen gesehen und nicht hineingeblickt. Du hast ihn mir nur vorgelesen.«

»Aber du weißt doch genau, was darin stand! Du kannst doch nicht einen Moment lang geglaubt haben, ich hätte alles das über Peter Antrobus hinzugedichtet!«

»Guy, versteh mich nicht falsch. Nicht im Traum ließe ich mir einfallen, deinem Wort zu mißtrauen. Aber die Sache war so, daß Inspektor Cameron mir sehr heikle Fragen stellte, die ich so wahrheitsgetreu wie möglich zu beantworten hatte. Er fragte, ob ich tatsächlich gesehen hätte, was in dem Brief geschrieben stand, und – nun, ich meine, was hätte ich da anderes sagen können, als nein? Ich versicherte ihm, hundertprozentig überzeugt zu sein, daß du genau das vorgelesen hast, was wirklich darin geschrieben stand. Doch als er mich fragte, ob du mich den Text tatsächlich hättest sehen lassen, da mußte ich zugeben, daß du dies nicht getan hast.«

»Prachtvoll!« seufzte ich bitter. »Mehr brauchte ich nicht. Noch ein paar so verständnisvolle, hilfreiche Freunde wie du, und man wird mich an den Galgen bringen – nicht nur, weil ich meine Frau, sondern auch Mary Antrobus ermordet habe!«

»Großer Gott, ist es so ernst, alter Junge?«

»Sicher ist es das! Versetz dich an meine Stelle, wenn du kannst. Ich fahre nach Elvingdale, wo ich nie zuvor gewesen bin, einzig und allein wegen der Information in Melissas Brief und auf dem Blatt Papier in meiner Schreibmaschine. Ich suche einen Mann. Statt eines Mannes finde ich einen Schuljungen namens Peter Antrobus, lerne durch einen Zufall aber auch dessen Schwester kennen, die fünfzehn oder achtzehn Stunden später in meinem knapp zwanzig Meilen entfernten Cottage ermordet wird. Und der Glückspilz, der die Leiche entdeckt, ist kein anderer als ich! Eine liebliche Situation, nicht wahr? Und übersieh bitte nicht die Tatsache, die Cameron bestimmt zur Kenntnis genommen hat: Daß ich durch die Grafschaft Kent jage, um einen Mann zu finden, der der Liebhaber meiner Frau gewesen sein soll, nachdem ich wenige Tage zuvor versichert habe, nicht im Traum würde ich mir einfallen lassen, an der Treue meiner Frau zu zweifeln!«

»Ja, ich sage, du steckst wirklich in einer Klemme, alter Freund – nicht wahr?«

Ich sah Don scharf an. Lag eine Spur von Ironie in dieser Bemerkung, oder war sein Mitgefühl echt? Sein hübsches, weichliches Gesicht verriet nichts.

Er schaute auf die Uhr. »Himmel, ich komme zu spät zu meiner Verabredung! Guy, alter Junge, entschuldige, daß ich hier hereingeplatzt bin, um eine Menge Getöse zu machen. Dieser Cameron hat mich ganz durcheinandergebracht, schätze ich. Meine Freundschaft mit Melissa –«

Das Klingeln des Telefons schnitt ihm die Rede ab, und ich bekam nie zu hören, was er über das interessante Thema ›Freundschaft mit Melissa‹ hatte sagen wollen.

»Geh ruhig an den Apparat, alter Junge«, riet er gönnerhaft. »Ich finde schon allein hinaus.«

Die Tür klickte hinter ihm zu, als ich den Hörer aufnahm. Es war Paula.

»Na so was, Guy, wie mein launiger Gatte sagen würde. Hast du für heute abend etwas vor, Herzblatt?«

Ich redete ein bißchen um die Antwort herum, weil ich herausfinden wollte, was sie im Sinn hätte. Ich erwähnte schon, daß ich Paula eigentlich recht gern mag, aber momentan war mir nicht nach Gesellschaft zumute. Sie erzählte, daß sie zur Zeit Strohwitwe sei und sich frage, ob es mir vielleicht Spaß machen würde, mit ihr zum Dinner zu gehen; Felix war, wie es schien, auf einer Geschäftsreise in Schottland. Ich wußte, daß Paulas Absicht gutgemeint war, aber ich verspürte gar keine Lust, mich dezent bedauern und bemuttern zu lassen. Das offenbarte ich ihr in sehr artigen Worten; sie schluckte es teilnahms- und verständnisvoll. Ich fragte, wie lange Felix fortbleiben würde.

»Wahrscheinlich fliegt er schon morgen zurück. Weißt du, es ist mal wieder einer seiner Genieblitze. Wahrscheinlich wird es damit enden, daß ich um mindestens einen Tausender leichter werde – so ist es fast immer.«

Ich lachte. Melissa und ich waren uns darüber einig gewesen, daß Felix von Glück sagen konnte, eine Frau von so pfundiger Loyalität wie Paula hinter sich zu haben, gar nicht zu reden von den vielen, vielen Pfunden auf ihrem Bankkonto.

»Was ist es diesmal, Paula? Eröffnet er eine Diskothek

an den Ufern des Loch Ness? Oder will er auf der Insel Skye nach Uran schürfen?«

»Nein. Irgendein Schlaukopf will ihn dafür gewinnen, in Edinburgh einen Antiquitätenladen aufzumachen, speziell für amerikanische Touristen.«

»Antiquitäten? Felix?«

»Ja, bewundernswert, nicht wahr? Ich bin die einzige Antiquität, die er hat. Und selbst in diesem Fall weiß er nicht sicher, wie alt sein bestes Stück wirklich ist.«

Ich mußte herzlich lachen.

»Oh«, sagte Paula, »wie tut es mir wohl, dich so lachen zu hören, Guy. Ich habe es schon lange vermißt ... Aber paß mal auf, Herzblatt. Was meines sprunghaften Gatten neues Abenteuer betrifft – laß dich von ihm nie beschwatzen, ihm irgendwelches Geld zu leihen.«

»Paula, sei nicht witzig! Du weißt, daß ich niemandem auch nur fünfzig Pfund leihen könnte.«

»Sicher, Herzblatt. Doch wirst du es können, wenn Melissas Angelegenheiten geklärt sind. Deshalb hör auf das, was ich dir sage und leih meinem genialen Felix nicht ein einziges Pfund.«

»Wie du wünschst, Paula.«

»Guter Junge ... Nun gib aber auch acht, daß du hin und wieder eine richtige Mahlzeit bekommst. Versprichst du mir das? Ich werde dich anklingeln, wenn Felix zurück ist. Bis dahin, Guy.«

»Dank für den Anruf, Paula. Du bist eine Perle.« Wir legten gleichzeitig auf.

Ich dachte über mein Essen nach. Ich möchte nicht mißverstanden werden; ich bin weder Prasser, noch übertriebener Feinschmecker, das Essen spielt keine wichtige Rolle für mich. Aber es wäre sinnlos gewesen, hätte ich in diesen aufwühlenden Tagen, die meine Kräfte strapazierten, aus gewohnter Gleichgültigkeit gegen das Essen meine Gesundheit vernachlässigt. Paulas Mahnung war durchaus berechtigt gewesen.

Ich überlegte, ob ich für eine gute Mahlzeit in ein Restaurant gehen oder mir daheim etwas Einfaches kochen sollte. Die Fotografien in den Zeitungen fielen mir ein. Die Möglichkeit erkannt und angeglotzt zu werden, wäre mir sehr unerwünscht gewesen. Also beschloß ich, in der Küche zu essen.

Ich wollte eben anfangen, Spaghetti abzuseihen, als die Türklingel läutete. Mit dem Sieb in der Hand ging ich zur Tür. Als ich aufmachte, sah ich mich einem untersetzten Mann mit sehr häßlichem, wutverzerrten Gesicht gegenüber.

Der Fremde knurrte: »Nimm das, du Bastard!« Gleichzeitig schwang er eine schmiedehammergroße Faust gegen mein Kinn. Ich versuchte mich zu ducken. Aber der Schlag erwischte mich neben der Schläfe, und ich flog auf den Teppich.

8

Als ich nach Überwindung des ersten Schocks aufstehen wollte, traf mich ein Fußtritt gegen die Schulter. Ich hob den Blick – und sah einen schweren Revolver auf mich gerichtet.

»Sie Schwein!« knurrte der Fremde dumpf; er war in die Vordiele gekommen und hatte die Wohnungstür hinter sich zugemacht.

»Wer – wer sind Sie?« stammelte ich.

»Wissen Sie's nicht? Keine Ahnung – was, Mr. Foster?«

»Nein! Ich habe Sie noch nie gesehen.«

»Aber meine Tochter haben Sie oft genug gesehen – nicht wahr, Mr. Foster? Mein Name ist Antrobus, Sie dreckiger Mörder!«

Ich war, was kaum verwunderlich sein dürfte, wie vom Donner gerührt. Antrobus schien meine Sprachlosigkeit für eine Art Schuldgeständnis zu halten.

»Was haben Sie jetzt zu Ihrer Entlastung zu sagen, Mr. Foster – wie? Wer ist die nächste auf Ihrer Liste? Zuerst Ihre Frau, dann Mary –«

Ich fand meine Stimme wieder. »Wollen Sie jetzt mal still sein und mir zuhören? Ich habe nie eine Hand an Ihre Tochter gelegt, das schwöre ich bei Gott! Ich habe Ihre Tochter mein Leben lang nur zweimal gesehen, zuerst gestern vormittag in Elvingdale und dann letzte Nacht –«

»Über letzte Nacht brauchen Sie mir nichts zu erzählen!«

»Aber ich habe es nicht getan, Sie Narr!« Ich stand auf und zog mich etwas zurück. Antrobus hielt den Revolver auf mich gerichtet.

»Nennen Sie mich nicht Narr!« fauchte er. »Nur weil Sie ein feiner Schriftsteller sind und ich mein Geld durch meiner Hände Arbeit verdienen muß, haben Sie noch längst kein Recht, überheblich zu sein! Ich bin so gut wie Sie, Mr. Foster! Ich bin besser! Denn ich verführe und erdroßle keine unschuldigen, jungen Mädchen!«

»Ich auch nicht!«

»Und was hatte Mary dann letzte Nacht in Ihrem Cottage zu suchen?«

»Wie, zum Teufel, soll ich das wissen? Ich habe sie nicht dorthin eingeladen!«

»Nein? Aber weshalb sind Sie dann gestern vormittag in unserem Städtchen herumgeschlichen und haben Fragen über meine Familie gestellt? Der alte Richard Stockton vom Parkplatz ist ein Freund von mir! Er hat mir alles über Sie erzählt!«

»Hören Sie zu, Mann! Jemand teilte mir mit, meine Frau hätte eine Liebschaft mit einem Mann namens Peter Antrobus in Elvingdale gehabt, und ließ mich wissen, ich könnte diesen Peter Antrobus gestern vormittag in Duncans Friseurladen treffen. Der Peter Antrobus, den ich dort fand, war Ihr kleiner Sohn. Einen anderen Peter Antrobus habe ich nicht angetroffen. Und Ihre Tochter sah ich zum erstenmal in meinem Leben, als sie in Duncans Laden kam, um ihren kleinen Bruder abzuholen!«

»Eine äußerst glaubhafte Geschichte, muß ich sagen!«

»Eine äußerst unglaubhafte Geschichte! Aber zufälligerweise die Wahrheit!«

Verzweifelt durchforschte ich mein Gehirn nach irgendeiner Möglichkeit, Antrobus zu überzeugen. Er war ein Klotz von untersetztem Kerl, mit groben, schwieligen Händen und kurzen, dreckigen Fingernägeln. Ich wußte, daß ich ihm physisch nicht gewachsen war; ich konnte ihn nur durch simple Logik überzeugen.

Ich sah ihm scharf in die Augen. »Hören Sie, Mr. Antrobus! Wenn ich der Mörder Ihrer Tochter wäre – warum hätte ich dann die Polizei alarmiert? Warum wäre ich dann nicht einfach in mein Auto gesprungen und so schnell wie möglich weggefahren? Warum hätte ich dann die Handschuhe herumliegen lassen? Wie Sie wissen dürften, nimmt die Polizei an, daß die Handschuhe zur Tat benutzt wurden. Und noch eins: Warum wäre ich dann nicht über die Strandkiesel zum Cottage gegangen, wie der wirkliche Mörder es getan haben muß? Ahnungslos und unschuldig, wie ich war, habe ich den Sandpfad benutzt und dort meine Fußspuren hinterlassen! Würde ein Mann mit Mordabsichten eine so haarsträubende Dummheit begehen?«

George Antrobus ließ langsam den Revolver sinken. Ein Ausdruck mürrischer Unsicherheit erschien auf seinem Gesicht.

»Ich bin kein so schlauer Fuchs wie Sie, Foster. Ich weiß nicht, warum Sie diese Dinge taten oder nicht taten. Aber ich wette, Sie hatten einen guten Grund!«

Ich seufzte verzweifelt. »Mr. Antrobus, stecken Sie in Gottes Namen den Revolver weg und hören Sie mir zu! Wenn Sie mich bis zu Ende angehört haben, können Sie mir entweder glauben und meine Wohnung wieder verlassen, oder Sie können mir ein Loch in den Kopf schießen.«

Ich hatte seinem Revolver schon längst nicht mehr soviel Aufmerksamkeit geschenkt wie zu Anfang, war aber nun doch erleichtert, als er die Waffe nach einigem Überlegen in der Seitentasche seiner ziemlich dreckigen Jacke verschwinden ließ. Da ich es sowieso nicht weit zum Getränketischchen hatte, goß ich zwei Gläser voll Whisky. Aus der Art, wie Antrobus sein Glas leerte, war zu erkennen, daß er eine Stärkung nötig gehabt hatte.

Ich sammelte meine Gedanken und begann: »Mr. Antrobus, ich bin ziemlich sicher, daß die Polizei annimmt, Ihre Tochter ist von demselben Mann erdrosselt worden, der auch meine Frau erdrosselt hat. Insoweit bin ich derselben Meinung wie die Polizei. Ich habe irgendwo gelesen, daß die meisten Mörder bei ihrer Methode bleiben – was besagt, daß ein Mörder, der damit angefangen hat, alte Frauen zu vergiften, im allgemeinen kaum dazu übergehen wird, junge Männer zu erschlagen oder Geschäftsleute zu erstechen. Nein, er fährt fort, alte Frauen zu vergiften.«

Antrobus starrte mich düster an. »Sie sagen, Ihre Frau und meine Tochter sind erdrosselt worden?«

»Genau. Sie beide starben denselben schrecklichen Tod. Sie beide waren hübsche junge Frauen, im Alter nicht sehr weit auseinander. Altersgruppe, Geschlecht und Methode stimmen also in beiden Fällen überein. Dieser Mörder hat kein Vertrauen zu Schußwaffen, Messern oder Gift, er verläßt sich nur auf die Kraft seiner Finger. Wenn er wieder tötet, wird er – darauf können Sie wetten! – wieder seine Hände benutzen. Und das Opfer wird wieder eine hübsche junge Frau sein.«

Ich merkte, daß ich sein Interesse erweckt hatte. Er fragte: »Haben Sie das der Polizei erzählt?«

»Es wäre nicht sehr taktvoll, einem alten Spürhund wie Inspektor Cameron zu raten, wo er stöbern soll. Das weiß er bestimmt besser. Und ich bezweifle, ob er mir überhaupt zuhören würde. Denn ich muß befürchten, daß die Polizei in beiden Fällen vorläufig mich als den möglichen Hauptverdächtigen betrachtet.«

Antrobus ließ ein vieldeutiges Brummen vernehmen, sagte aber nichts.

Ich schenkte wieder Whisky ein und fuhr fort: »Mr. Antrobus, ich frage mich, ob Sie mir bei meinen Privatermittlungen helfen würden. Erstens könnten Sie mich, um Ihres eigenen Seelenfriedens willen, auf diese Art überwachen. Und zweitens würden wir beide zusammen vielleicht irgendwelche Fortschritte erzielen. Eins ist uns gemeinsam: Sie wollen herausfinden, wer Ihre Tochter erdrosselt hat, und ich will herausfinden, wer meine Frau erdrosselt hat.«

Er dachte einige Sekunden lang nach, dann fragte er: »Und was hätte ich dabei zu tun?«

»Ich möchte, daß Sie zunächst eine möglichst genaue Liste aller Freunde Ihrer Tochter aufschreiben. Insbesondere die jungen Männer. Eine ausführliche Liste – nicht nur die nahen persönlichen Freunde. Auch Leute, die sie nur flüchtig kannte oder gesprächsweise erwähnte.«

Antrobus blickte zweifelnd drein und fuhr sich mit der schwieligen Rechten durch sein dichtes Haar. »Na, ich denke, ich kann's versuchen. Aber sie hatte eine Menge Freunde, hübsch wie sie war. Und die meisten von ihnen waren Leute, über die ich nichts weiß, die ich nie gesehen habe.«

Ich versuchte einen Schuß ins Blaue. »Wissen Sie zufällig, ob sie mit einem Mann namens Don Page befreundet war?«

»Der Rennfahrer?« gab er erstaunt zurück. »Das ist der Mann.«

Er schüttelte den Kopf. »Nein. Ich glaube, nicht. Soviel ich weiß, hat sie ihn nie getroffen. Sie hatte sein Foto mit Widmung über dem Schreibtisch in unserem Büro, und ich weiß, daß sie für ihn schwärmte. Aber sie schwärmte auch für verschiedene andere – Stirling Moss, Jim Clark, Brabham und so weiter. Ob es mit Don Page persönlicher war, kann ich wirklich nicht sagen.«

Ich überlegte dies sorgfältig. Rückte Don Page damit automatisch außer Verdacht? Oder wäre es richtiger, anzunehmen, daß George Antrobus, wie die meisten Väter heutzutage, wenig Kontakt mit seiner jungerwachsenen

Tochter und kaum eine Ahnung hatte, was sie in ihrer Freizeit tat?

Ich versuchte eine andere Möglichkeit. »Erwähnte Ihre Tochter je einen Doktor Swanson? Doktor Norman Swanson aus der Wampole Street, London, einen Nervenspezialisten?«

Antrobus schüttelte den Kopf.

Ich versuchte weiter: »Oder dessen Sekretärin, Joyce Dean? Eine schlanke, gut aussehende Blondine.«

Seine Züge erhellten sich ein bißchen. »Ja, ich glaube, den Namen habe ich schon gehört. Hat sie nicht früher im Hospital von Elvingdale gearbeitet?«

»Das stimmt.«

»Ja, ich denke, Mary kannte sie. Ob sie richtig befreundet waren, weiß ich aber nicht.«

»Ich hätte da noch zwei Namen für Sie«, versuchte ich ein viertes Mal. »Paula und Felix Hepburn.«

Sein Blick blieb leer. Ich wiederholte die Namen.

»Nein«, begann er, »ich glaube nicht ... Aber warten Sie mal – Felix?«

»Ja, Felix Hepburn.«

»Hmm, von Hepburn weiß ich nichts. Aber einen Felix hat sie gekannt. Vor einer Woche oder so kam ich mal ins Büro, als sie gerade telefonierte. Sie legte dann bald auf, aber ich hörte sie noch sagen: ›Gut Felix, nehmen wir den Vierundzwanzigsten.‹ Irgend so etwas.«

»Den Vierundzwanzigsten – was?«

»Weiß nicht. Vielleicht ein Datum oder so.«

»Sie haben aber keine Ahnung, wer dieser Felix war?«

»Nein. Wie ist denn der Felix, den Sie kennen? Wovon lebt er?«

»Nun, er ist in den mittleren Jahren, ein Mann von der jovialen, nicht allzu scharfsinnigen Sorte, verheiratet, und hat ein Büro für Vermögensberatung.«

»Klingt nicht nach Marys Geschmack. Meine Mary mochte sie jung und hübsch und mit Schwung. Hm, Vermögensberatung – was hat er da zu tun? Frisiert er Steuererklärungen?«

»Nein. Er berät seine Kunden, wie sie ihr Geld anlegen sollen.«

»Wissen die das denn nicht selbst?«

»Er ist ein Fachmann in solchen Dingen.«

»Daß manche dazu Fachmänner brauchen ...« George Antrobus schüttelte den Kopf, teils zweifelnd, teils mißbilligend. Bald danach verließ er mich. Ich sah ihm nach mit gemischten Gefühlen. Meine linke Schläfe schmerzte noch von dem Schlag, den er dort gelandet hatte. Aber völlig nutzlos war sein Besuch wohl doch nicht gewesen. Zumindest hatte ich jetzt einen Verbündeten, einen Mann, der seiner privaten Tragödie ebenso entschlossen auf den Grund kommen wollte, wie ich der meinen.

Ich wandte mich vom Fenster ab, ging in die Küche und setzte die Zubereitung meines Spaghettigerichts da fort, wo ich sie unterbrochen hatte. Dabei gab es ein leichtes Malheur mit meiner Armbanduhr. Durch irgendeine ungeschickte Bewegung, die ich machte, hakte sich das goldene Armband an einem der blöden Topflappenhalter fest, die dicht über dem Herd aus der Wand ragen. Als ich ungeduldig riß, ging es entzwei. Ein an und für sich belangloses Vorkommnis, dem ich keinen weiteren Gedanken widmete als den Entschluß, das Armband gleich am nächsten Tag reparieren zu lassen. Ohne eine Uhr an meinem linken Handgelenk fühle ich mich nicht ordentlich angezogen.

Von nun an begannen die Dinge ziemlich schnell abzulaufen. Am folgenden Morgen störte mich das Klingeln des Telefons bei dem Versuch, an meinem Roman weiterzuarbeiten.

Es war George Antrobus. In seiner derben Art verschwendete er keine Zeit für Entschuldigungen wegen des Überfalls am vorigen Abend, sondern erzählte mir unverzüglich, er hätte eine interessante Spur gefunden, die Freundschaft seiner Tochter mit Felix Hepburn betreffend.

Er sagte: »Mein kleiner Sohn Peter stöberte heute früh auf dem Schreibtisch herum und entdeckte eine Notiz in Marys Handschrift. Ich lese sie vor: ›Felix H. und M. Neun Uhr abends, 24., dringend.‹«

Mein Herz schien einen Schlag auszusetzen. »›M‹? Sind Sie sicher, daß es ›M‹ heißt?«

»Sieht ganz so aus«.

»Steht da noch etwas? Zum Beispiel, wo die Begegnung stattfinden soll? Ich meine, anscheinend handelt es sich doch um eine Begegnung – nicht wahr?«

»Das denke ich auch. Und der Vierundzwanzigste ist heute. Heute abend neun Uhr also. Hmm, soviel ich erkennen kann, ist da noch ein Wort gekritzelt. Könnte ›Turm‹ heißen, denke ich. Und daneben ist eine Art Skizze. Kann aber auch sein, daß Mary da nur etwas gezeichnet hat, ganz in Gedanken. Jedenfalls sieht es kein bißchen wie ein Turm aus.«

»Gibt es in der Nähe von Elvingdale ein altes Schloß oder eine Ruine? Oder eine Kneipe, in deren Name das Wort ›Turm‹ vorkommt?«

»Nein, nicht daß ich wüßte. Übrigens, wie ich schon sagte – was sie da gezeichnet hat, ist kein Turm.«

»Nun, wie sieht es denn aus?« fragte ich ungeduldig.

»Tja, was soll ich sagen?« brummte er. »Wie eine Rakete, vielleicht. Oder wie ein Regenschirm. Ich weiß nicht.«

»Moment!« rief ich erregt. »Ist da nicht irgendwo in der Nähe von Elvingdale ein Denkmal! Draußen in der Carlston Heath, glaube ich. Wenn ich nicht irre, wird es ›der Turm‹ genannt. Antrobus, sieht dieses Gekritzel ein bißchen wie ein Denkmal aus?«

Nach kurzem Zögern meinte er, möglicherweise könnte ich recht haben.

Ich fragte, ob es eine Gewohnheit seiner Tochter gewesen sei, sich Notizen zu machen und dabei etwas zu zeichnen. Er sagte, ja, das sei ihre Gewohnheit gewesen; sie hatte ein schwaches Gedächtnis und notierte alles, um es nicht zu vergessen, insbesondere Telefonanrufe.

»Denken Sie denn«, fragte Antrobus, »dieser Felix ist der – äh – Vermögensberater, den Sie kennen?«

»Er muß es sein.«

»Warum fragen Sie ihn dann nicht?«

»Weil er zur Zeit in Schottland ist. Ich muß warten, bis er zurückkommt.«

»Na gut. Ich schnüffle jedenfalls weiter herum. Und wenn ich etwas finde, rufe ich Sie wieder an.«

»In Ordnung, Mr. Antrobus. Übrigens, wie ist Ihre Telefonnummer – falls ich Sie anrufen möchte?«

»Elvingdale 84«, erwiderte er und legte auf. Ich notierte die Telefonnummer.

Dann wollte ich auf meine Armbanduhr sehen und erinnerte mich an das entzweigegangene Armband. Da ich mich ohne die Uhr wie verloren fühlte, beschloß ich, gleich nach dem Lunch auszugehen, um das Armband reparieren zu lassen.

In dem Laden in der Baker Street, den ich dann aufsuchte – die Uhr stammte von dort –, wurde mir gesagt, die Reparatur dauere mehrere Tage, denn man habe diese Art goldener Armbandglieder nicht vorrätig und müsse sie erst schicken lassen.

»Aber das ist unmöglich!« protestierte ich. »Ich kann doch nicht tagelang ohne Uhr herumlaufen!«

»Das brauchen Sie auch nicht, Sir«, antwortete die freundliche Verkäuferin. »Wir können Ihnen eine unserer Uhren leihen, die wir für solche Notfälle bereithalten.«

Zu meiner Belustigung präsentierte sie mir eine großväterliche Taschenuhr mit respekteinflößender Kette.

Ich fühlte mich wie ein neu ernannter Bürgermeister, als ich die Uhr in eine Westentasche steckte und im Wandspiegel besah, wie sich die ehrwürdige Kette auf meinem Leib ausnahm. Fast bedauerte ich, daß die kühle Witterung mich nötigte, meinen Mantel zu schließen, wodurch die prächtige ›Amtskette‹ den Augen anderer Leute verborgen blieb.

Natürlich war es für mich eine ausgemachte Sache, daß ich abends um neun beim Denkmal in der Carlston Heath zur Stelle sein würde. Aber bis zu dieser meiner selbstdiktierten ›Verabredung‹ hatte ich eine Menge Zeit totzuschlagen. Da ich wußte, daß ich nach Lage der Dinge doch nicht fähig sein würde, mich auf die Arbeit an meinem Roman zu konzentrieren, verbrachte ich die verbleibenden Stunden teils in einem kleinen Cafe, teils in einem Kino. Gegen halb sieben kam ich aus dem Kino und fuhr gemächlich mit meinem Auto in Richtung Süden los.

›Carlston Heath‹ ist keine irreführende Bezeichnung, wie so manche andere Ortsbenennungen, die durch den unaufhaltsamen Vormarsch der Zivilisation gegenstandslos geworden sind; die Heide existiert wirklich noch. Es ist eine einsame, beinah unheimliche Gegend, hauptsächlich aus Sumpf oder Moor bestehend, größtenteils bedeckt mit elastischen Sumpfgrasflächen und einer zähen Art Heidekraut. Die äußere Umrandung wird von den seltsam verbogenen Skeletten toter Bäume gebildet. Inmitten der Heide erhebt sich ein kleiner Hügel, sichtbar auf Meilen ringsum. Und an dieser markanten Stelle haben die patriotischen Bürger von Carlston ein recht merkwürdig geformtes Denkmal errichtet, das einer Kreuzung zwischen Weltraumrakete und mittelalterlichem Burgturm gleicht. Eine niedrige Feldsteinmauer umgibt den Sockel des Monuments. Um es zu erreichen, muß man einen schmalen Pfad benutzen, der von der Straße über die Heide führt.

Als ich die Stelle erreichte, wo dieser Pfad von der Straße abzweigt, zeigte meine großväterliche Taschenuhr halb neun. Ich hatte eine halbe Stunde zu warten. Das Denkmal hob sich noch einigermaßen erkennbar gegen den letzten Rest Helligkeit am westlichen Abendhimmel ab. Ich parkte auf der anderen Seite der Straße, nicht auf der Fahrbahn selbst, sondern bei den Hecken, die sich hier in etwa drei Schritt Abstand neben ihr erstreckten. Die Stille der Heide wurde zunächst durch nichts gestört als das feine Säuseln des Abendwindes und vereinzeltes Hundegebell in der Ferne. Nach wenigen Minuten aber verstärkte sich der Wind und brachte die Telefondrähte neben der Straße zum Singen, was mir auf die Nerven ging.

Die Minuten vergingen unglaublich langsam. Ich begann zu frieren. Ich konnte die Autoheizung nicht einschalten, ohne den Motor anzulassen, und mein Reiseplaid befand sich im Gepäckraum. Beim ersten Überlegen erschien mir das Aussteigen aus dem Wagen und das Aufschließen des Gepäckraums als ein zu aufwendiges Unternehmen. Ich hätte irgend etwas verpassen oder gar durch meine plötzlich offenbar werdende Anwesenheit jemanden verscheuchen können. Aber dann beschloß ich, es doch zu riskieren. Wenige Augenblicke später kehrte ich mit dem Plaid auf den Fahrersitz zurück und wartete weiter.

Ich schaltete das Autoradio ganz leise ein und suchte, bis ich irgendeine sanfte Musik fand; etwa zehn Minuten vor neun schaltete ich es wieder aus. Ich merkte, daß ich nervös zu werden begann.

Plötzlich wurde mir bewußt, daß es binnen kürzester Zeit völlig dunkel sein würde. Ich bedauerte, diesen Umstand nicht etwas früher berücksichtigt zu haben, ließ den Motor an und manövrierte das Auto behutsam, bis sein Kühler direkt auf das Denkmal gerichtet war. Dann stellte ich den Motor wieder ab und wartete weiter. Meine nervöse Spannung steigerte sich.

Von einem fernen Kirchturm schlug es neun; die Glokkentöne hallten mit gespenstischem Echo über die dunkle Heide. So sehr ich meine Augen anstrengte – in der Umgebung des Denkmals rührte sich nichts.

Fünfzehn Minuten schlichen dahin.

Da meine Augen anfingen zu schmerzen, erinnerte ich mich des alten Tricks, nicht starr auf das Objekt zu sehen, sondern den Blick langsam von einer Seite des Objekts zur anderen wandern zu lassen. Das schien die Anstrengung zu mindern, aber irgendeine Spur von Bewegung entdeckte ich trotzdem noch nicht.

Ich setzte mir eine Frist bis halb zehn. Das heißt, ich hätte bis halb zehn gewartet, wäre nicht wenige Minuten vorher etwas passiert. Aus der Dunkelheit näherten sich zwei Gestalten. Sie kamen den Pfad entlang, der das Denkmal mit der Straße verbindet.

Mir lief ein kaltes Schaudern über den Rücken. Die Gestalten näherten sich langsam, Arm in Arm, wie es schien. Als sie noch etwa zwanzig Schritt von der Straße entfernt waren, schaltete ich meine Scheinwerfer ein.

Die verstörten Liebesleute – sie dicklich, vielleicht achtzehn Jahre alt, er lang und hager, bekleidet mit einer Busfahreruniform – ließen sich hastig los, um ihre Augen gegen das blendende Licht abzuschirmen. Ich hatte sie offenbar fürchterlich erschreckt, denn sicher ahnten sie nicht, daß da neben der einsamen Straße ein Auto stehen und sie plötzlich anleuchten könnte. Etwas beschämt schaltete ich die Scheinwerfer auf Standlicht und duckte mich so tief wie möglich in meinen Sitz.

»Gewisse Kerle kennen eben keinen Respekt vor anderer Leute Privatangelegenheiten«, sagte der Mann mit lauter Stimme, als sie vorbeigingen. Natürlich war das auf mich gemünzt.

Ich wartete, bis sie ein gutes Stück weiter waren, dann gab ich das Unternehmen auf und trat die Heimfahrt an.

Als ich am nächsten Morgen in die Zeitung sah, gellte mir Macbeths Verzweiflungsschrei in den Ohren: ›Ach, folgt mir das Verhängnis auf dem Fuß?‹

Auf Seite zwei war ein Foto von Joyce Dean mit der Unterschrift: ›Würger schlägt wieder zu! Junge Arzthelferin in der Carlston Heath überfallen!‹ In kleineren Buchstaben war hinzugefügt: ›Miss Joyce Dean, Sprechstundenhilfe bei bekanntem Arzt, knapp dem Tod entronnen.‹

Wie ein Mann in einer Trance kehrte ich aus dem Etagenflur, wo ich in die Zeitung gesehen hatte, in die Vordiele zurück und gab der Tür im Vorübergehen den gewohnten leichten Schubs mit dem Ellbogen, um sie zuzuwerfen. Aber die Tür fiel nicht zu. Inspektor Cameron hatte seinen rechten Fuß über die Schwelle gesetzt.

Höflich wie immer fragte er: »Darf ich eintreten, Sir?«

Mir stand vor Überraschung der Mund offen. Mit müder Geste winkte ich meinen unerwarteten Besucher herein.

»Ich – ich habe eben davon gelesen … Wann ist es passiert? Ich meine, um welche Zeit genau?«

»Ist das wichtig?« fragte Cameron aufmerksam.

»Für mich, ja. Äußerst wichtig.«

»Warum, Sir?«

»Weil ...« Ich zögerte. War es angebracht, meinen Nakken hinzuhalten? Ich beschloß, um Zeit zu spielen.

»Ist sie ernstlich verletzt?« fragte ich.

»Miss Dean? Nun, sie hat einen schweren Schock erlitten. Der Angreifer versuchte sie zu erdrosseln. Glücklicherweise stolperte er bei dem Handgemenge, und sie konnte flüchten.«

»Was, zum Kuckuck, tat sie abends in der Carlston Heath? Ein schauerlicher Fleck Erde!«

»Finden Sie, Mr. Foster?«

Ich tat, als hätte ich den Anflug von Ironie in Camerons Stimme nicht bemerkt. Ich war noch nicht sicher, wie ich diese Sache weiterspielen sollte.

Der Inspektor fuhr fort: »Wir wissen noch nicht, warum Miss Dean in der Carlston Heath war. Sie ist noch nicht weit genug erholt, um alles zu erzählen. Doktor Swanson kann kein Licht in die Angelegenheit bringen. Er war der Meinung, sie hätte eine Theaterverabredung mit ihrem Freund.«

»Wo ist sie jetzt?«

»Zur Zeit wohl noch in einem kleinen Hospital bei Carlston. Aber soviel ich weiß, will man sie im Lauf des Vormittags nach London bringen.«

Ort dieser Unterhaltung war noch immer meine Vordiele. Freundlich, aber auch bestimmt fragte der Inspektor nun: »Meinen Sie nicht, wir sollten lieber ins Wohnzimmer gehen, Mr. Foster?«

Ich murmelte eine Entschuldigung und machte die entsprechenden Handbewegungen in Richtung Wohnzimmer. Als wir uns an meinem Schreibtisch gegenübersaßen, stand mein Entschluß fest: Wie belastend die Wahrheit auf den ersten Blick auch aussehen mochte – jeder Versuch einer Vertuschung konnte ins Verderben führen.

Also sagte ich: »Inspektor, ich bin gestern abend zur Carlston Heath gefahren.«

»Das weiß ich«, gab er gleichmütig zurück. »Wie, zum Teufel –?«

»Sehr einfach. Ein Liebespaar, das sich in der Nähe des Denkmals aufgehalten hatte, besaß Verstand genug, sich zu melden, als es von dem Mordversuch hörte. Dadurch erhielten wir einige nützliche Informationen. Der junge Mann, Fahrer bei einer örtlichen Busgesellschaft, gab uns eine genaue Beschreibung des Autos, das gegenüber der Einmündung des Heidepfades geparkt stand.«

Ich nickte: »Daran hätte ich denken sollen!« Hastig fügte ich hinzu: »Nicht, daß ich etwas zu verbergen habe.«

»Das freut mich zu hören, Mr. Foster. Vielleicht erzählen Sie mir nun, was Sie veranlaßte, gestern abend zu dieser einsamen Stelle zu fahren?«

Ich erzählte ihm alles, angefangen von George Antrobus' Angriff auf mich, und er hörte geduldig zu. Als ich schwieg, bemerkte er: »Mr. Foster, Sie scheinen, weiß Gott, eine außergewöhnliche Pechsträhne zu haben.«

Es war mir unmöglich, an seinem Ton zu erkennen, ob er dies sarkastisch oder teilnahmsvoll meinte.

»Natürlich nehme ich nicht an, daß Sie mir von alledem auch nur ein Wort glauben«, fuhr ich auf. »Aber ich könnte es Ihnen ganz leicht beweisen!«

»Ich bin erfreut, dies zu hören, Mr. Foster. Wie denn?«

»Es mag verrückt klingen. Aber wenn Sie jetzt mit mir nach Elvingdale fahren würden, Inspektor, könnten wir mit George Antrobus sprechen, und er wird alles bestätigen. Er wird uns sogar die Notiz zeigen, die seine Tochter gemacht hat.«

Zu meiner großen Überraschung stand er auf und langte lächelnd nach seinem Hut.

»Fein, Mr. Foster. Fahren wir. Nur bin ich nicht ganz

sicher, wie sich Elvingdale zu Ihrem Pyjama und Hausmantel stellen würde.«

Unterwegs konzentrierte ich mich auf das Fahren. Der Inspektor schien seinerseits völlig in die Betrachtung der lieblichen Landschaft von Kent versunken zu sein. Ich glaube, es gab drei kurze Konversationsphasen zwischen uns: Daß es ein schöner Tag sei, daß wir einen zeitigen Frühling hätten, daß uns aber immer noch eine scharfe Wetteränderung überraschen könnte.

Als wir durch Elvingdale rollten, erhaschte ich einen Blick auf Duncans Friseurladen, aber keinen Schimmer von Richard Stockton, dem Parkplatzwächter. Bald kam die Antrobus-Tankstelle in Sicht.

Zu meiner Verwunderung bat mich der Inspektor, etwa dreißig Meter vor der Tankstelle zu halten. Er selbst stieg aus und stellte sich neben das Auto; mir aber winkte er, hinter dem Lenkrad zu bleiben. Erstaunt tat ich, was er wünschte.

An der Tankstelle wurde ein Motorrad von einem mageren weißhaarigen Werkstattmechaniker mit Benzin versorgt. Von George Antrobus oder Klein-Peter zeigte sich nichts. Ich hielt meinen Blick auf die Bürotür gerichtet und erwartete jeden Moment, George Antrobus' untersetzte Gestalt herauskommen zu sehen.

Das Motorrad knatterte von dannen. Der alte Mechaniker wandte uns den Kopf zu. Da er anzunehmen schien, daß wir dezent auf Abfertigung gewartet hätten, gab er uns schließlich ein Winkzeichen, nun hereinzukommen.

Inspektor Cameron rührte sich nicht.

Ich sagte: »Der alte Bursche da drüben möchte wohl, daß wir hineinfahren. Worauf warten wir?«

Cameron blickte durch das offene Wagenfenster zu mir hinab; seine Augenbrauen waren überrascht gehoben.

»Der alte Bursche da drüben, Mr. Foster?«

»Ja, der dürre Greis in den ausgeblichenen Overalls.«

»Wollen Sie mir einreden, daß Sie nicht wissen, wer das ist, Mr. Foster?«

»Ich habe keine Ahnung, Inspektor. Sollte ich ihn kennen?«

»Das sollten Sie in der Tat, Sir. Er ist George Antrobus. Der einzige George Antrobus, wie ich hinzufügen möchte.«

9

Ich dachte, Cameron wäre verrückt geworden.

»Seien Sie nicht absurd!« schnappte ich. »Antrobus ist ein untersetzter, schwarzhaariger Klotz von Mann! Diese wandelnde Vogelscheuche dort drüben muß über siebzig sein!«

Der Inspektor schüttelte den Kopf. »Etwas über sechzig ist er. Sein Haar täuscht. Man erzählt, seit dem Tod seiner Tochter sei er noch weißer geworden ... Wenn Sie nun so nett sein wollen, Mr. Foster, zu tun, was ich sage, glaube ich, daß ich Sie binnen weniger Minuten über verschiedene Dinge beruhigen kann. Würden Sie bitte an der Tankstelle vorbeifahren, etwa fünfzig Meter weiter, und dort auf mich warten? Es wird nicht lange dauern.«

Verdutzt, wie ich war, konnte ich nur nicken und Cameron nachstarren, als er nun zu dem weißhaarigen Mann ging, der noch bei den Zapfsäulen stand. Dann erinnerte ich mich, was er mir aufgetragen hatte, und brachte das Auto in langsame Fahrt. Als ich an der Tankstelle vorüberrollte, hörte ich die beiden Männer Begrüßungsworte wechseln.

»Guten Morgen, Mr. Antrobus.«

»Ah, dachte mir schon, daß Sie es sind, Inspektor. Konnte es ohne Brille nicht recht erkennen. Guten Morgen. Bringen Sie etwas Neues?«

Dann kam ich außer Hörweite.

Nach etwa fünfzig Metern stoppte ich und wartete. Zuerst wollte ich mich bemühen, meine Gedanken zu sammeln und ein bißchen zu ordnen, aber das Durcheinander war zuviel für mich. Ich gab den Versuch wieder auf. Es ergab keinen Sinn und würde niemals einen Sinn ergeben, ganz gleich, was für eine scharfsinnige Erklärung Cameron für alles haben mochte.

Etwas mehr als fünf Minuten vergingen, ehe ich den Inspektor aus Antrobus' Büro treten sah. Nachdem er dem alten Mann die Hand gedrückt hatte, kam er gemächlich zu meinem Auto und nahm auf dem Sitz neben mir Platz.

»Lassen Sie uns hier noch ein paar Minuten stehenbleiben, falls es ihnen nichts ausmacht«, sagte er. »Ich habe eben mit dem Yard telefoniert, Mr. Foster. Und es freut mich, Ihnen berichten zu können, daß Miss Dean sich von ihrem Schock überraschend schnell erholt hat, wirklich überraschend schnell.«

»Das ist gut auf jeden Fall.«

»Ich dachte mir gleich, daß Sie froh sein würden, diese Neuigkeit zu hören.«

Wir wechselten einen Blick. Wie fast immer, vermochte ich an seinem Toll nicht zu erkennen, ob er es sarkastisch oder teilnahmsvoll meinte.

Er fuhr fort: »Sagen Sie, Mr. Foster, was hatten Sie an, als Sie gestern abend zur Carlston Heath fuhren?«

Nach kurzem Überlegen machte ich die gewünschten Angaben.

»Ihr Mantel«, fragte er, »war es einer der üblichen kurzen Automäntel, Mr. Foster?«

»Ja, aber aus Wildleder, nicht aus Stoff.«

»Hmm«, machte Cameron, dann sah er auf seine Uhr. »Verwünscht, das Ding ist wieder stehengeblieben. Wie spät haben Sie es, Mr. Foster?«

Ich hob instinktiv mein linkes Handgelenk, bemerkte den Irrtum und holte die geliehene Großvateruhr aus der Westentasche. »Zehn Minuten nach zwölf«, verkündete ich.

Cameron schielte ironisch auf die Taschenuhr. »Ich erinnere mich nicht, dieses ehrwürdige Prachtstück schon bei Ihnen gesehen zu haben, Mr. Foster. Sie tragen doch sonst eine goldene Uhr mit Gliederarmband?«

»Oh, Sie beobachten genau, Inspektor. Ja, ich trage sonst eine goldene Armbanduhr. Aber vorgestern abend ging das Armband entzwei, so daß ich dieses Monstrum mit mir herumschleppen muß, bis meine Uhr repariert ist.«

»Wo lassen Sie sie reparieren, Sir?«

»In dem Laden in der Baker Street, wo sie gekauft wurde – im Moment fällt mir der Name nicht ein. Aber warten Sie, ich habe eine Reparaturquittung in der Brieftasche.«

Ich holte die Quittung aus der Brieftasche und gab sie ihm; er studierte sie sorgfältig.

Schließlich sagte er: »Sie trägt das gestrige Datum.«

»Ja, natürlich. Gestern nach dem Lunch habe ich die Uhr dort abgegeben.«

»Gestern abend, auf der Fahrt zur Carlston Heath, trugen Sie Ihre Armbanduhr also nicht?«

»Wie sollte ich? Ich sagte doch, daß ich sie nachmittags in dem Laden ließ. Die Reparatur dauert einige Tage.«

»Ja, ich verstehe. Ich danke Ihnen. Und nun, Mr. Foster, möchte ich alles über Ihren seltsamen Besucher von vorgestern abend hören. Gewiß, Sie haben mir Ihre Geschichte heute früh schon einmal erzählt. Aber da standen Sie noch unter dem Eindruck, Ihr Besucher wäre George Antrobus gewesen. Ich denke, daß Sie die Dinge jetzt in einem anderen Licht sehen, daß sich die Farben und Konturen des Bildes ein wenig verschoben haben.«

Ich holte tief Atem, um zu beginnen, aber Cameron warf unerwartet ein: »Etwa eine Meile von hier entfernt, steht an dieser Landstraße ein sehr nettes Gasthaus. Ich weiß nicht, was Sie dazu meinen, Sir. Aber ich könnte ein Bier und ein Sandwich gebrauchen. Wenn Sie nichts dagegen haben, unterhalten wir uns dort weiter.«

Ich hatte durchaus nichts dagegen.

Cameron hatte recht, es war wirklich ein sehr nettes Gasthaus. In der Tat fühlte ich mich, nachdem ich mein Sandwich verspeist und meinen Krug Ale geleert hatte, wie ein neuer Mann. Camerons Worte trugen mehr dazu bei, als ich erwartet hatte.

»Es ist leicht zu sehen, Mr. Foster«, sagte er, »wie es diesem Gauner gelang, Sie irrezuführen. Er scheint die ideale Besetzung für diese Rolle gewesen zu sein.«

»Und ob!« bestätigte ich. »Hätte er wie ein Bankdirektor ausgesehen, dann wäre ich argwöhnisch geworden. Aber er war ein untersetzter, breitschultriger Kerl mit Dreck unter den kurzen Fingernägeln und Fetträndern an seinen Jackentaschen. Und er zeigte sich erstaunlich gut informiert. Zum Beispiel wußte er von Don Pages Foto neben dem Büroschreibtisch und von dem alten Parkplatzwächter in Elvingdale –«

»Richard Stockton, ja. Eine schlaue Nuance, aber bei näherem Hinsehen gar nicht so schwierig.«

»Er hatte auch von Joyce Dean gehört«, fügte ich hinzu. »Gewiß, er war sehr gut vorbereitet. Sagen Sie, Mr. Foster, war der Revolver, den er auf Sie richtete, geladen?«

»Dies herauszufinden, wollte ich nicht riskieren.«

Der Inspektor lächelte. »Jedenfalls nehme ich an, Sie würden den Mann erkennen, wenn Sie ihn wiedersehen?«

»Aus dem vollbesetzten Wembleystadion könnte ich ihn herauspicken!«

»Hoffen wir, daß es so umständlich nicht wird. Ich, für mein Teil, hatte natürlich den echten George Antrobus im Zusammenhang mit unseren Ermittlungen über die Ermordung seiner Tochter bereits getroffen, und wußte daher, daß etwas faul war, als Sie mir heute früh von dem untersetzten, schwarzhaarigen Kerl erzählten. Aber ich verriet Ihnen nicht, daß man Sie begaunert hatte, weil ich sehr gespannt auf Ihre Reaktion war, wenn Sie den echten Antrobus sehen würden.«

»Sie dürften innerlich ganz schön gelacht haben«, murmelte ich verdrossen.

»Zugegeben, ja. Bitte, Mr. Foster, sagen Sie mir noch einmal genau, was in der Notiz gestanden haben soll, von der unser falscher Antrobus Ihnen am Telefon berichtete?«

Ich dachte einen Moment lang nach und erwiderte: »Felix H. und M. Neun Uhr abends. 24., dringend.«

»Sie nahmen an, mit ›Felix H.‹ sei Ihr Freund Mr. Felix Hepburn gemeint?«

»Ja.«

»Und ›M‹?«

Ich antwortete nicht.

Sehr behutsam erkundigte sich der Inspektor: »Sie dachten, ›M‹ müsse Melissa sein?«

»Ich weiß, daß es absurd ist. Aber ich fürchte, ich dachte so.«

»Das ist genau das, was Sie denken sollten, Sir.« Der Inspektor räusperte sich. »Mr. Foster, Ihre Frau ist tot. Erlauben Sie Ihrem Verstand und Ihren Gefühlen nicht, daran noch zu zweifeln. Die Leiche wurde nicht nur von Ihnen, sondern auch von mehreren verläßlichen Personen identifiziert, die Melissa gut kannten. Mrs. Foster ist tot. Darüber besteht kein Zweifel.«

Natürlich redete er absolut vernünftig. Ich hatte mich in einem Meer von Illusionen verloren, und jetzt war es höchste Zeit, die Wirklichkeit wieder in den Griff zu bekommen.

Als ich etwas von der Kette mysteriöser Vorfälle murmelte, die mich verfolgt hatten – das Ertönen von ›Melissas

Melodie‹ in der leeren Wohnung, Melissas Stimme am Telefon, ihr Taschentuch auf dem Teppich bei den Fenstervorhängen –, unterbrach Cameron mich mit rücksichtsvoller Festigkeit.

»Ihre Frau ist tot, Mr. Foster. Wenn Sie sich mit dieser Tatsache abfinden, werden Sie bald beginnen, Kraft zu sammeln für das, was Ihnen bevorsteht.«

»Inspektor«, entgegnete ich schroff, »glauben Sie etwa, ich werde verrückt?«

»Nein, Sir, das glaube ich ganz entschieden nicht. Aber es scheint, als wollten gewisse Leute mich genau dies glauben machen.«

Ich sah auf, und unsere Blicke begegneten sich. In Camerons Augen war nichts mehr von Mißtrauen oder Argwohn. Selbst seine Stimme klang jetzt freundlich. Nun schien mir der Moment gekommen, daß ich es wagen könnte, einige heikle Fragen zu stellen.

»Inspektor, denken Sie, daß ich es war, der gestern abend versucht hat, Joyce Dean zu erdrosseln?«

»Nein, Sir, das denke ich nicht.«

Ich seufzte erleichtert. »Wieso sind Sie dessen sicher?«

»Aus mehreren Gründen. Zum Beispiel hat sich Miss Dean unglaubliche Mühe gegeben, ihren Angreifer genau zu beschreiben. Dabei gab sie verschiedene Einzelheiten an, die den Verdacht in Ihre Richtung lenkten, Sir, wie etwa der kurze Wildledermantel und andere Details Ihrer Kleidung. Aber zum Pech für Miss Dean und zum Glück für Sie, Sir – unsere hübsche junge Lady ist über Ihre Uhr gestolpert.«

»Über meine Uhr?« Unwillkürlich holte ich die ehrwürdige Taschenuhr heraus.

»Nicht diese, Mr. Foster. Miss Dean besteht darauf, daß der Mann, der sie zu erdrosseln versuchte, eine Armbanduhr mit metallenem Gliederarmband trug. Sie schwört, daß sie es ganz deutlich fühlte, als seine Hände sich um ihren Hals schlossen.«

Ich brauchte einige Sekunden, um die Wichtigkeit dieser Offenbarung in ihrer ganzen Tragweite zu begreifen. Dann begann ich freier zu atmen. Zum ersten Male in diesem entsetzlichen Alptraum war ein Versuch, falschen Verdacht auf mich zu lenken, gescheitert.

Ermutigt fragte ich: »Und wie ist es mit Mary Antrobus, Inspektor? Glauben Sie, daß ich sie ermordet habe?«

»Ich habe noch keinen Beweis für Ihre Unschuld, Mr. Foster. Aber ich bin nicht überzeugt von Ihrer Schuld.«

Diese Formulierung war, wie mir allerdings erst später bewußt wurde, ein wahres Juwel an Rabulistik.

»Und meine Frau? Glauben Sie, daß ich Melissa getötet habe?«

Ohne das geringste Zögern antwortete er: »Nein, Mr. Foster, ich glaube es nicht.«

Endlich ein klares Wort! Ich fühlte vieles von dem Druck schwinden, der seit jenem unseligen Abend auf mir lastete.

»Ich danke Ihnen«, sagte ich erleichtert. »Was hat Sie überzeugt?«

»Neben manchen Einzelheiten geringeren Grades war es etwas, das Sie mir erzählt haben.«

»Etwas, das ich erzählt habe? Was denn, um alles in der Welt?«

»Nun, Sie erwähnten, daß Ihre Frau viele Hüte zu kaufen pflegte, aber nur selten einen davon trug.«

Ich starrte ihn begriffsstutzig an. »Und dies überzeugte Sie, daß ich meine Frau nicht getötet habe, Inspektor?«

Cameron gab dem Kellner ein Zeichen, daß er zu zahlen wünsche. Der Kellner kam, kassierte und kehrte hinter die Bar zurück. Cameron stand auf und sagte zu mir: »Ja, Sir, das überzeugte mich. Gehen wir?«

Er ließ sich von mir nur bis nach Elvingdale mitnehmen, einen Weg von fünf Minuten. Von dort bis nach London war ich mit mir allein. Was Cameron noch in Elvingdale wollen mochte, wußte ich nicht, doch konnte ich mir vorstellen, daß es etwas mit Joyce Dean zu tun hatte. Das Mädchen hatte früher im Hospital von Elvingdale gearbeitet, und ihre Mutter lebte noch dort; Cameron würde also allerlei finden, worin er sich verbeißen konnte.

Während der ganzen Heimfahrt beschäftigten sich meine Gedanken hauptsächlich mit Joyce Dean. Von all den nebelhaften Personen, die Verdacht auf mich zu lenken versuchten, war sie die einzige, die ich nun wirklich benennen konnte. Freilich argwöhnte ich, daß Dr. Swanson ihr Komplice oder gar derjenige wäre, der die Befehle gab, aber bis jetzt hatte er noch keinen falschen Schritt getan. Die elegante Miss Dean hingegen war auf brüchiges Eis geraten mit ihrer nichtswürdigen Behauptung, ich hätte sie umbringen wollen.

Natürlich war sie nicht mein einziger Feind; ich schien eine ganze Menge Schurken gegen mich zu haben und einen von ihnen hatte ich auch schon persönlich getroffen – den untersetzten George-Antrobus-Darsteller. Doch wußte ich nicht, wie er hieß und wo er wohnte, während ich Miss Dean immerhin mit ihrem richtigen Namen kannte. Ich beschloß, sie zur Rede zu stellen, sobald ich von Inspektor Cameron einen Wink bekäme, wo sie privat zu finden war; von einer Konfrontation in Dr. Swansons Praxis hätte ich mir nicht viel versprochen.

Soviel über den aggressiven Teil meiner Pläne.

Daneben beschäftigte ich mich mit der beruhigenden Tatsache, daß ich nun beinahe rehabilitiert war. Meine Schuldlosigkeit bedurfte zwar noch der amtlichen Bestätigung, und zweifellos würden nach Meinung der Presse, der Öffentlichkeit und mancher sogenannter guter Freunde noch Wolken des Verdachtes über mir schweben wie der unheilverkündende Rauchpilz einer Atombombe. Aber Cameron war von meiner Schuldlosigkeit überzeugt. Und auf Camerons Meinung kam es an.

Wieder in meiner Wohnung, fühlte ich mich so glücklich vor Erleichterung, daß ich versuchte, die Hepburns anzurufen, um ihnen die gute Neuigkeit mitzuteilen. Felix mochte vielleicht noch nicht aus Schottland zurück sein, doch hoffte ich Paula zu erreichen. Im Lauf einer Viertelstunde wählte ich die Nummer dreimal, ohne daß jemand sich meldete. Es war an manchen Tagen verhältnismäßig schwierig, Paula daheim anzutreffen. Sie hatte zwar keinen Beruf, aber sie widmete sich vielfältigen karitativen Arbeiten und opferte, abgesehen von Geld, eine Menge Zeit dafür.

Da ich Mrs. Hepburn telefonisch nicht erreichen konnte, aber das Bedürfnis hatte, mit jemandem zu sprechen, rief ich nacheinander einige gute Bekannte in der Fleet Street an und beschloß zwischendurch sogar, später auch Don Pages Nummer zu wählen – allerdings nicht, um mit Don über die hoffnungsvolle Wende in meinem persönlichen Geschick zu schwatzen.

Ehe ich diese Absicht wahrmachen konnte, erreichte mich ein kurzer Anruf von Cameron. Der Inspektor wollte wissen, ob ich gegen sechs Uhr daheim wäre. Ich sagte, ja, und er versprach, dann zu mir zu kommen, falls es mir angenehm wäre. Ich entgegnete, es würde mir sehr angenehm sein. Er quittierte dies mit einem: »Schön, dann also gegen sechs«, und legte auf. Anschließend wählte ich Dons Nummer.

»Oh, hallo, alter Junge«, antwortete Dons Stimme – ein bißchen zerstreut, wie ich fand. »Gut, daß du anrufst. Ich habe eine merkwürdige Tatsache über Melissa erfahren, und ich meine, daß du unbedingt informiert werden solltest. Es handelt sich um ihr Geld. Ich wollte dich gerade anklingeln.«

»Stammt diese Neuigkeit aus verläßlicher Quelle, Don?«

»Über jeden Zweifel erhaben, Squire. Inspektor Cameron persönlich ...«

»Oh! War er bei dir?«

Don ächzte; es klang irgendwie erbittert. »Nein, bei mir war er nicht. Aber wo ich heute hinkam, war er auch. Der agilste Bursche, den ich kenne. Zuerst begegnete ich ihm heute mittag beim Elvingdale-Hospital. Ich –«

»Du warst in Elvingdale, Don? Wie seltsam?«

»Wieso seltsam? Ich war nicht im Hospital, Squire. Ich fuhr dort nur vorbei. Zufällig ging er im selben Moment hinein. Das war alles.«

»Was führte dich denn in das Städtchen?« fragte ich vorsichtig. »Nun weißt du – die Fotografie, von der du sagtest, Mary Antrobus hätte sie neben ihrem Schreibtisch an der Wand gehabt. Ganz ehrlich – das machte mir Sorgen. Ich meine, jemand in meiner Position, den Augen der Öffentlichkeit ausgesetzt und alles das, ständig genötigt, signierte Fotos an seine Fans zu verschicken, die er gar nicht kennt – nun, in kurzen Worten gesagt, es war schon lange meine heimliche Furcht, eines Tages könnte irgendwer Mißbrauch damit treiben. Zum Beispiel meine Unterschrift fälschen, für einen Scheck, für einen Vertrag, für irgendein Dokument oder einen kompromittierenden Brief, irgend so etwas.«

»Ja, ich verstehe. In diesem Licht hatte ich es noch gar nicht gesehen.«

»Squire, du kennst noch nicht die Hälfte der Geschichte!« fuhr Don ungeduldig fort. »Stell dir vor – das Foto war nicht da! Ich traf den alten George Antrobus – ein anständiger Kerl, wie ich meine –, und er erzählte mir, ein Beamter hätte das Foto wegen irgendwelcher Nachprüfungen mitgenommen. Dreimal darfst du raten, wer der Beamte war.«

»Inspektor Cameron?«

»Meine Hochachtung, Squire! Aber sag mal – ist das nicht zum Verrücktwerden? Wegen eines Exemplars dieses tausendmal und öfter in allen Erdteilen verbreiteten Fotos fängt die Polizei womöglich an zu denken, ich hätte irgendwie mit Mary Antrobus zu tun gehabt! Natürlich stellte ich Inspektor Cameron heute nachmittag deswegen zur Rede –«

»Ach, du warst bei ihm im Scotland Yard?«

Don ächzte abermals, und jetzt klang es so eindeutig erbittert, daß ich den Eindruck bekam, seine Nerven seien sehr strapaziert. »Squire, ich wünschte, du würdest mich nicht immerzu unterbrechen! Nein, ich war nicht im Scotland Yard. Ich traf ihn zufällig bei Doktor Swanson.«

»In der Wimpole Street?«

»Wo denn sonst? Was Cameron dort wollte, weiß ich nicht – vielleicht mit Swanson über dich und Melissa sprechen. Ich jedenfalls war für meine vierteljährliche Routineuntersuchung zu Swanson bestellt.«

»Nanu? Ich dachte, du wärst schon längst nicht mehr in seiner Behandlung, Don?«

»Oh, ich bin fit genug! Aber meines Erachtens zahlt es sich aus, fit zu bleiben. Swanson gibt mir viermal im Jahr eine gründliche Überholung.«

»Auswechslung abgenutzter Teile?« scherzte ich. »Ja, wenn das so einfach wäre, wie?«

Er lachte etwas gezwungen.

»Nun höre«, sagte er. »Um auf das zurückzukommen, wovon ich dir anfangs zu erzählen versuchte – Melissas Geld. Du und ich, wir waren doch der Meinung, sie hätte dieses Sümmchen durch erfolgreiches Wetten und Spielen zusammengebracht – nicht wahr?«

»Das war es, was du mir erzähltest, Don«, erinnerte ich ihn. »Na ja, genaugenommen erzählte ich es, da hast du recht. Aber jetzt hat Cameron eine Nadel in diese schöne Theorie gepiekt! Er weiß noch nicht, wie sie all diese Pfunde zusammengerafft hat, doch scheint es endgültig ausgeschlossen, daß sie sie durch Wetten oder Glücksspiel gewonnen hat.«

»Wie, um alles in der Welt, kann Cameron das denn wissen?« rief ich, plötzlich von neuem Unbehagen durchrieselt. Was für peinliche Überraschungen mochten noch aus Melissas Pandorabüchse flattern?

»Anscheinend hat er eine ganze Meute Spürhunde an der Arbeit, seit Melissa starb. Sie haben sämtliche Rennbahnen, Kasinos, Spielsalons, Nachtclubs und Buchmacherläden durchgekämmt, wahrscheinlich dabei überall Melissas Foto vorgezeigt und sich erkundigt, ob diese Lady eine bekannte Spielerin wäre. Aber niemand aus all diesen Metiers hat sie je gesehen! Ich meine, das ist seltsam – findest du nicht? Sie war eine so auffallend hübsche Frau, daß sie den Leuten in Erinnerung geblieben sein müßte – nicht wahr?«

»Das sollte man annehmen. Insbesondere, da sie so viel gewann.«

»Die Preisfrage ist nun: Woher hatte sie all das Geld? Und – es war Geld! Ich erinnere mich da einer Gelegenheit, als sie zu mir kam und siebzehnhundert Pfund bei sich hatte, alles in Fünf- und Zehnpfundnoten. Siebzehnhundert, eine ganz schöne Summe! Sie erzählte, sie hätte es beim Rennen gewonnen. Mir kam nie in den Sinn, daran zu zweifeln. Tja, und als ich diese Sache heute nachmittag vor dem Inspektor erwähnte, schien er sehr für eine ganz unwichtige Einzelheit interessiert – ich jedenfalls halte sie für völlig bedeutungslos. Er wollte wissen, wie Melissa solche Mengen Banknoten mit sich herumtrug!«

»Hör mal, Don, diese ganz unwichtige Einzelheit interessiert auch mich. Wie löste sie das Problem?«

Don kicherte. »Es war typisch Melissa! Ein Gemengsel aus geistreicher Laune und Praktischem, dazu ein Hauch Ungewöhnliches. Sie versuchte nicht etwa, das Zeug in eine normale Handtasche zu stopfen. Sie benutzte eine Hutschachtel!«

»Eine Hutschachtel?«

»Ja. Ziemlich ausgefallene Idee, wenn man es genau überlegt. Aber – he, he, he, sieh mal auf die Uhr! Verdammt, ich bin mit einer hinreißenden Blondine verabredet, Squire, und muß fahren wie der Teufel! Bis bald mal wieder! Cheerio!«

Ich legte auf und setzte mich an meinen Schreibtisch, um gründlich über das eben Gehörte nachzudenken. Ich versuchte mir gewisse Szenen aus den drei Jahren meines Lebens mit Melissa ins Gedächtnis zu rufen – nämlich alle die Male, da ich sie mit einer Hutschachtel gesehen hatte. Dieser Gelegenheiten waren so viele gewesen, daß ich sie im einzelnen nicht auseinanderhalten konnte. Doch dann überlegte ich, wann ich tatsächlich gesehen hatte, wie sie eine Hutschachtel öffnete und einen Hut herausnahm? Nicht sehr häufig, soweit ich mich erinnerte. Um der Wahrheit willen mußte ich mir allerdings eingestehen, daß ich solchen Vorgängen niemals viel Aufmerksamkeit geschenkt hatte.

Dons Besuch in Elvingdale kam mir ziemlich seltsam vor. War es wirklich das Fan-Foto im Antrobus-Büro, das ihn dorthin getrieben hatte? Ein dürftiger Vorwand! Mochte seine Visite nicht eher mit Joyce Dean etwas zu tun gehabt haben? Ich fand es merkwürdig, daß er – trotz der groß aufgemachten Zeitungsmeldung über den Mordversuch – vermieden hatte, bei dem Gespräch mit mir ihren Namen zu erwähnen. Und renommierte er nicht oft genug damit, daß er in jeder Grafschaft Englands eine süße Freundin hätte? Mochten es in der Grafschaft Kent nicht deren zwei gewesen sein – Joyce Dean und Mary Antrobus?

Seine unverhoffte Begegnung mit Inspektor Cameron bei Dr. Swanson, so kurz nach seiner Rückkehr aus Elvingdale, hatte ihn offenbar durchgeschüttelt. Komisch übrigens, daß er wegen seiner Nerven noch bei Dr. Swanson in Behandlung war. Nach allem, was ich während der letzten zwölf Monate von ihm gesehen und gehört hatte, schien es kaum möglich, daß mit seinen Nerven irgend etwas nicht stimmen sollte. Wenigstens nicht, bis Melissa starb. Seitdem wirkte er allerdings recht nervös.

Ich zuckte zusammen, als die Türklingel läutete.

Für Inspektor Cameron war es zu früh. Bei einem zweiten Blick auf die Uhr wurde mir klar, warum ich mich so erschrocken hatte. Genau um dieselbe Zeit war vor zwei Tagen der fragwürdige Gentleman, der sich als George Antrobus ausgab, in mein Leben hineingeplatzt.

Dieses Mal machte ich die Tür mit größter Vorsicht auf und kam mir dann prompt wie ein Narr vor, als ich sah, daß Paula draußen stand. Um so mehr, als ich sah, daß sie verstört und den Tränen nahe war.

»Mein Gott, Paula! Was ist denn passiert?«

»Ach, Guy, Herzblatt, ich – ich – beinahe wäre ich überfahren worden.«

»Um Gottes willen, komm schnell herein.«

Sie war blaß und zitterte. Ich führte sie zur Couch und bestand darauf, daß sie sich hinlegte. Ihr Haar war wirr, einer ihrer Nylonstrümpfe zerrissen, der Saum ihres Kostümrocks schmutzig. Ich merkte, wie sehr sie sich bemühte, die Tränen zurückzuhalten. Gegen ihren Willen flößte ich ihr ein Glas Kognak ein. Aber einen Arzt anzutelefonieren, erlaubte sie mir nicht. Sie beteuerte, es wäre nichts, gar nichts, und in einer Minute würde sie wieder ganz in Ordnung sein. Als sie sich etwas erholt hatte, ließ ich mir erzählen, was passiert war.

»Ach, wirklich passiert ist gar nicht so viel. Das macht es irgendwie lächerlich. Ich denke, es war mehr der Schock und meine Empfindlichkeit.«

»Trotzdem erzähl mir davon.«

»Nun ja, ich kam von einer Besprechung im Wohlfahrtsverein und parkte beim Shepherd's Market, um ein paar Einkäufe zu machen. Ich wollte den Fahrdamm überqueren, als aus einer Nebenstraße ein Auto auftauchte und direkt auf mich losfuhr, sehr schnell. Ich sah es erst im letzten Moment, machte einen wilden Sprung zum Gehsteig, stieß dabei gegen ein abgestelltes Fahrrad und fiel dann längelang über dieses unselige Ding. Es dürfte die lächerlichste Demonstration weiblicher Ungeschicklichkeit gewesen sein, die man seit Jahren am Shepherd's Market gesehen hat.«

»Was sagte der Autofahrer zu dem Vorfall?«

»Das weiß ich nicht, Guy. Er hielt nicht an.«

»Aber du hast dir die Nummer gemerkt?«

»Nein. Er sauste weiter und war schon verschwunden, als ich noch auf dem umgefallenen Fahrrad lag und krampfhaft versuchte, meinen hochgerutschten Rock zurechtzuzupfen. Ich weiß nur, daß es ein niedriges, schnelles Auto war, ein Sportwagentyp.«

»War denn keiner in der Nähe? Keine Zeugen?«

»Ach, Guy, wenn eine Frau, noch dazu am Shepherd's Market, mit unanständig hochgerutschtem Rock auf einem umgefallenen Fahrrad liegt, ist ihr kaum danach zumute, sich nach Zeugen umzusehen.«

»Wo, sagst du, ist es passiert?«

»Herzblatt, du hörst schlecht zu. Ich glaube, ich habe es schon dreimal erwähnt: Am Shepherd's Market. Ich war so durcheinander, daß ich einfach zu meinem Auto rannte und losfuhr. Zuerst ging es ganz gut. Aber auf einmal fing ich an, mich elend zu fühlen. Verzögerter Schock, nehme ich an. Da es nicht weit bis zu deiner Wohnung war, fiel mir leider nichts Besseres ein, als mich deiner Barmherzigkeit zu überantworten.«

»Ich bin glücklich, daß du dies getan hast, Paula. Nimm noch einen Kognak, ja?«

»Nein danke, Herzblatt. Ich ruhe mich noch ein paar Minuten aus, und dann möchte ich mich in deinem Badezimmer ein bißchen auffrischen, wenn ich darf.«

»Aber sicher. Bitte entschuldige – eigentlich hätte ich es dir anbieten müssen.«

Nach etwa fünf Minuten half ich ihr auf die Füße und wollte sie zum Badezimmer führen. »Ach, danke, mein Bester«, sagte sie, »das schaffe ich schon alleine.«

Da sie die Badezimmertür halb offen ließ, rief ich wenig später: »Ist Felix noch in Schottland?«

»Ja, aber heute abend kommt er zurück. Nebenbei bemerkt, das große Geschäft ist geplatzt. Felix findet, der Handel mit Antiquitäten wäre etwas zu antiquiert für ihn.«

Ich lachte, und im selben Moment ertönte die Türklingel. Paula rief halblaut aus dem Badezimmer: »Guy, erwartest du jemanden?«

»Ich denke, es wird Inspektor Cameron sein. Er hat sich für sechs Uhr angesagt.«

»O Gott! Erzähle ihm nichts von meinem Unfall, sei so nett! Du weißt, wie er ist. Wahrscheinlich würde er mir stundenlang Fragen stellen, ein Berufsleiden aller Polizisten.«

»Schon recht«, rief ich über die Schulter, als ich mich auf den Weg zur Tür machte.

Ich fand den Inspektor damit beschäftigt, seine Julius-Cäsar-Haarsträhnen glattzustreichen.

»Guten Abend, Mr. Foster. Sind Sie sicher, daß ich nicht ungelegen komme?«

»Aber, ich bitte Sie, Inspektor! Treten Sie ein.«

»Ich möchte nicht stören, Mr. Foster, falls Sie Besuch haben«, sagte er ruhig.

Etwas betroffen hielt ich insgeheim und hastig Ausschau nach irgendwelchen Anzeichen für Paulas Anwesenheit. Sie hatte ihre Handtasche ins Badezimmer mitgenommen; außer dem Kognakglas und der Flasche Remy Martin auf dem Couchtisch – also Gegenstände, die ebensogut ich selbst hätte benutzt haben können – war nicht die geringste Spur von ihr zu entdecken.

Cameron bemerkte meinen Blick. »Nein, Sir«, sagte er mit trockenem Lächeln, »ich verfüge nicht über die Gabe des Zweiten Gesichts. Es ist nur, daß ich glaube, vor dem Haus Mrs. Hepburns Auto erkannt zu haben. Sie fährt doch einen gelben Karmann Ghia, nicht wahr?«

Das war eine seiner schätzenswerten Eigenheiten; seine Augen und sein Verstand funktionierten unerhört präzise, aber niemals versuchte er, seine intelligenten Schlußfolgerungen als halbwegs übersinnliche Intuitionen auszugeben. Seine großen Füße – Schuhgröße 46, taxierte ich – standen fest auf der Erde.

Ich erklärte, daß Paula in der Nähe gewesen sei und für ein paar Minuten heraufgekommen sei, weil sie sich nicht allzu wohl gefühlt habe.

»Oh, tut mir leid, dies zu hören, Sir. Hoffentlich nichts Ernstes?«

»Nein, nein, nichts Ernstes«, versicherte ich.

Cameron blickte zum Badezimmer, durch dessen halboffene Tür Wassergeplätscher zu hören war. Er nahm die schmale Aktenmappe, die er unter dem linken Arm gehalten hatte, in die Hand und sagte: »Ich werde Sie nicht lange aufhalten, Mr. Foster. Ich habe hier einige Fotos, die ich Ihnen zeigen möchte. Um Sie nicht voreingenommen zu machen, werde ich Ihnen nicht sagen, was Sie zu sehen bekommen sollen. Antworten Sie einfach mit ›ja‹ oder ›nein‹.« Er blickte wieder zur Badezimmertür. »Und bitte, nennen Sie keine Namen.«

Er holte einen Stapel Porträtaufnahmen aus der Mappe. Alles Männer, nur Kopf und ein Teil der Schultern, meistens abstoßende Gesichter. Sie waren untereinander sehr verschieden; einige hatten Schnurrbärte, einige waren kahlköpfig, einer schielte, einer prangte im Schmuck eines mächtigen Schnauzbartes. Jedesmal, wenn Cameron mir ein Foto zeigte, schüttelte ich den Kopf und sagte: »Nein.«

Plötzlich aber sagte ich: »Ja.«

Das betreffende Foto zeigte Gesicht und Schultern eines offenbar untersetzten Mannes mit dichtem, schwarzem Haar. Das Gesicht wirkte etwas weniger abstoßend als die meisten anderen, die wir gesehen hatten, aber es interessierte mich sehr. Denn es gehörte meinem gewalttätigen Besucher, der sich für George Antrobus ausgegeben hatte.

»Sind Sie dessen ganz sicher?« fragte Cameron. Ein Name wurde nicht erwähnt.

»Unbedingt sicher. Ich habe Ihnen ja gesagt, daß ich ihn aus dem vollbesetzten Wembleystadion herauspicken könnte.«

Der Inspektor brummte zufrieden und schob die Fotos wieder in seine Aktenmappe.

Einen Moment später kam Paula, nett zurechtgemacht wie stets und wieder beträchtlich wohler aussehend, aus dem Badezimmer. Sie grüßte den Inspektor recht zurückhaltend und winkte mir flüchtig zu. Anscheinend wollte sie ohne Aufenthalt in die Vordiele und zur Wohnungstür gehen.

Cameron sagte: »Es tat mir leid, zu hören, daß Sie sich nicht wohl fühlen, Mrs. Hepburn.«

Diese Bemerkung ließ sich kaum ignorieren. Paula, schon im Durchgang zwischen Wohnzimmer und Diele, blieb stehen und rang sich ein strahlendes Lächeln ab. »Nun, ich wäre beinahe überfahren worden. Passiert ist nichts weiter, aber es war unangenehm.«

»Oh, beinah überfahren? So etwas höre ich sehr ungern. Wo geschah es? In der Stadt?«

»Bitte? Ja. Ja, in der Stadt. Guy, mein Bester, ich muß eilen. Felix würde mir aufs Dach steigen, wenn ihn bei der Heimkehr kein reichliches Menü erwartet!«

Ich bot an, sie nach Hause zu fahren, aber davon wollte sie nichts hören. Die Farbe war in ihre Wangen zurückgekehrt, sie sah völlig erholt aus. Sie warf mir eine Kußhand zu und eilte leichtfüßig die Treppe hinab. Durchs Fenster sah ich sie in ihrem gelben Karmann Ghia davonfahren. Dann kehrte ich zu Cameron zurück und bat um Entschuldigung wegen der Unterbrechung.

»Nicht der Rede wert«, sagte er mit einer großzügigen Handbewegung. »Es war sehr interessant. Was, genau, ist Mrs. Hepburn passiert?«

Da Paula das Kernstück ihres Abenteuers selbst offenbart hatte, sah ich keinen Grund, die Einzelheiten zu verschweigen, und erzählte alles, was sie mir erzählt hatte. Cameron schien währenddessen in eine abermalige Besichtigung meiner Bibliothek vertieft, aber ich wußte, daß er aufmerksam zuhörte und sich nicht das geringste entgehen ließ.

Als ich fertig war, brummte er: »Hmm.« Dann entnahm er seiner Aktenmappe das Foto des untersetzten schwarzhaarigen Mannes.

»Und dieses hier, Sir, ist wirklich Ihr angriffslustiger Besucher, der sich als George Antrobus vorstellte?«

»Ja, ohne jeden Zweifel. Wissen Sie etwas über ihn?«

»Er heißt Belham, Lancelot Belham. Aber er benutzt

ein halbes Dutzend Decknamen – George Nottingham, Charles Weston, Gus Bell, und so weiter. Nehmen Sie davon, welchen Sie wollen – immer steckt derselbe Gauner dahinter.«

»Wovon lebt er?«

»Er ist Schmied. Wenigstens war er das früher, ehe er sich auf Bauernfängerei umstellte. Er versteht es, sich glaubwürdig und vertrauenerweckend zu geben. Das erstemal, als wir ihn schnappten, hatte er einem arglosen texanischen Touristen einen Londoner Doppeldeckerbus verkauft. Er kriegte achtzehn Monate. Aber der texanische Tourist, ich bedauere dies sagen zu müssen, kriegte seinen zweistöckigen Bus natürlich nicht. Ähnliche Scherze hat er seitdem in reicher Zahl vollbracht.«

»Aber wenn das sein Spezialgebiet ist – wieso kam er dann hierher und gab sich als George Antrobus aus?«

»Weil jemand ihn dafür bezahlte – deshalb, Sir. Recht großzügig bezahlte, nehme ich an.«

»Schön, und doch verstehe ich es immer noch nicht. Würden Sie es für meinen schlichten Verstand erläutern, Inspektor?«

»Aber gerne. Gewissen Leuten schien es nötig, irgend etwas zu finden, wodurch Sie in aller Unschuld zur Carlston Heath gelockt werden konnten. Wenn Miss Dean dort überfallen wurde und sich dann herausstellte, daß Sie zur fraglichen Zeit anderswo gewesen waren, hätte man Ihnen den versuchten Mord kaum anhängen können – nicht wahr? Übrigens glaube ich nicht, daß Joyce Dean überhaupt von irgendwem angefallen wurde. Ich glaube, sie schlich dort nur herum und paßte auf, bis Sie eintrafen. Das kluge Mädchen wollte nämlich sehen, wie Sie gekleidet waren. Später, nach Eintritt völliger Dunkelheit, fingierte sie den Überfall und gab die Beschreibung eines Täters, die verdammt viele Ähnlichkeiten mit Ihnen aufwies. Hinsichtlich der Uhr machte sie allerdings, wie wir wissen, einen Fehler. Das arme Kind durfte sich ja nicht sehr nahe an Sie heranwagen, konnte also nicht erkennen, daß Sie diesmal keine Armbanduhr trugen.«

»Joyce Dean blieb völlig außer Sicht. Aber mich graust es noch nachträglich. Denn wenn ich nicht dieses kleine Zufallsmalheur mit meinem Uhrarmband gehabt hätte, säße ich jetzt in bösen Schwierigkeiten.«

Cameron schüttelte den Kopf und spitzte dabei nachdenklich die Lippen. »Wissen Sie, Mr. Foster, Joyce Deans Geschichte hätte nicht unbedingt standgehalten. Wir glauben nicht alles, was man uns erzählt. Zum Beispiel waren die Gründe, die Miss Dean für ihre Anwesenheit in der Carlston Heath nannte, bemerkenswert schwach. Sie erzählte allerlei Unsinn über ein Telegramm ihres Freundes, der die getroffene Theaterverabredung nicht einhalten konnte. Leider war sie außerstande, uns das Telegramm zu zeigen. Und zu allem Überfluß stellte sich heraus, daß der betreffende Freund zur Zeit geschäftlich in Schweden ist. Mit kurzen Worten – sie servierte uns einen Haufen Lügen über die ganze Sache.«

»Ist das nicht eine strafbare Irreführung der Polizei?«

Cameron lächelte matt. »Würden wir alle derartigen Fälle rigoros behandeln, dann befände sich wohl annähernd ein Drittel der Bevölkerung hinter Gittern, Mr. Foster. Aber zurück zur Sache. Ich ließ mich heute mittag von Ihnen in Elvingdale absetzen, um einige Ermittlungen über Miss Deans Hintergrund zu machen. Der echte George Antrobus hatte mir bereits erzählt, daß sie sich den Ruf verschafft habe, ein sehr ehrgeiziges Mädchen zu sein, äußerst unbefriedigt über das abwechslungsarme Kleinstadtleben. Dies wurde von der Leitung des Hospitals bestätigt, ebenso von Miss Deans Mutter, die eine harmlose, gute alte Frau zu sein scheint. Während ihrer Tätigkeit im Hospital lernte Miss Dean Doktor Swanson kennen, der dort einen Patienten besuchte. Ihre eigene Version von der Geschichte ist, daß er eine Sekretärin brauchte und ihr diesen Job anbot. Die alte Mrs. Dean aber sagte ganz offen, ihre Tochter habe sich dem Doktor geradezu aufgedrängt. Offenbar war sie fest entschlossen, den Kleinstadtstaub von ihren Füßen zu schütteln und ihr Glück in London zu versuchen.«

»Was ihr wohl recht nett gelungen ist«, warf ich ein. »Ich meine, nicht jede Sprechstundenhilfe kann sich rühmen, daß der Chef ihr sein Auto nebst Chauffeur zur Verfügung stellt.«

»Trotzdem ist sie noch nicht zufrieden«, bemerkte Cameron trocken.

»Wieso?«

»Nun, sie verläßt Doktor Swanson, um Ende dieser Woche nach New York überzusiedeln.«

»Hat der Doktor sie entlassen?«

»Das glaube ich nicht. Als ich ihn heute nachmittag sah, schien er ehrlich betrübt, sie zu verlieren. Ich denke, es ist Miss Dean, die sich nach Abwechslung sehnt. Oder wollen wir sagen, nach reicheren Weiden und Auen? Übrigens, falls Sie jemanden wissen, der eine Wohnung in Kensington sucht – ab Sonnabend ist dort ein Appartement frei. Ein sehr hübsches Appartement, allerdings etwas teuer.«

»Wie teuer?« fragte ich automatisch. »Vierzig Guineas die Woche, unmöbliert.«

Er sagte das völlig gleichmütig, aber es war nicht schwer, seinen Blick zu deuten.

»Hui!« machte ich und hob in gespieltem Erschrecken die Hände. »Für diesen Preis müßte es schon ein ungewöhnlich hübsches Appartement sein. Hört sich an, als könnte es in einem dieser Luxusblocks liegen, die erst voriges Jahr fertig geworden sind.«

»Stimmt. Normandy Court ist noch ziemlich neu.«

Ich hatte, was ich brauchte. Und die Information war so diskret erteilt worden, daß ein zufällig anwesender Besucher kaum gemerkt hätte, um was es ging.

Ich fragte: »Woher kann ein junges Mädchen die Mittel haben, um eine Wochenmiete von vierzig Guineas zu bezahlen?«

»Junge Mädchen und ihre Gelder sind heutzutage ein heikles Thema, Mr. Foster. Nehmen Sie Mrs. Foster, zum Beispiel. Ich fragte heute nachmittag Mr. Page, ob er wirklich glaube, daß sie all ihr Geld durch Wetten und Glücksspiel zusammengebracht habe, und er sagte –«

»Ich weiß, Inspektor«, warf ich ein. »Er hat es mir erzählt. Wir telefonierten miteinander, kurz bevor Sie kamen.«

»So, taten Sie das? Hmm. Nun, im Fall Ihrer Frau waren wir natürlich außerstande, sie selbst um Erläuterungen zu bitten. Wir müssen also abwarten, was nach Verfolgung aller Spuren herauskommt – sofern am Ende überhaupt etwas herauskommt. Aber was Miss Dean betrifft, so könnte jemand sie direkt fragen – nicht wahr?«

»Vorausgesetzt, daß es rechtzeitig geschieht. Amerika ist ziemlich weit weg von hier.«

»Sie haben recht, Mr. Foster – Sie müssen sich beeilen.«

10

Vermutlich ging Cameron bei seinem Entschluß, mir Joyce Dean gegenüber freie Hand zu lassen, von der Theorie aus, daß die hübsche Joyce das schwächste Glied in der Kette derer darstellte, die versucht hatten und noch versuchten, mich zu verderben. Ich war nicht sicher, warum er es vorzog, diese Sache mir zu überlassen, anstatt es selbst zu tun; aber ich nahm an, daß er vernünftige Gründe dafür hätte, und war ehrlich erfreut über die Chance, etwas Konstruktives zu tun.

Am nächsten Morgen um zehn Uhr klingelte ich an der Tür der Lady.

»Erinnern Sie sich an mich?« fragte ich, als sie aufmachte, und setzte schnell einen Fuß über die Schwelle, da sie die Tür gleich wieder zuschmettern wollte. Sie trug einen unlieblichen Ausdruck auf dem Gesicht und ein um so lieblicheres Neglige auf ihrer schlanken Gestalt.

»Was wollen Sie?« fuhr sie mich an.

»Nur ein kurzes Gespräch«, antwortete ich.

Sie dachte einen Moment lang nach, zögerte, versuchte ein Lächeln und zwitscherte süß: »Vielleicht, Mr. Foster, würden Sie so nett sein, Ihren Fuß von der Schwelle zu nehmen?«

»Damit Sie mir die Tür vor der Nase zuknallen können, nicht wahr?« erwiderte ich ebenso süß und schob mich ohne nennenswerte Mühe an ihr vorbei in die Vordiele.

Jetzt nahm ihre Stimme klagende Töne an. »Das kommt mir aber höchst ungelegen. Ich erwarte einen Besuch.«

Ich starrte anzüglich auf ihr geblümtes Neglige; die

Blumen waren sparsam darauf verteilt und gleichzeitig die einzigen nicht durchsichtigen Stellen des zarten Gewebes. Miss Dean schien sich auf einen heißen Tag vorbereitet zu haben.

»Wie nett für Ihren Besuch!« kommentierte ich mit zweideutigem Lächeln.

Wieder erhielt ich Gelegenheit, Miss Deans recht offenkundigen Denkprozeß zu verfolgen; die Ideen, Pläne und Möglichkeiten, die ihr durch den Kopf gingen, waren nämlich überraschend klar von ihren großen Augen abzulesen. Schließlich befeuchtete sie ihre Lippen mit der Zungenspitze, öffnete den hübschen Mund ein wenig und machte eine graziöse Bewegung auf mich zu, wobei das geblümte Neglige verführerisch auseinanderflatterte.

Ich trat außer Reichweite und schlug vor: »Sparen Sie das lieber für Ihren Besuch auf.«

Sie blieb abrupt stehen, bedachte mich mit einem haßfunkelnden Blick und ging wie ein erbostes Schulmädchen durch ihr Wohnzimmer ab ins Schlafzimmer. Ich nutzte die Chance, aus der Vordiele ins Wohnzimmer hinüberzuwechseln.

Als Miss Dean einen Moment später wieder auftauchte, war sie bis an den Hals in einen dezenten Hausmantel gehüllt.

»So ist es besser«, sagte ich.

»Hören Sie«, zischte sie ärgerlich, »ich gebe Ihnen genau zwei Minuten, meine Wohnung zu verlassen. Wenn Sie dann nicht fort sind, rufe ich die Polizei!«

»Zwei Minuten wird es nicht einmal dauern, Miss Dean. Das heißt – wenn Sie mir die Wahrheit sagen.«

»Ach? Würden Sie denn die Wahrheit erkennen, wenn Sie sie hören?«

»Versuchen Sie es.«

»Gut. Was wollen Sie wissen?«

»Fangen wir mit der Carlston Heath an. Warum gaben Sie Inspektor Cameron den Eindruck, ich wäre Ihr Angreifer gewesen?«

Sie lächelte; es war zu sehen, daß sie ihre Selbstsicherheit schnell zurückgewann. »Sie gehen von einer falschen Annahme aus, Mr. Foster. Ich ›gab‹ keinen Eindruck. Ich wurde um eine Beschreibung des Angreifers ersucht und beschrieb ihn, so gut ich konnte.«

»Mit der einzigen Absicht, Verdacht auf mich zu lenken!«

Sie zuckte die Achseln. »Tut mir leid, wenn das dabei herauskam. Ich sagte einfach die Wahrheit.«

»Unsinn! Es war ein Pack Lügen – alles, was Sie erzählt haben!«

»Mr. Foster, versuchen Sie zu unterstellen, ich wäre gar nicht angefallen worden?« Sie berührte ihre Kehle und schnitt eine fast dramatische Grimasse. »Hier, sehen Sie sich die Druckstellen an!«

»Na schön. Vermutlich haben Sie, als echte Blondine, eine sehr empfindliche Haut ... Wer überfiel Sie?«

»Ich – ich weiß es nicht. Es war dunkel –«

Sie wandte sich ab – außerstande, meinem Blick zu begegnen. »Ich sagte, ich weiß es nicht sicher.«

Ich faßte sie beim Ellbogen und zwang sie ein Stückchen näher zu mir heran. »Heraus damit! Warum beschuldigen Sie mich?«

»Mr. Foster, ich habe alles, was ich hierzu sagen konnte, der Polizei gesagt. Ich beabsichtige nicht, mehr zu sagen.«

Meine Hand noch an ihrem Ellbogen, erwiderte ich: »Sie sehen zornig aus, Miss Dean.«

»Das bin ich auch. Äußerst zornig!«

»Aber nicht ängstlich, Miss Dean? Das finde ich höchst merkwürdig!«

»Was meinen Sie damit?«

»Einfach dies: Wenn Sie wirklich dächten, ich sei der Mann, der Sie in der Carlston Heath angefallen hat, würden Sie nicht hier stehen und mit mir diskutieren, wie Sie es tun. Sie würden vor Angst von Sinnen sein und um Hilfe rufen!«

Sie straffte sich in meinem Griff, probierte aber nicht, sich loszureißen. Ihre großen Augen spiegelten den Denkprozeß wider, mit dem sie versuchte, aus der Falle zu schlüpfen, die ich ihr gestellt hatte. Das Ergebnis war etwas kläglich: »Ich habe der Polizei die Wahrheit gesagt, und weiter habe ich nichts zu sagen.«

Ich brummte skeptisch. Die Antwort, die mir auf der Zunge lag, blieb unausgesprochen, denn plötzlich ertönte die Türklingel.

Joyce Dean schielte peinlich berührt zur Vordiele. Sie war eine bemerkenswert schlechte Schauspielerin; ihre Augen verrieten jede Reaktion ihrer überbeanspruchten Nerven.

»Da ist jemand an Ihrer Tür«, sagte ich spöttisch. »Soll ich ihn hereinlassen?«

Das war eine vorsätzliche Herausforderung und erfüllte seinen Zweck. Miss Dean riß sich los, hastete aus dem Wohnzimmer in die Vordiele und machte vorsorglich die Verbindungstür hinter sich zu. Ich glaubte, das Schloß klicken zu hören. Nicht willens, nur meinen Ohren zu trauen, versuchte ich den Türknauf. Die holde Miss Dean hatte mich wahrhaftig eingeschlossen. Mich, den sie eines Mordversuchs beschuldigte!

Ich wollte durch das Schlüsselloch spähen. Der Schlüssel steckte noch und versperrte mir die Sicht. Aus der Vordiele war leises Stimmengemurmel zu vernehmen.

Irgendwie paßte es mir großartig, hier eingeschlossen zu sein. Nun konnte ich ein bißchen herumschnüffeln. Ich verschwendete keine Zeit darauf, die Möbel zu besichtigen, die allzu offenkundig von viel Geld und wenig Geschmack zeugten. Was mich interessierte, waren irgendwelche Aufschlüsse über Miss Deans Privatleben.

Ich inspizierte zuerst das Schlafzimmer. Es enthielt ein phantastisches herzförmiges Himmelbett, ganz in Weiß und Zartrosa gehalten, mit durchsichtigen Seidenvorhängen. Auf einigen der graziösen weißen Stühlchen lagen verschiedene Garnituren eleganter Unterwäsche herum, was mir die Idee eingab, in die Schubladen der Wäschekommode – ein Schleiflackmöbel – zu schauen. Die Schubladen waren mehr oder weniger leer, und die teuren, leider verschlossenen Lederkoffer in einer Ecke des Zimmers verrieten, daß Miss Dean bereits für ihre Reise nach New York gepackt hatte. Auf dem Tischchen neben dem Bett standen ein weißes Telefon und eine etwas verwirrende Fotografie von Miss Dean persönlich.

Als ich ins Wohnzimmer zurückkehrte, bemerkte ich dort ein weiteres Telefon. Es stand auf einem dreieckigen, reich geschnitzten Tischchen chinesischen Stils, das mir einige Neugier einflößte. Spielerisch tastete ich daran herum und, siehe da, plötzlich glitt eine kleine Geheimschublade heraus. Darin lag ein schwarzes Büchlein, kaum größer als eine Zündholzschachtel, aber immerhin groß genug, um die Namen, Adressen und Telefonnummern beachtlich vieler Leute zu enthalten. Ich durchblätterte die winzigen Seiten hastig und erspähte einige Namen, die mich erstaunten. Daß auch Don Page verzeichnet war, erstaunte mich vergleichsweise nicht so sehr. Doch dann sprang mir ein besonderer Name in die Augen: Nottingham, Park 0192.

Nottingham – das war einer der Decknamen, die Mr. Lancelot Belham benutzte, mein falscher George Antrobus!

Ich steckte das Büchlein zu mir, schloß die Geheimschublade wieder und schlenderte in eine andere Richtung des Wohnzimmers. Dort stand ich noch, anscheinend in die Betrachtung eines sehr modernen Gemäldes vertieft, als das Türschloß klickte und meine unliebenswürdige Gastgeberin zurückkehrte.

»Wegen des Türabschließens brauchen Sie sich nicht zu entschuldigen«, sagte ich verbindlich.

»Nun, jetzt ist die Tür wieder offen, Mr. Foster. Und ich wäre glücklich, Sie gehen zu sehen, denn ich habe Besuch.«

»Ihre Besucher stellen sich aber schon frühzeitig ein«, bemerkte ich leicht ironisch.

Da ich nun das Büchlein in der Tasche hatte, fühlte ich tatsächlich den Wunsch, mich sehr schnell zu empfehlen, doch wäre dies eine schlechte Taktik gewesen. Ich versuchte also, meine Anwesenheit noch ein paar Minuten länger hinzuziehen, während Miss Dean zusehends immer übellauniger wurde. Schließlich näherte sie sich dem Telefon.

»Hören Sie, Mr. Foster, wenn Sie jetzt nicht sofort gehen, rufe ich die Polizei und lasse Sie festnehmen, wegen unbefugten Eindringens in meine Wohnung und wegen wiederholter Belästigungsversuche!«

Ich ging still und widerspruchslos von dannen. Übrigens war in der Vordiele nichts von Miss Deans Besuch zu sehen; vermutlich wartete er einstweilen im Badezimmer.

Draußen, im Innenhof des riesigen Wohnblocks, suchte ich nach einem Ausguck, von wo ich den zu Miss Deans Appartement führenden Hauseingang beobachten könnte, denn ich hätte gerne festgestellt, ob ihr Besuch jemand wäre, den ich kannte. Schließlich betrat ich einen der Hauseingänge jenseits des Hofes und bezog Posten hinter der großen Glastür.

Kaum drei oder vier Minuten hatte ich dort gestanden, als – leider fast gleichzeitig – zweierlei geschah. Erstens sah ich Paula Hepburns gelben Karmann Ghia in den Hof einbiegen, zweitens tippte mir jemand auf die Schulter. Widerstrebend wendete ich meinen Blick von dem Karmann Ghia ab, um neben mir einen alten Kollegen aus meinen Fleet-Street-Tagen zu erblicken.

»Hallo, Guy Foster! Was treibst du denn hier?«

»Dasselbe könnte ich dich fragen«, gab ich zurück, mit allen Gedanken noch bei dem gelben Karmann Ghia.

»Na, du wirst lachen«, antwortete der Kollege, »aber ich wohne hier. Sündhaft teuer, doch sehr günstig zur Fleet Street gelegen.« Jovial wie eh und je, legte er mir einen Arm um die Schultern und steuerte mich hinaus in den Hof. »Hast doch sicher Zeit für einen Schluck? Was wolltest du eigentlich bei uns im Hausflur? Wann kommst du in die Fleet Street zurück?« Die zweite seiner Fragen brachte mich in Verlegenheit, die dritte schien zur Zeit indiskutabel; also beschränkte ich mich auf eine positive Beantwortung der ersten.

»Ja, gut. Schwatzen wir ein bißchen bei einem Glas Bier.« Paulas gelber Karmann Ghia – oder ein unglaublich ähnliches Gegenstück – stand jetzt am fernen Ende des Hofes geparkt. Er war mir ins Blickfeld geraten, buchstäblich eine halbe Sekunde, bevor der alte Kollege mir auf die Schulter tippte. Wenige Sekunden mehr, und ich hätte Gelegenheit gehabt, am Nummernschild zu erkennen, ob es sich wirklich um Paulas Auto handelte. Paula Hepburn und Joyce Dean – war das denkbar?

In meinem Kopf jagten sich die Fragen. Ich fürchte, ich gab einen schlechten Gefährten ab für den alten Kollegen. Einsichtig wie er war, spürte er dies bald, ohne etwas übelzunehmen. Nach dem zweiten Glas Bier trennten wir uns mit dem Versprechen, einander bald anzurufen.

Ich ging zum nächsten Taxistand.

Auf der Fahrt zum Scotland Yard beschäftigte ich mich mit Miss Deans schwarzem Büchlein. Dabei stieß ich auch auf die Namen Carol Stewart und Mary Antrobus. Das verwunderte mich. Standen die beiden mit Joyce Dean in Verbindung, die sich nebenberuflich – so schien es mir wenigstens nach den jüngsten Eindrücken – offenbar als Callgirl betätigte? Bei Carol Stewart hielt ich so etwas nach kurzem überlegen für möglich, aber bei Mary Antrobus konnte ich es nicht recht glauben.

Das Taxi bog von Whitehall in den Scotland Yard ein.

Zu meinem Glück war Inspektor Cameron von irgendwelcher Außenarbeit eben wieder in sein Büro zurückgekehrt. Ich kam unverzüglich zur Sache.

»Miss Joyce Dean hat ihre Koffer für die Abreise nach New York gepackt, aber fort ist sie noch nicht«, sagte ich. »Und zufällig hat sie dieses hier vergessen.«

Ich legte das schwarze Büchlein auf den Schreibtisch; Camerons dichte Augenbrauen ruckten empor.

»Sorglos«, sagte er trocken.

»Miss Dean war so nett, mich ein Weilchen allein im Zimmer zu lassen.« Ich beschrieb die ganze Szene, einschließlich des anderen Besuchs, den die muntere Joyce bekommen hatte.

»Sind Sie sicher, daß es ein Mann war?« fragte Cameron. »Zuerst nahm ich es an, doch jetzt bin ich dessen nicht mehr ganz sicher. Zufällig habe ich nachher im Innenhof des Wohnblocks Paula Hepburns Auto gesehen. Wenigstens denke ich, daß es ihr Auto war – der Karmann Ghia. Erinnern Sie sich des ausgefallenen gelben Farbtons?«

»Konnten Sie die Zulassungsnummer nicht sehen?« Ich erläuterte, was mich daran gehindert hatte.

»Schade«, sagte Cameron. »Aber selbst wenn es Mrs.

Hepburns Auto war, folgte daraus nicht unbedingt, daß sie Joyce Dean besucht hat. In diesem riesigen Häuserblock müssen tausend oder mehr Leute wohnen. Sie kann leicht zu jemand anders gegangen sein.«

»Das stimmt. Aber trotzdem – ein Zusammenhang wäre da recht merkwürdig.«

»Ah, Zusammenhang hin, Zusammenhang her! Seien Sie damit vorsichtig, Mr. Foster. Befassen wir uns lieber mit diesem Büchlein, das so – äh – sorglos bei Miss Deans Telefon verwahrt wurde.«

Cameron schlug das Büchlein auf und studierte Seite für Seite genau. Viermal machte er dabei »Ah!« Schließlich legte er das Büchlein wieder auf den Schreibtisch und sagte: »Vier Personen aus Miss Deans erstaunlich weitem Freundeskreis sind mir besonders interessant. Ich will die Namen eben herausschreiben.«

Er zog einen Notizblock herbei und schrieb vier Namen untereinander: Don Page, George Nottingham alias Belham, Mary Antrobus, Carol Stewart. Deutlich entfernt von der Kolonne dieser vier Namen schrieb er rechts auf dasselbe Blatt den Namen Joyce Dean.

»Was mag die Verbindung sein?« überlegte er laut. »Offiziell wissen wir nur von einer: Mr. Page ist ein Patient von Doktor Swanson. Er und Joyce Dean können unbestreitbar behaupten, einander in ihren Eigenschaften als Patienten und Sprechstundenhilfe begegnet zu sein.«

Er zog eine Linie über das Blatt, die beide Namen verband. »Insoweit«, fügte er hinzu, »ist es einleuchtend genug. Doch warum steht Mr. Pages Name in diesem intimen Büchlein, das mehr der Freizeitgestaltung gewidmet scheint? Diese Frage bleibt zu prüfen.«

Er drückte auf einen Knopf der Wechselsprechanlage auf seinem Schreibtisch und sagte dabei erläuternd: »Jetzt zu unserem gemeinsamen Freund Georg Nottingham alias Lancelot Belham ... Hallo, Sergeant? Etwas Neues inzwischen über Lancelot Belham?«

Eine Stimme von irgendwoher tönte aus dem Gerät: »Ich fürchte, noch nicht, Sir. Wir haben alle seine üblichen Schlupfwinkel überprüft, aber keinen Erfolg bis jetzt.«

»Hoffen wir auf den nächsten Versuch. Hören Sie, Sergeant: Wir haben einen Tip erhalten, daß Belham unter der Telefonnummer Park 0192 zu erreichen sein könnte. Haben Sie notiert? Ermitteln Sie, wem der Anschluß gehört. Auch die Adresse. Aber vorsichtig. Wir dürfen nichts riskieren, den Vogel aufzuscheuchen. Ich denke, Sie werden finden, daß Belham einen seiner alten Decknamen benutzt – George Nottingham. Fassen Sie nach, Sergeant.«

»Sehr wohl, Sir.«

»Und Sergeant, seien Sie auf der Hut! Er entwickelt schlechte Manieren, wenn er gereizt wird.«

»Dann werde ich versuchen, ihn nicht zu reizen, Sir.« Cameron lächelte.

Ein Klicken zeigte an, daß die Verbindung beendet war. Der Inspektor drückte auf einen anderen Knopf.

»Bitte, Sir?« meldete sich die Stimme einer Polizeibeamtin. »Hier Inspektor Cameron. Haben Sie irgendwelche Nachrichten für mich?«

»Jawohl, Sir. Ich wollte Sie gerade verständigen. Während Sie fort waren, telefonierte ein Mr. Felix Hepburn an. Er bestand darauf, Sie zu sehen.«

»Bestand darauf?«

»Jawohl, Sir. Er war sehr aufgeregt.«

»Wann war das?«

»Vor etwa einer halben Stunde.«

»Sagte er, um was es geht?«

»Nein, Sir. Aber er sagte, er würde persönlich vorsprechen – oh, einen Moment, Sir, ich denke, er ist eben bei der Anmeldung. Soll ich ihn hinaufbegleiten lassen, Sir?«

»Ja, tun Sie das.«

Die Verbindung endete. Cameron und ich wechselten Blicke. Ich fragte: »Weiß er, daß ich hier bin?«

Cameron zuckte die Achseln und griff nach dem schwarzen Büchlein. »Bleiben Sie ruhig da. Aber ich glaube nicht, daß wir feuergefährliche Gegenstände wie diesen hier zur allgemeinen Besichtigung herumliegen lassen sollten.«

Er legte das Büchlein in eine Schublade. Kurz danach wurde die Tür von einem uniformierten Polizeibeamten geöffnet, der »Mr. Felix Hepburn« ankündigte.

Felix trat ein.

»Ich bin sehr erleichtert, Sie zu sehen, Inspektor«, begann er ungestüm, dann erblickte er mich. »Oh – so was, Guy. Wie geht es dir?«

»Schon recht, Felix. Wie war es in Schottland?«

»Na, wie wohl? Kalt und feucht, natürlich. Immer dasselbe. Ich bin noch nie nördlich der Grenze gewesen, ohne daß es in Strömen geregnet hätte.«

»Wann bist du zurückgekommen?«

Felix sah auf seine Uhr. »Vor achtundvierzig Minuten traf mein Zug auf der King's Station ein. Ich fuhr direkt nach Hause und fand die arme alte Paula verdammt nahe vor einem Nervenzusammenbruch. Hören Sie, Inspektor, das geht zu weit! Jetzt ist es schon zum zweitenmal passiert!«

»Was ist zum zweitenmal passiert, Mr. Hepburn?«

»Es war das zweitemal, daß jemand versucht hat, meine Frau zu töten!«

»Sie meinen den kleinen Unfall, den Ihre Frau gestern gegen Abend hatte?«

»Was reden Sie da von Unfall? Ich sage Ihnen, das war ein vorsätzlicher, kaltblütiger Versuch, sie zu überfahren! Dank ihrer schnellen Reaktion konnte sie glücklicherweise gerade noch im letzten Moment beiseitespringen.«

»Du sagtest ›das zweitemal‹, Felix«, warf ich ein. »Ich kann da nicht ganz folgen.«

»Wirklich nicht, alter Junge?«

Ich schüttelte den Kopf und sah fragend zu Cameron. Auch Felix wandte sich an ihn, teils ironisch, teils anklagend.

»Wollen Sie mir etwa sagen, Inspektor, Ihnen selbst wäre es noch gar nicht aufgefallen?«

»Weiter, Sir«, verlangte Cameron ungerührt.

»Was trug Melissa an dem Abend, an dem sie ermordet wurde, Guy?«

»Das weißt du doch ganz genau! Sie hatte sich Paulas Pelz geborgt, weil –«, ich hielt erschrocken inne. »Himmel! Du willst sagen, der Mörder dachte, es wäre Paula? Er hätte die verkehrte Frau getötet?«

»Gut gemacht, Guy! Du hast es immerhin erfaßt«, entgegnete Felix sarkastisch. »Wie es geschehen konnte, ist ganz offensichtlich. Es war dunkel, Melissa trug Paulas Pelzmantel, der Mörder war in Eile –«

»Woher wissen Sie, daß er in Eile war, Mr. Hepburn?« warf Cameron schnell ein.

Felix runzelte die Stirn. »Nun, ich meine – ich finde, das können wir doch als gegeben erachten, nicht wahr?«

»Ich fürchte, darin stimme ich nicht mit Ihnen überein, Sir. Wir können nichts als gegeben erachten, und am wenigsten die Vermutung, daß Mrs. Foster irrtümlich ermordet wurde. Im übrigen, Mr. Hepburn, sind wir bei unseren Ermittlungen auch dieser Möglichkeit gründlich nachgegangen.«

Felix sah den Inspektor herausfordernd an. »Nun gut. Und wie wollen Sie dann erklären, was Paula beim Shepherd's Market passierte?«

Cameron zuckte die Achseln. »Vermutlich war es nur ein kleiner Unfall, Sir. Als der Fahrer des Sportwagens sah, daß Ihre Frau keinen Schaden genommen hatte, überlegte er nicht lange, ob er stoppen sollte. Keine lobenswerte Einstellung, aber heutzutage leider durchaus üblich geworden.«

Felix schien gegen diese gleichmütige Ablehnung seiner Theorie protestieren zu wollen, doch kam der Inspektor ihm zuvor: »Mr. Hepburn, ich habe da eine Frage, die ich eigentlich an Mr. Page richten wollte. Aber vielleicht können auch Sie es mir sagen, da Sie ja an seiner Geburtstagsparty teilgenommen haben.«

»Wenn ich es vermag, gerne.«

»Es betrifft Miss Carol Stewart. Ich glaube verstanden zu haben, daß sie sich zu einer Art Plage machte und verhältnismäßig früh von Mr. Page nach Hause gefahren werden mußte?«

»Ja, das ist richtig. Sie verträgt keinen Alkohol, hatte aber wieder zuviel getrunken. Sie wurde ehrgeizig und wollte unbedingt ihre alten billigen Kunststückchen vorführen, mit denen sie uns allen schon dutzendemal auf die Nerven gefallen ist.«

»Um was für Kunststückchen handelte es sich, Sir?« fragte Cameron liebenswürdig.

Felix zog ein geringschätziges Gesicht. »Eine Attraktion allerdings noch für Kleinstadtjahrmärkte! Sie imitiert die Stimmen bekannter Persönlichkeiten. Sie scheint nicht zu begreifen, daß Darbietungen solcher Art in unseren Kreisen längst nicht mehr gefragt sind. Offen gesagt, dieses Mädchen hat damit schon mehr Partys verdorben als sonst jemand, den ich kenne. Sie verstehen, was ich meine, Inspektor?«

Cameron lächelte und sah ziemlich betont auf seine Uhr. »Ich fürchte, mir bleibt sehr wenig Zeit für Partys, Mr. Hepburn. Aber zweifellos haben Sie recht – ein Mädchen dieser Art muß eine Partyplage sein.«

Felix und ich verstanden den Wink und verabschiedeten uns wenig später.

Draußen auf der Straße schien Felix nicht mehr besonders mitteilsam. Offenbar grübelte er noch über die vermeintlichen oder wirklichen Anschläge auf Paulas Leben. Als er merkte, daß ich ohne Auto war, schlug er nicht allzu begeistert vor, mich nach Hause zu fahren, doch lehnte ich dankend ab.

Er fügte hinzu: »Ich würde dich bitten, bei uns zu lunchen, alter Junge, aber ich fürchte, Paula ist noch nicht zurück –«

»Noch nicht zurück?« unterbrach ich ihn verwundert. »Sagtest du nicht eben, sie war zu Hause, als du vom Bahnhof kamst?«

»Ja, da war sie zu Hause, alter Junge, da war sie zu Hause. Aber fast unmittelbar danach ging sie fort.«

»Weißt du zufällig, wohin?« fragte ich, vielleicht eine Kleinigkeit zu rasch.

Felix gab mir einen etwas erstaunten Blick. »Nein, das weiß ich nicht, mein guter Guy. Wahrscheinlich zu einem ihrer vielen Wohltätigkeitskomitees. Weshalb fragst du?«

»Ach, eigentlich nur so. Sicher nahm sie ihr Auto?«

Felix lachte milde. »Hast du je erlebt, daß sie Entfernungen von mehr als zehn Schritt ohne Auto bewältigt hätte?«

Ich stimmte in sein Lachen ein. Wir wechselten noch ein paar belanglose Worte, dann verabschiedeten wir uns voneinander. Ich beschloß, einen Teil meines Heimweges zu Fuß zurückzulegen, in der Hoffnung, daß die frische Luft meinen Scharfsinn anregen und somit helfen könnte, die neu aufgetauchten Probleme zu lösen. Was, um alles in der Welt, hatte zum Beispiel Paula mit einem Mädchen wie Joyce Dean gemein? Und weshalb standen die Namen Carol Stewart und Mary Antrobus in dem schwarzen Büchlein? Ich konnte beim besten Willen nicht dahinterkommen. Nur für den Inspektor – so vermutete ich irgendwie – hatte es wohl angefangen, sich zu einem ›hübschen Schema‹ zu formen.

Insoweit sollte ich recht behalten.

Denn am nächsten Morgen, als ich in Pyjama und Hausmantel den Etagenflur betrat, um die Morgenzeitung hereinzuholen, kam Cameron schweren Schrittes die Treppe herauf. Er sah müde und überanstrengt aus, wie nach einer schlaflosen Nacht. Aber aus seinen ernsten braunen Augen schimmerte Triumph.

»Dieser Fall beginnt sich zu klären, Mr. Foster«, sagte er. »Heute nacht haben wir uns Lancelot Belham geschnappt – Ihren Mr. Antrobus!«

11

Ohne seinen Mantel abzulegen, ließ er sich erschöpft in einen Wohnzimmersessel sinken.

»Das war mal eine Nacht«, seufzte er, zündete sich eine Zigarette an und rauchte schweigend vor sich hin. Da ich sehen konnte, wie mitgenommen er war, wartete ich geduldig, bis er anfangen würde zu sprechen.

Schließlich sagte er: »Wir haben das schwarze Büchlein von Miss Dean noch einmal gründlich durchgesehen. Die Telefonnummer, die uns zunächst am meisten interessierte, war Park 0192, von der sich herausstellte, daß sie einem schäbigen kleinen Hotel in Notting Hill Gate gehört. Wir gingen hin und beschrieben Belham der Wirtin. Sie erkannte nach dieser Beschreibung sofort einen ihrer Gäste – Mr. George Nottingham.

Er war zu dieser Zeit fort, aber wir besichtigten sein Zimmer, das uns nicht sehr viel verriet. Um zwei Uhr morgens telefonierte die Wirtin mich an und sagte, daß er eben zurückgekommen sei. Wir fuhren also wieder hin und holten ihn. Er hatte anscheinend eine Menge getrunken und war anfangs für nichts zu gebrauchen. Wir gaben ihm einige Tassen starken Kaffee und stellten immer wieder dieselbe Frage. Nach einer Stunde wurde er plötzlich weich und erzählte die ganze Geschichte.«

Cameron drückte den Rest seiner Zigarette in den Aschenbecher.

Ich fragte: »Gestand er tatsächlich, daß er mich mit dem Revolver bedroht hat?«

Der Inspektor lachte kurz auf.

»Er schwört, der Revolver sei nicht geladen gewesen. Und wir können das Gegenteil nicht beweisen. Er gab jedoch zu, den Brief geschrieben zu haben, den Sie in der Kassette Ihrer Frau fanden. Genauer gesagt – die beiden Briefe.«

»Aber es war Melissas Handschrift! Ich würde ihre Handschrift überall erkennen!«

Cameron lächelte milde. »Erwähnte ich nicht, daß Freund Belham zu den geschicktesten Banknotenfälschern des Landes gehört? Mrs. Fosters Handschrift zu kopieren, war ein Kinderspiel für ihn. Und er wurde gut bezahlt für diesen Job.«

»Sagte er, wer ihn bezahlt hat?«

Cameron wiegte den Kopf hin und her. »Da tappen wir noch im dunkeln. Freund Belham bleibt bei der Behauptung, der betreffende Gentleman sei ihm nur als ein Mr. Smith bekannt.«

»Konnte er ihn wenigstens beschreiben?«

»Er versichert, daß er diesem Gentleman nie begegnet ist und daß alle Arrangements durch eine Mittelsperson getroffen wurden, in der ich auf Anhieb unsere Miss Joyce Dean erkannte. Das schloß den Kreis.«

»Glauben Sie nicht, daß Joyce Dean und Mr. Smith ein und dieselbe Person sein können?«

Cameron spitzte zweifelnd die Lippen, stand auf, zog sich den Mantel aus und trat vor den Spiegel beim Kamin, um einige seiner Julius-Cäsar-Strähnen glattzustreichen.

»Nach meiner Kenntnis der Verbrecherwelt würde ich normalerweise hohe Wetten dagegen setzen. Andererseits müssen wir die Augen offenhalten und auch diese Möglichkeit prüfen ... Tja, aber warum gehen Sie nicht und ziehen sich an, Mr. Foster? Ich könnte inzwischen etwas Kaffee kochen. Eine Tasse Kaffee täte mir jetzt wohl.«

Ich sagte ihm, wo er alles Benötigte finden würde, und ging ins Schlafzimmer, um mich fertig anzuziehen.

Fünf oder sechs Minuten später, als ich zu ihm in die Küche kam, duftete der ganze Raum appetitlich nach frischem, starkem Kaffee. Wir setzten uns einander gegenüber an den Frühstückstisch und leerten jeder eine erste Tasse Kaffee; dann nahm er seine Story wieder auf.

»Mr. Foster, ich habe niemals ernstlich geglaubt, daß ihre Frau all dieses Geld durch erfolgreiche Wetten oder beim Glücksspiel machte. Als wir nachforschten, fanden wir bald heraus, daß sie nie in ihrem Leben eine Rennbahn, einen Spielsalon oder die Agentur eines Buchmachers betreten hat. Wir fragten Hunderte von Leuten, und keiner von ihnen erkannte ihre Fotografie.«

»Nun, von irgendwoher muß sie das Geld ja bekommen haben, und von mir war es bestimmt nicht.«

Er zeigte ein dünnes Lächeln. »Das war mir klar. Sicher war sie eine äußerst charmante Frau. Und doch hatte sie einen Schönheitsfehler – ihre Gier nach Geld. Geld bedeutete ihr mehr als alles und jeder. Sie verließ Südafrika in der Hoffnung, hier beim Theater öder beim Film großes Geld zu machen. Dann heiratete sie Sie, wahrscheinlich in der Erwartung, daß ein wohlbekannter Journalist über vorteilhafte gesellschaftliche Kontakte verfüge.«

»Die Enttäuschung begann bald«, erwiderte ich ingrimmig. »Trotzdem war sie nicht übermäßig aufgebracht, als ich der Fleet Street den Rücken kehrte.«

»Ja, denn zu dieser Zeit hatte sie bereits eine Methode entdeckt, wie sie sich leichtes Geld verschaffen könnte – nämlich durch ein nettes kleines Erpressungssystem.«

Cameron tat noch etwas mehr Zucker in seine neue Tasse Kaffee und rührte eifrig um; offenbar hatte er bemerkt, wie peinlich es mich berührte, als er so über Melissa sprach.

»Ich sehe dies alles objektiv«, beeilte er sich zu versichern. »Ich zähle hier nur die Ergebnisse unserer Nachforschungen auf. Eine persönliche Meinung habe ich nicht dazu.«

»Aber ich begreife nicht«, sagte ich, »wie Melissa, eine Fremde in diesem Land, an die Möglichkeit geriet, Erpressungen zu verüben?«

»Nun, sie war wohl bei diesem Spiel eine Art Juniorpartnerin. Sie arbeitete mit dem Mann namens Smith zusammen.«

»Ah, ich muß sagen, das klingt schon glaubwürdiger.« Cameron nickte. »Ihre Frau gab eine sehr dekorative ›Fassade‹ ab – genau das, wonach Mr. Smith meines Erachtens schon lange Ausschau gehalten hatte. Hm, ich frage mich, wer von den beiden auf die nette Idee kam, daß Ihre Frau die erpreßten Gelder in einer Hutschachtel transportieren sollte?«

Die Dinge begannen sich langsam zusammenzufügen. Ich schenkte neuen Kaffee ein und zündete mir eine Zigarette an. »Dieser Bursche Smith hat allerlei Phantasie«, fuhr Cameron fort. »Natürlich müssen wir annehmen, daß er aus dem Geschäft höhere Gewinne zog als Mrs. Foster. Und vergessen Sie nicht, daß immer, wenn auf kriminelle Art Geld verdient wird, die Gefahr von Gewalttätigkeiten oder Mord besteht. Ihre Frau und Mr. Smith müssen Streit gehabt haben. Vielleicht wollte Ihre Frau abspringen, vielleicht verlangte sie höhere Anteile – wir werden es nie wissen. Aber eins ist sicher: Ihre Frau wußte mehr, als für den Seelenfrieden von Mr. Smith gut sein konnte. Wahrscheinlich führte eins zum anderen, bis er beschloß, seine Partnerin zu töten und den Verdacht auf Sie zu lenken, Mr. Foster.«

»Demnach müßte er mich eigentlich recht gut kennen?«

»Nun, sagen wir so: Ihre Frau dürfte ihm nach und nach alles über Sie und Ihren Kreis erzählt haben. Er wußte offenbar, daß Sie ohne festen Job waren, obendrein nervös, von Geldsorgen geplagt und zu Streitereien mit Ihrer Frau geneigt. Tatsächlich glichen Sie einem Boxer, der seine Deckung sträflich vernachlässigt. Es war nicht schwierig, zu beweisen, daß Sie bei all dem Druck, unter dem Sie standen, immer unausgeglichener wurden.«

»Weiß Gott«, warf ich ein, »mir scheint, ich habe der Gegenseite direkt in die Hände gespielt!«

Während ich vorsichtig von meinem heißen Kaffee trank, dachte ich daran, wie aus der Kassette die zweite Fassung des gefälschten Briefes von Melissa zum Vorschein gekommen war, und wie die Komplikationen mit Dr. Swanson jedem, meine Freunde eingeschlossen, den Eindruck vermittelt haben mußten, daß ich allmählich verrückt wurde.

Cameron setzte seine Ausführungen fort, indem er erläuterte, daß und warum Mr. Smith Leute wie Belham und Carol Stewart beschäftigt hatte. Seiner wohlbegründeten Ansicht zufolge war es Carol Stewart, die am Telefon Melissas Stimme nachgeahmt und auch die Nachricht über Peter Antrobus in meine Schreibmaschine geklemmt hatte.

»Dann hat sie Melissas Stimme auch bei dem Anruf aus Lenton imitiert?« fragte ich.

»Dieser Anruf kam nicht aus Lenton, Mr. Foster. Wir haben es nachprüfen lassen. Vermutlich wurde der Trick mit einem Telefon vollbracht, das nicht sehr weit von hier entfernt ist.«

»Hatte Carol Stewart an dem Abend, als Melissa starb, auch mit dem Stehlen der Hutschachtel und der Handtasche zu tun?«

»Ich würde sagen, daß Mrs. Foster noch einmal leise in

die Wohnung kam. Als sie hörte, daß Sie an der Schreibmaschine saßen, wollte sie nicht stören und verschwand unbemerkt mit den Dingen, um derentwillen sie gekommen war.«

»Wer hat aber dann die Hutschachtel und die Handschuhe später wieder zurückgebracht?«

»Smith oder Carol Stewart. Eine der beiden Personen muß einen Schlüssel gehabt haben, wahrscheinlich von Ihrer Frau ausgeborgt oder gestohlen. Die Gegenstände wurden zurückgebracht, um es so aussehen zu lassen, als wären Sie ein Lügner.«

»Oder geistig verwirrt«, ergänzte ich bitter. »Aber wieso ausgerechnet Carol Stewart? Was hatte sie gegen mich? Wir waren uns zu dieser Zeit noch nie persönlich begegnet.«

»Oh, es war bei ihr, wie bei Belham, einfach eine Frage des Geldes – nicht mehr und nicht weniger.« Cameron hielt einen Moment lang inne, dann fügte er hinzu: »Um Miss Stewart gerecht zu werden – ich glaube, sie hat nicht gewußt, daß sie zur Durchführung eines Mordplanes verwendet wurde. Jedenfalls nicht beim erstenmal. Als sie später argwöhnisch wurde, war sie bereits in die Sache verwickelt und zu verängstigt, um noch abzuspringen. Smith zog seinen Vorteil daraus und zwang sie, den zweiten Telefonanruf zu erledigen.«

Ich konnte mir nicht helfen – ich fühlte mich furchtbar deprimiert. Jedermanns Hand war gegen mich am Werk gewesen, und selbst jetzt schien ich noch weit davon entfernt, aus den Schwierigkeiten heraus zu sein.

Offenbar spürte Cameron meine Reaktion.

»Tut mir leid, Mr. Foster. Aber das Ärgste wissen Sie nun. Sie müssen hart sein und alle Kräfte zusammennehmen, um diese Sache durchzustehen.«

Wir hatten uns eben wieder neuen Kaffee eingeschenkt,

als das Telefon klingelte. Ich ging ins Wohnzimmer, um den Anruf entgegenzunehmen.

»Hier spricht Doktor Swanson«, sagte eine merkwürdig gespannte Stimme am anderen Ende des Drahtes. »Ich habe eben Ihren Brief aufgemacht, Mr. Foster.«

Ich war im Begriff, ihn zu fragen, welchen Brief, als ich bemerkte, daß Cameron, seine Kaffeetasse in der Hand, herbeigekommen war und mit undurchdringlicher Miene dicht neben mir stand. Ich versagte mir die fällige Frage und antwortete bloß: »O ja?«

Nach einer oder zwei Sekunden fuhr Swanson fort: »Eine höchst unerfreuliche Lektüre, in der Tat.«

Ich sah die warnende Geste von Cameron, der offenbar erkannt hatte, wer mein Anrufer war, und murmelte: »Tut mir leid.«

Wieder entstand eine kurze Pause, ehe Swansons Stimme weitersprach: »Halten Sie es nicht für besser, Mr. Foster, daß wir uns treffen und die Angelegenheit besprechen?«

Cameron, der es mitgehört hatte, gab mir ein flüchtiges Nicken.

»Gewiß, wenn es das ist, was Sie möchten«, sagte ich zu Swanson. »Welchen Treffpunkt schlagen Sie vor?«

»In der King's Road ist ›The Windmill‹, ein ruhiges kleines Cafe. Würde es Ihnen heute nachmittag um vier Uhr passen?«

»Ich werde dort sein«, versprach ich und fügte noch hinzu: »Bringen Sie meinen Brief mit. Ich möchte ihn zurückhaben, falls es Ihnen nichts ausmacht.«

Ich legte auf und sah den Inspektor an. Er nickte anerkennend, stellte seine geleerte Kaffeetasse ab und griff, sehr zu meiner Überraschung, nach seinem Mantel und Hut. In Camerons Augen war ein unübersehbares Funkeln. Ein fast belustigtes Funkeln, wie es mir schien.

»Weshalb baten Sie um den Brief, Mr. Foster?«

Ich zuckte die Achseln. »Ich meine, daß, wenn ich ihn geschrieben habe – was übrigens nicht zutrifft –, mir ein gewisses Recht zukommt, zu erfahren, was darin steht.«

Cameron lächelte und placierte seinen Hut sehr sorgfältig auf seine Julius-Cäsar-Frisur. »Nun, ich sehe, daß Sie lernen, Mr. Foster. Schnell lernen. Ich wünsche Ihnen einen guten Tag, Sir.«

Ob der Inspektor recht hatte oder nicht – ich wußte es nicht. Vielleicht lernte ich schnell. Dennoch fühlte ich mich, als ich nachmittags durch die King's Road schlenderte, ganz entschieden beklommen. Inzwischen hatte ich mir überlegt, daß der einzige Mensch, der diesen Brief geschrieben haben konnte, Inspektor Cameron war; anscheinend hatte er gemeint, daß es an der Zeit wäre, die Gegenseite in offenes Gelände zu zwingen.

Ich fand Dr. Swanson nahe dem Schaufenster des Cafes ungeduldig an einem Ecktischchen warten. Weitere Gäste waren nicht anwesend. Eine Kellnerin brachte unverzüglich Tee für uns und schloß dann ruhig die Tür. Ich übernahm es, den Tee einzugießen und sagte mir dabei, daß der Doktor hier Stammgast sein müsse.

In einem Versuch, das Eis zu brechen, fragte ich: »Ist es Ihnen gelungen, einen Ersatz für Miss Dean zu finden?«

Er nickte stumm.

»Das ist gut«, sagte ich. »Erfahrene Sekretärinnen sind heutzutage schwer zu bekommen. Und das erinnert mich – haben Sie den Brief mitgebracht?«

Er zog den Brief aus der Tasche und reichte ihn herüber. Ich erkannte mein Briefpapier, sah aber sofort, daß die Schrift nicht von meiner Maschine stammte.

Als ich die erste Zeile las – ›Werter Dr. Swanson, ich habe eine von meiner Frau gemachte Tonbandaufnahme gefunden ...‹ – fragte der Doktor: »Was wollen Sie wissen?«

»Einfach die Wahrheit, Doktor«, antwortete ich. Er zögerte eine Weile.

»Angenommen, ich sage Ihnen alles«, erkundigte er sich schließlich, »was geschieht dann mit dem Tonband, das – wie Sie schreiben – Ihre Frau von mir aufgenommen hat?«

»Ich wäre in der Lage, Ihnen zu helfen, wenn Sie versprechen, alles ins reine zu bringen.«

Er bewegte sich unruhig auf seinem Korbsesselchen.

»Es gäbe eine andere Lösung«, murmelte er. »Ich wäre bereit, Ihnen das Tonband abzukaufen.«

Ich schüttelte den Kopf. Wie hätte ich auch ein Tonband verkaufen können, das gar nicht existierte? Jedenfalls meines Wissens nicht existierte? Mir blieb nur übrig, den Bluff fortzusetzen.

»Ich würde Ihnen dreitausend für das Band geben, ohne es überhaupt gehört zu haben«, drängte er.

»Sie verschwenden Ihre Zeit, Doktor. Ich bin an Tatsachen interessiert, nicht an Geld.«

Ich zündete mir umständlich eine Zigarette an und wartete, daß er zu einem Entschluß käme.

Schließlich fragte er: »Was wäre es denn – äh –, ich meine, was wollen Sie wissen?«

»Vor allem – warum haben Sie der Polizei Lügen über mich aufgetischt?«

»Ich hatte keine Wahl. Ich wurde erpreßt.«

»Von Joyce Dean?«

»Ja.«

»Welches Druckmittel hatte Miss Dean gegen Sie?«

Er zog ein weißseidenes Taschentuch und wischte sich die Schweißtröpfchen von der Stirn.

»Ich war vernarrt in sie. Wie ein Schwachkopf erzählte

ich ihr, daß ich einige Leute mit gewissen Drogen versorgte …«

Er zuckte hilflos die Achseln, ehe er weitersprach. Aber dann dauerte es nicht lange, bis ich die wesentlichen Einzelheiten seiner Geschichte erfahren hatte.

Während ihrer Arbeit am Hospital in Elvingdale war es Joyce Dean unter Mitwirkung ihrer Freundin Mary Antrobus irgendwie gelungen, eine gewisse Menge Heroin beiseite zu bringen. Mary, die Charakterschwächere von den beiden, wurde süchtig. Als Swanson sich in Joyce Dean vernarrte und ihr törichterweise von seinem eigenen kleinen Rauschgifthandel erzählte, beschloß die spekulative Joyce, einen Druck auf ihn auszuüben, damit er Mary Antrobus und andere ihrer Abnehmer mit Heroin versorgte; ihr eigener Vorrat war nahezu erschöpft. Swanson beugte sich der Forderung seiner Geliebten. Das neue Unternehmen florierte und wurde binnen kürzester Zeit zu dem ersehnten großen Geschäft, wenigstens für Joyce Dean. Doch dann geschah das Unvermeidliche: Joyce Dean selbst erregte die Aufmerksamkeit eines Erpressers.

»Es war eine derartige Ironie des Schicksals, daß ich beinah lachen mußte, als ich davon hörte«, sagte Swanson. »Aber spaßig wurde es nicht, glauben Sie mir. Insbesondere nicht, als ich hörte, daß der Erpresser – Mr. Smith, wie er sich nannte – beschlossen hatte, seine Klauen in mich zu schlagen. Mit Joyce Dean konnte ich fertig werden. Sie war, im Grunde genommen, eine bescheidene Amateurin. Mr. Smith hingegen stellte ein ganz anderes Kaliber dar. Ich hatte furchtbare Sorgen. Doch dann zeigte sich plötzlich, daß er gar kein Geld von mir wollte. Er verlangte einfach, ich müsse erklären, daß Sie ein Patient von mir und wegen neurotischer Zwangsvorstellungen in meiner Behandlung seien …« Swanson zögerte. »Ich versichere Ihnen, daß weder Joyce noch ich die geringste Ahnung hatten, daß diese meine Erklärung irgendwie dazu dienen könnte, Sie in einen Mordfall zu verwickeln.«

»Gab er Ihnen denn keine Gründe an?« fragte ich. »Sagte er nicht, warum Sie diese unwahren Angaben über mich machen sollten?«

»Doch. Uns wurde gesagt, dieser Schachzug könne die von Ihrer Frau gewünschte Scheidung erleichtern. Sie sollten dem Scheidungsrichter gegenüber als geistig und nervlich labil gelten.«

»Zwischen Melissa und mir ist nie von Scheidung die Rede gewesen!« fuhr ich auf.

»Es tut mir leid, Mr. Foster. Ich habe nur wiederholt, was uns gesagt wurde.«

»Daraus müßte ich schließen, daß es ein Schock für Sie war, als Sie von der Ermordung meiner Frau hörten?«

Swanson nickte und fuhr sich mit dem Taschentuch wieder über die Stirn. »Ja, ein entsetzlicher Schock. Aber wir steckten zu tief in der Sache, um noch herauszukönnen. Smith hatte uns dort, wo er uns haben wollte.«

»Hat Smith Mary Antrobus ermordet?«

»Ja. Ich fürchte allerdings, verantwortlich dafür bin zum Teil ich. Mary bekam von mir kein Heroin mehr, ich hatte Arger mit ihr gehabt. Das war, wie ich es jetzt sehe, eine Grausamkeit. Vermutlich wissen Sie, daß Süchtige nach und nach entwöhnt werden müssen. Eine plötzliche Entziehung des gewohnten Mittels führt beinah zwangsläufig zu Katastrophen. Als die arme Mary das unentbehrliche Zeug nirgendwo bekommen konnte, drohte sie in ihrer Verzweiflung, uns auffliegen zu lassen. Aber zu dieser Zeit hatte ich mich mit Joyce zerstritten, weil sie mich verlassen wollte. Ich machte mir also nicht viel aus Marys Drohung, mir war alles gleichgültig geworden. Mr. Smith hingegen machte sich sehr viel daraus. Daß Mary

Antrobus bei der Polizei plaudern würde, war das letzte, was er sich wünschen konnte. Er ließ Mary wissen, daß er sie mit einem hübschen Quantum Heroin in Ihrem Cottage erwarten werde.«

Swanson schwieg. Minutenlang herrschte Stille. Ich mußte an Mary Antrobus denken und an das, was ihr in meinem Cottage widerfahren war.

Schließlich murmelte Swanson: »Ich habe Ihnen alles erzählt. Darf ich jetzt um das Tonband bitten?«

Ich stand auf und wandte mich langsam vom Tisch ab. »Wenn die Bedingungen erfüllt sind.«

Swanson erhob sich schnell. »Hören Sie, Sie versprachen –«

»– daß, wenn Sie die Wahrheit sagen, das Band nicht an die Polizei gelangen würde. So war es gemeint.«

»Aber ich habe die Wahrheit gesagt! Ich habe alles gesagt! Was wollen Sie noch?«

»Ganz einfach, daß Sie alles, was Sie mir gesagt haben, vor Inspektor Cameron wiederholen.«

Er starrte mich aus schmalen Augen an; hektische Röte stieg in seinen Wangen empor. »Mann, Sie müssen verrückt sein!«

»Nein, ich bin nicht verrückt«, entgegnete ich ruhig, »aber Ihnen habe ich das kaum zu danken. Wenn Sie jetzt meinen Rat nehmen wollen, gehen Sie zur nächsten Telefonzelle, rufen Inspektor Cameron an und erzählen ihm alles, was Sie mir gesagt haben.«

Ein seltsamer Ausdruck huschte über sein Gesicht. »Und was, meinen Sie, würde mir geschehen, wenn ich das täte, Mr. Foster?«

Ich wandte mich dem Ausgang zu, blieb stehen und fragte über die Schulter: »Und was, meinen Sie, würde Ihnen geschehen, wenn Sie das nicht täten, Doktor Swanson?«

12

Zwanzig Minuten später wurde Swanson niedergeschossen.

Es gab nichts Mysteriöses oder Auffälliges an dem kleinen Lieferwagen, der langsam an der Telefonzelle vorüberfuhr, während eine Garbe von Geschossen den telefonierenden Doktor niedermähte.

Wie aber konnten die Täter gewußt haben, wo Swanson zu finden war?

Ich saß da und überlegte dies in der Zeit zwischen dem Anruf von Cameron, der mir die schockierende Neuigkeit mitteilte, und Camerons angekündigtem Besuch.

Nur eine Erklärung schien mir möglich: Swansons Chauffeur. Diesen Burschen hatte ich von Anfang an für einen zweifelhaften Kunden gehalten; sicher kannte er mich nach unseren zwei Begegnungen gut genug, um mich wiederzuerkennen, wenn er mich sah. Vermutlich war er beauftragt gewesen, den Doktor zu überwachen, für den Fall, daß dieser beginnen sollte, unter dem Druck zusammenzubrechen. Der Chauffeur mußte Swanson zu dem Cafe verfolgt, wenig später mein Eintreten beobachtet und eine Warnung an Smith telefoniert haben.

Die allgemeine Situation, für kurze Zeit verheißungsvoll aufgehellt, war nun wieder wie vorher – düster in jeder Hinsicht.

Unser Hauptzeuge, der einzige Mensch, der alles hätte erklären können, war tot.

Wirklich tot? Ich versuchte mich der genauen Worte zu erinnern, die Inspektor Cameron gebraucht hatte:

›... Swanson ist niedergeschossen worden, als er mich von einer Telefonzelle aus anrief!‹

Während ich ungeduldig auf Camerons Kommen wartete, merkte ich plötzlich, daß ich Hunger hatte. Da zum Essen kaum Zeit sein würde, wenn Cameron erst einmal da war, ging ich in die Küche, um mir einen kleinen Imbiß zurechtzumachen. Ich fand eine kaum angebrochene Rolle Kekse und wollte eine Dose Ölsardinen aufmachen. Natürlich ging der Dosenschlüssel entzwei, als ich den Deckel kaum zur Hälfte aufgerollt hatte. Verwünschungen murmelnd, suchte ich eine Zange, mit deren Hilfe ich den Deckel ganz zu öffnen gedachte. Ehe ich die Zange fand, ertönte die Türklingel. Ich lief hin und war etwas überrascht, draußen Don Page stehen zu sehen.

»Guy, ich muß dich einen Moment sprechen. Darf ich hineinkommen?«

»Nun, ich erwarte einen Besucher und wollte mir eben einen kleinen Imbiß zubereiten. Hast du etwas dagegen, in die Küche mitzukommen?«

»Ach wo, natürlich nicht. Ich kann ohnehin nur eine Minute bleiben.«

»Möchtest du eine Kleinigkeit essen?« fragte ich.

»Nein, danke, wirklich nicht. Ich bin zum Essen verabredet.«

»Oh. Ich hätte dir Kekse und Ölsardinen anbieten wollen, wenn ich nur den verdammten Dosendeckel aufkriegen könnte.«

Don nahm die Dose. »Laß mich mal versuchen«, schlug er vor. »Immer gehen diese blöden Dosenschlüssel entzwei. Unbegreiflich, daß man sie nicht etwas stärker macht.«

»Eine Sekunde, und ich finde die Zange. Das ist die einzige Möglichkeit, wenn der Dosenschlüssel versagt hat.«

»Spar dir die Umstände, Squire«, sagte Don, indem er

das Öl aus der Dose vorsichtig auf einen Glasteller goß. »Ich denke, ich kann es so schaffen.«

Dann machte er, was ich nie zuvor gesehen hatte – griff mit den Fingern der Linken das aufgerollte Stück Dosendeckel und zog mit der Rechten an der Dose selbst. Er mußte kräftig ziehen, und ich will nicht sagen, daß er es leicht aussehen ließ. Aber einen Moment später war der Deckel von der Dose gelöst, und alle Sardinen ließen sich glatt und fein auf einen Servierteller kippen. Mir wurde ein bißchen unheimlich, als ich mir die enorme Kraft dieser geschmeidigen Finger vergegenwärtigte.

»Woran denkst du, Don? Du siehst aus, als könntest du einen Drink gebrauchen.«

Ich führte ihn ins Wohnzimmer und mixte ihm einen Whisky-Soda.

»Hast du die Neuigkeit gehört?« fragte er, als er nach seinem Glas griff.

»Über Swanson, meinst du?«

»Ja. Er ist erschossen worden.«

Ich sah ihn aufmerksam an. »Ich weiß. Aber wie, zum Teufel, hast du davon gehört? Es ist vor kaum anderthalb oder zwei Stunden passiert und kann unmöglich schon in der Zeitung stehen.«

Don vermied meinen Blick und zündete sich eine Zigarette an. »Einfach, mein Lieber. Ich war zufällig in der Gegend. Ich sah, wie sie Swanson in einen Rettungswagen schoben.«

»Oh.«

Er zögerte ein bißchen, dann sagte er in leicht gereiztem, von Selbstmitleid überlagertem Ton: »Scheußliche Wendung der Ereignisse, Guy! Kann verdammt peinlich für mich werden.«

»Für dich? Verzeih, aber da kann ich nicht ganz folgen.«

»Ich war ein Patient von Swanson.«

»Gewiß, aber ich verstehe noch immer nicht. Hunderte anderer Leute waren auch Patienten von Swanson.«

Don schüttelte ärgerlich den Kopf. »Ja, aber die stehen nicht so im Licht der Öffentlichkeit wie ich. Das ist eine der Schattenseiten der Berühmtheit. Ein Massenidol zu sein, meine ich. Ist man oben angelangt, darf man keinen falschen Schritt mehr tun. Vergiß nicht – die Leute, die dich aufs Podest gehoben haben, die Sportfans, können dich auch wieder hinunterziehen, ganz leicht.«

»Was hat das mit Swanson zu tun?«

»Squire, du bist heute ungemein schwer von Begriff. Wenn Swanson stirbt, wird es scheußlich viel Fragerei geben. Stimmt's?«

»Ich nehme an, ja.«

»Und du, Guy, warst mit ihm zusammen, kurz bevor er niedergeschossen wurde. Stimmt's?«

»Ja. Aber wieso weißt du davon?«

Wieder vermied er meinen Blick. »Ich sagte dir ja – ich war in der Gegend. Ich fuhr an einem Café vorüber und – nun ja, zufällig sah ich dich und Swanson an einem Tisch.«

»Ich verstehe.«

»Wahrscheinlich wird man zu dir kommen und Fragen stellen, alter Junge. Und du wirst sagen müssen, daß du auf Grund meiner Empfehlung das erstemal zu Swanson gegangen bist. Unvermeidlich führt Swansons Tod zu einem Wirbel, und ich werde hineingezogen. Du weißt, wie das geht.«

»Aber du vergißt – im Gegensatz zu dem, was gewisse Leute denken, habe ich Swanson nie konsultiert.«

Er blickte schnell auf. »Du hast ihn nicht konsultiert?«

»Don«, sagte ich, »dein Gemüt soll wieder Ruhe finden. Falls ich von der Presse oder sonstwem zu dieser Angelegenheit befragt werde, sage ich selbstverständlich die schlichte Wahrheit. Und die schlichte Wahrheit ist, daß ich niemals ein Patient von Swanson gewesen bin. Daher wird, soweit es mich betrifft, dein Name nicht in diese Sache hineingezogen werden. Es wird keinen Skandal geben.«

Er lebte merklich auf. »Bist du dessen sicher?«

»Absolut sicher.«

Er seufzte erleichtert, und als er gleich danach den Rest seiner Zigarette in den Aschenbecher drückte, sah es nicht mehr so aus, als beabsichtige er, den Aschenbecher und das Rauchtischchen zu zerschmettern. Daß er eigentlich nur eine Minute hatte bleiben wollen, schien er vergessen zu haben. Offenbar hatte er noch mehr auf dem Herzen. Jedenfalls nippte er sehr gedankenvoll an seinem Drink.

Schließlich fragte ich: »War das nun alles, was dir Kummer machte, Don?«

»Hmm? Äh – nun, nicht ganz. Das heißt, eigentlich ja. Doch, doch.«

Ich wußte nicht, was seine Absicht geändert haben mochte. Ich hätte schwören können, daß er noch etwas auskramen würde, aber er tat es nicht. Er langte vielmehr nach seinem weißseidenen Halstuch und machte sich auf den Weg zur Tür. Ich ging mit.

»Ich bin wirklich in Eile, Squire. Habe den Hepburns versprochen, um sieben Uhr dort zu sein.«

»Ah, ihr geht dann zum Dinner?«

»Nein, eigentlich nicht. Felix rief an und bat mich, auf einen Drink und einen Sandwich bei ihnen hineinzuschauen. Paula denkt nämlich daran, sich einen Aston Martin zu kaufen und möchte mit mir darüber sprechen.«

Don hatte seine rechte Hand am Türknauf, als das Ertönen der Türklingel uns beide erschreckte.

»Himmel, habe ich das gemacht?« rief er aus. Ich lachte. »Nein. Ich erwarte einen Besucher.«

Ich öffnete die Tür. Draußen stand Inspektor Cameron. Don trat einen Schritt zurück.

»Guten Abend, Gentlemen«, sagte Cameron, mit der einen Hand den Hut abnehmend, mit der anderen die Julius-Cäsar-Frisur glättend. »Darf ich eintreten?«

Ich sagte: »Guten Abend, Inspektor.«

Don schlängelte sich hinter Camerons Rücken hinaus, murmelte ein hastiges Grußwort und eilte die Treppe hinab. Wenig später war das Startgebrumm seines Jaguar zu hören.

Cameron lächelte. »Er ist in Eile, nicht wahr, Sir?«

»Er war etwas durchgedreht wegen der Swansonsache. Er fürchtete, sein Name könnte in den fälligen Wirbel hineingezogen werden.«

»Kam er deswegen zu Ihnen?«

»Anscheinend ja.«

»Nun, was hätte Mr. Page zu fürchten?«

»Er war ein Patient von Swanson. Er schien zu fürchten, diese Art Publicity könnte seinen Nimbus als Massenidol gefährden.« Cameron spitzte die Lippen. »Viele von Swansons Patienten sind weithin bekannte Persönlichkeiten. Ich hätte nicht vermutet, daß Publicity unseren Mr. Page so besorgt machen könnte.« Ich lächelte und führte meinen Gast ins Wohnzimmer. Zu meiner Überraschung akzeptierte der Inspektor den angebotenen Drink.

»Ein ereignisreicher Tag«, erklärte er. »Der Anschlag auf Swanson hätte beinahe alle unsere Teilerfolge zunichte gemacht. Aber Swanson kämpft, und ich hoffe, er wird es schaffen.«

»Sie glauben nicht, daß er an den Verletzungen sterben wird?«

»Wie gesagt – ich hoffe, daß er durchhält. Im Hospital erlangte er das Bewußtsein wieder und machte eine Aussage. Daraufhin haben wir Joyce Dean verhaftet.«

»Bei Gott, haben Sie das! Ich hätte ihr Gesicht sehen mögen!«

»Es war kein lieblicher Anblick. Unsere Beschuldigung lautet auf Erpressung.« Er hob mir sein Glas entgegen. »Es besteht Hoffnung, daß wir sie ausreichend erhärten können.«

Auch ich hob das Glas. Ich wußte, was er meinte. Genug Beweismaterial sammeln, um eine Verhaftung zu rechtfertigen – das ist eine Sache. Eine Verurteilung zu erwirken – das ist eine ganz andere Sache.

Ein längeres Schweigen entstand. Cameron wirkte müde und in sich gekehrt. Ich hatte das Gefühl, daß er seine Kräfte für eine letzte Anstrengung sammelte. Als er sprach, schien es beinahe, als hätte ich seine Gedanken gelesen.

»Mr. Foster, ich komme mir heute abend beinahe vor wie ein alter, kampfesmüder General in der Endphase eines langen Feldzuges. Ich hatte meine Fehlschläge – die Ermordung Ihrer Frau, die Ermordung von Mary Antrobus. Ich hatte meine kleinen Erfolge – die Verhaftung von Lancelot Belham und Joyce Dean. Die letzte Schlacht steht noch bevor. Und in dieser letzten Schlacht, denke ich, können wir den Kampf gewinnen.«

Ich fragte ruhig: »Mr. Smith?«

»Ja, Mr. Smith.« Nach einigem Oberlegen fuhr Cameron fort: »Ich denke, es war Clausewitz, welcher sagte, das Geheimnis des Sieges liege in der Kunst begründet, daß wir den Feind veranlassen, unsere Schlacht zu schlagen, wo wir es wollen und wann wir es wollen. Mit anderen Worten – wir müssen diejenigen sein, die die Bedingungen dieses letzten Kampfes diktieren. Und ich denke, wir haben die Geheimwaffe, die uns dies ermöglicht.« –

»Welche Geheimwaffe?«

»Das Tonband Ihrer Frau.«

Ich runzelte die Stirn Es schien mir, als wären wir auf unsicherem Grund.

»Inspektor, ich muß Ihnen sagen, daß Melissa nie ein Tonbandgerät besessen hat, soviel ich weiß.«

Cameron zuckte die Achseln, ohne etwas zu entgegnen.

Ich fuhr fort: »Ich gebe gerne zu, daß es Ihnen gelungen ist, Doktor Swanson mit Ihrem Tonbandtrick zu verwirren. Aber hat derselbe Trick eine konkrete Chance bei Mr. Smith? Wer von meinen lieben falschen Freunden dieser Mr. Smith auch sein mag – er, beziehungsweise sie, weiß eine Menge über Melissa und mich, einschließlich der Tatsache, daß keiner von uns beiden Sympathien für Apparate wie Tonbandgeräte oder ähnliche technische Mittel gehabt hat.«

Cameron nickte selbstzufrieden. »Sie besitzen jetzt kein Tonbandgerät, Sir. Doch der Gebrauch des Wortes ›technische Hilfsmittel‹ deutet an, daß Sie möglicherweise irgendwann einmal ein Tonbandgerät ausprobiert haben, zum Beispiel, als Sie anfingen, sich als freiberuflicher Schriftsteller zu betätigen. Daß Sie es ausprobiert und für weniger geeignet befunden haben, Ihre Ideen aufzuzeichnen, als die herkömmlichen Hilfsmittel Federhalter und Papier dies vermögen. Woraufhin Sie dieses Gerät verkauften oder zurückgaben, jedoch nicht, bevor Mrs. Foster Gelegenheit hatte, mehrere äußerst vertrauliche Gespräche aufzuzeichnen, die sie mit einigen ihrer Kunden und auch mit dem geheimnisvollen Mr. Smith führte.«

Ich dachte darüber. nach. »Doch, das könnte wirken«, sagte ich dann. »Wahrhaftig, das könnte wirken.«

»Es muß wirken! Ich sehe keine andere Möglichkeit, Mr. Smith aus seiner Deckung herauszulocken. Wir werden also behutsam das Gerücht verbreiten, daß Sie einige belastende Tonbänder verwahren, hier in Ihrer Wohnung. Ich bin überzeugt, daß Mr. Smith versuchen wird, sie zu bekommen.«

Ich begann zu begreifen, was dies für mich bedeuten würde. »Sie meinen, ich soll still hier sitzen und warten, bis Mr. Smith über mich herfällt?«

Cameron nickte. »So ist es, Sir. Ich weiß, es wird eine Heimsuchung für Sie. Doch zu Ihrer Beruhigung: Entweder werde ich selbst zur Stelle sein, oder Sergeant Stafford, einer meiner verläßlichsten Männer, wird sich in nächster Nähe aufhalten.«

»Wie nahe wäre das?« fragte ich.

Inspektor Camerons Blick schweifte zur Küchentür. »Dort drinnen, vielleicht?«

An diesem Tag hörte ich noch einmal von Cameron, kurz bevor ich zu Bett ging. Das Telefon klingelte, als ich gerade daran dachte, mich schlafen zu legen.

»Hier Cameron. Die Katze ist nun unter den Kanarien, Mr. Foster.«

Ich wußte, daß er damit das Gerücht meinte, ich besäße belastende Tonbänder. Natürlich interessierte es mich zu erfahren, wer ›die Kanarien‹ wären.

Der Inspektor sagte: »Ich habe die Hepburns besucht. Sie waren beide daheim. Ich nahm Mrs. Hepburn beiseite und erzählte ihr streng vertraulich, wir hätten bei Doktor Swanson einen Brief gefunden, in dem Sie ihm mitteilen, daß einige von Ihrer Frau aufgenommene, belastende Tonbänder jetzt in Ihren Händen seien. Ich ließ durchblicken, wir wären enttäuscht und peinlich berührt, daß Sie uns dies verschwiegen hätten und offenbar versuchten, es auf eigene Faust für sich auszunützen.«

»Wie reagierte Paula?«

»Ich fand, sie sah sehr betroffen aus.«

»Wird sie es Felix erzählen?«

»Wahrscheinlich.«

»Hmm. Und wie wollen Sie die Neuigkeit zu Don Pages Kenntnis bringen?«

Cameron lachte leise. »Das brauche ich nicht mehr zu tun. Mr. Page war dort. Und obwohl ich gebeten hatte, Mrs. Hepburn ganz vertraulich sprechen zu können, vermochte ich mich des Eindrucks nicht zu erwehren, daß er an der Tür lauschte. Jedenfalls blickte er sehr düster drein, als wir aus dem Zimmer kamen. Nachdem ich die Hepburnsche Wohnung verlassen hatte, wartete ich vorsichtshalber hinter der nächsten Ecke, bis auch Mr. Page auf der Straße erschien. Er fuhr Hals über Kopf in seinem Jaguar davon. Wir hatten Mühe, ihm zu folgen.«

»Fuhr er nach Hause?«

»Nein. So spät es auch war, er besuchte eine Freundin.«

»Eine, die wir kennen?«

»Ja, Mr. Foster. Carol Stewart.« Ich glaubte förmlich, Camerons stilles Lächeln zu sehen, als er sagte: »Nun wünsche ich Ihnen eine recht gute Nacht, Sir.«

Der folgende Tag begann mit einem jener Frühlingsmorgen, an denen die Natur noch unentschlossen ist, ob sie sich freundlich oder rauh geben soll. Eine helle, aber kühle Sonne schien immer nur minutenweise, um dann wieder hinter schnell dahinsegelnden niedrigen Wolken zu verschwinden.

Kurz nach zehn, als ich mein Frühstücksgeschirr abwusch, ertönte die Wohnungstürklingel.

Es war Felix.

»So was, Guy. Gemeiner Wind, heute. Bläst einem Dreck in die Augen. Hast du eine Minute für mich übrig?«

Wir setzten uns an den Wohnzimmertisch. Ich fand, daß Felix blaß und irgendwie mitgenommen aussah, aber das mochte ganz einfach an dem etwas strapaziösen Wetter liegen. »Guy, ich will gleich zur Sache kommen. Ich denke, ich sollte dich warnen.«

»Mich warnen? Weshalb?«

»Dieser tapsige große Bluthund, Cameron, war gestern spät abends bei uns und hatte ein vertrauliches Gespräch mit Paula. Natürlich erzählte sie mir dann alles – sie hat nicht die fatale Gewohnheit gewisser Ehefrauen, dem Gatten etwas zu verschweigen. Um es kurz zu machen – Cameron scheint übelzunehmen, daß du ihm etwas vorenthältst.«

»Wirklich? Weshalb sollte ich das, Felix?«

»Frag nicht mich, alter Freund. Aber offenbar ist Cameron sehr verdrossen darüber.«

»Bist du deshalb gekommen? Nur, um mir das zu erzählen?« Er blickte mich bieder an. »Guy, mein alter Kumpel, mir scheint, du machst dir nicht klar, in welch teuflischer Klemme du steckst.«

»Welche spezielle Klemme meinst du, Felix?«

Er lächelte mitfühlend. »Genaugenommen, mein Guter, sind es mehrere – überleg mal selbst. Melissas Tod. Mary Antrobus in deinem Cottage erdrosselt. Der versuchte Überfall auf Joyce Dean. Und warst du nicht auch in der King's Road, kurz bevor diese Sache mit Doktor Swanson passierte?«

Ich sagte: »Cameron scheint ein düsteres Bild von mir entworfen zu haben.«

Felix zuckte hilflos die Achseln. »Er macht dich zum Hauptverdächtigen in den Augen der Kriminalpolizei und der Presse. Und wenn du so töricht bist, ihn mit dieser Tonbandsache zum Narren zu halten, gebe ich nicht viel für deine Chancen, alter Freund!«

»Mach dir keine Sorgen um mich, Felix. Ich kann mit der Kriminalpolizei schon umgehen.«

Felix erhob sich, einen skeptischen Ausdruck auf dem Gesicht. »Ich weiß nicht recht, lieber Guy. Großbritanniens Gefängnisse sind voll von Leuten, die da glaubten, die Kriminalpolizei wäre ihnen geistig unterlegen. Bei Gott, ich will mich nicht aufdrängen. Aber du weißt, wie besorgt wir beide um dich sind, Paula und ich.«

Ich klopfte ihm auf die Schulter und begleitete ihn zur Tür. Wir waren beide etwas überrascht, Don Page die Treppe heraufkommen zu sehen, die Hände tief in die Taschen seines eleganten, kurzen Automantels gerammt. Don gab Felix einen etwas merkwürdigen Blick.

»Hallo, Felix! Dachte nicht, dich hier zu finden. Haben wir nicht eine Verabredung mit Paula und dem Aston Martin-Händler?«

»Die haben wir, alter Junge«, bestätigte Felix milde und sah dabei auf seine Uhr. »Aber erst um halb zwölf. Ich muß Paula erst vom Friseur abholen. Also bis nachher in der Bond Street, Don. Gott befohlen, Guy. Denk an das, was ich dir gesagt habe.«

Don blieb ziemlich hölzern in der Vordiele stehen, die Hände noch in den Manteltaschen. Leicht gereizt fragte ich: »Kann ich dir den Mantel abnehmen, Don?«

»Nein, danke. Ich bleibe sowieso nur einen Moment.«

Er folgte mir ins Wohnzimmer und fing dort an, vor dem Kamin auf und ab zu gehen. Im Kamin brannte ein verhaltenes Kohlefeuer; Sergeant Stafford war so freundlich gewesen, dafür zu sorgen, nachdem ich ihn morgens um halb sieben eingelassen hatte. Aus der Küche kam kein Laut, aber ich wußte, daß jedes Wort, welches wir sprachen, still und heimlich auf Band aufgenommen wurde.

»Ich kam, dich um Entschuldigung zu bitten, Guy«, erklärte Don plötzlich. »Wird mir schwer, es zu sagen. Wollte es schon gestern tun, aber die Worte blieben mir in der Kehle stecken.«

Ich antwortete: »Um Himmels willen, hör zunächst mal auf, hin und her zu laufen wie ein Tiger vor der Fütterung. Und dann heraus damit – so schlimm kann es ja wohl nicht sein.«

Don blieb stehen. »Doch, es ist schlimm. Ich habe dir nicht die Wahrheit gesagt. Über Melissa.«

»Über Melissa?« wiederholte ich dumpf. Also stimmte es doch! Sie hatten eine Liebschaft gehabt! Ich sprang auf. »Moment, Squire!« beschwichtigte Don. »Mißversteh mich nicht! Hör mich bis zu Ende an.«

»Weiter!« sagte ich eisig.

»An dem Abend, kurz nach Melissas Tod, als ich dich ein Stück im Auto mitnahm, fragtest du, ob Melissa zu mir je über dich gesprochen hätte.«

Ich nickte.

»Und ich erwiderte, ja, sie hätte sich vor dir gefürchtet, und lauter solcher Unsinn. Guy, das war gelogen. Ich wurde gezwungen, dich anzulügen.«

»Gezwungen? Von wem?«

Er fuhr sich mit der Zungenspitze über die Lippen, ehe er antwortete: »Joyce Deap.«

Ich forderte ihn auf, weiterzusprechen.

»Guy, du erinnerst dich an mein Malheur vor etwa einem Jahr, als ich in Knightsbridge den alten Mann anfuhr? Ein Taxifahrer schwor, ich wäre betrunken gewesen. Nun, ich war betrunken. Vor Gericht wagte ich natürlich nicht, das zuzugeben – es hätte das Ende meiner Rennfahrerlaufbahn bedeutet. Das Gericht sprach mich frei. Aber meine Nerven waren so zermürbt von der ganzen Sache, daß ich einen Facharzt aufsuchen mußte – Doktor Swanson.«

»So ist wenigstens dieser Teil der Geschichte wahr gewesen.«

»Ja. Natürlich hielt ich den Mund darüber, daß ich betrunken war. Der einzige Mensch, dem ich es bekannte, war Swanson. Ich glaubte, ich könnte auf seine absolute Verschwiegenheit rechnen. Unglücklicherweise rechnete ich nicht mit Miss Dean. Sie muß in Swansons persönlichen Notizen über meinen Fall spioniert haben. Eines Abends kam sie in meine Wohnung und drohte, mich zu kompromittieren.«

»Also zahltest du ihr Schweigegeld?«

Er nickte. »Aber das genügte nicht. Diese Erpresserin geriet irgendwie selbst in Druck. Daraufhin verlangte sie mehr von mir. Sie sagte, wenn ich je über dich gefragt würde – über deine Gesundheit –, dann müßte ich sagen, Melissa hätte sich deinetwegen Sorgen gemacht und mich gebeten, ihr einen guten Nervenarzt zu empfehlen ... So, mein lieber alter Squire, nun weißt du es! Eine üble Geschichte. Aber ich bin froh, sie vom Herzen zu haben!«

»Früher oder später hätte ich es sowieso erfahren«, entgegnete ich trocken. »Vielleicht hast du davon gehört, daß Joyce Dean verhaftet worden ist?«

Don wirkte eingeschnappt. »Nun, wenn du es so siehst, bedaure ich, dich belästigt zu haben.«

Ich zuckte die Achseln und zündete mir eine Zigarette an. Wenige Minuten später stelzte Don von dannen, verdrossen und die Hände noch in den Manteltaschen.

Ich ging in die Küche. Außer Sergeant Stafford war jetzt auch Cameron da.

»Hallo, Inspektor! Ich hörte Sie nicht kommen.«

»Sollten Sie auch nicht, Sir. Ich nahm mir die Freiheit, die Hintertür zur Feuertreppe zu benutzen. Hmm. Sie hatten also Besuch von Mr. Hepburn und von Mr. Page?«

»Ja. Aber keine Reaktion, weder bei Felix, noch bei Don. Ich fange an, bekümmert zu sein.«

»Warum, Mr. Foster?«

»Nun, die Sache wirkt sich nicht so aus, wie wir es gehofft hatten. Oder?«

»Ich, an Ihrer Stelle würde nicht so skeptisch sein, Sir. Der Tag ist noch jung. Da bleibt noch viel Zeit für weitere Besucher.«

Cameron sollte recht behalten.

Am Frühnachmittag, als ich eben etwas Radiomusik hörte, läutete die Türklingel. Ich stellte die Musik leise und näherte mich vorsichtig der Wohnungstür.

Es war Paula.

Sie begrüßte mich mit so krampfhafter Heiterkeit, daß ich den Eindruck hatte, sie wäre irgendwie verstört. Ich geleitete sie zu einem Wohnzimmersessel und mixte ihr einen Drink.

»Was ist los, Paula? Du siehst nicht ganz glücklich aus.«

Sie zündete sich eine Zigarette an und atmete den ersten Zug tief ein. »Guy, Herzblatt, du erinnerst dich, daß ich neulich beim Shepherd's Market beinahe überfahren wurde?«

»Ja, natürlich. Wieso?«

»Nun, ich habe die Sache nicht weiterverfolgt, es wäre vermutlich zwecklos gewesen. Aber du erinnerst dich, daß ich dir erzählte, ich hätte nur noch die Vision von einem schnell fortsausenden Sportwagen gehabt – nicht wahr?«

Ich nickte.

»Guy«, sagte Paula mit hohler Stimme, »denk dir bloß, Guy – etwas gespenstisch Ähnliches ist mir heute mittag passiert! Du weißt, daß Felix und ich mit Don bei einem Autohändler verabredet waren, um einen Aston Martin zu besichtigen?«

»Ja, ich hörte davon. Aber sag, Paula, wo nimmst du bloß soviel Geld her? Ein Aston Martin kostet doch ein Vermögen!« Sie überging meine Frage mit einem Achselzucken und berichtete weiter: »Nun, Don war groß in Form. Eine Stunde lang erklärte er mir fachmännisch die

Vorzüge des Aston Martin. Dann ließ er sich den Vorführwagen des Händlers geben, um mich darin spazierenzufahren, damit ich nach all der Theorie auch praktische Eindrücke von den herrlichen Eigenschaften der kleinen Rakete bekäme. Du weißt, er fährt immer schnell. Aber die lange Biegung beim Hyde Park nahm er wohl zu schnell. Jedenfalls fühlte ich mich plötzlich in die Weite geschleudert wie ein Astronaut!«

»Was denn? Du fielst hinaus? Oder wurdest du etwa gestoßen?«

»Ich weiß nicht. Die Tür neben mir flog auf, und ich – ich rutschte einfach davon! Und das Merkwürdige ist – ich könnte schwören, daß ich nach dem Einsteigen den Türriegel hinuntergedrückt habe!«

»Und wie reagierte Don?«

»Nun, er versuchte mich zu packen, aber ... Ach, ich weiß nicht! Alles war so verwirrend, und ich hatte schreckliche Angst. Ich weiß wirklich nicht, was geschah. Glücklicherweise konnte ich mich im allerletzten Moment an irgend etwas festhalten, und Don zog mich dann zurück in den Sitz.«

»Was meint denn Felix dazu?«

»Das kann ich dir nicht sagen. Er war nicht mehr da, als wir in die Autohandlung zurückkehrten. Er war mit meinem Wagen weggefahren. Und ich habe ihn seitdem nicht gesehen.«

Wir sprachen noch ein Weilchen über die Angelegenheit. Ich versuchte, von Paula eine genaue Beschreibung des Sicherheitsriegels zu bekommen und herauszufinden, ob sie den Riegel versehentlich selbst geöffnet haben könnte; ich wollte wissen, wo Felix gestanden hatte, als sie abfuhren, und ob Don den Sicherheitsriegel geprüft hätte, ehe er sein gewohntes halsbrecherisches Tempo einschlug. Aber Paula war in ihren Angaben zu ungenau, so daß ich noch keinerlei Klarheit hatte, als sie sich zum Gehen anschickte.

Ich brachte sie zur Wohnungstür, dann eilte ich in die Küche. »Was machen Sie aus dieser verworrenen Geschichte, Inspektor?«

»Schwer zu sagen, Sir. Vielleicht ist es nie passiert. Vielleicht ist es passiert und war nichts als ein unglücklicher Zufall.«

Ich seufzte. »An meinen Tonbändern war sie offenbar nicht sehr interessiert.«

»Nein, Sir. Das war sie gewiß nicht.«

Es ging auf Mitternacht zu, als Cameron und der Sergeant beschlossen, für dieses Mal ihre Wache in der Küche abzubrechen. Sie benutzten den Ausgang über die Feuertreppe, und ich verschloß die Hintertür ebenso sorgfältig wie die Vordertür. Sie hatten versprochen, früh am nächsten Morgen wiederzukommen und einen weiteren Tag draufzugeben. Falls Mr. Smith sich dann immer noch nicht eingestellt hätte, würde der Inspektor die bisherige Strategie als erfolglos fallenlassen und etwas völlig anderes versuchen.

Ich nahm ein mildes Schlafmittel und ging zu Bett.

Es war der Wind, der mich aufweckte.

Schlaftrunken wurde ich gewahr, daß ein Fenster klappte, teils kurz hintereinander, teils in etwas längeren Zeitabständen – je nachdem, wie der Wind es traf. Ein nervenaufreibendes Geräusch, so mitten in der Nacht.

Unlustig, das warme Bett zu verlassen, rang ich minutenlang mit meinem Gewissen, schwenkte schließlich die Beine über den Bettrand, setzte mich auf, schob die Füße in die Hausschuhe, zog den Morgenmantel über und wankte halb schlafend ins Wohnzimmer.

Das klappende Fenster öffnete sich zur Straße hinaus. Ich mußte versäumt haben, es richtig zu schließen. Als ich mich nach draußen lehnte, um dieses Versäumnis wiedergutzumachen, erblickte ich auf der Straße etwas, das mir ein Schaudern über den Rücken jagte.

Dicht bei der nächsten Straßenecke stand Paulas gelber Karmann Ghia geparkt!

Langsam machte ich das Fenster zu. Ich muß gestehen, daß mir irgendwie unheimlich zumute war.

Als ich mich vom Fenster abwendete, spürte ich plötzlich, daß noch jemand im dunklen Wohnzimmer sein müsse. Ich konnte nichts sehen und nichts hören, aber ich fühlte die fremde Anwesenheit.

Behutsam begann ich, mich der Lampe auf meinem Schreibtisch zu nähern. Die langen Fenstervorhänge neben dem Schreibtisch raschelten an meiner Schulter, als ich mich etwas vornüberbeugte, um die Lampe anzuknipsen.

Die Mündung eines Revolvers wurde mir, irgendwie gemildert durch die Vorhänge, auf das Rückgrat gedrückt, und eine wispernde Stimme warnte: »Kein Licht!«

Ich stand wie erstarrt. Hinter mir hörte ich leises Atmen. Wer auch immer hinter den Vorhängen verborgen war – er, oder sie, mußte den Atem angehalten haben, während ich das Fenster schloß.

Ich fragte, so ruhig wie möglich: »Wie sind Sie hereingekommen?«

»Ich habe einen Schlüssel. Ich hatte immer einen. Wo sind die Tonbänder?«

Angestrengt versuchte ich, die Stimme zu erkennen. Ich wußte mit Bestimmtheit, daß diese Stimme jemandem gehörte, den ich kannte. Und doch schien sie seltsam verändert – so, als trüge ihr Eigentümer irgendeine Art Maske über dem Gesicht.

»Die Bänder sind hier«, sagte ich. »In einer Schreibtischschublade.«

»Den verdammten Schreibtisch habe ich bereits durchsucht!« Ich gab mir Mühe, ganz gelassen zu klingen, beinahe gleichgültig, als ich antwortete: »Sie wußten eben nicht, wo. Da ist ein Geheimfach.«

»Dann holen Sie die Tonbänder für mich heraus! Und versuchen Sie keine Tricks! Ich habe Melissa und das Antrobusgirl getötet. Und, bei Gott, ich töte auch Sie, wenn Sie einen faulen Zauber versuchen!«

Ich sagte milde: »Nichts dergleichen werde ich versuchen, Freund. So dumm bin ich nicht.«

Ich trat vor den Schreibtisch, tat so, als zöge ich eine Schublade auf, und knipste plötzlich die Lampe an.

Für den Bruchteil einer Sekunde zögerte der gut gekleidete Mann mit dem nachtschattenfarbenen Nylonstrumpf über dem Gesicht, dann sprang er mit einem Schrei auf mich los, den rechten Arm erhoben. Der Kolben seines Revolvers krachte mir gegen die linke Kopfseite, und ich fiel lang auf den Teppich.

Plötzlich war das Zimmer von Licht erhellt. Als mein Besucher zur Vordiele rennen wollte, erschien Sergeant Stafford, gefolgt von Cameron. Der Inspektor brüllte eine Warnung und sprang vorwärts, um nach dem Revolver zu greifen. Ich versuchte aufzustehen, aber schon trommelten mir tausend kleine Teufel im Schädel herum, und ich wußte, daß ich es nicht schaffen würde. Halb ohnmächtig wurde ich gewahr, wie das Trommeln nachließ. Dann hörte ich Geräusche eines Handgemenges, schließlich dröhnte ein Schuß.

Als ich wieder zu Bewußtsein kam, stand der Inspektor neben mir und sah auf mich hinab.

»Was – was ließ Sie zurückkehren?«

»Wir sind gar nicht fortgegangen, Mr. Foster. Nicht

richtig fortgegangen, jedenfalls. Wir waren ziemlich sicher, daß Mr. Smith in dieser Nacht kommen würde.«

Ich erhob mich mühsam, von Schmerz und Übelkeit geplagt, und fragte: »Wo ist er?«

»In der Vordiele«, antwortete Cameron ruhig. »Wir haben um einen Rettungswagen telefoniert, aber Smith wird tot sein, ehe der Wagen eintrifft. Er hat sich den Schuß in den Kopf gejagt. Ich blieb einen Moment bei Cameron stehen, dann ging ich langsam hinaus in die Vordiele.

Mein Besucher lag auf dem Boden, und irgendwer, wahrscheinlich der Inspektor, hatte ihm einen alten zusammengerollten Mantel von mir unter den Kopf geschoben. Ich wußte nicht, was ich zu ihm sagen sollte. Ich stand nur da und sah zu ihm hinab. Ich empfand Zorn und Groll und war doch, auf irgendeine seltsame Art, furchtbar traurig. Nach einigen Sekunden bewegte er langsam eine Hand, und ich wußte, daß er mich erkannt hatte.

»Na, so was, Guy«, flüsterte er …

Nach der Leichenschau begleitete der Inspektor mich bis vor die Haustür. Dort blieben wir für einen Moment stehen.

»Wenn ich an Ihrer Stelle wäre, Mr. Foster«, sagte er, »würde ich nun einige Wochen fortreisen und versuchen, die ganze Sache zu vergessen.«

Da erzählte ich ihm von dem großartigen Angebot, das ich an eben diesem Morgen erhalten hatte. Ein Freund aus San Franzisko hatte telefoniert und mir einen Job bei seinem Magazin angeboten. Ich hatte zugesagt und bereits für Donnerstag einen Flug nach Kalifornien buchen lassen.

»Ich bin entzückt, dies zu hören«, sagte Cameron. »Ich hatte im stillen gehofft, daß Ihnen so etwas begegnen würde.« Er legte mir freundschaftlich eine Hand auf die Schulter. »Sie haben eine Wendung zum Guten verdient, Mr. Foster. Ich freue mich, daß Sie so vernünftig waren, das Angebot Ihres Freundes anzunehmen.«

Aber am Mittwochabend änderte ich plötzlich meine Meinung, schickte meinem Freund ein Telegramm und machte die Buchung des Fluges rückgängig. Ich redete mir ein, das wäre, weil ich mich erschöpft fühlte und vielleicht ein bißchen zu alt, und weil ich den Roman beenden wollte, an dem ich schrieb. Doch im Herzen wußte ich, daß dies nur Ausflüchte waren. Ich wußte den wahren Grund. Kalifornien schien mir so sehr weit fort zu sein.

So sehr weit fort von Melissa …

Ende

Francis Durbridge

Die Puppe

Kriminalroman

Aus dem Englischen
von Christine Frauendorf-Mössel

Aufbau Taschenbuch Verlag

Titel der Originalausgabe
The Doll

ISBN-10: 3-7466-2264-6
ISBN-13: 978-3-7466-2264-4

1. Auflage 2006

Deutsche Erstausgabe Wilhelm Goldmann Verlag, München, ein Unternehmen der Verlagsgruppe Random House GmbH
Umschlaggestaltung Dagmar & Torsten Lemme
unter Verwendung einer Illustration © atelier doppelpunkt, Berlin
Druck GGP Media GmbH, Pößneck
Printed in Germany

www.aufbau-taschenbuch.de

I

Peter Matty war Verleger, und es gehörte zu seinen wichtigsten Aufgaben, den Kontakt zu Autoren zu pflegen und sie gelegentlich zum Essen auszuführen. Er hatte gerade ein neues Restaurant in der Nähe des Britischen Museums entdeckt und beschlossen, dessen Küche mit dem Autor einer vielversprechenden Erstveröffentlichung auszuprobieren. Das Mädchen, das drei Tische weiter saß und ihnen den Rücken zuwandte, sah Peter allerdings erst, als sie gegessen hatten und aufstanden, um das Lokal zu verlassen. Peter ließ sich durch das schöne, kastanienbraune Haar der jungen Frau täuschen, denn kaum stand er nur noch wenige Schritte hinter ihr, drehte sie den Kopf zur Seite, und er erkannte, daß ihr Profil keine Ähnlichkeit mit Phyllis hatte. Nachdem Peter sich von seinem Autor verabschiedet hatte, beschloß er, auf ein Taxi zu verzichten und zu Fuß zum Büro zurückzukehren. Er hoffte, auf dem kleinen Spaziergang einen klaren Kopf für die Arbeit des Nachmittags zu bekommen und wieder etwas Ordnung in seine Gedanken zu bringen. Einen Augenblick lang hatte er geglaubt, endlich das Mädchen wiedergefunden zu haben, das so plötzlich und auf unerklärliche Weise aus seinem Leben verschwunden war.

In Gedanken versunken ging Peter über den Russel Square. Es war ein sonniger Nachmittag im Frühjahr, und die ersten Blätter an den Bäumen warfen bewegte Schatten auf das Pflaster. Sobald der Geräuschpegel des Straßenverkehrs etwas absank, konnte man sogar das Zwitschern der Spatzen hören.

Peter tat einen Schritt vom Bürgersteig, um die Straße zu überqueren; fast in demselben Augenblick zerriß das schrille Quietschen von Autoreifen und Bremsen die Luft, und ein Lieferwagen kam nur wenige Zentimeter vor Peter schleudernd zum Stehen. Erst der entsetzte und wütende Aufschrei des Fahrers brachte Peter zur Besinnung. Von einem lauten Hupkonzert begleitet sprang er auf den Gehsteig zurück. Sein Herz klopfte wie rasend, als er dem weiterfahrenden Lieferwagen nachstarrte. Derartige Zwischenfälle waren in letzter Zeit ein bißchen zu häufig vorgekommen. Peter wurde klar, daß seine Lebenserwartung rapide sank, wenn er so unbedacht weitermachte.

Diesmal wartete er geflissentlich, bis kein Auto mehr nahte, und sah aufmerksam nach rechts und nach links, bevor er die Straße überquerte. Gegenüber stand ein elegantes, dreistöckiges Haus mit Erkerfenstern und einer von zwei Säulen flankierten schönen Eingangstür mit halbrundem Oberlicht. Das Backsteinmauerwerk war erst kürzlich renoviert worden, und ein unauffälliges Messingschild neben der Tür trug die Aufschrift: ›Matty-Verlag, GmbH‹ und ›Matty-Taschenbuchverlag, GmbH‹.

Als er auf die beiden Stufen zuging, die zur Eingangstür hinaufführten, kam ihm ein Bote in Uniform entgegen. Er trug einen Stapel Briefumschläge und kleine Pakete unter dem Arm und grüßte den eleganten jungen Mann im leichten Trenchcoat. »Tag, Mr. Matty.«

Peter blieb verblüfft stehen. Offenbar hatte er Mühe, seinen eigenen Namen zu erkennen. Verständnislos sah er den Boten an.

»Oh ... Tag, Henry«, brachte er schließlich heraus.

Der Bote, der in Wirklichkeit Harold hieß, blickte Peter Matty kopfschüttelnd nach, als dieser im Gebäude verschwand, und ging seines Wegs.

Mollie Stafford, Peters Sekretärin, hatte ein kleines Büro im ersten Stock des Verlagsgebäudes. Dieses Zimmer mußte jeder Besucher passieren, der bis in Peters Allerheiligstes vordringen wollte. Von Peters Räumen aus hatte man einen Blick auf die Straße und die Bäume im Park auf der gegenüberliegenden Straßenseite. Mollie war ein attraktives Mädchen mit einer guten Figur. Diese Vorzüge hinderten sie allerdings nicht daran, sehr tüchtig zu sein. Bei der Arbeit trug sie stets eine große Hornbrille, die ihr zwar ein strengeres und intellektuelleres Aussehen verlieh, jedoch ihr Sehvermögen kaum zu verbessern schien. Peter fragte sich oft, ob Mollie diese Brille möglicherweise nur der Wirkung wegen aufsetzte. Ob Mollie im Büro anwesend war, ließ sich unschwer feststellen. Sie hatte nämlich eine Vorliebe für Armbänder und Kettchen, die bei jeder ihrer Bewegungen klirrten. Falls Mollie einen Fehler hatte, dann war er wohl nur in ihrem Bestreben zu finden, unbedingt eine aufregende Frau sein zu wollen.

In dem Augenblick, da Peter draußen auf der Straße beinahe von einem Lieferwagen überfahren worden wäre, versuchte Mollie gerade zwei Anrufer gleichzeitig an zwei Telefonen abzuwimmeln.

»Nein, das geht leider nicht ... Mr. Matty ist noch zu Tisch ... Ich weiß nicht, wann er wieder hier sein wird ... Selbstverständlich kommt er zurück ... Ja, bitte tun Sie das. Danke für den Anruf.«

Sie hängte mit einem Stoßseufzer ein und griff nach dem Hörer des zweiten Telefonapparats, der auf dem Schreibtisch lag. »Die Sache ist mir wirklich unangenehm, Mr. Walters. Möglicherweise hat Mr. Matty die Korrekturfahnen an jemand anderen geschickt ... Tja, in letzter Zeit passieren ihm manchmal die merkwürdigsten Dinge ... Nein, machen Sie sich keine Sorgen. Ich schicke Ihnen eine andere Kopie ... Ja, natürlich. Überlassen Sie das nur mir.«

Mollie hatte gerade wieder aufgelegt und schrieb eine Gesprächsnotiz, als Peter hereinkam. In seinen Augen stand jener abwesende Ausdruck, den Mollie in den vergangenen drei Wochen so oft an ihm beobachtet hatte.

Peter Matty war Ende Dreißig, gutaussehend, dunkelhaarig und immer elegant gekleidet. Für Mollie stellte er den idealen Verleger dar: belesen, idealistisch und mit einem Hang zum Träumen. Bis vor kurzem hatte er diese Eigenschaften mit einem gesunden Sinn für das Geschäftliche in Einklang bringen können. Mollies Gefühle für ihren Chef waren eher mütterlicher als romantischer Natur. Schließlich wußte sie genau, daß er ohne sie völlig hilflos war. Davon abgesehen, glaubte sie, den Grund für seine Geistesabwesenheit zu kennen, und konnte sich eines gewissen Eifersuchtgefühls nicht erwehren.

»Guten Tag, Mr. Matty«, begrüßte sie ihn mit erleichterter Miene. »Ich bin froh, daß Sie kommen.«

»Hallo, Mollie«, erwiderte Peter leichthin. Offenbar war ihm der Gedanke fremd, daß seine lange Abwesenheit Probleme geschaffen haben könnte. »Irgendwelche Anrufe für mich?«

»Machen Sie Witze?« Mollie lachte laut auf und riß mehrere Blätter von ihrem Notizblock. »Hier ... aber das ist nur der Anfang. Außerdem wartet Ihr Bruder in Ihrem Büro.«

Peter, der die Hand nach Mollies Notizen ausstreckte, hielt mitten in der Bewegung inne. »Claude?«

»Ja. Er ist vor ungefähr einer halben Stunde gekommen.«

»Aber Claude ist doch in Stockholm. Er gibt heute abend dort ein Konzert!«

Mollie schüttelte energisch den Kopf. Ihre Halskette klirrte. »Nein, er sitzt leibhaftig in Ihrem Büro. Das Konzert wurde abgesagt.«

Noch immer ungläubig nahm Peter Mollies Notizen

und ging auf die Tür seines Büros zu. Er öffnete sie und betrat einen großen hellen Raum, dessen Wände deckenhohe Bücherregale bedeckten, in denen jene Bücher standen, die unter seiner Leitung veröffentlicht worden waren. Peter haßte Büromöbel. Sie waren ihm zu unpersönlich. Aus diesem Grund hatte er das Zimmer wie einen normalen Wohn- und Arbeitsraum ausgestattet.

Als er die Tür hinter sich schloß, erhob sich der Besucher, der es sich in einem der tiefen Sessel bequem gemacht hatte. Ein Fremder hätte auf den ersten Blick kaum einen Ähnlichkeit zwischen den beiden Brüdern erkennen können. Claude war ein paar Jahre jünger und einige Zentimeter größer als Peter und hatte längeres, gutgeschnittenes blondes Haar, das den Künstler verriet. Er hatte ausdrucksvolle, sensible Züge und die langen, kräftigen Finger des Konzertpianisten und trug sportlich elegante Kleidung.

Claude legte die Ausgabe von ›Publishers Weekly‹, in der er geblättert hatte, beiseite und musterte seinen Bruder aufmerksam mit besorgten Blicken. »Hallo, Peter! Wie geht's dir, alter Junge?«

Peter trat auf ihn zu und nahm die Rechte seines Bruders in beide Hände.

»Claude ... so eine Überraschung! Ich dachte, du bist in Stockholm. Ich wollte Mollie gar nicht glauben, daß du wirklich hier bist.«

»Das Konzert ist abgesagt worden«, erwiderte Claude lächelnd. Er freute sich offenbar über die herzliche Begrüßung. »Warum denn das?«

»Der Dirigent, ein Italiener namens Enrico Muralto, hat Selbstmord begangen.«

»Oh, mein Gott!« Peter ließ die Hand seines Bruders los. »Eine scheußliche Geschichte. Seine Frau tut mir schrecklich leid. Sie ist ein bezauberndes Geschöpf.«

Peter zog seinen Mantel aus und hängte ihn an den Kleiderständer hinter der Tür.

»Ich freue mich jedenfalls, daß du hier bist, Claude ... wirklich.« Er drehte sich um und musterte seinen Bruder zum ersten Mal genauer. »Du siehst trotz allem gut aus, Claude.«

»Es geht mir auch gut. Ich bin nur ein bißchen überarbeitet.«

»Ja, das ist auch nicht verwunderlich. Du bist zu streng mit dir. Wann ist dein nächstes Konzert?«

»In San Francisco ... aber Gott sei Dank erst in sechs Wochen.«

»Sechs Wochen? Na, da kannst du wenigstens mal Urlaub machen.«

»Ja ... und ich freue mich schon drauf. So viel Zeit zum Ausspannen habe ich schon seit Jahren nicht mehr gehabt.«

»Ich weiß.« Peter nickte. »Was hast du vor? Fährst du nach Südfrankreich?«

Claude nahm wieder in dem Sessel Platz und schlug die langen Beine übereinander.

»Nein, ich würde lieber in England bleiben ... wenigstens für ein paar Wochen.« Claude sah Peter fragend an. »Ich dachte, ich könnte mich vielleicht auf dein Boot zurückziehen. Das heißt, natürlich nur, wenn es dir recht ist.«

»Da brauchst du doch gar nicht erst zu fragen. Ich finde das eine prima Idee.«

Claude beobachtete Peter, wie dieser eine Zigarettenpackung aus der Jackettasche zog und die Zellophanhülle aufriß. Seine Bewegungen waren eckig und nervös. Offenbar brauchte er dringend eine Zigarette.

»Seit ich dich das letzte Mal gesehen habe, hast du abgenommen.«

»Findest du?« Peter betrachtete seine Taille und klopfte auf seinen flachen Magen. »Ist mir gar nicht aufgefallen.«

»Trotzdem ist es so.«

»Na, vielleicht ein paar Pfund.«

Peter warf die Zellophanhülle in den Papierkorb und steckte sich eine Zigarette an. Claude beobachtete ihn noch immer besorgt.

»Peter, ich mache mir Gedanken.«

»Worüber? Über den Selbstmord des Italieners?«

»Nein«, erwiderte Claude leise. »Wegen dir.«

»Wegen mir?« Peter, der gerade sein Feuerzeug wegstecken wollte, hielt mitten in der Bewegung inne. »Mein Gott, Claude, weshalb machst du dir denn um mich Sorgen?«

Claude wartete, bis Peter sich ihm gegenüber in einen Sessel niedergelassen hatte.

»Ich habe dir in den vergangenen zwei Wochen vier Briefe geschrieben, und du hast keinen einzigen beantwortet. Und als ich dann letzten Sonntag anrief, hast du einen reichlich konfusen, beinahe unfreundlichen Eindruck auf mich gemacht ...«

»Unfreundlich?« wiederholte Peter stirnrunzelnd. »Also jetzt redest du aber Unsinn.«

Claude schüttelte den Kopf. »Außerdem habe ich in den vergangenen zehn Tagen gut zwölf Briefe von deinen Freunden bekommen. Alle schreiben ungefähr dasselbe. Sie behaupten, du seiest übellaunig, depressiv und scheinst vor irgend etwas Angst zu haben.«

Peter zog an seiner Zigarette und vermied es, Claude anzusehen. »Das ist ja lächerlich! Dummes Geschwätz. Mir fehlt überhaupt nichts.«

Beide blickten auf, als die Tür geöffnet wurde und Mollie mit der Unterschriftenmappe und einigen Manuskripten hereinkam. Sie legte die Unterlagen auf Peters Schreibtisch ab und warf Claude einen flüchtigen Seitenblick zu, bevor sie wieder hinausging.

»Hat Mollie etwa aus der Schule geplaudert?« fragte Peter, sobald sich die Tür hinter seiner Sekretärin geschlossen hatte. »Nein, natürlich nicht«, erwiderte Claude mit Unschuldsmiene. »Warum sollte sie auch? Du hast mir doch gerade erst erklärt, daß mit dir alles in Ordnung ist.«

»Es war nur so eine Idee, sonst nichts.« Peter lehnte sich in seinem Sessel zurück und verzog trotzig den Mund. »Also, Mollie hat es in der letzten Zeit offengestanden nicht leicht gehabt. Ich bin häufig weg gewesen und folglich ...«

»Warum warst du nicht im Büro? Warst du krank?«

»Nein. Ich habe dir doch schon gesagt, daß mir nichts fehlt. Es braucht sich niemand Sorgen um mich zu machen.«

Peter hielt mißmutig dem Blick seines Bruders stand. Claude kannte diesen Ausdruck in Peters Gesicht noch aus ihren gemeinsamen Kindheitstagen.

»Peter, wir sollten uns in den kommenden Wochen häufiger sehen. Das hoffe ich wenigstens.«

»Das hoffe ich auch«, antwortete Peter nicht sehr überzeugend.

»Was soll das denn?« entgegnete Claude plötzlich gereizt, »Lange kannst du es sowieso nicht mehr vor mir verheimlichen. Also sag mir schon endlich, was los ist.«

Peter drückte die nicht einmal zur Hälfte gerauchte Zigarette im Aschenbecher aus, stand auf, ging zum Fenster und starrte auf den Verkehr auf der Straße hinunter. Als er nicht sofort antwortete, lehnte sich Claude abwartend in seinem Sessel zurück und schwieg ebenfalls.

Nach einer langen Pause begann Peter schließlich, ohne sich umzudrehen: »Du erinnerst dich doch, daß ich vor ein paar Monaten zu deinem Konzert in Genf geflogen bin, oder?«

»Selbstverständlich.«

»Allerdings hast du inzwischen vermutlich vergessen, was am Montagmorgen nach dem Wochenende in Genf passiert ist, oder?«

»Am Montagmorgen? Habe ich dich nicht zum Flugplatz gefahren?«

»Richtig. Erinnerst du dich noch an das Mädchen, das hinter uns aus dem Taxi gestiegen ist?«

»Hm … im Augenblick nicht …«

»Sie schleppte viel zuviel Gepäck mit sich herum, und ihr sind ständig irgendwelche Päckchen und Zeitschriften heruntergefallen.«

»Ah … warte mal!« Claude kniff nachdenklich die Augen zu. »Meinst du vielleicht diese große, attraktive junge Frau mit kastanienbraunem Haar? Sie war ziemlich elegant gekleidet.«

»Richtig.«

»Als ich abgefahren bin, habe ich gerade noch gesehen, wie du ein paar Zeitschriften aufgehoben hast, die sie verloren hatte, und sie ihr unter den Arm gesteckt hast.«

Peter nickte. Als er sich umwandte, umspielte ein wehmütiges Lächeln seinen Mund. »Ich habe sie damals nicht zum letzten Mal gesehen.«

2

Die Gelegenheit, zu Claudes Konzert nach Genf zu fliegen, war äußerst günstig gewesen. Peter hatte gerade die Rechte an einem Buch seines Verlags an einen Schweizer Verlag verkauft, und es gab noch einige Einzelheiten zu klären. Da eine hohe Geldsumme auf dem Spiel stand, schien es durchaus gerechtfertigt, eine persönliche Begegnung mit dem Schweizer Verleger zu arrangieren. Außerdem sollte Claude nach einer Fernosttournee zum ersten Mal wieder in Europa auftreten, und die beiden Brüder hatten sich fast ein Jahr lang nicht gesehen.

Das Konzert wurde ein großer Erfolg. Peter konnte sich vor seinem Rückflug noch mit Claude über die guten Kritiken in den Tageszeitungen freuen. Anschließend brachte Claude ihn mit dem Wagen, den er für die Dauer seines Aufenthalts in Genf gemietet hatte, zum Flugplatz.

Vor der Abflughalle herrschte das übliche Parkverbot, und Claude und Peter hatten sich bereits im Wagen verabschiedet. Ein Schweizer Polizist war bereits auf den BMW aufmerksam geworden, als Peter ausstieg, und Claude den Kofferraum öffnete, um den Koffer herauszuholen. Hinter dem BMW hielt plötzlich ein Genfer Taxi. Die schöne, junge Frau, die ihm entstieg, erregte sofort Peters Aufmerksamkeit. Während der Chauffeur das Gepäck auslud, winkte sie energisch nach einem Träger. Schließlich näherte sich ihr ein Mann in Dienstuniform, und die elegante Dame wandte sich wieder dem Taxi zu, um noch ihre Habseligkeiten vom Rücksitz zu nehmen. Sie hatte etliche Geschenkpakete, zwei Zeitschriften, ein Buch und eine große

Handtasche. Peter beobachtete amüsiert, wie sie versuchte, all das festzuhalten und gleichzeitig den Taxichauffeur zu bezahlen. Prompt fiel eines der Päckchen zu Boden, und der Chauffeur bückte sich, um es aufzuheben.

»Hier ist dein Koffer, Peter«, sagte Claude in diesem Augenblick hinter ihm.

Peter drehte sich hastig um und nahm Claude schuldbewußt den Koffer ab.

»Danke. Es war schön, dich wiederzusehen, Claude. Ich versuche unter irgendeinem Vorwand nach Stockholm zu fliegen, wenn du dort spielst.«

»Ja, tu das. Manchmal habe ich es wirklich satt, immer nur von fremden Menschen umgeben zu sein. Du kannst dir gar nicht vorstellen, was es für mich bedeutet, zu wissen, daß du im Zuschauerraum sitzt.«

»Attention s'il vous plait«, rief der Gepäckträger hinter ihnen. Der Dame mit den vielen Päckchen war es inzwischen gelungen, das Taxi zu bezahlen.

Claude und Peter traten beiseite, um den beiden Platz zu machen. Als der Gepäckträger und seine Kundin an ihnen vorbeigingen, rutschte erneut ein Päckchen unter dem Arm der Dame heraus und fiel zu Boden. Sie bückte sich, um es wieder aufzuheben, und verlor dabei noch eine ihrer Zeitschriften.

Peter tauschte ein Lächeln mit Claude und kam ihr zu Hilfe. Er sammelte Päckchen und Zeitschrift ein, gab ihr ersteres in die Hand und steckte ihr letztere unter den Arm.

»Oh, vielen Dank«, keuchte sie atemlos, und Peter vermutete, daß sie trotz ihrer mitteleuropäischen Eleganz Engländerin war. »Keine Ursache«, erwiderte Peter und sah ihr nach, als sie sich wieder zum Gehen wandte und dem Gepäckträger folgte.

»Weiter kann ich dich nicht begleiten«, bedauerte Claude. »Der Polizist dort drüben beobachtet uns schon.«

Da Peter bis zum Abflug noch reichlich Zeit blieb, schlenderte er auf der Suche nach einem geeigneten Mitbringsel für seine Sekretärin durch die Flughafenboutiquen. Schließlich erstand er eine Schachtel Schweizer Pralinen und ging dann zum Bücherstand weiter, um sich eine leichte Reiselektüre auszusuchen.

Dort an der Kasse stand wieder die Dame mit den Päckchen und versuchte gerade, das Taschenbuch zu bezahlen, das sie gekauft hatte. Die beiden Koffer hatte sie wohl inzwischen aufgegeben. Als Peter neben sie trat, um die neueste Ausgabe des ›Punch‹ zu bezahlen, verlor sie erneut eines ihrer Päckchen. Es war in Goldpapier gewickelt und mit einem Silberband zugebunden. Peter hob es auf und wartete geduldig, bis die Kassiererin ihr das Wechselgeld herausgegeben hatte. Dann drehte sie sich höflich lächelnd zu ihrem Helfer um.

»Oh!« Ihr Lächeln vertiefte sich, als sie Peter erkannte. »Tut mir leid, aber ich bin's schon wieder.«

Da sie noch immer keine Hand frei hatte, legte Peter die kleine Schachtel vorsichtig auf die anderen Pakete, die sie gegen die Brust gepreßt hielt.

»Danke«, seufzte sie lächelnd.

Peter erwiderte ihr Lächeln. Sie ging weiter, während er sämtliche Taschen nach seinem letzten Kleingeld durchsuchte.

Als er die Paßkontrolle passiert hatte und in die Abflughalle hinüberschlenderte, sah er sie wieder. Sie warf einen sehnsüchtigen Blick in den Duty-free-Shop, entschied dann offenbar, daß sie nichts mehr tragen konnte, und lief weiter. Peter dagegen deckte sich mit alkoholischen Getränken und Zigaretten ein, so daß er selbst ziemlich beladen war, als er ins Flugzeug stieg.

Auf Geschäftsreisen flog Peter meistens erster Klasse. Mollie Stafford hatte auch diesmal einen Fensterplatz für

ihn gebucht. Als er sich sanft aber bestimmt bis zu dem Platz vordrängte, den die Stewardeß ihm zugewiesen hatte, stieß ihn jemand an und die Zeitschrift, die er unter den Arm geklemmt hatte, fiel zu Boden. Da er zwischen zwei weiteren Fluggästen eingezwängt war, dauerte es einige Minuten, bis er sich genügend Raum verschafft hatte, um sich nach seiner Zeitschrift bücken zu können. Als er sich dann schließlich umdrehte, hatte die Dame hinter ihm das Heft bereits aufgehoben und hielt es ihm hin. Bevor Peter etwas sagen konnte, begann sie laut zu lachen. Ihr Lachen war so ansteckend, daß Peter zum Erstaunen der anderen mitlachte.

Die erste Klasse war nicht ausverkauft, und der Platz neben Peter war leer. Wenige Minuten später ließ sich die Dame mit dem kastanienbraunen Haar darauf nieder und schnallte sich schweigend und mit abweisender Miene fest. Erst als die Startphase vorüber war und die Stewardeß mit den Getränken die Runde machte, öffnete Peters Nachbarin den Gurt und stellte die Lehne ihres Sitzes mit einem erleichterten Seufzer zurück.

»Danke.« Sie nahm der Stewardeß das Glas aus der Hand und sah Peter lächelnd an. »So, das kann ich jetzt brauchen.«

In diesem Augenblick begriff Peter, warum sie so abweisend und schweigsam gewesen war.

»Haben Sie Angst vor dem Fliegen?« fragte er.

»Nein, ganz und gar nicht. Ich sterbe nur jedesmal fast. Besonders beim Start und bei der Landung.«

»Dabei ist wohl niemandem so richtig wohl.«

Unter der Tragfläche verschwand eben der Genfer See, als das Flugzeug in eine dichte Wolke eintauchte. Peter öffnete eine Packung zollfreier Zigaretten und bot seiner Nachbarin eine Zigarette an. Sie schüttelte ablehnend den Kopf und beobachtete, wie er sich eine Zigarette anzündete.

»Entschuldigen Sie bitte die Frage«, begann sie kurz

darauf. »Aber der Mann … der Sie zum Flugplatz gebracht hat … war das nicht Claude Matty, der Pianist?«

»Ja, das stimmt«, antwortete Peter nicht ohne Stolz.

»Ah, hab' ich's mir doch gedacht. Einen Claude Matty vergißt man eben nicht so schnell.«

»Er hat gestern abend in Genf ein Konzert gegeben.«

»Ich weiß. Ich bin dort gewesen.«

Peter sah sie mit neu erwachtem Interesse an. »Hat es Ihnen gefallen?«

»Ich war begeistert«, antwortete sie nachdrücklich. »Für mich ist Claude Matty der Größte, seit ich ihn vor ungefähr sieben Jahren zum ersten Mal in Washington gehört habe. Sind Sie mit ihm befreundet?«

»Er ist mein Bruder.«

Peters Bemerkung schien sie erschreckt zu haben. Es war beinahe so, als habe sie sich negativ über Claude Matty geäußert. »Oh«, entfuhr es ihr. »Oh, wirklich?«

»Ja, wirklich«, wiederholte Peter und lächelte, als er ihre Verlegenheit bemerkte.

»Also ich finde ihn absolut …«

»… den Größten?«

Sie nickte lachend. »Ja.«

»Ich werd's ihm ausrichten.«

»Er ist es sicher gewöhnt zu hören, daß die Leute begeistert von ihm sind.«

»Trotzdem freut er sich noch darüber«, erwiderte Peter.

Sie trank ihr Glas Champagner aus, klappte das Tischchen herunter, das am Vordersitz befestigt war, und stellte das Glas darauf ab.

»Sind Sie ebenfalls Musiker … Mr. Matty?«

»Peter Matty. Nein, ich bin Verleger.« Er deutete auf das Taschenbuch auf ihrem Schoß, das sie in der Flughafenbuchhandlung gekauft hatte. »Das zum Beispiel ist bei uns erschienen.«

»Oh!« Sie nahm das Buch in die Hand und betrachtete kritisch den Einband.

»Der Umschlag gefällt Ihnen wohl nicht?«

»Nein, nicht besonders.« Sie legte das Buch wieder beiseite. »Besuchen Sie viele Konzerte Ihres Bruders?«

»Nicht so viele, wie ich gern möchte.«

»Er ist vermutlich ständig auf Reisen?«

Peter nickte. »Er gibt Konzerte in der ganzen Welt. Sind Sie … auf Urlaub, Miss …?«

»Mrs.«, verbesserte sie ihn und spreizte die Finger ihrer rechten Hand, um ihm den Ehering zu zeigen. »Ich heiße übrigens Phyllis du Salle.«

»Mrs. du Salle«, wiederholte Peter und war merkwürdig enttäuscht.

»Ja.« Sie musterte ihn amüsiert. Offenbar hatte sie seine Gedanken erraten. »Man kann es auch Urlaub nennen. Ich reise zum ersten Mal nach England … Dabei ist mein Mann Engländer gewesen. Er ist 1970 in die USA ausgewandert.«

Peter war nicht entgangen, daß sie von ihrem Mann in der Vergangenheit sprach, sagte jedoch nichts.

Sie machte eine kurze Pause, bevor sie leise fortfuhr: »Norman, mein Mann, ist vor einem halben Jahr bei einem Unfall ums Leben gekommen.«

»Oh, das tut mir leid.« Wie immer in solchen Situationen machte sich verlegenes Schweigen breit. Schließlich fragte Peter: »Und Sie sind noch nie in England gewesen?«

»Nein. Norman und ich hatten oft vor, nach England zu fliegen, aber irgendwie haben sich unsere Pläne immer zerschlagen.«

Peter entging nicht, daß sie völlig emotionslos von ihrem verstorbenen Mann sprach.

»Aber entschuldigen Sie … Ihr Akzent …?«

»Sie meinen, er klingt britisch?« entgegnete sie und zog die Augenbrauen hoch.

»Ja«, erwiderte Peter offen.

Die junge Frau lachte. »Ich weiß, ich weiß. Das sagt jeder. Ich bin in Boston geboren und aufgewachsen, aber mein Vater hat im Außenministerium gearbeitet und hatte privat und beruflich viel mit Engländern zu tun. Vielleicht rührt es daher.«

In diesem Augenblick kam die Stewardeß mit einer neuen Flasche Champagner. Sie ließen beide ihre Gläser nachfüllen. »Und wo werden Sie in England wohnen?« erkundigte sich Peter beiläufig.

»Ich beabsichtige, vier oder fünf Tage in London zu bleiben. Anschließend fahre ich wahrscheinlich nach Dorset. Dort lebt ein Freund meines verstorbenen Mannes in einem Ort namens Heatherdown.«

»Oh, Heatherdown kenne ich.«

»Wirklich?«

»Ja, sogar ganz gut. Ich habe ein kleines Segelboot in Poole Harbour liegen. Von dort bis Heatherdown sind es nur ungefähr fünfzehn Kilometer. Heatherdown wird Ihnen sicher gefallen. Es ist eine hübsche Kleinstadt.«

»Ja, das habe ich schon gehört. Vielleicht kennen Sie dann zufällig auch Sir Arnold Wyatt?« fragte Phyllis du Salle.

»Nein ... der Name sagt mir im Augenblick nichts.«

»Er ist ... oder besser er war Anwalt. Soviel ich weiß, hat er sich vor einigen Jahren ins Privatleben zurückgezogen.«

Sie öffnete ihre Handtasche, zog ein kleines in Leder gebundenes Adreßbuch heraus und blätterte es durch. »Er wohnt ›Forest Gate Manor, Orchard Place, Heatherdown‹.«

Phyllis du Salle blickte Peter fragend an. Als er wiederum verneinend den Kopf schüttelte, klappte sie das Adreßbuch wieder zu und steckte es in die Handtasche zurück.

»Wir sind uns nie begegnet, aber trotzdem habe ich das Gefühl, Sir Arnold gut zu kennen«, fuhr sie nach einer Pause fort. »Meine Schwiegereltern sind gestorben, als Norman noch sehr jung war. Sir Arnold hat sich damals seiner angenommen. Norman mochte ihn sehr.«

»Ist Ihr Mann ebenfalls Anwalt gewesen?«

»Nein, er war Journalist und in Amerika sogar ziemlich bekannt.«

»Norman du Salle!« Peter wußte plötzlich Bescheid. »Natürlich!«

»Sie haben vermutlich von seinem Unfall gelesen. Es stand in allen Zeitungen.«

Peter musterte sie mit neuem Interesse, während er sich an Einzelheiten der Zeitungsberichte zu erinnern versuchte, die er vor ungefähr einem halben Jahr verfolgt hatte. Er wollte schon einige Fragen stellen, überlegte es sich jedoch im letzten Augenblick anders. Das Flugzeug hatte inzwischen die Wolkenschicht durchstoßen. Sie flogen in gleißendem Sonnenschein über eine Wolkenlandschaft, die aussah, als sei sie aus Watte. Peter drückte seine Zigarette im Aschenbecher aus, lehnte sich auf seinem Sitz zurück, zog die Brieftasche aus der Innentasche seines Jacketts und reichte Phyllis du Salle seine Visitenkarte.

»Falls ich Ihnen in London behilflich sein kann, rufen Sie mich bitte einfach an.«

»Das ist wirklich sehr freundlich, Mr. Matty. Ich weiß es zu schätzen.« Phyllis du Salle nahm die Visitenkarte, las mit leicht zur Seite geneigtem Kopf die Adresse und sah Peter dann lächelnd an. »Ich wohne übrigens im Connaught Hotel.«

3

Auf Peter wartete in den ersten beiden Tagen nach seiner Rückkehr aus Genf eine Menge Arbeit. Während seiner Abwesenheit waren wichtige Dinge unerledigt geblieben, die jetzt vorrangig behandelt werden mußten. Da es dabei auch um die Auslandsrechte an einigen Büchern ging, mußte Peter auch Telefongespräche außerhalb der üblichen Bürozeiten führen. In diesen hektischen achtundvierzig Stunden fuhr Peter einmal zufällig mit dem Taxi am Connaught Hotel vorbei und spielte flüchtig mit dem Gedanken, dort spontan nach Phyllis du Salle zu fragen. Bevor er sich jedoch entscheiden konnte, war das Taxi schon daran vorübergefahren, und Peter konzentrierte sich wieder auf die geschäftliche Verabredung, die noch vor ihm lag und zu der er ohnehin bereits zu spät kam.

Erst am Mittwoch, dem dritten Tag nach seiner Rückkehr aus Genf, fand er Zeit für Max Lerner. Da Peters Terminkalender ausgebucht war, verlegte er die Besprechung mit Lerner in seine Mittagszeit und ging mit ihm Essen. Sie trafen sich in der Eingangshalle des Verlags.

Max war ein junger Journalist von der Fleetstreet, an den sich Peter meistens dann wandte, wenn er Informationen brauchte, die er anders nicht bekommen konnte. Lerner besaß einen untrüglichen Instinkt, wenn es darum ging, in einer mysteriösen Angelegenheit die Wahrheit herauszufinden. Außerdem schien er immer genau zu wissen, wo er nach dem gewünschten Informationsmaterial suchen mußte. Auch diesmal hatte Lerner besonders heikle Recherchen für den Matty-Verlag angestellt. Privat war Max

Lerner ein ausgesprochen fröhlicher Mensch, der trotz seiner geringen Körpergröße und seiner Häßlichkeit viel Erfolg bei Frauen hatte. Das war vermutlich auch der Grund, warum er gerade zum dritten Mal geschieden worden war.

»Hast du den Bericht bei dir, Max?« erkundigte sich Peter, nachdem er den Freund begrüßt hatte. Max klopfte auf die Collegemappe unter seinem Arm. »Gut, dann fahren wir am besten gleich zum Essen. Mollie hat uns ein Taxi bestellt.«

Als sie aus dem Gebäude traten, fuhr das Taxi bereits vor. Peter gab dem Chauffeur Anweisungen, wohin er fahren sollte, und kurz darauf schlichen sie im zähen Mittagsverkehr die Euston Road entlang.

»Es war ein hartes Stück Arbeit, Peter«, begann Max. »Und weitaus schwieriger, als ich erwartet hatte.«

Peter kannte diese einleitenden Redensarten von Max. »Ja, ich weiß, Max. Und als nächstes wirst du mir eröffnen, daß ich dich viel zu schlecht bezahle.«

»Das hast du gesagt, Peter!« Max lachte heiser und zündete sich eine der langen, dünnen Zigarren an, für die er eine Schwäche hatte. »Wie war's in Genf?«

»Phantastisch«, erwiderte Peter. »Claudes Konzert war ein großer Erfolg.«

»Wie geht es eigentlich deinem Bruder?«

»Gut. Natürlich arbeitet er zuviel. Aber das war schon immer so. Kennst du Claude näher?«

»Ja. Ich habe ihn vor einigen Jahren für eine Zeitschrift interviewt. Allerdings glaube ich kaum, daß er sich noch an mich erinnern wird. Mein Gott, in London wird der Verkehr auch immer schlimmer".«

Der Taxifahrer versuchte die Spur zu wechseln, um schneller voranzukommen. Ein roter Metro versperrte ihnen den Weg, dessen Fahrerin sich offenbar weigerte, dem Taxi Platz zu machen. Der Chauffeur murmelte etwas

wenig Schmeichelhaftes über ›Frauen am Steuer‹. Max musterte die Fahrerin des Metro bereits interessiert. Als Peter seinem Blick folgte, tat sein Herz einen Sprung. Am Steuer des Metro erkannte er Phyllis du Salle. Sie starrte wie gebannt auf die Ampel und schien nicht zu bemerken, daß sie die Aufmerksamkeit von drei Männern erregt hatte.

Max' Augen wurden groß vor Staunen, als Peter das Fenster herunterkurbelte, sich hinauslehnte und rief: »Haben Sie in letzter Zeit mal wieder Päckchen verteilt?«

Phyllis wandte den Kopf. Ihre frostige Miene änderte sich schlagartig, als sie Peter erkannte. Sie lächelte.

»Oh, hallo!«

»Wie gefällt Ihnen London?« fragte Peter. »Ich finde es einfach ...«

»Spitze?«

Phyllis lachte. »Ja, richtig.«

Inzwischen hatte die Ampel auf Grün geschaltet. Die Autos vor ihnen starteten wieder.

»Was machen Sie heute abend?«

»Das weiß ich noch nicht.«

»Dann gehen Sie mit mir Essen. Ich hole Sie gegen acht Uhr ab.«

Der Taxifahrer schob sich frech vor den roten Metro und zwang Phyllis zu bremsen. Als das Taxi weiterfuhr, schrie Peter noch einmal: »Also dann bis acht Uhr.«

Phyllis du Salle nickte und winkte ihm zu. Max Lerner musterte Peter unverhohlen bewundernd, als dieser das Fenster schloß und sich zufrieden in die Polster zurücklehnte.

»Ihr Junggesellen versteht es, euch sogar Verkehrsstaus zunutze zu machen.«

»Sie heißt Phyllis du Salle. Ich habe sie auf dem Rückflug von Genf nach London kennengelernt.«

»Du Salle?«

»Ja.«

»Ist Sie mit Norman du Salle verwandt?«

»Sie war seine Frau«, antwortete Peter. »Und ist seine Witwe«, fügte er hinzu. »Kanntest du Norman du Salle?«

»Nein, eigentlich nicht persönlich. Ich habe ihn nur mal auf einer Pressekonferenz erlebt. Er war so eine Art politischer Kommentator und hatte sich einen ziemlichen Namen gemacht.« Max beugte sich vor, um die Asche vom Zigarillo in den Aschenbecher zu streifen. »Der arme Teufel ist kürzlich ertrunken.«

»Wie ist das eigentlich passiert?« erkundigte sich Peter. »Ich bin damals gerade in Paris gewesen. Die französischen Zeitungen haben ausführlich darüber berichtet. Wenn ich mich recht erinnere, waren Norman du Salle und seine Frau auf einem Europatrip. Sie wollten mit dem Schiff nach Korsika fahren. In der Nacht kam Sturm auf. Der Bursche ist einfach spurlos verschwunden.«

»Was soll das heißen ›verschwunden‹?«

»Offenbar ist er irgendwie über Bord gegangen.«

»Großer Gott!« entfuhr es Peter unwillkürlich.

Peter mußte sich mit der Hand gegen die Autotür stemmen, als das Taxi eine scharfe Linkskurve nahm.

»Die Leiche ist erst ein paar Tage später angeschwemmt worden und ... hast du nicht gesagt, seine Frau heißt Phyllis?«

»Ja.«

»Phyllis hat sie identifiziert.«

»Armes Mädchen«, seufzte Peter mitfühlend. Max musterte ihn neugierig. »Das muß furchtbar für sie gewesen sein.«

»Ja, das war es auch ... in mehr als nur einer Beziehung«, entgegnete Max betont kühl. »Es gab 'ne Menge Klatsch. Man sprach von Selbstmord, und einige Zeitungen behaupteten, die beiden hätten ständig Streit gehabt.«

»Stimmt das?« fragte Peter.

»Ich fürchte ja. Normans Frau hat das bei der Gerichtsverhandlung sogar zugegeben. Zu ihrem Glück lautete das Urteil dann ›Tod durch Ertrinken‹. Ich persönlich glaube nicht, daß der Streit etwas mit seinem Tod zu tun hatte. Man begeht doch wegen einer Puppe keinen Selbstmord.«

»Wegen einer Puppe?« wiederholte Peter verständnislos.

»Ja. Soviel ich mich erinnere, haben sie sich wegen einer Puppe gestritten.«

Peter hätte Max gern noch weiter ausgefragt, doch in diesem Augenblick hielt das Taxi vor dem griechischen Restaurant, in dem Peter einen Tisch bestellt hatte. Während des Essens drehte sich das Gespräch ausschließlich um die Recherchen, die Max für Peter durchgeführt hatte. Phyllis du Salle wurde nicht mehr erwähnt.

Auf dem Rückweg ins Büro machte Peter noch bei einem Druckereibetrieb Station, der sehr günstige Angebote machte, so daß es bereits kurz nach vier Uhr war, als er in den Verlag zurückkehrte. Auf dem Weg in den ersten Stock dachte er nur noch daran, daß er Phyllis in wenigen Stunden wiedersehen würde.

Er hörte Mollie auf ihrer elektrischen Schreibmaschine tippen, als er die Tür zu seinem Vorzimmer öffnete.

»Hallo, Mollie!«

Sie sah überrascht auf. Den fröhlichen Ton in seiner Stimme war sie nicht mehr gewohnt. »Der Anruf aus New York ist gekommen. Sie wollen um fünf Uhr ... unserer Zeit ... wieder anrufen.«

»Bravo, New York!«

Mollie musterte ihn neugierig. Peter trank normalerweise beim Mittagessen nur wenig Alkohol, doch an diesem Nachmittag machte er einen reichlich beschwipsten Eindruck.

»Der Vertrag mit Lazenby ist gekommen. Ich habe ihn auf Ihren Schreibtisch gelegt.«

»Ausgezeichnet!« antwortete Peter gleichbleibend fröhlich. Mit elastischen Schritten ging er zu seiner Bürotür hinüber. Er hatte schon die Hand an der Klinke, als Mollie etwas sagte, das ihn abrupt zum Stehen brachte.

»Oh ... und eine Mrs. du Salle hat angerufen.«

»Und?« fragte Peter, ohne sich umzudrehen.

»Sie läßt ausrichten, daß es ihr sehr leid täte, aber sie könne die Verabredung heute abend nicht einhalten.«

Peter drehte sich hastig herum. Seine Miene hatte sich schlagartig verdüstert. »Sie hat die Verabredung abgesagt?«

»Ja, so ist es.«

»Und mehr läßt sie nicht ausrichten?«

»Nein«, antwortete Mollie energisch. »Das war alles.«

Peter starrte sie sekundenlang beinahe mißtrauisch an, dann holte er tief Luft.

»Ich verstehe. Danke, Mollie.«

Peter betrat sein Büro. Mollie betrachtete verwundert die Tür, die er leise hinter sich geschlossen hatte. Obwohl sie durchaus wußte, daß sie die Nachricht mit unnötig kühler Sachlichkeit weitergegeben hatte, konnte sie sich einer gewissen Befriedigung darüber nicht erwehren, daß sie Peter die Laune so gründlich verdorben hatte.

Peter brauchte doppelt solange wie üblich, um den Vertrag mit Lazenby durchzulesen, und es fiel ihm anschließend noch schwerer, sich auf die Gutachten einiger Lektoren bezüglich eingereichter Manuskripte zu konzentrieren. Er hatte den Eindruck gewonnen, daß Phyllis sich aufrichtig über das Wiedersehen im Verkehrsstau auf der Euston Road gefreut hatte. Schon aus diesem Grund verstand er nicht, warum sie die Verabredung auf so unpersönliche

Weise abgesagt hatte. Peter war mehrmals nahe daran, sie anzurufen und sie offen nach ihren Beweggründen zu fragen, schreckte davor jedoch immer im letzten Augenblick zurück. Nachdem Mollie gegangen war, blieb Peter noch gut eineinhalb Stunden im Büro, um die Zeit wettzumachen, die er durch das Mittagessen mit Lerner und die Besprechung in der Druckerei verloren hatte. Als er endlich den Verlag verließ, hatte er eine Entscheidung getroffen.

Am Russel Square hatte er Glück und fand sofort ein Taxi. »Zum ›Connaught Hotel‹«, sagte er.

Es war kurz vor halb acht Uhr, als ihn das Taxi vor dem Haupteingang des Hotels absetzte. Noch während er dem Chauffeur die Fahrt bezahlte, beobachtete er aus den Augenwinkeln, wie zwei Frauen durch die Glastür ins Freie traten. Als er sich umdrehte, erkannte er in der einen Phyllis du Salle. Sie hatte ihm den Rücken zugewandt und verabschiedete sich offenbar von einer Freundin. Diese war etwas älter als Phyllis und für Peters Geschmack zu grell geschminkt und etwas übertrieben extravagant gekleidet. Sie schien einen Blick für Männer zu haben, denn sie entdeckte Peter sofort. Beim Näherkommen hörte er an ihrem Akzent, daß sie Amerikanerin sein mußte. »Also dann bis morgen, Phyllis«, sagte die Freundin. »Ich hole dich so gegen elf ab.«

»Ist gut, Linda«, erwiderte Phyllis, die Peter noch immer nicht bemerkt hatte.

»Und du willst heute abend wirklich nicht mehr mit mir zu Abend essen?«

»Nein, wirklich nicht, Linda.« Phyllis schüttelte verneinend den Kopf. »Ich muß zur Abwechslung mal früh ins Bett«, fügte sie entschuldigend hinzu.

Die Frau namens Linda betrachtete Peter mittlerweile mit unverhohlenem Interesse. Peter war wenige Schritte hinter Phyllis stehen geblieben.

»Wie du meinst«, erwiderte Linda, beugte sich leicht vor und hauchte Phyllis einen flüchtigen Kuß auf die Wange. »Mach's gut.«

Peter wurde bewußt, daß er das Gespräch der beiden Frauen kaum länger schweigend und aus nächster Nähe mitverfolgen konnte, ohne einen merkwürdigen Eindruck zu erwecken. »Guten Abend«, sagte er schließlich und trat einen Schritt auf die beiden Frauen zu.

Phyllis drehte sich überrascht um. Als sie Peter erkannte, war sie einen Augenblick lang völlig überrascht. »Oh, hallo!« brachte sie schließlich verlegen heraus. »Haben Sie denn meine Nachricht nicht erhalten?«

»Doch, das habe ich«, entgegnete Peter gelassen. »Vielen Dank für den Anruf.«

Peter sah Linda lächelnd an. Diese erwiderte sein Lächeln mit neugierigem Blick. Offenbar witterte sie instinktiv die Bedeutung der Situation. Nach einer peinlichen Gesprächspause wurde Phyllis klar, daß ihr nichts anderes übrigblieb, als die beiden miteinander bekanntzumachen.

»Mr. Matty, Linda. Und das ist Mrs. Braithwaite ... eine Freundin, Mr. Matty«, murmelte sie.

Linda reichte Peter die Hand. Als er sie drückte, fühlte er große Ringe an ihren Fingern.

»Sehr erfreut, Mr. Matty«, sagte Linda mit solch überschwenglicher Herzlichkeit, daß es beinahe wie eine verbale Liebkosung klang.

»Freut mich, Sie kennenzulernen, Mrs. Braithwaite.«

»Tja, ich muß jetzt leider gehen«, seufzte Mrs. Braithwaite betont taktvoll und lächelte verschwörerisch. »Es war reizend, dich so rein zufällig mal wiederzusehen, Phyllis. Ich freue mich schor auf morgen vormittag.«

»Ich mich auch, Linda.«

»Auf Wiedersehen, Mr. Matty. Es war nett, Sie kennenzulernen.«

»Auf Wiedersehen, Mrs. Braithwaite«, antwortete Peter gezwungen höflich.

Linda winkte Phyllis kurz zu und ging dann in Richtung Berkeley Square davon. Phyllis wandte sich an Peter.

»Ich habe Linda in der Schweiz kennengelernt«, erklärte sie verlegen. »Wir haben uns angefreundet. Ich hatte keine Ahnung daß sie in London ist.«

»Oh«, murmelte Peter und nickte ernst. »Ich verstehe.«

»Tut mir leid, daß ich unsere Verabredung absagen mußte« fuhr sie hastig fort. »Aber ich habe wirklich einen anstrengender Tag hinter mir, und ...«

»Natürlich, das verstehe ich. Ist schon in Ordnung.«

»Es war wirklich eine furchtbare Hetzerei«, beharrte sie »Deshalb wollte ich mal richtig ausschlafen ...«

»Warum auch nicht?« entgegnete Peter freundlich. Um zu verhindern, daß sie sich schnell verabschiedete und im Hotel verschwand, fragte er: »Wie gefällt Ihnen der Metro?«

»Der Metro? Ach so, der Wagen. Gut, danke. Ich fahre ihr gern.«

»Sogar in London?«

»Ja, auch in London. Es ist ein Mietauto.«

»Das dachte ich mir«, bemerkte Peter.

Sie sah ihn verwirrt und ein wenig ärgerlich an. Offenbar war ihr die Situation noch immer peinlich. »Tja, dann auf Wiedersehen, Mr. Matty.«

Peter warf einen Blick auf die Uhr. »Es ist jetzt halb acht, Sie kommen noch früh genug ins Bett, wenn Sie mir gestatten, Sie statt zum Abendessen wenigstens zu einem Drink einzuladen.« Als er ihr Zögern bemerkte, fügte er schnell hinzu: »Nur zu einem Gläschen ... und das dürfen Sie ganz schnell trinken.«

Phyllis nickte lächelnd. »Gut, einverstanden.«

Sie setzten sich in die Bar des ›Connaught Hotel‹, Peter

bestellte einen Martini, und Phyllis entschied sich für ein Glas Whisky-Soda. Sie war freundlich, aber unnahbar und distanziert. Erst nachdem es Peter gelungen war, sie zu einem zweiten Glas Scotch zu überreden, wurde sie gesprächiger und begann von ihrem Mann zu sprechen. Peter hatte sie nämlich gefragt, wann sie nach Heatherdown fahren wollte.

»Am Wochenende. Ich habe heute morgen mit Sir Arnold telefoniert. Von Sir Arnold Wyatt habe ich Ihnen doch erzählt, nicht wahr?«

»Ja, natürlich.«

»Sir Arnold ist wirklich sehr nett zu mir gewesen. Ich war danach richtig erleichtert.«

»Erleichtert? Inwiefern?«

»Sie dürfen nicht vergessen, daß ich zwar viel über ihn gehört, ihn aber nie persönlich kennengelernt hatte. Irgendwie bin ich jetzt vor der ersten Begegnung nervös. Weshalb … weiß ich selbst nicht.«

Phyllis nahm eine Olive von dem kleinen Teller.

»Er ist sicher sehr nett«, murmelte Peter. »Ja, das glaube ich auch.«

»Bleiben Sie länger in Heatherdown?«

»Sir Arnold hat mich übers Wochenende eingeladen, aber ich weiß offengestanden noch nicht, ob ich bleiben soll.« Sie biß vorsichtig in die Olive. Peter schwieg und hoffte insgeheim, sie möge ihn fragen, ob auf seinem Boot Platz für einen Besucher sei. Er war allerdings sehr überrascht, als sie dann unvermittelt das Thema wechselte. »Heute morgen im Taxi hatten Sie doch einen Freund bei sich, oder?«

»Ja, das war Max Lerner … ein Journalist.«

»Max Lerner! Natürlich.« Sie nickte zufrieden. »Ich wußte, daß ich den Mann kenne. Nur der Name ist mir nicht eingefallen.«

»Sie kennen Max?« fragte Peter verblüfft.

»Ich bin ihm mal zusammen mit Norman begegnet. Das ist allerdings lange her. Vermutlich erinnert er sich gar nicht mehr daran.«

»Kaum«, antwortete Peter sarkastisch.

Phyllis beugte sich vor. »Was hat Lerner Ihnen erzählt?«

»Erzählt? Worüber?«

»Über meinen Mann ... und den Unfall.«

»Ach, so. Max hat lediglich gesagt, daß er gerade in Paris war, als es passierte, und er in der Zeitung darüber gelesen hat.«

»In französischen Zeitungen?«

»Ja.«

Ihre Miene war schlagartig ernst geworden. Sie hatte sich mittlerweile so weit vorgebeugt, daß ihr Gesicht im Lichtschatten der ohnehin schon gedämpften Wandbeleuchtung lag.

»Hat er Ihnen auch erzählt, daß mein Mann und ich Streit hatten?«

Peter zögerte mit der Antwort. Er wollte keine alten Wunden bei ihr aufreißen. »Ja, ich glaube, er hat so was erwähnt«, erwiderte er ausweichend.

»Es ist ein dummer, lächerlicher Streit gewesen«, bemerkte sie ärgerlich. »Und das alles wegen einer Puppe, die Norman kurz vor unserer Abreise in Marseille gekauft hatte.«

Peter erinnerte sich an Max' geringschätzige Bemerkung über den Streit wegen einer Puppe. Er schwieg abwartend und fühlte, daß sie ihm aus irgendeinem Grund davon erzählen wollte.

»Ich weiß, es klingt vielleicht merkwürdig, aber mein Mann war verrückt nach Puppen. Besonders Trachtenpuppen konnte er nicht widerstehen. Er hat alles gekauft:

deutsche Puppen, Schweizer Puppen und französische Puppen.«

Peter mußte unwillkürlich lächeln, als sie sich so ereiferte. »Manche sammeln eben alles mögliche. Ich habe zum Beispiel einen Freund, der hat ein Faible für Schuhlöffel. Inzwischen besitzt er Hunderte davon.«

»Schuhlöffel? Das ist wirklich mal was Ausgefallenes.«

»Ja, das finde ich auch. Und dabei zieht er sich die Schuhe nach wie vor noch mit den Fingern an.«

Unerwartet erhellte das Lächeln ihre Miene, das ihn von Anfang an fasziniert hatte. Als Phyllis den Ausdruck in seinen Augen sah, wich sie seinem Blick nicht aus.

»Sie wollten von Ihrem Mann erzählen«, erinnerte Peter sie. Phyllis beobachtete, wie sich ein Paar an den Nachbartisch setzte. Peter dachte schon, sie werde seine Aufforderung geflissentlich überhören, als sie mit so leiser Stimme zu sprechen begann, daß er sich vorbeugen mußte, um sie zu verstehen: »Wir hatten in Paris einen Landrover gekauft und wollten ihn mit der Abendfähre von Marseilles nach Korsika überführen. Es war eine sehr ungemütliche Nacht, und als wir den Hafen verlassen hatten, zog ein Sturm auf. Wir sind schon gut eine Stunde unterwegs gewesen, als ich in unserem Gepäck Tabletten gegen Seekrankheit gesucht und dabei gemerkt habe, daß ich vergessen hatte, Normans Puppe einzupacken. Ich habe es ihm natürlich gesagt, und er war, gelinde gesagt, sehr wütend.«

Phyllis starrte selbstvergessen an Peter vorbei zur Wand. »Ein Wort gab das andere, und schließlich ist Norman aus der Kabine und an Deck gestürmt. Ich bin noch eine Weile unten geblieben. Als er nach längerer Zeit nicht wiederkam, habe ich beschlossen, zu ihm zu gehen. Merkwürdigerweise konnte ich ihn weder an Deck noch in einem der Aufenthaltsräume finden. Ich habe das

ganze Schiff nach ihm abgesucht … ohne Erfolg. Danach mußte ich den Kapitän informieren.«

Trotz ihres emotionslosen Tons in der Stimme ahnte Peter, daß ihr die Sache sehr naheging. Einerseits fühlte er sich schuldig, weil er sie dazu verleitet hatte, ihm die Geschichte zu erzählen, andererseits war er stolz, weil sie das Bedürfnis gehabt hatte, sich ihm anzuvertrauen.

»Sie können sich sicher vorstellen, daß ich am darauffolgenden Tag völlig ratlos und durcheinander gewesen bin. Ich hatte keine Ahnung, was ich tun sollte. Schließlich bin ich nach Marseille zurückgeflogen.«

»Diese Tage müssen schrecklich für Sie gewesen sein«, murmelte Peter mitfühlend.

»Ja, das kann man wohl sagen. Und die Zeitungen haben mir mit ihren Artikeln kaum geholfen.«

Peter merkte, daß der Rauch seiner Zigarette zu Phyllis hinüberzog und versuchte ihn mit der Hand zu vertreiben. »Haben Sie … haben Sie die Puppe je wiederbekommen?«

»Nach dem Unfall hatte ich sie völlig vergessen. Dann, eines Nachts …« Sie sah Peter mit einem abwesenden Ausdruck in den Augen an. »… Ich habe zu diesem Zeitpunkt in einem kleinen Hotel in einer Seitenstraße der ›La Canebiere‹ gewohnt.«

»In Marseilles?«

»Ja. Nach einem Abendspaziergang kam ich ins Badezimmer … und dort lag sie.«

»Die Puppe?«

Phyllis nickte. »Während meiner Abwesenheit hatte jemand Wasser in die Badewanne eingelassen und die Puppe hineingelegt. Sie schwamm obenauf.«

»War es dieselbe Puppe?«

»Ich glaube ja. Jedenfalls sah sie ihr sehr ähnlich. Eine Stunde später habe ich einen Anruf von der Polizei be-

kommen. Ich sollte die Leiche meines Mannes identifizieren. Sie war am Strand angeschwemmt worden.«

»Das ist ja eine merkwürdige Geschichte«, entfuhr es Peter, und er drückte hastig die Zigarette aus, die er völlig vergessen hatte und die bereits seine Finger ansengte.

»Haben Sie die Sache mit der Puppe der Polizei erzählt?« fragte er.

»Ja, das habe ich. Sie haben die Puppe beschlagnahmt und sie nie wieder erwähnt. Ich habe also keine Ahnung, ob sie wichtig ist. Offenbar wollte man mir es nicht sagen, und ich hatte Angst danach zu fragen. Ich war nur noch von dem Gedanken beseelt, so schnell wie möglich Marseilles zu verlassen und in die Staaten zurückzukehren.«

»Mein Gott, das kann ich Ihnen nachfühlen.«

Phyllis lehnte sich zurück, leerte ihr Glas, stellte es auf den Tisch und erhob sich.

»Tja, das ist die ganze Geschichte, Mr. Matty.« Sie reichte ihm die Hand. »Vielen Dank für den Drink.«

Bevor Peter sie zurückhalten konnte, schritt sie durch die Bar in Richtung der großen Glastür. Peter blickte ihr nach, bis sie im Lift verschwunden war, ohne sich noch einmal nach ihm umzuschauen.

4

Nachdem Peter am darauffolgenden Morgen ins Büro gekommen war, rief er als erstes Phyllis du Salle an. Er hatte schlecht geschlafen, war wiederholt aufgewacht und hatte über Phyllis und die merkwürdige Geschichte nachgedacht, die sie ihm erzählt hatte. Die Tatsache, daß sie sich ihm in dieser tragischen Angelegenheit anvertraut hatte, mußte bedeuten, daß er mehr als nur eine flüchtige Bekanntschaft für sie war. Peter vermutete, daß sie so unvermittelt die Bar verlassen hatte, weil sie in seiner Gegenwart nicht die Fassung hatte verlieren wollen. Und noch bevor das erste Tageslicht in sein Schlafzimmer gedrungen war, hatte Peter gewußt, daß er diese Frau unbedingt wiedersehen mußte.

Die Telefonistin des ›Connaught Hotel‹ verband ihn mit Phyllis. Sie schien ehrlich erfreut, seine Stimme zu hören. Das ermutigte Peter, ihr den Vorschlag zu machen, der ihm beim Frühstück eingefallen war.

»Ich möchte am Wochenende an meinem Boot arbeiten«, begann er. »Und Poole liegt nur ungefähr fünfzehn Kilometer von Heatherdown entfernt. Ich könnte Sie also durchaus mitnehmen.«

Peter hatte eigentlich eine Ablehnung erwartet, doch zu seiner Überraschung nahm sie das Angebot dankbar und spontan an. Sie verabredeten, daß Peter sie am Freitag nach dem Mittagessen im Hotel abholen sollte.

Am darauffolgenden Freitag schaffte Peter es sogar, pünktlich seinen Schreibtisch zu verlassen. Er holte sei-

nen Wagen aus der Garage und fuhr zum ›Connaught Hotel‹. Da vor dem Hotel ständig Politessen unterwegs waren, parkte er den Jaguar XJS auf einem gelbmarkierten Parkstreifen auf der anderen Straßenseite und ging zu Fuß zum Carlos Place hinüber. In diesem Augenblick kam Linda Braithwaite aus dem Hoteleingang. Sie lief gerade auf das Taxi zu, das ein Piccolo für sie besorgt hatte, als sie Peter sah.

»Hallo, Mr. Matty!« rief sie ihm fröhlich zu. »Phyllis erwartet Sie schon.«

Linda Braithwaite wartete, bis er die Straße überquert hatte. Sie trug diesmal überraschenderweise ein konservatives, dunkelblaues Kostüm mit passenden Schuhen und sportlicher Handtasche. »Ich habe mich gerade von Phyllis verabschiedet«, verkündete sie strahlend. »Ich fliege noch heute abend in die Staaten zurück … Leider muß ich sagen.«

»Dann sollten Sie einmal wiederkommen«, erwiderte Peter galant.

»Oh, das werde ich bestimmt«, sagte sie mit Nachdruck. »Ich liebe London. Aber das geht schließlich jedem so.«

Der Taxifahrer machte immer noch keine Anstalten auszusteigen. Schließlich öffnete Peter für Linda den Wagenschlag. Sie stieg ein und setzte sich. Bevor er die Tür schließen konnte, beugte sie sich zu ihm heraus und sagte mit einem verschmitzten Lächeln: »Ich wünsche Ihnen ein erfolgreiches Wochenende … und passen Sie gut auf Phyllis auf.«

Er nickte und schlug die Autotür zu. Als das Taxi anfuhr, kam Phyllis, gefolgt von einem Gepäckträger, der ihren Koffer in der Hand trug, aus dem Hotel. Sie winkte Linda kurz zu, die den Gruß flüchtig erwiderte.

»Tut mir leid, wenn Sie warten mußten«, begrüßte Phyllis Peter.

»Ich bin gerade erst gekommen. Haben Sie schon zu Mittag gegessen?«

»Oh, ich habe keinen Hunger.« Phyllis sah zum Himmel hinauf. Wolken zogen auf. »Bleibt das Wetter schön?«

»Ich glaube schon.«

Phyllis war für den Ausflug aufs Land passend gekleidet. Sie hatte eine schicke grüne Samthose und einen dazu passenden Pullover an. Den sportlichen Blazer trug sie locker über die Schultern gehängt. Sie hatte sich ein rotes Band ins Haar gebunden, was sie sehr mädchenhaft und jung aussehen ließ.

»Der Wagen steht drüben auf der anderen Straßenseite«, sagte Peter dem Gepäckträger und ging voraus.

Kurz darauf öffnete er den Kofferraum des weißen Jaguars, in dem bereits Handwerkszeug und Ausrüstungsgegenstände für das Boot lagen. Der Gepäckträger stellte den Koffer hinein. Phyllis betrachtete inzwischen bewundernd die schnittige Karosserie des Sportwagens.

»Das ist ja ein phantastischer Wagen«, bemerkte sie.
»Er steht Ihnen jederzeit zur Verfügung.«

»Was soll das heißen?«

»Ich denke, Sie fahren gern Auto.«

»Ja, das stimmt«, erwiderte Phyllis.

»Ich hasse es, Auto zu fahren. Also setzen Sie sich bitte hinters Steuer.«

»Warum besitzen ausgerechnet die Leute die schönsten Autos, die gar nicht gern damit fahren?« Sie sah auf die Schlüssel herab, die Peter ihr in die Hand gedrückt hatte. »Meinen Sie das wirklich ernst?«

»Natürlich.«

»Was ist, wenn ich irgendwo dagegenfahre?«

»Dann springe ich raus«, erklärte Peter.

Phyllis du Salle war eine ausgezeichnete Autofahrerin. Man merkte ihrer Fahrweise an, daß sie in Amerika we-

sentlich schnellere Autos gefahren haben mußte. Der Freitagnachmittagsverkehr hatte noch nicht eingesetzt, und sie kamen schnell voran. Hinter Richmond und Twickenham hatte sich Phyllis bereits an den Jaguar gewöhnt. Sie fuhr so sicher und selbstbewußt, daß Peter sich nur noch Sorgen wegen versteckter Radarfallen und Verkehrskontrollen machte.

Kurz vor drei Uhr rasten sie bereits nördlich von Southampton die M 27 entlang, und eine halbe Stunde später glitt der Jaguar lautlos durch die schmalen Straßen der Altstadt von Poole. Peter wies Phyllis den Weg zum Hafen und zu dem Pier, an dem sein Boot lag. Die kleine Mole wurde hauptsächlich von Fischerbooten benutzt und war durch einen niedrigen Wellenbrecher geschützt. Der größte Vorteil dieses Liegeplatzes war der, daß Peter unmittelbar vor dem Boot den Wagen parken konnte. Phyllis schaltete den Motor ab und sah Peter lächelnd an. »Sie haben's überstanden«, sagte sie zu ihm.

»Es war ein Vergnügen. Ich fahre gern mit Ihnen.«

Peters Boot war eine acht Meter lange kombinierte Segel- und Motorjacht mit einem schnellen und starken Motor. Der Fischer, der für die Pflege des Bootes verantwortlich war, hatte alles für Peters Besuch vorbereitet. Peter führte Phyllis die Treppe über die Hafenmauer hinunter und half ihr über die schmale Gangway an Deck.

Dort blieb Phyllis stehen und starrte über die Wasserfläche zu der grünen Brownsea Insel hinüber. Der Wind spielte mit ihrem Haar. Schließlich schweifte ihr Blick zum Schiff mit seiner weißen Reling, dem glänzenden Mahagonideck und dem polierten Messingzubehör zurück.

»Gefällt es Ihnen?« fragte Peter.

»Ja, sehr sogar.« Phyllis blickte zu dem Rettungsring neben der Kajütentür hinüber. »Erstausgabe«, las sie laut. »Ist das der Schiffsname?«

»Ja. Schrecklich originell, was?« Sie lachten beide. Peter und Phyllis standen dicht nebeneinander im Cockpit hinter der Kajüte. Die Wasseroberfläche reflektierte glitzernd das warme Sonnenlicht.

»Wann werden sie in Heatherdown erwartet?«

»So gegen vier.«

»Ausgezeichnet.« Peter warf einen Blick auf die Uhr. »Ich lade nur schnell meine Sachen aus dem Auto, dann fahre ich Sie rüber.«

Phyllis legte die Hand auf Peters Arm. »Peter, das ist wirklich nicht nötig. Ich nehme ein Taxi ...«

»Unsinn. Sie glauben doch nicht, daß ich Sie ...« Peter hielt abrupt inne. Ihm war etwas eingefallen. »Moment! Ich weiß was Besseres. Sie leihen sich einfach meinen Wagen.«

»Nein, unmöglich. Das möchte ich nicht.«

»Aber warum denn nicht? Das ist doch eine prima Idee. Auf diese Weise kann ich Sie wiedersehen. Schließlich müssen Sie mir den Wagen zurückbringen.«

Phyllis wollte protestieren, doch Peter legte den Zeigefinger auf ihre Lippen. »Nein, ganz im Ernst. Ich finde die Idee vernünftig. Was ist, wenn Sie diesen Sir Arnold gar nicht mögen?«

»Ausgeschlossen. Ich ...«

»Nur mal angenommen! Dann brauchen Sie ihm nur zu erzählen, sie hätten Freunde in Bournemouth, nehmen den Wagen und kommen wieder hierher.«

»Was für Freunde soll ich in Bournemouth haben?«

»Na, eben gute alte Freunde«, antwortete Peter mit gespieltem Ernst. »Und die sind ganz traurig, wenn Sie sie nicht besuchen.« Ein Lächeln umspielte Phyllis' Mund. »Sie scheinen in solchen Dingen viel Erfahrung zu haben, Mr. Matty.«

»Aber natürlich. Ich habe hier überall Freundinnen. So-

bald ich meine Sachen aus dem Wagen geholt habe, stelle ich Ihnen eine davon vor.«

»Mrs. Frinton, darf ich Ihnen eine Bekannte, Mrs. du Salle, vorstellen?«

»Freut mich, Sie kennenzulernen.« Mrs. Frintons rundes, freundliches Gesicht verzog sich zu einem Lächeln. Sie schüttelte über die Theke hinweg Phyllis' Hand. Mrs. Frinton war Anfang Sechzig, hatte weißes Haar, gesunde, rote Wangen und trug eine erstaunlich modische Brille. Phyllis tauschte heimlich ein Lächeln mit Peter.

Mrs. Frintons kleiner Laden lag in einer der vielen engen und verwinkelten Gassen im Hafenviertel. Sie verkaufte Zeitungen, Süßigkeiten und Zigaretten und unterhielt in ihrem Geschäft die einzige Poststelle des Ortes. An einer Wand hing ein öffentlicher Fernsprechapparat.

»Machen Sie hier Urlaub, Mr. Matty?« erkundigte sie sich. »Ja, aber nur ein paar Tage. Ich muß einiges auf dem Boot in Ordnung bringen.«

»Na, mit dem Wetter haben Sie aber Glück.«

Während Mrs. Frinton so tat, als ordne sie die ausgelegten Zeitschriften auf der Ladentheke, musterte sie Phyllis aufmerksam aus den Augenwinkeln.

»Ja, endlich mal. Mrs. Frinton, Mrs. du Salle will Freunde in Heatherdown besuchen. Ich habe ihr vorgeschlagen, heute abend hier bei Ihnen anzurufen, um eine Nachricht für mich zu hinterlassen. Geht das, Mrs. Frinton?«

»Aber natürlich.« Mrs. Frinton lächelte Phyllis aufmunternd zu. »Das ist überhaupt kein Problem. Soll ich Ihnen die Nummer aufschreiben?«

Phyllis schien der kleine, altmodische Laden mit seiner freundlichen Inhaberin gut zu gefallen. Sie beobachtete amüsiert, wie Mrs. Frinton die Nummer auf eine Tüte schrieb und ihr gab.

»Danke, Mrs. Frinton. Poole 89 5674. Stimmt das?«

»Ja, ganz richtig, meine Liebe. Keine Angst. Ich sorge schon dafür, daß Mr. Matty Ihre Nachricht auch bekommt.«

»Ich rufe vermutlich gegen sechs Uhr an«, erklärte Phyllis und steckte die Tüte mit der Telefonnummer in ihre Handtasche. »Da bin ich zu Hause«, versicherte die Postmeisterin und nickte Peter zu. »Ich komme dann zum Boot hinüber.« Nachdem Peter den Weg ausführlich beschrieben hatte, fuhr Phyllis in Richtung Heatherdown davon, und Peter ging auf das Boot zurück, um die Gerätschaften auszupacken und zu ordnen, die er mitgebracht hatte. Vor Phyllis' Rückkehr wollte er noch einige Dinge erledigen, und die Zeit verging wie im Flug. Als Mrs. Frinton um zehn nach sechs noch immer nicht erschienen war, beschloß er, selbst zum Laden im Hafenviertel zu gehen. Als er dort ankam, hängte Mrs. Frinton gerade das Schild mit der Aufschrift ›Geschlossen‹ vor die Tür und wollte abschließen.

»Nein«, antwortete sie auf seine Frage. »Es hat niemand angerufen. Aber machen Sie sich deswegen keine Sorgen. Ich höre das Telefon auf jeden Fall, und sobald die junge Dame anruft, komme ich zu Ihnen.«

»Sind Sie den ganzen Abend zu Hause, Mrs. Frinton?«

»Ja, natürlich!« Mrs. Frinton lachte, als sie sein besorgtes Gesicht sah. »Ich will fernsehen.«

Wenn Peter sich allein in Poole aufhielt, aß er meistens in einem der Hafenrestaurants zu Abend, doch diesmal blieb er an Bord und wartete auf Phyllis' Anruf. Später machte er sich etwas zu essen, setzte sich mit einem Drink an Deck und beobachtete, wie die Sonne über den sanften Hügeln von Dorset unterging. Gegen elf Uhr mußte Peter einsehen, daß Sir Arnold Wyatt Phyllis offenbar zum Bleiben überredet hatte. Er war enttäuscht

und ein wenig traurig, daß sie sich nicht einmal die Mühe gemacht hatte, ihn anzurufen.

Er schlief spät ein und wachte daher erst um neun Uhr am nächsten Morgen auf. Nachdem er gefrühstückt und auf dem Boot aufgeräumt hatte, machte er sich auf den Weg zu Mrs. Frintons kleinem Laden. Mrs. Frinton hatte bereits seit einer Stunde geöffnet und nutzte die ruhigen Morgenstunden dazu, ihre Abrechnung zu machen.

»Guten Morgen, Mr. Matty. Es tut mir leid, aber Mrs. du Salle hat nicht angerufen«, begrüßte sie ihn.

»Hm. Darf ich mal das Telefonbuch von Poole und Umgebung haben?«

Peter war entschlossen, bei Sir Arnold Wyatt anzurufen, um sich nach Phyllis zu erkundigen. Mrs. Frinton gab ihm das gewünschte Telefonbuch, und Peter ging damit zu einer Theke am Schaufenster, von dem aus man die Straße übersehen konnte. Er hatte das Buch gerade aufgeschlagen, als er das Motorengeräusch eines Wagens näherkommen hörte. Aus den Augenwinkeln erkannte er seinen weißen Jaguar, lief aus dem Laden und sah gerade noch, wie das Auto in Richtung Hafen abbog. Peter lächelte erleichtert und glücklich, als er im Dauerlauf hinterherrannte.

Kaum war er in Sichtweite von seinem Boot, sah er, daß der Jaguar bereits auf der Mole parkte. Als er den Wagen schließlich erreicht hatte, mußte er jedoch feststellen, daß er verlassen war. Peter trat an die Mauerbrüstung. Auch auf dem Schiff war niemand. Verdutzt sah sich Peter nach allen Seiten um. Er begriff nicht, wie Phyllis so schnell hatte verschwinden können.

Plötzlich sagte hinter ihm eine Stimme: »Guten Morgen.« Peter wirbelte herum. Aus der Kajüte seiner Jacht kam gerade ein junger Polizist in Uniform.

»Guten Morgen«, erwiderte Peter verwundert. »Gehört das Boot hier Ihnen, Sir?«

»Ja.«

»Dann müssen Sie Mr. Matty sein. Und das ist vermutlich auch Ihr Wagen, oder?«

»Selbstverständlich. Aber was ist denn eigentlich los? Ist was passiert?«

Der Polizist kam über die Gangway und sprang auf den Pier, als ein Streifenwagen der Verkehrspolizei um die Ecke bog, auf der Mole entlangfuhr und neben dem Jaguar anhielt.

»Ist Ihnen der Wagen vielleicht gestohlen worden?« erkundigte sich der junge Polizist.

»Nein, natürlich nicht! Sonst hätte ich das selbstverständlich gemeldet. Ich habe das Auto einer Bekannten geliehen.«

Peter begann sich über die Geheimniskrämerei des Polizisten zu ärgern.

»Können Sie mir vielleicht endlich sagen, wie Sie zu meinem Wagen gekommen sind?«

Der junge Beamte griff nun schweigend in seine Jackettasche, zog ein Stück Papier heraus und gab es Peter.

Peter faltete den Zettel auseinander und las: »Bitte bringen Sie diesen Wagen Mr. Peter Matty, zur Zeit auf der Privatjacht ›Erstausgabe‹, Poole Harbour.«

Dann sah er den Polizisten an, der nur mit ausdrucksloser Miene auf den weißen Jaguar deutete.

»Der Zettel klemmte hinter dem Scheibenwischer. Jemand hatte den Wagen auf einem privaten Zufahrtsweg zu einer Farm in Landon Cross abgestellt.«

»In Landon Cross?« wiederholte Peter verständnislos.

»Ja, das liegt ungefähr drei Kilometer vor Heatherdown.« Der Polizist musterte Peter nachdenklich. »Und Sie sagen, Sie haben das Auto einer Bekannten geliehen?«

»Ja, richtig. Sie wollte in Heatherdown jemanden besuchen.«

Der junge Beamte nickte. Die Tatsache, daß Peter den Wagen einer Frau geliehen hatte, schien für ihn automatisch einiges zu erklären.

»Tja, also ... das ist wirklich ein schickes Auto, Sir. In Zukunft sollten Sie sich besser überlegen, wem Sie es ausleihen. Leider hat sich Ihre Bekannte mitsamt dem Schlüssel aus dem Staub gemacht. Es war verdammt schwierig, einen passenden zu finden. Haben Sie einen Ersatzschlüssel?«

»Ja, den habe ich.«

»Nehmen Sie den hier trotzdem noch. Wir brauchen ihn ja nicht mehr.«

Peter nahm geistesabwesend den Schlüssel an sich. »Danke.« Dann riß er sich zusammen und sagte freundlicher: »Vielen Dank, daß Sie den Wagen zurückgebracht haben, Sergeant.«

»Es war ein Vergnügen, damit zu fahren.« Jetzt, nachdem er seine Aufgabe erledigt hatte, wurde der junge Beamte zugänglicher. »So einen hätte ich auch gern.«

Damit nickte er Peter lächelnd zu und lief zu dem Streifenwagen hinüber, in dem zwei Kollegen auf ihn warteten. Als die drei davonfuhren, winkten sie kurz zu Peter herüber und lachten.

Heatherdown war ein hübsches Marktstädtchen in Dorset. Die lange, gerade Hauptstraße wurde von vielen Fachwerkhäusern gesäumt. Das Gasthaus an dem kleinen Platz stammte noch aus der Tudor-Zeit. Und obwohl der Ort mehrere Kilometer landeinwärts lag, war der Fluß, der an der Stadt vorbei zum Meer floß, für kleinere Frachter schiffbar. Unter der Brücke, über welche die Straße nach Corfe führte, lagen mehrere Segelboote und Motorboote vor Anker.

Peter fuhr langsam die Hauptstraße entlang und hielt nach einem ortskundig aussehenden Passanten Ausschau,

den er nach dem Weg fragen wollte. Als ihm fast ausschließlich Urlauber begegneten, die unschwer an Jeans, bunten Hemden und Fotoapparaten zu erkennen waren, hielt er vor einem Fotogeschäft an, in dessen Schaufenster einige Portrait- und Gruppenfotos ausgestellt waren. Peter hoffte, daß jemand im Laden ihm den Weg erklären konnte.

Als er die Autotür öffnete und ausstieg, stieß er beinahe mit einer älteren Frau zusammen, die einen Einkaufswagen auf dem Gehsteig vor sich her schob. Beide entschuldigten sich.

»Verzeihen Sie, aber könnten Sie mir vielleicht sagen, wie ich zum Forest Gate Manor komme?« fragte Peter sofort.

»Zum Forest Gate Manor«, wiederholte die Passantin und musterte Peter neugierig und respektvoll zugleich. Die Adresse war ihr offenbar bekannt. »Tja, da fahren Sie am besten über die Brücke dort ... biegen dahinter nach rechts ab zu den Kaianlagen und ... wenn sie am Bootsschuppen vorbei sind, sehen Sie schon die Toreinfahrt zum Herrenhaus. Sie können es kaum verfehlen.«

Peter befolgte ihre Angaben, passierte kurz darauf die breite geöffnete Toreinfahrt des Landsitzes und fuhr eine Allee entlang, die in vielen Kurven bergauf durch einen Park und auf einen großen gekiesten Platz vor einem herrlichen Landhaus im Stil der Jahrhundertwende führte. Peter hielt vor dem überdachten Säuleneingang an, stieg aus und genoß erst einmal den herrlichen Rundblick, den man vom Haus aus hatte.

Schließlich ging er die beiden Stufen zum Eingang hinauf und drückte auf den Klingelknopf neben der Tür. Er hörte, wie drinnen im Haus eine Standuhr langsam die halbe Stunde schlug. Kurz darauf ertönte irgendwo im Park das Motorengeräusch eines Traktors. Peter wartete einige Minuten, bevor er zum zweiten Mal läutete und

gleichzeitig den Türklopfer betätigte. Haus und Park waren in überaus gepflegtem Zustand, und Peter schloß daraus, daß hier jemand mit viel Geld lebte, der sein Vermögen auch zur Pflege seines Besitzes verwendete.

Er war nahe daran, ein drittes Mal zu klingeln, als plötzlich die Haustür geöffnet wurde. Im Türrahmen stand eine ungefähr fünfzigjährige Frau und musterte Peter ausdruckslos. Ihre Miene war weder freundlich noch feindselig, und obwohl sie flache Hausschuhe trug, war sie ebenso groß wie Peter. Sie hatte ein blasses, scharfgeschnittenes, kantiges Gesicht.

»Ja, bitte?« fragte sie reserviert. Peter nahm an, daß sie Sir Arnolds Haushälterin war.

»Könnte ich bitte Mr. Arnold sprechen?«

»Sind Sie angemeldet?«

»Nein, leider nicht. Mein Name ist Matty ... Peter Matty.« Die Haushälterin musterte Peter prüfend von oben bis unten. Schließlich schweifte ihr Blick zu seinem Wagen. Der Jaguar gab dann offenbar den Ausschlag.

»Augenblick, bitte.«

Sie ließ die Tür geöffnet. Peter drehte dem Haus den Rücken zu, um erneut die Aussicht zu genießen, als er plötzlich fühlte, daß er beobachtet wurde. Ein Farbfleck unter einer großen, alten Eibe erregte seine Aufmerksamkeit. Er wandte den Kopf und sah dort im Schatten des Baumes ein kleines Mädchen stehen. Es war ungefähr fünf Jahre alt, trug ein blaues Kleid und fleckenlos weiße Söckchen und Schuhe. Als Peter lächelte, zeigte es keine Reaktion, sondern starrte ihn nur weiter unverwandt an.

»Sir Arnold läßt bitten«, verkündete plötzlich hinter ihm die Haushälterin, die lautlos zurückgekehrt war. Sie hielt die Tür weit auf. »Bitte hier entlang!«

Peter folgte ihr in die große, düstere Eingangshalle. Aus den Augenwinkeln nahm Peter flüchtig einen gewachsten

Fußboden, polierte antike Kommoden und die Standuhr wahr, deren Schlagen er gehört hatte. Irgendwo wurde ein Beethoven Klavierkonzert auf einer ausgezeichneten Stereoanlage gespielt. Als Peter in den Raum trat, in den die Haushälterin ihn führte, verstummte die Musik abrupt.

Peter mußte einige Stufen hinuntergehen, um in Sir Arnold Wyatts Bibliothek und Arbeitszimmer zu gelangen. Es handelte sich um einen großen, lichten, holzgetäfelten Raum mit vielen deckenhohen Bücherregalen und bequemen Ledersesseln und -couchen. An den Wänden hingen romantische Ölbilder in goldenen Rahmen, und überall lagen Bücher herum. Peter entdeckte sofort die lange Reihe von Schallplatten, die in einem Regal stand. Auf einer der Plattenhüllen, die auf dem Tisch vor dem Kamin lagen, erkannte Peter das Bild seines Bruders.

Sir Arnold trat gerade von der Stereoanlage zurück, die unter einem der Fenster stand. Peter schätzte ihn auf Anfang Sechzig. Er sah gut aus und hatte das sichere Auftreten eines erfolgreichen Mannes. Seine klugen Augen musterten Peter schnell und unauffällig. Die Haushälterin hatte sich lautlos zurückgezogen.

»Mr. Matty?« erkundigte sich Sir Arnold freundlich, gab Peter jedoch nicht die Hand.

»Ja.«

»Ich bin Sir Arnold Wyatt. Was kann ich für Sie tun?«

»Ich bin ein Bekannter von Mrs. du Salle«, erklärte Peter in der Erwartung, daß dies das Eis brechen würde. »Ich nehme an, sie hat meinen Namen gestern nachmittag erwähnt, denn ich hatte ihr meinen Wagen geliehen. Jetzt wollte ich mich eigentlich nur erkundigen, warum sie ihn einfach auf einem Feldweg abgestellt hat.«

»Mrs. du Salle?« wiederholte Sir Arnold, ohne eine Miene zu verziehen.

»Ja, natürlich.«

»Tut mir leid, Mr. Matty, aber da muß es sich um einen Irrtum handeln. Ich kenne keine Dame dieses Namens.«

»Aber sie muß gestern bei Ihnen gewesen sein. Sie hatten sie übers Wochenende eingeladen.«

»Ich?« Sir Arnold zog die Augenbrauen hoch. Er sah Peter höflich, aber ungläubig an.

»Ja, sicher.«

»Aber ich habe noch nie etwas von einer Mrs. du Salle gehört.« Verwirrt deutete er Peter an, in einem der Sessel Platz zu nehmen. »Bitte setzen Sie sich doch.«

Peter ließ sich in die weichen Polster sinken. Sir Arnold nahm in dem Sessel am Kamin Platz. »Würden Sie mir bitte erklären, worum es überhaupt geht?«

»Aber das habe ich doch bereits erklärt. Ich habe Phyllis du Salle meinen Wagen geliehen und ...«

»Ja, ich weiß.« Zum ersten Mal klang Sir Arnolds Stimme leicht gereizt. »Das sagten Sie schon, und ich habe es nicht vergessen.«

»Entschuldigen Sie, Sir«, begann Peter erneut. »Mrs. du Salle ist mit einem Ihrer Freunde verheiratet gewesen«, fuhr er dann geduldig fort. »Norman du Salle.«

»Tut mir leid.« Sir Arnold schüttelte den Kopf. »Aber der Name sagt ...«

»Sie müssen doch schon mal was von Norman du Salle gehört haben«, beharrte Peter ungeduldig. »Sie haben sich doch nach dem Tod seiner Eltern seiner angenommen. Später ist er Journalist geworden und nach Amerika ausgewandert ...«

»Entschuldigen Sie, aber ich kenne diese Leute genausowenig, wie ich Sie kenne. Sie müssen mir das alles schon etwas genauer erklären. Wer sind Sie denn überhaupt?«

»Mein Name ist Peter Matty. Ich bin Verleger.« Peter deutete auf die Plattenhülle auf dem Tisch. »Von meinem Bruder haben Sie sicher schon gehört.«

»Claude Matty?« Zum ersten Mal schwang so etwas wie menschliche Wärme in Sir Arnolds Stimme mit. »Er ist Ihr Bruder?«

»Ja.«

»Ich bin ein begeisterter Verehrer Ihres Bruders, Mr. Matty«, fuhr Sir Arnold lächelnd fort. »Ich liebe seine Aufnahmen sehr.« Peter nahm eine Visitenkarte aus der Brieftasche und überreichte sie seinem Gastgeber. Sir Arnold hielt sie ins Licht und las: »Der Matty Verlag. Ja, natürlich. Jetzt weiß ich Bescheid.«

Sir Arnold musterte Peter bedeutend freundlicher. »Entschuldigen Sie, wenn ich etwas zu schroff gewesen bin, aber Sie haben mir da wirklich eine äußerst verworrene Geschichte erzählt. Wer ist diese Mrs. du Salle? Und wie sind Sie auf den Gedanken gekommen, sie könnte eine Bekannte von mir sein?«

»Ich habe Mrs. du Salle auf dem Flug von Genf nach London kennengelernt, und wir sind ins Gespräch gekommen. Sie hat mir erzählt, es sei ihr erster Englandbesuch, und sie freue sich sehr auf die Begegnung mit Ihnen.«

Sir Arnold schüttelte stirnrunzelnd den Kopf.

»Sie hat mir gegenüber behauptet, Sie seien ein enger … ein sehr enger Freund ihres verstorbenen Mannes«, fügte Peter hinzu.

»Aber das ist doch alles barer Unsinn! Ich habe nie von dieser Dame gehört. Bitte fahren Sie fort, Mr. Matty.«

»Mein Boot liegt hier im Hafen von Poole, und da ich das Wochenende ohnehin hier verbringen wollte, habe ich Mrs. du Salle angeboten, sie mitzunehmen.« Peter zuckte mit den Schultern. »Das ist eigentlich alles … abgesehen davon hatte ich ihr allerdings für die Fahrt nach Heatherdown meinen Wagen geliehen.«

»Wann war das?«

»Gestern nachmittag. Heute morgen habe ich das Auto wiederbekommen!«

»Von Mrs. du Salle?«

»Nein, von der Polizei. Offenbar hat Mrs. du Salle den Wagen ganz in der Nähe auf einem einsamen Feldweg einfach abgestellt.«

Sir Arnold erhob sich und ging zum Kamin hinüber. Er wandte Peter den Rücken zu.

»Also das ist wirklich eine unglaubliche Geschichte«, bemerkte er schließlich. »Ich verstehe das alles offengestanden nicht. Und Sie haben die junge Dame auf dem Rückflug von Genf kennengelernt?«

»Ja. Ich hatte dort ein Konzert meines Bruders besucht.«

»Und ... und Sie haben sich mit ihr angefreundet?« Sir Arnold schien plötzlich eine Idee zu kommen. »Verzeihen Sie die indiskrete Frage, aber haben Sie der Dame zufällig Geld geliehen?«

»Um Gottes willen, nein!« Peter lachte. »Sie wollte sich nicht mal zum Essen einladen lassen.«

Der alte Herr schüttelte erneut verwundert den Kopf.

»Also das geht über meinen Horizont. Ich kann Ihnen da leider auch nicht helfen.«

Peter konnte sich einfach nicht vorstellen, daß der gebildete ältere Herr ihn belügen sollte, hatte jedoch ebensowenig wie sein Gastgeber eine Erklärung für die ganze verworrene Angelegenheit. Er stand auf.

»Bitte entschuldigen Sie, daß ich Sie mit dieser Sache belästigt habe. Ich möchte Ihre Zeit jetzt nicht länger in Anspruch nehmen.«

Sir Arnold hielt ihn nicht auf. Er führte Peter zur Tür. »Falls Ihr Bruder jemals in diese Gegend kommen sollte, dann würde ich mich sehr freuen, seine Bekanntschaft zu machen, Mr. Matty.«

Da die Haushälterin, eine gewisse Mrs. Cassidy, nirgends zu sehen war, brachte der Hausherr selbst Peter zur Tür. Nachdem er Peter zum Abschied noch einmal kurz zugewinkt hatte, verschwand er im Haus und schloß die Tür. Peter ging langsam zu seinem Wagen und schaltete die Zündung ein. Als er mit dem Jaguar die Auffahrt hinunterrollte, sah er plötzlich wieder das kleine Mädchen. Es stand im Schatten einer Birke und starrte ihn bewegungslos an. Jetzt erst erkannte Peter, daß sie eine Puppe … eine Tiroler Trachtenpuppe im Arm hielt.

5

Peter blieb zehn Tage in Poole, doch seine Hoffnung, daß Phyllis ihn auf dem Boot besuchen oder bei Mrs. Frinton eine Nachricht für ihn hinterlassen würde, war vergeblich. Schließlich kam er zu dem Schluß, daß er sie durch sein Angebot, bei ihm auf der Yacht zu bleiben, unbewußt beleidigt haben mußte und daß sie seinen Wagen dazu benutzt hatte, ihm einen Korb zu geben und eine gründliche Lektion zu erteilen. Er kehrte nach London zurück und vergrub sich in Arbeit, konnte Phyllis jedoch nicht vergessen. Das hatte zur Folge, daß er in letzter Zeit auf Straßen und in Restaurants in jedem Mädchen mit kastanienbraunem Haar Phyllis zu erkennen glaubte. Noch an dem Tag, als sein Bruder völlig unerwartet von Stockholm nach London gekommen war, hatte er wieder eine ähnlich peinliche Situation in dem griechischen Lokal erlebt.

»Ach du liebe Zeit!« stöhnte Claude, nachdem Peter mit seinem Bericht geendet hatte. »Du mußt dich ja wahnsinnig in sie verliebt haben. Nichts ist schlimmer, als wenn ein überzeugter Junggeselle …«

»Einen Idioten aus sich macht«, ergänzte Peter.

»Das wollte ich eigentlich nicht so direkt sagen. Hat sie denn wirklich im ›Connaught‹ gewohnt?«

»Ja. Ich habe das überprüft. Als sie auszog, hat sie keine andere Adresse hinterlassen.«

»Hast du mal mit Max Lerner über die Sache gesprochen? Sie hatte doch behauptet, ihn zu kennen.«

»Ja, natürlich. Aber Max kann sich nicht erinnern, ihr je begegnet zu sein.«

»Tja.« Claude verschränkte die Hände im Nacken. »Ich kann dir nur raten, die ganze Geschichte zu vergessen. Viel wird das allerdings auch nicht helfen.«

Peter ging zum Couchtisch, um sich die fünfte Zigarette innerhalb kurzer Zeit anzuzünden. Obwohl Peter schon immer ab und zu gern geraucht hatte, hatte Claude ihn nie als Kettenraucher erlebt. Er verkniff sich eine diesbezügliche Bemerkung. »Wann willst du nach Poole fahren, Claude?«

»Heute abend ... das heißt, wenn's dir recht ist.« Als er Peters erstaunten Blick auffing, fuhr er fort: »Wenn ich in der Stadt bleibe, dann klingelt bei mir ununterbrochen das Telefon und die Türglocke, und ich bin keine Minute mehr allein.«

»Natürlich, du hast vollkommen recht«, stimmte Peter ihm zu, war in Gedanken jedoch eher bei seinen, als bei Claudes Problemen. »Ich komme Samstagmorgen ... vielleicht auch schon Freitagabend nach.«

Es war kurz vor Mitternacht, als Peter in seine Wohnung am Sloane Court zurückkehrte. Die Geschäftsessen mit Max Lerner dehnten sich immer häufiger über mehrere Stunden aus. Max hatte viel getrunken und war in bester Laune, als das Taxi, das sie zusammen genommen hatten, Peter an der Lower Sloane Street absetzte.

»Danke für das vorzügliche Essen, alter Junge«, sagte Max mit leicht schleppender Stimme. »Und natürlich für den Scheck. Meine Ex-Frauen sind dir sicher sehr dankbar.«

Peter ging den kurzen Weg zu dem eleganten Appartementhaus am Sloane Square, in dem er wohnte, zu Fuß. Er schloß die Haustür auf und trat in die Eingangshalle. Obwohl seine Wohnung im ersten Stock lag, nahm er nicht den Lift, sondern lief die Treppe hinauf. Als er sein

Appartement betrat, streifte er mit dem Fuß eine Werbeantwortkarte eines Taxiunternehmens. Er knipste das Licht in der Diele an und stellte die Karte in ein Regal.

Anschließend schlenderte er in sein geräumiges, modern eingerichtetes Wohnzimmer hinüber. Überall auf den Sesseln, Stühlen und der Couch lagen Bücher. Die Aschenbecher quollen vor Zigarettenstummeln über, und der Geruch von kaltem Tabakrauch hing in der Luft. Auf dem Couchtisch stand neben der leeren Whiskyflasche ein benutztes Glas.

Peter schaltete das Radio ein. Das Nachtprogramm von London 2 dröhnte aus den Stereoboxen. Auf dem Weg ins Schlafzimmer nahm er bereits die Krawatte ab und zog sein Jackett aus. Dort herrschte eine noch größere Unordnung als im Wohnzimmer. Auf den Stühlen und dem Bett stapelten sich Kleidungsstücke und Bücher. Peter warf Krawatte und Jackett auf den nächstbesten Stuhl.

Dann zog er sein Hemd aus, schlüpfte in einen seidenen Morgenmantel und ging ins Badezimmer. Er knipste das Licht über dem Waschbecken an, nahm die Zahnbürste aus dem Becher und beugte sich vor, um sich im Spiegel näher zu betrachten. Die Ereignisse des vergangenen Monats hatten deutliche Spuren in seinem Gesicht hinterlassen.

Er musterte noch immer prüfend sein Spiegelbild, als eine Lichtreflexion seine Aufmerksamkeit erregte. Peter wirbelte herum und glaubte zuerst an eine Sinnestäuschung. Dann stellte er fest, daß die makabre Szene, die sich ihm bot, tatsächlich Realität war. Die Badewanne war bis zum Rand mit Wasser gefüllt und darauf schwamm, noch immer leicht schaukelnd, eine Kinderpuppe.

Es handelte sich um eine Tiroler Trachtenpuppe. Sie lag auf dem Rücken und hatte die Plastikarme weit ausgebreitet. Die roten Lippen deuteten ein lebloses Lächeln an, und

die runden, stahlblauen Augen starrten blicklos zur Decke. Peter glaubte ein Duplikat jener Puppe vor sich zu haben, die das kleine Mädchen in Sir Arnold Wyatts Park im Arm gehalten hatte.

Peter starrte wie gebannt auf diese merkwürdige Erscheinung und hörte zuerst gar nicht, daß die Klingel der Haussprechanlage schrillte. Nur widerwillig riß er sich von dem Anblick der Puppe los, ging in den Flur und hob den Hörer ab.

»Ja, bitte?«

»Mr. Matty?« erkundigte sich eine durch das Rauschen des Sprechapparats verzerrte Stimme.

»Ja.«

»Ich bin Inspektor Seaton von der Kriminalpolizei. Haben Sie einen Augenblick Zeit für mich?«

»Selbstverständlich. Kommen Sie rauf. Ich wohne im ersten Stock.«

Peter hatte gerade noch Zeit, wieder Hemd und Jacket anzuziehen, bevor es klingelte. Als er die Tür öffnete, stand er einem großen, ungefähr fünfunddreißigjährigen Mann mit ernstem Gesichtsausdruck gegenüber. Nachdem er seinen Dienstausweis gezeigt hatte, führte Peter ihn ins Wohnzimmer.

»Tut mir leid, daß ich Sie noch so spät belästigen muß, Sir«, begann der Kriminalbeamte und sah sich schnell und fachmännisch im Zimmer um.

»Das macht nichts«, log Peter. Die Tatsache, daß der Inspektor genau in dem Augenblick gekommen war, da er die Puppe in seinem Badezimmer entdeckt hatte, hatte ihm einen ziemlichen Schreck versetzt. Außerdem beschlich Peter das ungute Gefühl, daß dies nur der Anfang einer Kette von unangenehmen Erfahrungen sein würde.

»Stimmt es, daß Sie einen Jaguar fahren, Sir?«

»Ja, natürlich.«

»Mit dem Kennzeichen NPE 277W?«

»Ja, das ist richtig.«

»Dann nehme ich an, daß dies hier Ihre Autoschlüssel sind, Sir.« Der Inspektor hielt einen Schlüsselbund hoch. »Das Autokennzeichen steht auf dem Anhänger.«

Als Peter den Schlüsselbund in die Hand nahm, dachte er unwillkürlich an den jungen Polizeibeamten am Kai von Poole Harbour. Doch es war ein anderer Schlüssel. Auf dem Lederanhänger war der Name des Autohändlers eingestanzt, bei dem er den Jaguar gekauft hatte. Es handelte sich um den Schlüssel, den er Phyllis gegeben hatte, als diese mit dem Wagen nach Heatherdown gefahren war.

»Ja, das ist mein Schlüsselbund.«

»Hatten Sie ihn verloren?« Der Inspektor beobachtete Peter mit einem seltsamen Ausdruck in den Augen.

»Nein, ich hatte ihn verliehen.« Peter starrte den Polizeibeamten eine Weile schweigend an. Er zögerte, die naheliegende Frage zu stellen, überwand sich jedoch: »Wo haben Sie ihn gefunden?«

Der Kriminalbeamte ließ sich mit der Antwort Zeit, um die Spannung zu erhöhen.

»Wir haben heute nachmittag eine Frauenleiche bei Deptford aus der Themse gefischt. Sie trug den Schlüssel bei sich.«

Peter reagierte auf die schreckliche Nachricht wie betäubt. Er fühlte überhaupt nichts.

»Sie haben sie aus der Themse ge… Soll das heißen, sie ist tot?«

»Ja, Sir.« Der Inspektor beobachtete Peters Mienenspiel eingehend. »Jemand hatte sie erschossen und anschließend in den Fluß geworfen.«

Peter erwachte plötzlich aus seiner Starre. Er überlegte fieberhaft. Die Szene mit Phyllis in der Bar des ›Connaught Hotel‹ kam ihm wieder in den Sinn, als sie ihm

von der Puppe in der Badewanne ihres Hotelzimmers in Marseille erzählt hatte. Jetzt war ihm dasselbe passiert.

»Die Tote hieß du Salle«, hörte Peter sich erstaunlich ruhig sagen. »Sie hatte sich vor ungefähr drei Wochen meinen Wagen ausgeliehen und ... vergessen, mir den Schlüssel zurückzugeben.«

Seaton schüttelte den Kopf. »Sie irren sich, Sir. Wir konnten die Tote inzwischen einwandfrei identifizieren und dachten nur, Sie hätten vielleicht noch andere interessante Informationen für uns.«

Der Inspektor sah Peter an und las an dessen Miene ab, daß er das Katz-und-Maus-Spiel nicht zu weit treiben durfte.

»Die Tote ist eine Amerikanerin namens Linda Braithwaite«, erklärte er.

6

Peter arbeitete in dieser Woche einen Tag weniger und folgte Claude schon am Freitag nach Dorset. Allerdings fuhr er nicht direkt nach Poole Harbour, sondern machte einen Umweg über Heatherdown.

Obwohl Sir Arnold Wyatt überrascht schien, Peter so schnell wiederzusehen, empfing er ihn wesentlich zuvorkommender als beim ersten Mal und bot ihm sogar ein Glas Sherry an. Erst nachdem der alte Herr zwei Gläser aus einer Kristallkaraffe vollgeschenkt, und sie sich in den Ledersesseln niedergelassen hatte, erkundigte er sich nach dem Grund für Peters Besuch.

»Haben Sie eigentlich inzwischen die junge Dame gefunden, die Sie damals gesucht haben?«

»Nein, leider nicht«, erwiderte Peter und trank einen Schluck Sherry. Er war ausgesprochen trocken und schmeckte ausgezeichnet.

»Nachdem Sie damals gegangen waren, habe ich noch mit meiner Haushälterin, Mrs. Cassidy, über die Angelegenheit gesprochen, aber sie hatte ebenfalls keine Ahnung, wer die junge Dame gewesen sein könnte. Wirklich eine merkwürdige Geschichte.«

»Als ich das letzte Mal bei Ihnen gewesen bin, habe ich im Park ein kleines Mädchen spielen gesehen, Sir Arnold«, begann Peter fragend.

Sir Arnold lächelte. »Ja, das war meine Enkelin Jane.«

»Sie hatte eine Puppe ... eine hübsche Trachtenpuppe im Arm.«

»Ja, das könnte durchaus sein.« Sir Arnold schien über

Peters gespannten Ton erstaunt zu sein. »Ich weiß, welche Puppe Sie meinen.«

»Hat Ihre Enkelin diese Puppe vielleicht zufällig verloren?«

»Verloren?« Sir Arnold zog die Augenbrauen hoch. »Sie meinen die Puppe?«

»Ja, natürlich.«

»Das glaube ich nicht.«

»Falls die Puppe nämlich verschwunden sein sollte, habe ich sie vermutlich gefunden.«

Peter stellte sein Glas auf den Tisch und griff nach der kleinen Reisetasche, die er neben dem Sessel auf den Teppich gestellt hatte. Er zog den Reißverschluß auf und holte die Tiroler Trachtenpuppe heraus. Sir Arnold beobachtete ihn verblüfft.

»Ja, das ist Janes Puppe! Wo haben Sie sie gefunden? Etwa in der Einfahrt?«

»Nein, jemand hat sie vergangene Nacht in meine Wohnung gebracht.«

»In Ihre Wohnung?« wiederholte Sir Arnold ungläubig. »Aber weshalb denn um Himmels willen?«

»Das möchte ich offengestanden auch gern wissen«, erwiderte Peter. »Ich habe nämlich überhaupt keine Erklärung dafür.« Sir Arnold stand auf und betrachtete die Puppe in Peters Hand genauer.

»Sieht wirklich wie Janes Puppe aus«, murmelte er dann. »Ja, ich bin sogar sicher. Ich spreche mal kurz mit meiner Haushälterin.«

Sir Arnold ging zu einem kleinen Tischchen und hob den Hörer des Haustelefons ab.

»Mrs. Cassidy«, sagte er schließlich. »Bitte schicken Sie Jane zu mir in die Bibliothek, ja?«

»Wohnt Ihre Enkelin in Heatherdown?« fragte Peter, als Sir Arnold aufgelegt hatte.

Sir Arnold nahm wieder in seinem Sessel Platz und trank einen Schluck Sherry, bevor er antwortete: »Jane lebt hier bei mir, Mr. Matty. Ihre Eltern leben nicht mehr.«

»Oh, das habe ich nicht gewußt.«

»Woher sollten Sie auch?« Sir Arnold verbarg seine Gefühle hinter einer kühlen, sachlichen Maske. »Meine Tochter und ihr Mann sind bei einem Flugzeugabsturz ums Leben gekommen.«

»Das tut mit leid.«

»Diese Puppe … falls es Janes Puppe ist … ist genau an dem Tag hier angekommen, an dem der Unfall passiert war. Jane hatte Geburtstag, und ihr Vater … mein Schwiegersohn, hatte sie dem Kind aus Wien geschickt.«

Peter schwieg ratlos. Die seelenlose Puppe kam ihm plötzlich wie ein böses Omen vor. Um die Stille zu brechen, sagte er schließlich: »Es ist sicher eine schwere Bürde für Sie, für die Erziehung des kleinen Mädchens verantwortlich zu sein.«

»Ja, und ich werde nicht jünger.« Sir Arnold seufzte und trank sein Glas Sherry aus. »Aber Jane ist ein reizendes Kind, und zum Glück hat Mrs. Cassidy das Mädchen ebenfalls in ihr Herz geschlossen.«

Sir Arnold griff nach der Karaffe mit Sherry und sah Peter fragend an. Als Peter den Kopf schüttelte, schenkte sich der alte Herr selbst nach.

»Sie haben von dem Unfall sicher in der Zeitung gelesen. Es ist in der Nähe von Innsbruck passiert. Ich habe meine Tochter sehr geliebt, Mr. Matty. Sie war mein einziges Kind.«

Sir Arnolds Backenmuskeln zuckten, doch er hatte sich schnell wieder in der Hand. Seine Augen begannen zu leuchten, als kurz darauf an die Tür geklopft wurde, und das kleine Mädchen hereinkam, das Peter bereits im Park gesehen hatte. Jane hielt eine Tiroler Trachtenpuppe im

Arm, die jener Puppe zum Verwechseln ähnlich sah, die Peter in seiner Badewanne gefunden hatte.

Der alte Herr ging lächelnd auf seine Enkelin zu, nahm ihr die Puppe sanft aus der Hand, richtete sich wieder auf und wandte sich an Peter.

»Offenbar haben wir uns geirrt, Mr. Matty.«

»Entschuldige, Claude, aber das Essen war wirklich nicht besonders.«

»Macht doch nichts. Der Kaffee ist jedenfalls ausgezeichnet.«

»Morgen fahren wir zum Einkaufen nach Heatherdown. In der High Street gibt es einen guten Feinkostladen.«

Die beiden Brüder saßen in der kleinen, aber gemütlichen Kajüte der Yacht. Auf ihren Tellern lagen die Reste von dem Gemüse- und Rindfleischgericht, an dem Peter sich versucht hatte. In den großen Tassen war heißer, dampfender Kaffee. Die Puppe lag am Tischende, neben der Kaffeemaschine.

»Weißt du, eigentlich verstehe ich noch immer nicht, warum du dem Inspektor nichts von der Puppe erzählt hast«, begann Claude schließlich und drehte den Zuckerlöffel in den schlanken, schmalen Händen.

»Ich habe nichts gesagt, weil ich zu wissen glaubte, wem die Puppe gehört«, erwiderte Peter. »Außerdem ist die Geschichte wirklich so verworren, daß ich mir nicht vorstellen konnte, daß er sie mir abnehmen würde.«

»Aber es hat jemand bei dir eingebrochen, Peter.«

»Niemand hat bei mir eingebrochen«, erwiderte Peter. »Derjenige, der die Puppe in meine Wohnung geschmuggelt hat, muß einen Schlüssel gehabt haben.«

»Wie viele Schlüssel gibt es zu deinem Appartement?«

»Nur zwei. Den einen habe ich, und den anderen hat meine Zugehfrau, Mrs. Galloway.«

daß es diese Dame war. Jedenfalls bittet sie Sie, zurückzurufen. Wo habe ich denn nur den Zettel mit der Nummer?« Peter und Claude tauschten einen Blick, während Mrs. Frinton ihre Taschen durchsuchte. »Ah, da ist er ja.«

Sie gab Peter einen zusammengefalteten Zettel. Peter las laut die Nummer, die daraufstand: »Heatherdown 98064.«

»Ja, richtig. Das hat sie gesagt.«

»Läßt sie mir sonst noch was ausrichten?« wollte Peter wissen. »Nein, aber sie hat mich gefragt, ob Sie auf Ihrer Yacht sind, und ich habe ihr geantwortet, daß ich nicht sicher sei, aber daß Sie vermutlich kommen würden, da Ihr Bruder schon hier sei.«

Peter nahm Mrs. Frinton am Ellbogen und schob sie zum Kajütaufgang. »Ich bin in zehn Minuten zurück, Claude. Kommen Sie Mrs. Frinton. Ich möchte bei Ihnen telefonieren.«

Die Geschäfte hatten längst geschlossen. Mrs. Frinton öffnete jedoch die Ladentür für Peter und knipste die Neonbeleuchtung an. Peter ging zum Telefon, zog den Zettel mit der Nummer aus der Tasche, wählte die Vorwahl von Heatherdown und dann die Nummer des Teilnehmers. Schon nach dem zweiten Rufzeichen meldete sich am anderen Ende eine Frauenstimme.

»Hallo, wer ist da?«

Die Stimme kam Peter bekannt vor.

»Ist dort Heatherdown 98064?« vergewisserte er sich.

»Ja. Wer spricht dort?«

»Könnte ich bitte mit Mrs. du Salle sprechen?«

»Wie bitte?«

»Sie haben doch Heatherdown 98064, oder?«

»Natürlich.«

»Dann geben Sie mir jetzt bitte Mrs. du Salle.«

Am anderen Ende war es still. Dann sagte die Frauen-

stimme: »Ich glaube, Sie haben eine falsche Nummer. Mit wem spreche ich denn?«

»Ich bin Peter Matty und ein Freund von Mrs. du Salle. Sie hat mir telefonisch ausrichten lassen, ich solle sie unter dieser Nummer anrufen.«

Nach einer Pause ertönte die Stimme am anderen Ende: »Augenblick mal, bitte.«

Peter mußte mehrere Minuten warten. Mrs. Frinton hatte inzwischen den Hut abgenommen und den Mantel ausgezogen und beides in dem schmalen Gang aufgehängt, der den Laden mit ihrem Wohnzimmer verband.

»Hier spricht Sir Arnold Wyatt«, meldete sich plötzlich ein Mann. »Was kann ich für Sie tun?«

Peter fuhr erschrocken zusammen, als er die bekannte Stimme hörte. »Sir Arnold?« fragte er überrascht.

»Ja. Ist was passiert, Mr. Matty? Meine Haushälterin war etwas durcheinander ... Hallo?«

Peter fand schließlich die Sprache wieder. »Ich ... ich habe die Nachricht bekommen, diese Nummer anzurufen.«

»Da muß wohl ein Irrtum vorliegen. Ich habe keine Nachricht für Sie hinterlassen. Sind Sie sicher, daß Sie die richtige Nummer haben?«

»Ja.«

»Und mit wem wollten Sie hier sprechen?« Peter räusperte sich. »Mit ... Mrs. du Salle.«

»Mrs. du Salle!« Sir Arnold hatte offenbar Mühe, höflich zu bleiben.

»Ja. Mrs. du Salle hat hier bei einer Bekannten angerufen und diese Nummer hinterlassen. Ich sollte mich melden.«

»Bei dieser Nummer?«

»Ja, so habe ich's verstanden.«

»Mr. Matty, da gibt es nur zwei Erklärungen. Entweder hat Ihre Bekannte die Nummer falsch verstanden oder je-

mand versucht, Sie zum Narren zu halten. Nach allem, was bisher passiert ist, scheint mir letzteres eher zuzutreffen. Und jetzt entschuldigen Sie mich bitte. Ich höre mir gerade ein gutes Konzert auf der Schallplatte an.«

»Bitte verzeihen Sie vielmals, daß ...«, stammelte Peter verstört, doch Sir Arnold hatte bereits aufgelegt. Langsam hängte Peter den Hörer ein.

Mrs. Frinton huschte am anderen Ende des Korridors umher, wo sie unter dem Vorwand, die Garderobe ordnen zu müssen, alles mitgehört hatte. Als sie merkte, daß das Gespräch beendet war, kam sie in den Laden zurück.

»Mrs. Frinton«, begann Peter und hielt ihr den Zettel hin. »Sind Sie sicher, daß Sie die Nummer korrekt verstanden haben?«

»Ganz sicher sogar«, erwiderte die Ladeninhaberin und nickte energisch. »Ich habe sie schließlich noch am Telefon aufgeschrieben. Haben Sie Ihre Bekannte denn nicht erreicht?«

»Nein. Sie war nicht dort.«

Mrs. Frinton setzte eine bedauernde Miene auf. »Tja, also die Nummer stimmt, Mr. Matty. Ich versichere Ihnen, ich habe sie sofort und korrekt notiert.«

Am darauffolgenden Vormittag machte sich Claude in Heatherdown auf die Suche nach einem Spirituosengeschäft, um ein paar Flaschen guten Wein einzukaufen, während Peter die Vorräte auf der Yacht im Feinkostladen auffrischte. Eine halbe Stunde später trafen sie sich wieder beim Wagen. Jeder der beiden trug zwei schwere Einkaufs-Plastiktüten. Peter hatte den Jaguar auf einem kleinen Platz gegenüber dem altmodischen Cafe mit Erkerfenstern geparkt.

Peter öffnete den Kofferraum, und sie stellten ihre Einkäufe hinein.

»Hast du Lust auf eine Tasse Kaffee?« fragte Claude.

»Ja, warum nicht? Ich muß mir nur noch schnell Zigaretten besorgen. Setz du dich doch inzwischen schon ins Cafe. Ich komme gleich nach.«

Claude nickte und überquerte den Platz, während Peter zur High Street zurückging. Er hatte ganz in der Nähe einen Tabakwarenladen gesehen. Peter war kaum zehn Schritte weit gegangen, als er wie angewurzelt stehenblieb. Langsam ging er ein Stück zurück.

Fassungslos starrte er auf eine große Portraitaufnahme, die in der Mitte des Schaufensters eines Fotogeschäfts zwischen zwei Hochzeitsbildern stand. Diesmal bestand kein Zweifel. Das Gesicht im Silberrahmen gehörte Phyllis du Salle.

Eine Glocke schlug an, als er wenige Minuten später die Ladentür öffnete. Im Inneren des Ladens waren ebenfalls reihenweise Erinnerungsfotos aufgehängt, und in den Vitrinen standen die Produkte von Mortimer Browns dreißigjähriger Tätigkeit als Fotograf. Dabei hatte er sich nicht nur auf Portraitaufnahmen beschränkt. Viele Bilder zeigten ländliche Szenen und Landschaften sowie Großaufnahmen von Faltern und Schmetterlingen. Mortimer Brown war offenbar sehr vielseitig.

Peter betrachtete gerade eine Vergrößerung mit dem Titel ›Selbstportrait‹, als sich der Vorhang hinter der Theke teilte, und der Mann heraustrat, dessen Jugendbild er gerade bewundert hatte. Mortimer Brown war ein ungefähr fünfzigjähriger, großer und hagerer Mann, in einen soliden grauen Anzug gekleidet. Er musterte Peter durch seine Brille zwar freundlich, aber mit dem prüfenden Blick des Berufsfotografen.

»Guten Morgen.«

»Guten Morgen. Ich habe gerade Ihre Ausstellungsstücke bewundert.«

»Danke, Sir.« Mortimer Brown trat hinter der Laden-

theke hervor und sah sich stolz um. »Freut mich, wenn Ihnen meine Arbeiten gefallen. Es ist eine Jubiläumsausstellung. Nächsten Monat sind es dreißig Jahre her, seit mein Vater das Geschäft gegründet hat. Womit kann ich Ihnen dienen?«

»Einer meiner Freunde will bald heiraten und hat mich gebeten, einen guten Fotografen ausfindig zu machen.«

»Findet die Hochzeit hier in der Gegend statt?« erkundigte sich Mr. Brown.

»Ja. In Canford Cliffs«, antwortete Peter prompt.

»Hm, das gehört noch zu unserem Arbeitsbereich. Wir helfen Ihnen selbstverständlich gern.« Mortimer Brown lächelte. »Vermutlich interessieren Sie zuerst unsere Preise.«

»Oh, mein Freund ist großzügig … vorausgesetzt natürlich, die Fotos erweisen sich als … brauchbar.«

»In dieser Beziehung können Sie sich ganz auf uns verlassen, Sir.« Der Fotograf deutete auf die Fotos im Schaufenster, von denen Peter jetzt nur die Rückseiten sehen konnte.

»Die beiden Hochzeitsbilder in der Mitte gefallen mir besonders gut«, bemerkte Peter und deutete dann auf die Portraitaufnahme, die dazwischen stand. »Sagen Sie, könnte es sein, daß ich das Mädchen kenne? Ich glaube, ich habe es schon mal gesehen.«

»Das ist durchaus möglich. Allerdings müßte das einige Zeit her sein.« Mortimer Brown schüttelte traurig den Kopf. »Sie und ihr Mann sind vor zwei Jahren bei einem Flugzeugabsturz ums Leben gekommen. Ein tragischer Unfall. Sie war Sir Arnold Wyatts einzige Tochter.«

7

Peter entdeckte Claude an einem Fenstertisch in dem kleinen Cafe. Es war eines der ältesten Gebäude in Heatherdown. Die Deckenbalken hatten zu einem Schiff gehört, bevor man sie während der Tudorzeit zum Bau des Hauses verwendet hatte. Die gegenüberliegende Seite des Cafes beherrschte eine große Kaminecke. Das Lokal war gut besetzt. Die meisten Gäste waren Hausfrauen, die sich von ihren Einkäufen ausruhten. Claude hatte sich bereits eine Tasse Kaffee bestellt, und in der Tischmitte stand ein Teller mit Schokoladenkeksen. Als Peter sich näherte, legte er die Zeitung beiseite.

»Was ist denn mit dir los? Du siehst aus, als wärst du einem Gespenst begegnet.«

»So was Ähnliches habe ich tatsächlich erlebt.«

Peter setzte sich und öffnete augenblicklich das Päckchen Zigaretten, das er gekauft hatte. Dann hielt er nach einer Kellnerin Ausschau.

»Ich habe schon für dich bestellt«, sagte Claude. »Sie muß jeden Augenblick kommen.«

Peter zündete sich nervös eine Zigarette an. Kurz darauf brachte ihm eine untersetzte, freundliche Kellnerin eine Tasse Kaffee. Peter trank dankbar einen Schluck. Claude, der fühlte, daß Peter ein unangenehmes Erlebnis gehabt haben mußte, wartete geduldig auf eine Erklärung.

»Ein paar Häuser weiter ist das Fotogeschäft eines gewissen Mortimer Brown«, begann Peter schließlich.

»Stimmt.« Claude nickte. »Ich bin dort vorbeigegangen.«

»Hast du mal ins Schaufenster gesehen?«

»Nein. Warum?«

»Es steht eine Portraitaufnahme von Phyllis du Salle in der Auslage.«

»Du lieber Himmel! Bist du sicher?«

»Absolut sicher. Aber das ist noch nicht alles.« Peter senkte die Stimme und beugte sich über den Tisch. »Ich bin in den Laden gegangen und habe mich mit Mortimer Brown unterhalten. Er hat mir erzählt, daß besagtes Foto eine Portraitaufnahme von Sir Arnold Wyatts Tochter sei.«

»Ich denke, Wyatts Tochter ist vor zwei Jahren bei einem Flugzeugabsturz ums Leben gekommen«, entgegnete Claude erstaunt.

»Das hat Wyatt wenigstens behauptet.«

»Dann mußt du dich in bezug auf das Foto eben getäuscht haben.«

Peter gab ein zweites Stück Würfelzucker in seinen Kaffee. »Das Bild zeigt die Frau, die ich vor drei Wochen hier nach Heatherdown mitgenommen habe ... und die du in Genf gesehen hast. Da bin ich ganz sicher.«

»Dann muß sich eben Brown geirrt haben«, überlegte Claude. »Das ist die einzige Erklärung.«

»Brown schien sich seiner Sache ganz sicher zu sein, Claude. Auf meine Frage hat er sofort und ohne Zögern geantwortet, das Mädchen auf dem Foto sei Sir Arnolds Tochter. Er hat sogar ihren Mann und den Unfall erwähnt.«

In diesem Augenblick kam die Kellnerin und legte die zusammengefaltete Rechnung diskret neben Claudes Teller. Claude klappte sie auf und warf einen flüchtigen Blick darauf. »Du solltest mit Wyatt über diese Angelegenheit sprechen, Peter. Frag ihn einfach, ob das Mädchen auf dem Bild tatsächlich seine Tochter ist.«

»Das dürfte schwierig werden.«

»Schwierig? Weshalb?«

»Ich bin bereits zweimal unangemeldet bei ihm aufgetaucht und habe ihn einmal angerufen. Bei diesem Telefongespräch ist er ziemlich ungehalten gewesen. Ich glaube, er hält mich ... gelinde gesagt ... für leicht überspannt.«

Claude rieb sich nachdenklich das Kinn. »Hast du nicht gesagt, daß Wyatt ein Fan von mir ist?«

»Wyatt? Ja, stimmt.«

»Dann benutze mich einfach als Vorwand, und wir besuchen ihn gemeinsam.«

Mrs. Cassidy öffnete die Tür. Sie wollte offenbar gerade ausgehen, denn sie trug einen leichten Regenmantel und hatte ein seidenes Kopftuch umgebunden. Als sie Peter erkannte, wurde ihre Miene abweisend. Vermutlich hatte der Hausherr sie vor dem lästigen Besitzer des weißen Jaguars gewarnt.

»Guten Morgen, Mrs. Cassidy!« begrüßte Peter sie mit einem strahlenden Lächeln. »Könnten wir mal kurz mit Sir Arnold sprechen?«

Mrs. Cassidy hegte ganz offensichtlich große Zweifel, doch Claudes Anwesenheit schien diese zu beseitigen. Claude hatte von jeher einen distinguierten, vertrauenswürdigen Eindruck gemacht. Er war nicht der Typ, den man an der Tür abfertigte.

»Sir Arnold ist im Augenblick sehr beschäftigt ... aber wenn Sie einen Augenblick warten möchten ...«

Mrs. Cassidy ließ die Tür einen Spalt breit offen. Als sich ihre Schritte in der Diele entfernten, hörten sie Wyatt aus dem Hintergrund rufen: »Wer ist denn gekommen, Mrs. Sheila?«

»Mr. Matty, Sir.«

»Oh!«

Dieses Mal wurden sie nicht in die Bibliothek gebeten, sondern Sir Arnold kam an die Tür. Vermutlich hatte er sich vorgenommen, mit Peter ein deutliches Wort zu reden. Als er sah, daß Peter nicht allein war, hellte sich seine Miene auf. Er erkannte Claude sofort.

»Entschuldigen Sie, daß ich Sie schon wieder belästige, Sir Arnold«, begann Peter. »Aber da Sie meinen Bruder persönlich kennenlernen wollten ...«

»Ja, natürlich!« Wyatt sah Claude lächelnd an. »Das ist wirklich eine sehr angenehme Überraschung. Ich habe Ihrem Bruder schon gesagt, wie sehr ich Sie bewundere.«

Claude lächelte bescheiden und ließ sich von Sir Arnold in die Diele führen. Peter folgte den beiden. Als Wyatt die beiden Besucher schließlich doch in die Bibliothek führte, stand Mrs. Cassidy am Fuß des Treppenaufgangs und war angesichts des Sinneswandels des Hausherrn offenbar etwas verwirrt. Von der Enkelin Jane war nichts zu sehen.

»Fahren Sie ruhig in die Stadt, Sheila«, sagte Wyatt. »Wir treffen uns dann später in Heatherdown.«

Sir Arnold Wyatt geleitete die beiden Brüder in die Bibliothek. Dieses Mal war die Stereoanlage nicht in Betrieb. Die Schallplatten, die bei Peters früheren Besuchen überall herumgelegen hatten, standen geordnet in einem Regal.

»Sie wissen ja gar nicht, wieviel Freude und Genuß Sie mir seit Jahren durch Ihr Spiel bereitet haben, Mr. Matty«, betonte Wyatt. »Ich besitze so ziemlich jede Ihrer Plattenaufnahmen.«

»Danke, Sir Arnold.« Claude nickte. »Das höre ich natürlich gern. Ich habe gerade eine neue Platte aufgenommen und werde veranlassen, daß Sie ein Exemplar von meinem Agenten zugeschickt bekommen, sobald sie auf den Markt kommt.«

Wyatt strahlte. »Das ist wirklich sehr freundlich. Danke, Mr. Matty.«

Claude wollte diesem nichtssagenden Austausch von Komplimenten ein Ende machen. Er sah Peter an. Das war das verabredete Zeichen.

»Bitte verzeihen Sie, daß wir Sie so überfallen, Sir Arnold«, begann Peter prompt. »Aber heute morgen ist etwas passiert, das …«

Als Peter zögerte, erinnerte sich Sir Arnold plötzlich seiner Pflichten als Gastgeber.

»Möchten Sie sich nicht setzen?«

Als alle Platz genommen hatten, wandte sich Wyatt mit ausdrucksloser Miene an Peter. »Was wollten Sie gerade sagen?« Der alte Herr war offenbar darüber verärgert, daß Peter das Gespräch an sich gerissen hatte.

»Bei meinem letzten Besuch haben Sie mir von Ihrer Tochter erzählt«, nahm Peter den Faden wieder auf. »Sie ist doch bei einem Flugzeugabsturz ums Leben gekommen, oder?«

»Ja, natürlich.« Der plötzliche Themawechsel schien Wyatt zu verwirren. »Das ist richtig.«

»Nun … heute morgen habe ich ein Foto von Ihrer Tochter gesehen. Wenigstens hat man behauptet, das Mädchen auf dem Bild sei Ihre Tochter …«

Als Claude Wyatts unwirsche Miene sah und merkte, daß Peters Erklärungen immer verworrener wurden, griff er ein. »Sir Arnold, hat ein gewisser Mortimer Brown je eine Portraitaufnahme von Ihrer Tochter gemacht?«

»Ja, sicher. Ich kann mich noch an den Tag erinnern, an dem sie zu ihm ging … denn eigentlich ist es meine Idee gewesen. Ich besaß kein einziges gutes Foto von Pauline, und dachte …« Wyatt verstummte und blickte von Claude zu Peter. »Was soll das alles eigentlich? Weshalb interessieren Sie sich für meine Tochter, Mr. Matty?«

»Mein Bruder hat das Foto in … in Mortimer Browns Laden *gesehen*«, antwortete Claude schnell. »Es steht dort im Schaufenster.«

»Ich dachte, es sei das Bild einer … einer Bekannten. Deshalb bin ich in das Geschäft hineingegangen und habe gefragt. Dabei habe ich erfahren, daß das Mädchen auf dem Foto Ihre Tochter gewesen ist.«

»Mit anderen Worten … Sie haben sich geirrt?« entgegnete Wyatt herausfordernd.

»Das weiß ich eben nicht«, murmelte Peter. »Entschuldigen Sie, aber das verstehe ich nicht ganz.«

»Könnten wir bitte mal ein Bild Ihrer Tochter sehen, Sir Arnold?« warf Claude hastig ein.

»Ja, selbstverständlich. Bitte!«

Wyatt erhob sich, trat an eine antike Kommode und nahm ein Fotoalbum aus der Schublade. Als er zu der Sitzgruppe zurückkam, schlug er es auf.

»Mr. Brown hat mehrere Aufnahmen gemacht, aber Sie haben vermutlich diese hier gesehen.«

Wyatt hielt den beiden Brüdern das Album hin. Peter starrte entgeistert auf das Foto, das eine hübsche junge Frau mit dunklem Haar und breitem, energischem Mund zeigte. Sie hatte nichts von der faszinierenden Schönheit Phyllis du Salles.

»Stimmt etwas nicht, Mr. Matty?« erkundigte sich Sir Arnold irritiert.

»Das … das ist Ihre Tochter?« stotterte Peter. »Natürlich.«

»Dann ist die Frau auf diesem Foto also nicht Phyllis du Salle?« fragte Claude seinen Bruder.

»Nein … nein, auf keinen Fall.«

»Phyllis du Salle?« wiederholte Wyatt noch immer verwirrt, klappte das Album zu und legte es beiseite.

»Auf dem Foto im Schaufenster von Mortimer Browns

Laden habe ich die junge Frau wiedererkannt, nach der ich gesucht habe ... ihr Name ist Phyllis du Salle«, sagte Peter entschieden.

»Und Mortimer Brown hat behauptet, daß es sich um meine Tochter handele?«

»Ja.«

»Aber was um Himmels willen kann ihn dazu veranlassen?«

»Das eben kann ich mir auch nicht erklären.«

Vor Mortimer Browns Laden stand ein Fahrrad am Rinnstein. Peter fuhr den Jaguar noch ein Stück weiter und parkte. Sir Arnold stieg aus und klappte für Claude den Beifahrersitz zurück. Aus purer Gewohnheit schloß Peter den Wagen sorgfältig ab, bevor er den beiden anderen folgte.

»Es ist das Foto in der Mitte!« rief er Wyatt nach. »Das zwischen den Hochzeitsbildern.«

Als Peter sie eingeholt hatte, starrte Wyatt gerade ausdruckslos ins Schaufenster. »Aber das ist meine Tochter«, sagte er schließlich. »Das Foto ist eine Vergrößerung der Aufnahme, die ich Ihnen gerade in dem Album gezeigt habe.«

Peter war fassungslos. Wyatt hatte recht.

»Jedenfalls ist das nicht die Fotografie, die ich heute morgen gesehen habe!« stieß Peter schließlich hervor.

Wyatt und Claude musterten ihn schweigend. Dann sahen sie sich ratlos an. Sowohl dieser Blick als auch das Bewußtsein, daß man ihm übel mitgespielt hatte, veranlaßte Peter, Claude und Wyatt verärgert den Rücken zuzuwenden und den Laden zu betreten. Die beiden anderen folgten ihm verlegen.

Das Geschäft war leer. Dieses Mal hatte der Inhaber die Ladenglocke offenbar nicht gehört. Nachdem sie eine

Weile gewartet hatten, klopfte Peter ungeduldig auf die Ladentheke. Es vergingen weitere Minuten, bis Mortimer Brown hinter dem Vorhang auftauchte und in die Helligkeit blinzelte.

»Entschuldigen Sie, daß Sie warten mußten, aber ich war gerade in der Dunkelkammer beschäftigt. Was kann ich für Sie tun?«

»Ich bin heute morgen schon einmal bei Ihnen gewesen und habe mich erkundigt ...«

»Ja, natürlich, ich erinnere mich.« Jetzt erst schien er Peter wiederzuerkennen. Dann bemerkte er Wyatt und lächelte gewinnend. »Oh ... Guten Morgen, Sir Arnold.«

»Guten Morgen«, erwiderter Wyatt knapp, der sich in seiner Haut nicht wohl zu fühlen schien.

»Ich kümmere mich gleich um Sie.«

»Schon gut, ich bin mit Mr. Matty gekommen.«

»Ach so.« Der Fotograf wandte sich erneut an Peter. »Wenn ich mich recht erinnere, geht es um eine Hochzeit, ja?«

»Ja, aber deshalb bin ich nicht zurückgekommen.« Mortimer Brown zog überrascht die Augenbrauen hoch. Wyatt trat einen Schritt vor.

»Mr. Matty interessiert sich noch immer für das Foto meiner Tochter im Schaufenster. Wie ich gehört habe, hatte er sich bereits mit Ihnen darüber unterhalten.«

»Das ist richtig. Was möchten Sie denn wissen?«

»Mich interessiert vor allem, weshalb Sie das Foto ausgetauscht haben?« fragte Peter prompt.

»Ausgetauscht?«

»Sicher.«

»Wie meinen Sie das, Sir?«

»Oh, das wissen Sie ganz genau«, entgegnete Peter ärgerlich. »In Ihrem Schaufenster steht nicht mehr dasselbe Foto wie heute morgen.«

»Tut mir leid, aber ich begreife nicht, worauf Sie hinauswollen.«

Brown ging zum Schaufenster und nahm die Portraitaufnahme aus der Mitte der Auslage. »Sprechen Sie vielleicht von diesem Bild?«

»Nein, eben nicht von diesem, sondern von dem Foto, das Sie mir gezeigt haben.«

»Aber das ist es doch!«

»Keineswegs!« beharrte Peter. »Sie haben mir die Portraitaufnahme einer Bekannten namens Phyllis du Salle gezeigt.«

»Phyllis du Salle?« wiederholte Brown kopfschüttelnd und sah Claude und Wyatt hilfesuchend an. Sein Blick sagte deutlich, daß Peter seiner Ansicht nach unter Halluzinationen leiden mußte. Claude kam Peter schließlich zu Hilfe.

»Hören Sie, wir fangen am besten ganz von vorn an. Mein Bruder hat sich für ein Foto in Ihrem Schaufenster interessiert«, begann Claude.

»Ganz richtig, Sir.«

»Ja«, warf Peter ein. »Aber es ist nicht dieses Foto gewesen.«

»Aber natürlich, Sir«, beharrte Brown. »Warum sollte ich Ihnen das Bild einer x-beliebigen Frau zeigen und behaupten, es sei Sir Arnolds Tochter?«

»Das weiß ich eben nicht. Jedenfalls haben Sie genau das getan.«

»Führen Sie Ihr Geschäft allein, Mr. Brown?« erkundigte sich Wyatt. »Ich meine, haben Sie vielleicht eine Verkäuferin?«

»Keine Verkäuferin, aber einen Assistenten ... Mr. Fellowes. Ich glaube, Sie kennen ihn, Sir.«

»Wäre es nicht möglich, daß Mr. Fellowes die Fotos ohne Ihr Wissen ausgetauscht hat?«

»Nein, das ist ausgeschlossen!« Mortimer Brown hatte endgültig die Geduld verloren. »Mr. Fellowes hat augenblicklich Urlaub und ist verreist. Im übrigen wurde die Fotografie nicht ausgetauscht!« erklärte er nachdrücklich. »Das ist das Bild, das ich Ihnen gezeigt habe ... darüber haben wir uns unterhalten. Verdammt, es steht schließlich schon seit einer Woche im Schaufenster.«

Peter wußte, daß Mortimer Brown log. Er sah ihm einen Moment lang in die Augen, wandte sich dann ab und verließ den Laden.

Er hatte die Türen des Jaguar bereits aufgeschlossen, als Claude und Wyatt nachkamen. Beide schien die Szene im Fotogeschäft beunruhigt zu haben.

»Tut mir leid, wenn Ihnen die Situation peinlich war«, murmelte Peter und sah Wyatt an.

»Keineswegs«, wehrte sich Wyatt höflich. »Ich an Ihrer Stelle hätte mich vermutlich genauso verhalten. Für mich gibt es dafür nur eine einfache Erklärung.«

»Für mich auch«, bemerkte Peter. »Mortimer Brown lügt.«

»Aber warum sollte er denn?«

»Das weiß ich auch nicht.«

»Warum hätte er das Foto austauschen sollen?« warf Claude ein. »Schließlich wußte er nicht, daß du zurückkommen würdest, Peter.«

Peter musterte seinen Bruder kühl. »Ihr glaubt also beide, daß ich mich geirrt habe?«

»Offengestanden, ja«, erwiderte Wyatt und sah flüchtig Claude an.

Peter öffnete die Tür zum Beifahrersitz. »Dann reden wir am besten nicht mehr darüber. Bitte steigen Sie ein, Sir Arnold. Ich bringe Sie nach Hause.«

»Danke, Mr. Matty, aber das ist nicht nötig. Ich habe einiges in der Stadt zu erledigen und treffe mich dann mit

Mrs. Cassidy.« Wyatts Miene entspannte sich etwas, als er sich an Claude wandte: »Auf Wiedersehen, Mr. Matty.« Er drückte Claude die Hand. »Ich habe mich sehr gefreut, Sie kennenzulernen, und hoffe, wir sehen uns bald einmal wieder.«

Die beiden Brüder schwiegen verlegen, als sie in den Jaguar stiegen. Keiner sprach ein Wort, als Peter den Wagen wendete und aus Heatherdown hinaus in Richtung Poole fuhr. Sobald er die Landstraße erreicht hatte, trat er das Gaspedal durch. Claude schnallte sich nur kommentarlos an.

Als Peter kurz vor Poole abbremste, unterbrach er das Schweigen: »Ich weiß, was du denkst, Claude.«

»Wirklich, Peter?«

»Du denkst, ich bin so hoffnungslos in Phyllis verliebt, daß ich mir eingebildet habe, sie auf dem Foto bei Mortimer zu erkennen.«

»Du irrst dich, Peter«, entgegnete Claude. »Das habe ich nicht gedacht ... obwohl das natürlich eine Möglichkeit wäre. Vielleicht war es eine ungünstige Lichteinwirkung ...«

Peter schüttelte energisch den Kopf. »Brown hat die Fotos vertauscht. Frag mich nicht warum, aber er hat's getan.«

»Ich glaube dir«, sagte Claude ernst und bestimmt.

»Mach keine solchen Sorgenfalten, alter Junge«, seufzte Peter mit einem Seitenblick auf Claude. »Ich drehe schon nicht durch.«

Da die alte High Street von Poole inzwischen für den Autoverkehr gesperrt war, mußte Peter die Umgehungsstraße nehmen, um in die schmale Gasse zu gelangen, wo Mrs. Frinton ihren Laden hatte. Claude sah den Bruder fragend an, als Peter vor der kleinen Poststelle anhielt.

»Ich muß mal telefonieren«, erklärte Peter. »Es dauert nur fünf Minuten.«

Claude beobachtete, wie Peter in dem kleinen Laden verschwand. Jede seiner Bewegungen verriet die innere Anspannung und Nervosität, die ihn erfaßt hatten. Die Rückfahrt von Heatherdown nach Poole war ein beunruhigendes Spiegelbild seiner seelischen Verfassung gewesen.

Als Peter den Laden betrat, bediente Mrs. Frinton gerade einen der Fischer, die ihr Boot in demselben Hafenteil liegen hatten wie Peter. Peter ging sofort zum Telefon, nahm sein Adreßbuch heraus und wählte eine Nummer.

»Die Leitungen nach London sind besetzt«, verkündete am anderen Ende eine geradezu aufreizend ruhige Stimme. »Bitte, versuchen Sie es später wieder.«

Peter warf den Hörer heftig zurück auf die Gabel. Hinter ihm schlug die Türglocke an, als der Fischer das Geschäft verließ.

Mrs. Frinton versuchte Peter in eine nichtssagende Konversation zu verwickeln, doch zum Glück betrat eine Frau mit ihrem Kind das Geschäft, so daß sie abgelenkt war. Peter wählte erneut. Dieses Mal kam er durch. Der Teilnehmer meldete sich schon nach dem ersten Rufzeichen. Offenbar hatte Max einen Anruf erwartet. Peter warf die erforderlichen Münzen ein. »Hallo? Bist du's, Max?«

Am anderen Ende blieb es einen Augenblick lang still. »Peter?« erkundigte sich Max dann unsicher.

»Ja, ich bin's.«

»Hallo, alter Junge! Wie geht's? Bist du in der Stadt?«

»Nein, in Poole. Max, ich muß mit dir sprechen. Ich habe ein Problem.«

»Das ist ja mal was Neues. In Ordnung. Ist es dringend?«

»Ziemlich. Wie sieht's mit deiner Zeit aus?«

»Oh, ich habe 'ne Menge interessanter Dinge vor. Aber im Augenblick bin ich rein zufällig frei verfügbar.«

»Ausgezeichnet. Dann treffen wir uns noch heute nachmittag gegen fünf in meiner Wohnung. Einverstanden?«

»Ja, gut. Aber worum geht's denn eigentlich?«

»Das sage ich dir heute nachmittag.«

»Nein, ich bin so neugierig«, beharrte Max. »Ich will es jetzt wissen.«

»Ich habe einen Job … einen Auftrag für dich.«

»Einen Job?«

»Ja.«

»Also dann bis fünf, alter Junge«, antwortete Max munter. Peter legte auf.

Peter war immer noch nervös und angespannt, als er zu Claude zurückkehrte. Es hatte ihn geärgert, daß sein Bruder offenbar eher bereit gewesen war, dem Fotografen zu glauben als ihm. Aus diesem Grund hatte er auch nicht die Absicht, Claude von seiner Verabredung mit Max Lerner zu erzählen.

»Tut mir leid, daß du warten mußtest«, sagte Peter nur, als er einstieg.

»Das macht doch nichts«, erwiderte Claude und blickte stur geradeaus.

»Ich muß heute nachmittag leider nach London zurück. Es ist wichtig.«

»Ach.«

»Möchtest du mitkommen oder lieber hier bleiben?«

Claude zögerte mit der Antwort. Peters Verhalten beunruhigte ihn zunehmend.

»Ich bleibe lieber hier«, erwiderte er schließlich. »Das heißt, wenn's dir nichts ausmacht.«

»Nein, überhaupt nicht.« Peter merkte, daß er ungerecht war, und bemühte sich, einiges wieder gutzumachen. »Es tut mir wirklich leid, Claude, aber ich kann die Angelegenheit nicht hinausschieben. Es ist zu wichtig.«

»Natürlich, das verstehe ich. Das Geschäft geht eben vor.« Peter sah Claude an. Er glaubte aus seiner Stimme einen sarkastischen Unterton herausgehört zu haben. Claude wich seinem Blick aus und beobachtete aufmerksam die Frau, die gerade mit ihrem Kind Mrs. Frintons Laden verließ. Peter startete den Motor und fuhr los.

Als Peter sich für fünf Uhr mit Max Lerner verabredet hatte, hatte er gar nicht daran gedacht, daß um diese Zeit der abendliche Berufsverkehr in vollem Gang war. Es war deshalb bereits fünf Minuten vor fünf, als er den Wagen schließlich am Sloane Court parkte.

Kaum hatte er den Schlüssel in das Schloß der Wohnungstür gesteckt, wußte er, daß ihm jemand zuvorgekommen war. Er schloß immer zweimal ab, bevor er ausging.

Lautlos betrat er die Diele seiner Wohnung. Aus dem Wohnzimmer hörte er ein leises Rascheln. Ohne die Tür hinter sich zu schließen, schlich er den Gang entlang. Als er vor dem Wohnzimmer stand, ertönte von drinnen ein lautes Klicken. Peter stieß die Tür so heftig auf, daß sie gegen den Tisch schlug. »Mrs. Galloway!« entfuhr es ihm überrascht.

Die Zugehfrau wirbelte erschrocken herum und ließ die Handtasche fallen, die sie offenbar zugemacht hatte, weil sie die Wohnung verlassen wollte. Beide waren gleichermaßen überrascht. Mrs. Galloway kam sonst normalerweise nur morgens, um Geschirr zu spülen und die Wohnung sauberzumachen. Mrs. Galloway war eine hagere Witwe von siebenundvierzig Jahren, die zwei Kinder allein mit Hilfe ihrer eigenen Hände Arbeit großgezogen hatte und die nötige Geduld und Nachsicht besaß, sich um einen so unordentlichen Mann wie Peter zu kümmern.

»Oh, Mr. Matty.« Sie hatte die Hand auf ihr Herz gepreßt. »Mein Gott, haben Sie mich erschreckt.«

»Tut mir leid, Mrs. Galloway, aber ich hatte keine Ahnung, daß Sie hier sind.«

»Ja, ich bin später dran als sonst. Aber weil Sie doch übers Wochenende auf Ihrem Boot bleiben wollten ...«

»Ja, ich mußte überraschend zurückkommen ... eine geschäftliche Angelegenheit. Sie wissen schon.«

Peter ging zu seinem Schreibtisch und nahm das Scheckbuch aus der Schublade.

»Das ist aber jammerschade«, bemerkte Mrs. Galloway, die den Schreck noch immer nicht ganz überwunden hatte. Außerdem wußte sie nicht, was sie von Peters ungewohnt schroffer Art halten sollte. Sie hatte beinahe das Gefühl, daß er ihr böse war. »Also, ich gehe dann.«

»Ja, natürlich«, antwortete Peter, ohne von dem Scheck aufzusehen, den er gerade ausschrieb. »Vielen Dank, Mrs. Galloway. Ich wünsche Ihnen noch einen schönen Abend.«

Als Mrs. Galloway in die Diele hinausging, riß er den Scheck aus dem Heft und steckte ihn in die Tasche. In diesem Augenblick klingelte es. Max war pünktlich.

»Ist Mr. Matty zu Hause?« hörte Peter ihn fragen. »Ja, er ist gerade gekommen. Wen soll ich ...«

»Schon gut, er erwartet mich.«

Die Haustür fiel ins Schloß, als Max Lerner ins Wohnzimmer stürmte.

»Also hier bin ich, mein Lieber! Auf die Minute pünktlich.« Max sah in seinem zweireihigen Blazer und der karierten Tweedhose sehr schick aus. Um den Hals hatte er einen roten Schal geschlungen.

»Hallo, Max. Nett, daß du gekommen bist. Setz dich. Was möchtest du trinken?«

»Was hast du denn zu bieten?«

»Whisky …?«

»Ja, gut«, antwortete Max und nickte.

Peter ging zu dem kleinen Bartischchen neben der Tür. Max beobachtete unverhohlen neugierig, wie er eine Flasche Scotch entkorkte und zwei Gläser einschenkte.

»Nimmst du Soda?« erkundigte sich Peter.

»Nein, nur einen Schuß Wasser. Von wo aus hast du nochmal angerufen?«

»Von Poole. Ich bin gerade zurückgekommen.«

»Nur um mit mir zu sprechen?«

»Ja, das habe ich dir doch schon gesagt. Ich habe einen Auftrag für dich.«

»Großartig.« Max nahm Peter ein Glas ab und grinste. »Ich hatte schon Angst, du könntest es dir auf dem Weg hierher vielleicht anders überlegen.«

»Wie kommst du denn darauf?«

Max zuckte mit den Schultern. »Dafür gibt's keinen besonderen Grund. Ich hatte in letzter Zeit nur ziemlich viel Pech. Im Augenblick brauche ich offengestanden dringend Arbeit … ich nehme alles, was ich bekommen kann.«

»Hast du wieder Ärger mit deinen Ex-Frauen?« fragte Peter. »Du sagst es. Sie quetschen mich aus wie eine Zitrone.« Peter nahm den Scheck aus der Tasche und reichte ihn Max. »Na, vielleicht kannst du sie damit beruhigen.«

Max las die Schecksumme. Sein rundes, pausbackiges Gesicht verzog sich zu einem breiten Lächeln.

»Donnerwetter! Du bist verdammt großzügig.«

»Keine Angst! Du mußt jeden Penny hart verdienen.« Peter hob das Glas.

»Zum Wohl!«

Max trank einen kräftigen Schluck Whisky und steckte den Scheck in die Jackettasche.

»Also, worum geht es?«

»Erinnerst du dich noch, daß wir vor drei oder vier Wochen über eine Frau namens Phyllis du Salle gesprochen haben?«

»Klar. Du hast sie auf dem Rückflug von Genf nach London kennengelernt.«

»Stimmt genau.«

»Soviel ich weiß, habe ich dir damals von ihrem Mann und seinem tödlichen Unfall auf der Fahrt von Marseille nach Korsika erzählt.«

»Richtig. Ich habe mich später nochmal mit Phyllis getroffen. Sie hat bei dieser Gelegenheit ebenfalls von dem Unfall ihres Mannes und dem Streit gesprochen, den sie kurz vor seinem Tod gehabt hatten. Dabei ging es um eine Puppe.«

»Ja, natürlich. Das habe ich dir doch alles erzählt.« Max hatte sein Glas auf den Tisch gestellt, um sich ein Zigarillo anzuzünden. »Peter, komm bitte zur Sache. Was soll ich für dich tun?«

»Sie ist verschwunden.«

»Phyllis du Salle?«

»Ja, und ich muß sie unbedingt finden … unbedingt.«

Max' Miene hellte sich auf. Er musterte Peter durch den Zigarillorauch prüfend.

»Du hast dich Hals über Kopf in das Mädchen verliebt, was Peter?«

»Das ist die Untertreibung des Jahres. Ich kann sie einfach nicht vergessen.«

Peter zündete sich eine Zigarette an. Zwei Streichhölzer zerbrachen. Erst das dritte konnte er in Brand setzen.

»So habe ich dich wirklich noch nie erlebt«, bemerkte Max. »Deshalb brauche ich deine Hilfe, Max. Du mußt sie für mich finden.«

»In Ordnung.« Max setzte sich und nahm ein Notizbuch aus der Innentasche seines Jacketts. »Das ist zwar

nicht ganz mein Metier, aber wir werden sehen, was sich machen läßt. Wo fange ich am besten an?«

»Du ... du solltest vielleicht zunächst Erkundigungen über ... über zwei Männer einziehen.« Peter ging unruhig im Zimmer auf und ab. »Der eine ist Sir Arnold Wyatt und der andere ein Fotograf namens Mortimer Brown. Brown hat ein Fotogeschäft in der High Street von Heatherdown. Sir Arnold Wyatt wohnt ebenfalls in dieser Stadt und ist ein ehemaliger Strafverteidiger, der jetzt im Ruhestand lebt. ›Forest Gate Manor‹ gehört zu seinem Besitz, ein sehr schönes Herrenhaus am Stadtrand.«

»Sir Arnold Wyatt. Mortimer Brown«, wiederholte Max und schrieb die Namen auf. »Gut. Und was willst du über die beiden wissen?«

»Mich interessiert vor allem, ob die beiden nicht zufällig Freunde ... enge Freunde sind.«

8

Peter hatte Claude mit seinem merkwürdigen Benehmen verärgert. Claude nahm es Peter ein wenig übel, daß dieser ohne weitere Erklärung überstürzt nach London zurückgekehrt war. Phyllis du Salle hatte es offenbar geschafft, Peters ritterliche Instinkte zu wecken. Die zweifellos sehr gutaussehende und gebildete Frau verstand es ausgezeichnet, sich durch ihre geheimnisvolle Ausstrahlung und ihr mysteriöses Verschwinden noch interessanter zu machen.

Trotz allem hatte Claude nicht die Absicht, sich den ersten längeren Urlaub, den er sich leisten konnte, verderben zu lassen. Die Yacht bot ihm die ideale Gelegenheit, um auszuspannen. Die Fischer behandelten ihn wie einen der vielen langweiligen Urlauber, und für Mrs. Frinton, die sich hauptsächlich für die Unterhaltungsprogramme in Radio und Fernsehen und nicht für klassische Musik interessierte, war er einfach nur der Bruder von Peter Matty. Abgesehen von einem gelegentlichen Plausch mit den Fischern oder einem Spaziergänger auf dem Kai, blieb Claude meistens für sich.

Er wußte, daß er ohne Klavier schnell außer Übung kam, doch das konnte er mit einem einwöchigen intensiven Training wieder aufholen. Mittlerweile genoß er die Ruhe und begann sich bereits merklich zu erholen.

An einem sonnigen Vormittag, Anfang der Woche nach Peters überstürzter Abreise, stand Claude in verwaschenen Jeans, einem alten Hemd von Peter und Gummihandschuhen an Deck, um rein Schiff zu machen. Vor

ihm, über der Lagune von Poole Harbour schimmerte das Grün der Fichten von Brownsea Island. Im Süden, an den Ufern der Parkstone Bay hoben sich die weißen Mauern der Hotels und Villen von Sandbanks leuchtend weiß über dem blauen Wasser ab. Ein ganzer Wald von Segelmasten ragte dort im Hafen in den Himmel. Möwen segelten in der Morgenbrise dicht im Hafen über die Wasseroberfläche und schwangen sich dann über den Schiffen, die am Pier lagen, hoch in die Lüfte. Vom Hafen drangen das Dröhnen einer Dieselmaschine, das Rauschen des Wassers, das aus den Kuttern abgelassen wurde, und das metallische Schlagen des Baggereimers zu Claude herüber.

Claude bemerkte, wie sehr er das alles genoß, und die Arbeit darüber vergaß. Schließlich riß er sich von der schönen Aussicht los, schüttete das schmutzige Putzwasser aus dem Eimer über Bord und holte frisches herauf. Er hatte gerade eine Zeitlang eifrig das Deck geschrubbt, als vom Kai her jemand seinen Namen rief.

»Guten Morgen, Mr. Matty.«

Unten stand Sir Arnold Wyatt. Er trug eine Anglermütze und ein altes, aber gut geschnittenes Tweedjackett. Unter den Arm hatte er eine Langspielplatte in Originalverpackung geklemmt. »Oh, hallo! Guten Morgen!«

Wyatt deutete auf den Schrubber in Claudes Hand. »Lassen Sie sich bitte nicht stören!«

»Ich bin froh, wenn Sie es tun«, entgegnete Claude lächelnd. »Man sollte nichts übertreiben.«

Wyatt lachte. »Darf ich an Bord kommen?«

»Selbstverständlich.« Claude empfing Wyatt an der schmalen Gangway. Er hatte die Gummihandschuhe ausgezogen. »Mein Bruder ist leider wieder in London.«

»Eigentlich wollte ich mit Ihnen sprechen, Mr. Matty.« Wyatt zog die Schallplatte unter dem Arm hervor. Es war

eine Aufnahme von Claude. »Ich möchte Sie bitten, mir diese LP zu signieren.«

»Sicher. Das tue ich gern.«

»Nächste Woche findet ein Kirchenbasar statt. Ich versuche jedes Jahr für die Auktion etwas Besonderes zu stiften.«

»Mein Stift ist unten in der Kajüte. Wenn Sie mich kurz entschuldigen ...«

»Bleiben Sie!« Wyatt zog einen Kugelschreiber aus der Tasche. »Hier bitte, Mr. Matty.«

Claude legte seine Gummihandschuhe beiseite, nahm den Stift und die Langspielplatte und schrieb seinen Namen und eine Widmung darauf. Wyatt lächelte zufrieden, als er beides las.

»Das ist wirklich sehr freundlich von Ihnen. Überaus freundlich. Unser Pfarrer wird begeistert sein.«

Damit steckte er die Platte in eine Einkaufstüte und sah sich aufmerksam an Deck um.

»Eine hübsche Yacht. Sie gehört Ihrem Bruder, nicht wahr?«

»Segeln Sie gern, Sir Arnold?« erkundigte sich Claude höflich. Wyatt schien zu einem Schwätzchen aufgelegt zu sein.

»Nein, ich bin kein Segler. Schiffe langweilen mich. Ich kann es meistens kaum erwarten, wieder an Land zu kommen.«

»Ja, das kann ich verstehen. Mir macht Segeln eigentlich Spaß ... aber ich komme zu selten dazu.«

»Das ist begreiflich. Sie ... und Ihr Bruder, Sie arbeiten wohl sehr hart?«

Sir Arnold hatte diese Frage wie beiläufig gestellt, doch der scharfe Blick, mit dem er Claude musterte, verriet, daß er der Antwort einige Bedeutung beimaß.

»Ja, das stimmt.«

»Ihr Bruder ist ja ebenfalls sehr erfolgreich. Erst vor ein paar Tagen hat mir jemand erzählt, daß sein Verlag in der ganzen Welt vertreten ist. Er hat Büros in Paris, Rom und New York.«

»In Paris und New York sicher«, erwiderte Claude. »Aber ich wußte nicht, daß er auch in Rom eine Filiale hat.«

»Nein? Dann muß ich mich getäuscht haben.« Dabei drückte Wyatts Miene deutlich aus, daß er sich normalerweise in diesen Dingen nie irrte. »Ihr Bruder reist sicher viel, Mr. Matty.«

Claude begann sich über Wyatts Interesse für Peters Aktivitäten zu wundern. »Ja, vermutlich. Aber eigentlich bin ich der Zigeuner in der Familie. Ich lebe praktisch nur aus dem Koffer.«

»Ja, natürlich.« Wyatt kniff die Augen schützend gegen die Sonne zusammen, als er nach Sandbanks hinübersah. »Das ist bei Ihrem Beruf unvermeidlich. Trotzdem muß es sehr befriedigend sein, ein guter Konzertpianist zu sein.«

»Es hat sicher seine Vorzüge.«

Die Unterhaltung verlief immer merkwürdiger. Wyatts Bemerkungen waren äußerst zweideutig. Schon deshalb fielen Claudes Antworten so einsilbig und nichtssagend aus. Nachdem er noch eine Weile schweigend über die Wasserfläche gestarrt hatte, kam Wyatt endlich zur Sache.

»Verzeihen Sie, wenn ich Sie darauf anspreche … aber Ihr Bruder ist in letzter Zeit dreimal wegen einer … einer gewissen Mrs. du Salle bei mir gewesen.«

»Ja, ich weiß.« Claude lächelte flüchtig. »Ich kann mir denken, was Sie davon halten … und es Ihnen nicht mal übelnehmen. Aber ich versichere Ihnen, diese Mrs. du Salle existiert. Sie ist keine Phantasiegestalt meines Bruders.«

»Das erleichtert mich offengestanden«, sagte Wyatt. Er schien Claude zu glauben. »Ich habe mich nämlich schon langsam gewundert.« Er deutete auf die Langspielplatte in der Tüte. »Nochmals vielen Dank, Mr. Matty.«

Damit ging Wyatt hastig von Bord. Claude sah ihm nach, wie er mit elastischen Schritten den Kai entlanglief. Für sein Alter war Sir Arnold Wyatt noch ein sehr rüstiger Mann. Als er am Straßenrand stehenblieb, drehte er sich noch einmal um und merkte, daß Claude ihn noch immer beobachtete. Wyatt hob die Hand mit der Schallplatte und winkte ihm fröhlich zu.

Claude zog daraufhin die Gummihandschuhe wieder an und machte sich mit Eimer und Schrubber wieder an die Arbeit. Doch er war nicht bei der Sache. Nach zehn Minuten gab er auf, stieg in die Kajüte hinunter, wusch die Hände und zog sich um.

Am Vormittag herrschte in Mrs. Frintons Laden immer am meisten Betrieb. Auch jetzt warteten mehrere Kunden an der Ladentheke, und Mrs. Frinton lief zwischen Postschalter und Lebensmittelregalen hin und her und unterhielt sich dabei freundlich mit jedem, so daß die Kunden nie ungeduldig wurden.

Claude ging zum Telefon an der Wand und wählte die Nummer von Peters Büro. Zu seiner Überraschung hob Peter selbst ab.

»Hier Peter Matty.«

»Hallo, Peter! Wie geht's?«

»Ach du bist's, Claude. Mir geht's gut, danke. Und dir? Was macht das Boot?«

»Dem Boot geht's bestens. Dafür leide ich. Zu viel harte Arbeit. Wann kommst du wieder nach Poole?«

»Vielleicht in zwei Tagen. Bestimmt weiß ich es noch nicht.«

»Kannst du nicht übers Wochenende hier sein?«

»Übers Wochenende komme ich selbstverständlich. Das ist sicher.«

Claude hielt die Hand schützend vor die Sprechmuschel und senkte die Stimme. »Heute morgen hat mich einer deiner Freunde besucht.«

»Wer? Mrs. Frinton?«

»Nein, Sir Arnold Wyatt. Ich sollte eine LP für den Kirchenbasar signieren.«

»Aha.« Die Sache interessierte Peter ganz offenbar nicht sonderlich. »Wie ist das Wetter in Poole?«

»Nicht schlecht. Ein bißchen windig.« Aber Claude hatte Peter nicht angerufen, um mit ihm über das Wetter zu plaudern. Man merkte es Peters Stimme an, daß sich Claudes Hoffnung, die Gereiztheit und Nervosität des Bruders mögen sich legen, nicht erfüllt hatte.

»Hast du viel zu tun?« erkundigte er sich schließlich.

»Im Augenblick, ja.«

Hinter Claude zwängte sich eine Frau vorbei und stieß Claude die Einkaufstüte in die Kniekehlen.

»Sag mal, Peter ... hat dein Verlag eigentlich eine Filiale in Rom?« fragte Claude unvermittelt.

»Nein«, erwiderte Peter und fügte dann vorsichtig hinzu: »Wir haben dort Agenten, aber kein eigenes Büro. Mit Italien machen wir kaum Geschäfte. Aber weshalb interessierst du dich plötzlich für den Matty-Verlag?«

»Sir Arnold hat erwähnt, jemand habe ihm erzählt, ihr hättet ein Büro in Rom..., und das war mir neu. Das ist alles.«

»Hat er sonst noch was gesagt?«

»Jedenfalls nichts von Bedeutung. Allerdings hatte ich den Eindruck, daß die Bitte, die LP zu signieren, nur ein Vorwand gewesen ist.«

»Ein Vorwand wofür?«

»Keine Ahnung.« Ein Piepton kündete das Ende der Sprechzeit an. Claude bat hastig: »Sag Bescheid, bevor du kommst!« Während des kurzen Telefongesprächs hatten sämtliche Kunden bis auf eine Frau und einen schlanken, großen Mann den Laden verlassen. Letzterer stand am Zeitschriftenregal und wandte Claude den Rücken zu. Schließlich sah Mrs. Frinton Claude fragend an.

»Was kann ich für Sie tun, Mr. Matty?« erkundigte sie sich, als sie merkte, daß die letzte Kundin noch unentschlossen vor einem Korb mit Süßigkeiten stand.

Mrs. Frintons Stimme riß Claude aus seinen Gedanken. »Bitte ein Päckchen Zigaretten.«

»Rauchen Sie dieselbe Marke wie Ihr Bruder?«

»Nein. Haben Sie zufällig ›Balkan Sobranie‹?«

»Da muß ich mal nachsehen. Die Marke ist gerade knapp.« Sie verschwand im Lagerraum hinter der Theke. Der große, schlanke Mann hatte sich bei dem Namen ›Matty‹ umgedreht. Claude erkannte den Fotografen aus der High Street.

»Mr. Matty«, begann dieser schüchtern. »Ich weiß nicht, ob Sie sich noch an mich erinnern. Ich bin Mortimer Brown. Wir sind uns begegnet, als Ihr Bruder ...«

»Natürlich, ich weiß.«

»Bitte entschuldigen Sie ...« Er fuhr sich nervös mit der Hand über die Stirn. »Aber ich habe über Ihren Bruder und den Irrtum bezüglich des Fotos nachgedacht ...«

»Da sind Sie nicht der einzige«, fiel Claude ihm ins Wort. »Ich habe mir darüber ebenfalls den Kopf zerbrochen.«

»Ja ... ja, das kann ich mir vorstellen.« Der Fotograf warf einen flüchtigen Blick auf die Kundin am Korb mit den Süßigkeiten, doch sie schien sich für das Gespräch der beiden Männer nicht zu interessieren. »Ich habe nochmal mit Sir Arnold gesprochen ... wir sind uns ge-

stern nachmittag zufällig begegnet. Leider ist er in dieser Geschichte genauso ratlos wie ich.« Obwohl auch Claude durch das Benehmen seines Bruders beunruhigt war, hatte er nicht die Absicht, vor Mortimer Brown gegen Peter Partei zu ergreifen.

»Meinem Bruder und mir geht es genauso. Er versteht einfach nicht, warum das Foto ausgetauscht wurde.«

»Aber es wurde ja nicht ausgewechselt!« beharrte Brown gelassen. »Das Foto, das am Nachmittag im Schaufenster stand, war dasselbe, das ich Ihrem Bruder morgens gezeigt hatte.«

Claude sah ihn nur schweigend an. Dieser für ihn unwichtige Vorfall schien den Fotografen erstaunlich viel zu beschäftigen. Es ärgerte Claude, daß Brown so offensichtlich bemüht war, sich zu rechtfertigen. Und die folgende Bemerkung des Mannes machte Claude noch wütender.

»Bitte, verzeihen Sie die indiskrete Frage, Mr. Matty… aber ist Ihr Bruder in letzter Zeit mal krank gewesen?«

»Soviel ich weiß, hatte er vor ungefähr sechs Wochen Halsschmerzen«, antwortete Claude herablassend.

»Nein, das habe ich nicht gemeint. Mich interessiert nur, ob Ihr Bruder …«

»Mr. Brown«, unterbrach Claude ihn energisch. »Mein Bruder leidet nicht an Wahnvorstellungen, wenn Sie das meinen. Er ist ein geistig völlig normaler, geachteter und erfolgreicher Geschäftsmann.«

»Das weiß ich natürlich.« Browns Augenlider zuckten hinter den Brillengläsern. »Das hat Sir Arnold auch gesagt. Aber wie erklären Sie sich dann diese merkwürdige Sache?«

»Ich kann es mir offengestanden überhaupt nicht erklären«, entgegnete Claude in einem Ton, der deutlich machte, daß sich seine Bemerkung auf Mortimer Browns Benehmen bezog.

»Diese Frau … die Ihr Bruder sucht …?«

»Sie meinen Mrs. du Salle?«

»Ja. Sind Sie ihr je begegnet?«

»Ja, aber leider nur kurz ..., und zwar am Flugplatz von Genf.«

»Dann haben Sie diese Frau tatsächlich gesehen?« fragte Brown mit zweifelndem Nachdruck. »Ja, selbstverständlich.«

Brown musterte Claude, als versuche er sich über dessen Glaubwürdigkeit klar zu werden. Mrs. Frintons Stimme brach schließlich das gespannte Schweigen zwischen den beiden Männern.

»Hier sind Ihre Zigaretten, Mr. Matty. Ich bekommen dann 95 Pence.«

Als es schließlich fünf Uhr wurde, und Peter noch immer nicht nach ihr geklingelt hatte, stand Mollie auf und ging in sein Büro. Peter saß hinter seinem Schreibtisch und betrachtete kritisch die Umschlagentwürfe für ein neues Buch. Die Unterschriftenmappe, die sie ihm eine Stunde zuvor gebracht hatte, lag noch unberührt im Ablagekorb.

Das war nun auch Mollie zuviel. Sie hatte gehofft, daß ihm der Kurzurlaub auf der Yacht in Poole helfen würde, die Nervosität und Anspannung des vergangenen Monats zu überwinden. Stattdessen schien sich sein Gemütszustand eher noch verschlechtert zu haben.

»Sollen diese Briefe eigentlich nicht noch heute abgeschickt werden?« erkundigte sich Mollie, und ihre Armreifen klirrten, als sie auf die Unterschriftenmappe deutete. Peter war zu sehr in Gedanken vertieft, um die Warnsignale zu verstehen.

»Das weiß ich erst, wenn ich sie mir angesehen habe. Warum?«

»Ich wollte heute abend eigentlich mal pünktlich Schluß machen«, entgegnete Mollie steif.

»Ja, stimmt.« Peter sah auf die Uhr. »Ach, du liebe Zeit? Es ist ja schon fünf!« Mollie traf ein zerknirschter Blick. »Entschuldigen Sie vielmals, Mollie. Sie können sofort gehen. Wenn was Dringendes dabei ist, bringe ich's selbst zur Post.«

Mollie empfand Peters Zerknirschtheit als entwaffnend. Ihre Züge entspannten sich.

»Danke, Mr. Matty. Oh, beinahe hätte ich's vergessen. Max Lerner hat angerufen, während Sie beim Essen waren.«

»Max? Warum haben Sie mir das nicht früher gesagt?« Peter unterdrückte seinen Ärger mühsam. Mollie hatte es in letzter Zeit schon schwer genug mit ihm. »Hat er eine Nachricht hinterlassen?«

»Er bittet Sie, im Laufe des Abends zu ihm zu kommen.«

»Eine genaue Zeit hat er nicht genannt?«

»Nein. Er sagte, er sei ab fünf Uhr immer zu Hause.«

»Aha. Sonst noch was?«

»Nein. Allerdings schien er sehr verlegen zu sein.«

Als Mollie gegangen war, arbeitete Peter die Briefe in der Unterschriftenmappe durch, nahm die drei wichtigsten Schreiben heraus, steckte sie in die dafür vorbereiteten Umschläge und stand auf.

In Gedanken war er bereits bei Max Lerner. Der Journalist mußte offenbar etwas Wichtiges entdeckt haben. Anders war seine Bitte an Peter, zu ihm zu kommen, kaum zu erklären.

Peter nahm ungern die Untergrundbahn. Selbst die Tatsache, daß der dichte Feierabendverkehr bereits eingesetzt hatte, konnte ihn nicht davon abhalten, mit dem eigenen Wagen nach Islington zu fahren.

Er brauchte eine halbe Stunde bis Angel und war bereits gereizt und übel gelaunt, als er in die Islington High Street einbog. Max wohnte in einem Appartementblock, in des-

sen Umgebung es Peters Erfahrung nach besonders schwierig war, einen Parkplatz zu finden. Er fuhr daher in eine Seitenstraße und begann im Schrittempo, nach einem geeigneten Parkplatz zu suchen. Da jedoch alles besetzt war, stellte er den Jaguar schließlich im Parkverbot ab und hoffte, daß die Politessen an diesem Tag bereits genug Strafzettel verteilt hatten und nach Hause gegangen waren.

Max Lerner wohnte in einer schäbigen Gegend von Islington. Vermutlich konnte er sich keine bessere Wohnung leisten, nachdem er bereits drei Ex-Frauen versorgen mußte. Auf dem Weg zu dem Appartementblock kam Peter an mehreren halbverfallenen Häusern vorbei, in denen sich Imbißstuben etabliert hatten. Die Kneipe an der Ecke war ein Relikt aus viktorianischer Zeit und hatte als Gründungsstätte mehrerer Punkrock-Gruppen Berühmtheit erlangt. Grelle Plakate, die für Konzerte der ›The Snare‹ und ›Screaming Henry Higgins‹ warben, hingen an der Außenwand.

Der Block, in dem Max Lerners Wohnung lag, war noch eines der saubersten und besterhaltenen Gebäude in diesem Viertel. Peter machte einen Bogen um eine Gruppe fußballspielender Kinder, ging zum Eingang und drückte auf den Klingelknopf neben dem Schild mit der Aufschrift ›Max Lerner‹. Die Kinder benutzten den Türrahmen als Tor. Als der größte Junge schoß, knallte der Ball dicht neben Peter gegen die Tür. Peter drückte erneut auf die Klingel, doch auch dieses Mal meldete sich niemand.

In diesem Augenblick wurde die Tür zu einer der Wohnungen im Parterre geöffnet, und ein bärtiger Mann in Hemdsärmeln kam heraus. Er war rot vor Wut. Als die Kinder ihn sahen, schnappten sie den Ball und liefen davon.

»Ich habe euch gewarnt!« schrie er ihnen nach. »Wenn ich euch nochmal erwische, kriegt ihr Prügel, die ihr nie vergeßt!« Dann warf er Peter einen bösen Blick zu. »Ver-

dammte Brut!« schimpfte er und kehrte in seine Wohnung zurück.

Peter drückte erneut auf den Knopf neben der Sprechanlage und trat dann in die düstere Eingangshalle. Vor der Lifttür hing ein Schild mit der Aufschrift: ›Außer Betrieb‹. Als Peter langsam die Treppe hinaufstieg, befiel ihn die düstere Vorahnung, er könne die Fahrt nach Islington vergebens auf sich genommen haben. Max' Appartement lag im vierten Stock.

Seine Beinmuskeln schmerzten, als er die Schwingtür aufstieß, die das Treppenhaus und den Liftschacht vom Korridor dieser Etage trennte. Max' Wohnung Nummer 26 lag auf der rechten Seite. Als Peter an Nummer 25 vorbeikam, hörte er drinnen dröhnende Rockmusik aus einer Stereoanlage. Vor Max' Wohnungstür lag eine Fußmatte. An der Tür selbst war ein Messingklopfer angebracht. Peter wollte den Türklopfer gerade bedienen, als er bemerkte, daß die Tür offenstand. Er stieß sie vollends auf und trat in einen schmalen Flur, von dem rechts und links Zimmer abgingen.

»Max?«

Aus dem Zimmer auf der rechten Seite drang eine monotone, metallisch klingende Frauenstimme. Peter ging dort hinein. Offenbar war dieser Raum Max' Wohnzimmer. Peters Blick schweifte über die Zeitungen und Illustrierten, die überall verstreut lagen. Das alles beherrschende Möbelstück war eine riesige, mit einer Bärenfellimitation bedeckte Couch. Die Frauenstimme kam aus dem Radio.

Neben dem Wohnzimmer lag eine kleine Küche. Durch die offene Tür waren nur ein elektrischer Herd und die Ecke eines Spülbeckens zu sehen.

»Max?« rief Peter erneut.

Im nächsten Augenblick hörte er, wie draußen im Korridor die Wohnungstür mit lautem Knall zuschlug. Kurz

darauf kam Max ins Zimmer. Er hielt eine halbvolle Flasche Milch in der Hand, die er vor Schreck beinahe fallenließ, als er Peter sah. »Peter! Mein Gott, hast du mich erschreckt!«

»Läßt du deine Wohnungstür immer offen?«

»Nein, aber ich mag meinen Kaffee mit Milch, und deshalb habe ich mir eine halbe Flasche bei der jungen Dame aus der Wohnung über mir gepumpt. Sie hilft mir oft aus. Das muß ich langsam abstellen, sonst bildet sie sich noch was ein.«

Max grinste verlegen und schaltete das Radio aus.

»Meine Sekretärin hat mir gesagt, daß du mich sprechen willst.«

»Ja, natürlich«, erwiderte Max ausweichend. »Möchtest du eine Tasse Kaffee?«

»Ja ... danke.« Peter nahm das Angebot an, obwohl ihm ein Glas Whisky um diese Tageszeit lieber gewesen wäre. Max war offenbar froh, einen Grund zu haben, in die Küche zu gehen. »Nimmst du Zucker?« rief er.

»Ja, gern.«

Peter lehnte sich in den Türrahmen zur Küche und beobachtete, wie Max einen Löffel Nescafé in zwei Tassen gab und heißes Wasser darübergoß.

»Mollie hat mir erst vor einer halben Stunde von deinem Anruf erzählt. Sonst hätte ich zurückgerufen.«

»Das macht doch nichts.« Max reichte Peter eine bunte Tasse. »Danke.«

Max griff ungeschickt nach seiner Tasse und verschüttete etwas von dem Kaffee. Er fluchte unterdrückt. Als sie ins Wohnzimmer zurückkehrten, wich Max verlegen Peters prüfenden Blicken aus.

»Setz dich doch! Es kostet nichts!« forderte er Peter beinahe trotzig auf.

Peter nahm einen Stapel Illustrierte von einem Sessel

und nahm Platz. »Also, bringen wir's hinter uns. Was ist los?« Max setzte sich ebenfalls und schwieg.

»Hör zu, Max. Ich habe dich gebeten, gewisse Erkundigungen für mich einzuziehen. Wenn du was Unangenehmes herausbekommen hast, von dem du glaubst, daß ich es nicht hören will, dann ist das allein mein Problem.«

»Darum geht es gar nicht.«

»Worum dann? Rede doch endlich!«

Endlich sah Max Peter gerade in die Augen. Scham und Trotz lagen in seinem Blick. Er wollte etwas sagen, überlegte es sich dann offenbar anders, stellte seine Kaffeetasse auf den Tisch, nahm ein Stück Papier aus der Tasche und gab es Peter.

Peter warf einen flüchtigen Blick darauf. »Das ist der Scheck, den du von mir bekommen hast.«

»Stimmt. Ich will ihn nicht.«

»Du willst ihn nicht?« wiederholte Peter ungläubig.

»Ja. Tut mir leid, Peter, aber ich kann den Auftrag nicht übernehmen.«

»Aber das hast du doch bereits getan?«

»Ich hab's mir eben anders überlegt.«

Peter starrte ihn verblüfft an. Max versuchte seine Verlegenheit zu überspielen, indem er sich ein Zigarillo anzündete. »Warum? Warum dieser plötzliche Sinneswandel? Ich dachte, du brauchst dringend Geld?«

»Ja, ich weiß, das habe ich gesagt, Peter ... aber ...« Max stand auf und suchte nach einem Aschenbecher. »Inzwischen habe ich ein anderes ... ein ganz phantastisches Angebot bekommen.«

»Was für ein Angebot?« wollte Peter wissen.

»Eine neugegründete Werbeagentur, die Werbefilme fürs Fernsehen macht, hat mir einen Fünfjahresvertrag angeboten!« antwortete Max trotzig.

»Ich verstehe«, murmelte Peter skeptisch.

»Ich habe schließlich mal beim Fernsehen angefangen«, fuhr Max hastig fort. »Und ich wollte immer wieder zurück. Das Angebot ist gut ... ich kann es einfach nicht ablehnen.« Er gab sich offenherzig. »Ehrlich, alter Junge, das kann ich mir nicht leisten.«

»Und wann fängst du bei der Werbeagentur an?«

»Ende der kommenden Woche. Ich fliege Freitag nach Kopenhagen.«

»Kopenhagen?«

»Ja. Es ist eine amerikanische Firma mit Sitz in Kopenhagen.«

»Und wie ist diese Agentur daraufgekommen, dir ein Angebot zu machen?« erkundigte sich Peter. Er war von Max' Geschichte keineswegs überzeugt.

»Ich habe vor ungefähr sechs Wochen auf eine Zeitungsannonce geantwortet und die Sache schon fast wieder vergessen. Der Anruf kam für mich ganz unerwartet.«

»Wann hat man dich angerufen?«

»Wann?« Max hatte schließlich unter einer Zeitung einen Aschenbecher entdeckt.

»Ja ... wann?« drängte Peter, als Max mit der Antwort zögerte.

»Donnerstagabend ... oder war's Mittwoch? So genau weiß ich es nicht mehr.« Max spürte, daß er Peter nicht hatte überzeugen können. »Peter, es tut mir wirklich leid, daß ich dich im Stich lassen muß«, begann er eindringlich. »Aber ich habe praktisch keine andere Wahl.«

»Nehmen wir an, ich würde mein Angebot erhöhen«, entgegnete Peter langsam. »Und zwar beträchtlich.«

»Wie meinst du das?«

»Ich habe keine Ahnung, was dir diese Leute bieten ... aber nehmen wir an, ich biete das Doppelte. Was ist dann?«

»Das ... das würde nichts ändern. Du bist verdammt großzügig, aber ich könnte trotzdem nicht annehmen.«

»Und warum nicht?«

»Das habe ich dir doch schon erklärt. Ich möchte wieder beim Fernsehen arbeiten.« Max' Verlegenheit verwandelte sich allmählich in Gereiztheit. »Außerdem gefällt mir die Aussicht, London und den Problemen mit meinen Ex-Frauen entfliehen zu können.«

»Schon gut, Max. Vergessen wir's. Reden wir nicht mehr drüber.«

Peter beherrschte sich mühsam und stand auf. Den Scheck steckte er in die Tasche.

»Danke für den Kaffee.«

Als er zur Tür ging, drehte Max ihm den Rücken zu und starrte aus dem Fenster.

»Peter, bitte halte mich nicht für undankbar. Ich habe nicht vergessen, was du für mich alles getan hast. Du bist in mehr als einer Beziehung ein verdammt guter Freund gewesen. Daran … daran werde ich mich immer erinnern.«

Bevor Peter das Zimmer verließ, drehte er sich noch einmal um. Der kleine Journalist stand mit hängenden Schultern am Fenster. Von seinem Zigarillo kräuselte steil der Rauch auf.

9

Bereits aus hundert Metern Entfernung sah Peter den weißen Zettel, der unter dem Scheibenwischer des Jaguars an der Windschutzscheibe klemmte. Die Politesse, die in entgegengesetzter Richtung unterwegs war, hatte das Ende der Straße schon fast erreicht.

Leise schimpfend zog Peter den Strafzettel in seiner Plastikhülle unter dem Scheibenwischer hervor und steckte ihn in die Tasche. Jetzt war er noch wütender auf Max Lerner, der ihm das alles eingebrockt hatte. Ein Punker in hautengen Jeans und Lederjacke grinste schadenfroh, als er im Vorbeigehen sah, daß sich der Besitzer des weißen Jaguars einen Strafzettel eingehandelt hatte.

Peter schloß die Wagentür auf, setzte sich hinter das Steuer und machte sich auf eine zeitraubende Fahrt durch den Feierabendverkehr gefaßt.

An diesem Abend war es besonders schlimm. Erst eine Stunde später kehrte Peter deprimiert und ärgerlich in seine Wohnung zurück. Er hängte seinen Mantel an die Garderobe und ging ins Wohnzimmer, das nach Mrs. Galloways Besuch am Vormittag einigermaßen ordentlich war.

Peter schenkte sich als erstes einen doppelten Scotch ein. Als er in die Tasche nach den Zigaretten griff, fand er Max' Scheck und den Strafzettel. Er zerriß den Scheck und warf ihn in den Papierkorb.

Nachdem er sich eine Zigarette angezündet hatte, sank er in einen Sessel und zog den Strafzettel aus der Hülle, um nachzusehen, wieviel ihn das falsche Parken kostete. Dabei fiel plötzlich ein kleiner Zettel zu Boden, der eben-

falls in der Plastikhülle gesteckt haben mußte. Peter hob ihn auf und faltete ihn auseinander. Auf dem weißen Papier stand in Schreibmaschinenschrift:

> Mrs. du Salle hat um vier Uhr morgen nachmittag einen Termin bei ihrem Zahnarzt – 328A Harley Street.

Peter wußte, daß es ein hoffnungsloses Unterfangen war, um vier Uhr nachmittags in der Harley Street und Umgebung nach einem Parkplatz zu suchen. Da er sich außerdem keinen zweiten Strafzettel einhandeln wollte, nahm er vom Büro aus ein Taxi. Der Fahrer setzte ihn direkt gegenüber der genannten Adresse ab. Es war bereits kurz nach vier Uhr, doch Peter beunruhigte das nicht weiter. Er ging schließlich davon aus, daß Phyllis mindestens eine Viertelstunde auf dem Zahnarztstuhl verbringen mußte.

Haus Nummer 328A war das Nebengebäude von Nummer 328. Eine breite Treppe führte zum Eingang. Neben der Glastür waren die glänzenden Messingschilder von einem halben Dutzend Arztpraxen angebracht. Es gab darunter offenbar nur einen Zahnarzt und er hieß Basil J. Reid. Mit einem Gefühl freudiger Erregung drückte Peter auf den Klingelknopf.

Kurz darauf wurde die Tür von einer stereotyp lächelnden Praxishelferin in weißem Kittel geöffnet.

»Guten Tag«, begrüßte sie Peter und hielt die Tür weit auf. Als Peter zögerte, fragte sie: »Haben Sie einen Termin?«

»Nein ... das heißt, eine Bekannte, Mrs. du Salle, ist für vier Uhr heute nachmittag angemeldet.«

»Oh, ja ... natürlich. Eigentlich hätte Mrs. du Salle um vier Uhr kommen sollen, aber sie hat kurzfristig mit einer anderen Patientin getauscht und war schon um halb vier hier. Sie müssen sie gerade verpaßt haben.«

»Aha. Danke.«

Peter stand die grenzenlose Enttäuschung im Gesicht geschrieben. Die Sprechstundenhilfe wartete mitfühlend, bis er sich abgewandt hatte, bevor sie die Tür wieder schloß.

Peter ging langsam die Stufen hinunter und in Richtung Marylebone Road weiter. Zum ersten Mal wurde ihm bewußt, daß er sich bisher nicht gefragt hatte, wie die Nachricht eigentlich an seine Windschutzscheibe gekommen war. Er hatte lediglich angenommen, daß es wenigstens einen Menschen gab, der ihm bei der Suche nach Phyllis helfen wollte.

Er stand an einem Zebrastreifen und wollte gerade die Straße überqueren, als ein Taxi vorbeikam. Instinktiv hob er die Hand, um es anzuhalten, doch der Fahrer deutete nur auf das ›Besetzt‹ an der Windschutzscheibe seines Wagens.

In diesem Augenblick sah er für den Bruchteil einer Sekunde den Fahrgast im Fond des Taxis. Für Peter war das genug. Automatisch begann er hinter dem Wagen herzulaufen, der schnell beschleunigte.

Peter wollte schon aufgeben, als sich das Glück zu seinen Gunsten wendete. Die Ampel an der nächsten Kreuzung schaltete auf Rot, und das Taxi mußte halten. Peter sprintete darauf zu. Er war noch gut zwanzig Meter von dem Wagen entfernt, als die Ampel wieder auf Grün schaltete, und sich die Autoschlange langsam in Bewegung zu setzen begann. Ohne die anderen Fahrzeuge zu beachten, sprang Peter auf die Straße und versuchte verzweifelt, das Taxi zu überholen. Ein langsamer Mini, der dem Taxi den Weg versperrte, war schließlich Peters Rettung. Im nächsten Augenblick hatte er bereits die Hand an der Türklinke des Taxis und riß sie auf.

Phyllis du Salle stieß einen spitzen Schrei aus, als er sich atemlos neben ihr in die Polster fallen ließ.

»Phyllis, wo zum Teufel haben Sie gesteckt? Ich suche Sie seit Wochen«, keuchte er.

Phyllis hatte es offenbar die Sprache verschlagen. Sie starrte ihn nur schweigend und mit vor Erstaunen weit aufgerissenen Augen an.

»Warum sind Sie damals am Abend nicht zum Hafen von Poole zurückgekommen?« fragte er. »Habe ich Sie beleidigt? Wollten Sie mich nicht wiedersehen?« Die Fragen sprudelten aus ihm heraus.

»Nein, ich wollte Sie wiedersehen«, unterbrach Phyllis ihn, als sie sich wieder gefaßt hatte. »Ich hatte die feste Absicht zurückzukommen, aber ... Peter, bitte lassen Sie mich in Ruhe! Halten Sie das Taxi an! Ich will, daß Sie aussteigen!«

Ohne auf den flehenden Unterton in ihrer Stimme einzugehen, packte er ihren Arm. »Sie müssen mir sagen, warum Sie mich angelogen haben ... warum Sie einfach verschwunden sind.«

»Bitte, Peter«, begann sie erneut. »Lassen Sie mich in Ruhe.«

»Begreifen Sie denn nicht, was ich in den vergangenen Wochen durchgemacht habe?« Peter konnte nicht verhindern, daß seine Stimme beinahe ärgerlich klang. »Jeden Tag ... wirklich jeden Tag, habe ich mir den Kopf darüber zerbrochen, was aus Ihnen geworden sein könnte. Ich habe pausenlos an Sie gedacht ...«

Das Taxi fuhr plötzlich an den Straßenrand und stoppte abrupt. Peter wurde zur Seite geschleudert. Sobald er Phyllis losgelassen hatte, hatte diese die Tür auf ihrer Seite geöffnet. Erst als sie bereits mit einem Bein auf der Straße stand, gelang es ihm erneut, sie am Arm festzuhalten.

»Phyllis, hören Sie mich an! Sie müssen mich anhören!«

»Lassen Sie mich los!«

»Erst sagen Sie mir, was diese Komödie eigentlich bedeuten soll!« Sein Griff schloß sich noch fester um ihren Arm.

»Das kann ich nicht. Bitte, lassen Sie mich in Ruhe!«

In diesem Augenblick wurde die Autotür hinter Peter heftig aufgerissen. Eine Hand packte ihn am Kragen. Peter ließ Phyllis augenblicklich los.

»Tun Sie, was sie sagt, mein Freund!«

Peter drehte sich um und starrte in das wütende Gesicht des Taxifahrers. Phyllis benutzte die Gelegenheit, aus dem Wagen zu springen und die Harley Street hinunterzulaufen. Peter wollte ihr folgen, doch der Griff des Taxifahrers hielt ihn zurück.

»Halten Sie sich da raus!« keuchte Peter. »Das geht Sie gar nichts an!«

»Was in meinem Taxi passiert, geht mich sehr wohl was an, mein Freund!«

Der Gedanke, Phyllis könne ihm erneut entwischen, trieb Peter zum Äußersten. Mit einem Ruck befreite er sich aus der Umklammerung des Taxifahrers und rutschte zur anderen Tür hinüber, als er Phyllis' Handtasche auf dem Boden liegen sah. Er hob sie auf.

»Oh, nein! So haben wir nicht gewettet!«

Der Taxifahrer packte Peter an den Füßen und zog ihn bäuchlings aus dem Taxi. Peter stand mühsam auf. Der Taxifahrer versuchte ihm die Handtasche zu entreißen.

»Seien Sie doch kein Idiot! Sie ist eine gute Bekannte!«

»Interessant! Und wie behandeln Sie dann Ihre Feinde?« Peter versetzte seinem Widersacher einen so heftigen Stoß gegen die Brust, daß dieser mit dem Rücken gegen das Taxi stolperte. Das brachte den Mann nur noch mehr in Wut, und im nächsten Augenblick war eine regelrechte Schlägerei im Gang, die eine Menge Schaulustige anzog.

Peter hatte bald eine blutige Wange und nur noch den Wunsch, den Kampf so schnell wie möglich zu beenden. Er blockte den nächsten plumpen Schwinger des Taxifahrers geschickt ab und versetzte ihm einen kräftigen Faustschlag in die Magengrube. Als sich sein Gegner vor Schmerz

krümmte, entriß Peter ihm die Handtasche, zwängte sich durch die Menge der Schaulustigen, sah sich hastig nach allen Seiten um, ohne Phyllis jedoch zu entdecken, und rannte dann in die Richtung, in die Phyllis verschwunden war. Er hatte schon beinahe die nächste Kreuzung erreicht, als dort zwei Polizisten um die Ecke bogen, die das aufgebrachte Geschrei der Schaulustigen offenbar in die Harley Street gelockt hatte.

Mit fachmännischem Blick musterten sie augenblicklich Peter, der mit blutender Wange, zerzaust und mit einer Damenhandtasche in der Hand aus der Richtung der Menschenansammlung hastete. Und dann beging Peter den Fehler, auch vor den Polizisten fliehen zu wollen. Zu spät wurde ihm klar, daß er sich wie ein Taschendieb benahm. Es dauerte nicht lange, bis ihn die beiden Polizeibeamten eingeholt und in die Zange genommen hatten.

»Und Sie haben die Dame angeblich gekannt, Sir?«

»Ja, das habe ich doch schon gesagt. Sie war eine Freundin.«

»War eine Freundin?« wiederholte der Polizist.

»Ich habe nur ›war‹ gesagt, weil ich sie einige Zeit nicht gesehen hatte ... eigentlich seit dem Tag nicht mehr, an dem sie mit meinem Wagen verschwunden ist.«

Peter stand vor der Empfangstheke des Reviers, in das man ihn nach seiner Festnahme gebracht hatte. Der diensthabende Sergeant versuchte offenbar die Sachlage zu klären, bevor er dazu überging, die Aussagen aufzunehmen. Die beiden jungen Streifenpolizisten, die Peter verhaftet hatten, standen zusammen mit dem Taxifahrer und zwei Passantinnen, die die handgreifliche Auseinandersetzung von Anfang an beobachtet hatten, hinter ihm. In der Gesellschaft dieser sechs fühlte sich Peter wahrlich nicht wie unter Freunden.

»Ich verstehe«, murmelte der Sergeant und nickte mit dem Kopf. »Sie hat also Ihren Wagen gestohlen?«

»Nein, das eigentlich nicht. Ich ... ich hatte ihn ihr geliehen.«

»Sie haben ihn verliehen, und sie hat ihn nicht zurückgegeben?« erkundigte sich der Sergeant mühsam beherrscht.

»Ja. Ich meine, nein.« Peter sah sich hilfesuchend um und begegnete dem ausdruckslosen Blick der beiden Streifenpolizisten. »Nein, sie hatte ihn mit einer kurzen Nachricht irgendwo abgestellt.« Als er sah, wie der Sergeant tief Luft holte, fuhr er hastig fort: »Hören Sie, Sergeant. Ich schlage vor, wir vergessen das mit dem Wagen.«

»Ja, das halte ich auch für besser, Sir. Erzählen Sie mir lieber, was Sie mit der Handtasche wollten.«

»Da gibt's nicht viel zu erzählen. Meine Freundin hat sie fallen gelassen, und ich habe sie aufgehoben.«

»Das ist nicht wahr!« mischte sich eine der Zeuginnen heftig ein. »Er hat sie ihr aus der Hand gerissen! Ich hab' alles genau gesehen.«

»Das können Sie gar nicht gesehen haben!« widersprach Peter heftig.

»Selbstverständlich«, entgegnete die zweite Zeugin und drängte die andere Frau vor. »Wir können das beide bezeugen.« Peter wandte sich hilfesuchend an den Taxifahrer: »Sie wissen doch ganz genau, daß sie die Handtasche im Taxi vergessen hat, und daß ich sie ihr nur bringen wollte.«

»Alles, was ich weiß, ist, daß Sie ihr gegenüber handgreiflich geworden sind, und sie um Hilfe geschrieen hat.«

»Augenblick mal«, meldete sich der Sergeant zu Wort. »Hatte er die Handtasche schon in der Hand, als Sie die Autotür aufgerissen haben?«

»Daran kann ich mich nicht mehr erinnern«, mußte der Taxichauffeur gestehen. »Ich bin mir nicht ganz sicher.«

»Ja, natürlich hatte er sie in der Hand!« erklärte eine Zeugin mit hochrotem Gesicht. »Ich hab's gesehen. Wir haben's sogar beide gesehen, stimmt's, Cora?«

»Natürlich«, bestätigte Cora die Aussage ihrer Freundin energisch. »Und erst der Ausdruck in seinem Gesicht! Er hat mich an...«

»Madam, ich muß Sie bitten, still zu sein«, wies der Sergeant sie zurecht. »Ich führe hier die Vernehmung!«

Die beiden Frauen verstummten, und der Sergeant schlug schließlich sein Notizbuch auf und nahm einen Bleistift zur Hand.

»Und wie heißt Ihre Freundin, Sir?«

»Mrs. Phyllis du Salle.«

Peter mußte den Namen buchstabieren.

»Und wie lautet ihre Adresse?«

»Die kenne ich leider nicht.«

Der Sergeant musterte Peter mitleidig. »Ich dachte, Sie ist eine Freundin von Ihnen? Hat sie vielleicht eine Telefonnummer?«

»Ich habe keine Ahnung, ob ...« In diesem Augenblick fiel Peters Blick auf die Handtasche, die auf dem Tisch lag. »Warum sehen Sie nicht in ihrer Tasche nach?«

»Das habe ich bereits getan, Sergeant«, meldete sich einer der beiden Streifenpolizisten. »Es sind keinerlei Ausweispapiere darin.«

Der Sergeant nickte, als würde diese Auskunft Peters böse Absicht nur noch bestätigen.

»Tja, das wär's dann wohl. Tut mir leid, aber ich muß Sie hierbehalten, Sir.«

»Zuerst will ich meinen Anwalt sprechen!«

»Ihr Name, bitte?«

Peter war durchaus klar, daß die Sache schlecht für ihn stand. In der Hoffnung, Phyllis wiederzusehen, hatte er einfach den Kopf verloren und sich sogar auf eine Schläge-

rei mit dem Taxifahrer eingelassen. Niemand konnte es dem Sergeant verübeln, daß er Peters Aussage unbefriedigend fand.

»Ich möchte mit meinem Anwalt telefonieren«, beharrte Peter.

»Alles zu seiner Zeit, Sir. Sagen Sie mir zuerst mal Ihren vollen Namen.«

Die beiden Frauen verfolgten die Szene sichtlich zufrieden. Peter warf ihnen einen bösen Blick zu.

»Matty.«

»Vornamen?«

»Peter.«

»Wann ist der Mann in Ihr Taxi gesprungen?« wandte sich der Sergeant an den Taxichauffeur.

»Um zehn nach vier.«

In diesem Augenblick klingelte das Telefon neben dem Sergeant. Er legte den Stift beiseite und hob den Hörer ab. »Sergeant Clifford ... Ja, das ist richtig. Mit wem spreche ich?« Der Sergeant nahm unwillkürlich Haltung an. »Jawohl, Sir«, sagte er schließlich respektvoll. »Ja, natürlich höre ich zu.« Es herrschte Totenstille im Bereitschaftsraum, während alle Umstehenden die knarrende Stimme aus dem Telefon zu verstehen versuchten.

»Ja, das ist er«, antwortete der Sergeant, und sein Blick schweifte flüchtig zu Peter. »Ich verstehe sehr gut, Sir ... Ja, selbstverständlich ... Nein, kein Wort, Sir ... Geht in Ordnung, Sir.«

Der Sergeant legte den Hörer vorsichtig auf die Gabel zurück und betrachtete ihn eine Weile nachdenklich.

Dann kam er hinter der Empfangstheke hervor und öffnete die Tür zum angrenzenden Warteraum.

»Wenn Sie bitte hier hereinkommen wollen ... Nein, Sie bitte nicht, Mr. Matty.«

Der Taxifahrer ging, gefolgt von den beiden Zeuginnen

und den Streifenpolizisten, in den Warteraum. Der Sergeant schloß hinter ihnen die Tür und wandte sich dann an Peter. Er war jetzt bei weitem nicht mehr so selbstsicher wie anfangs.

»Mr. Matty, Sie können gehen.«

»Wie bitte? Ich kann gehen?«

»Ganz richtig. Es wird keine Anklage gegen Sie erhoben. Sie sind frei.«

Ohne Peter noch eines Blickes zu würdigen, kehrte der Sergeant hinter die Theke zurück, zerknüllte das Vernehmungsprotokoll und klappte sein Notizbuch zu.

Mollie Stafford überlegte, ob sie in Peters Wohnung anrufen sollte. Es war bereits kurz vor zehn, und sie hatte seit dem vergangenen Nachmittag, als Peter um halb vier das Büro ohne weitere Erklärung verlassen hatte, nichts mehr von ihm gehört.

Schließlich hob sie mit klirrenden Armreifen den Hörer ab und wählte Peters Privatnummer. Das Freizeichen ertönte noch immer, als plötzlich die Tür aufging und ihr Chef hereinkam. Er trug ein Pflaster unter dem linken Auge und hatte dunkle Ringe unter den Augen. Hätte Mollie nicht gewußt, daß Peter Matty offenbar eine depressive Phase durchmachte, hätte sie vermutet, daß er eine aufregende Nacht in der Stadt hinter sich hatte. Sie legte den Hörer auf die Gabel. »Guten Morgen, Mr. Matty.«

»Morgen, Mollie.«

Er steckte die noch ungelesene Zeitung zusammengefaltet in die Tasche seines Regenmantels, den er auf dem Weg in sein Büro auszog.

»Die Post liegt auf Ihrem Schreibtisch. Es ist heute ziemlich viel. Außerdem habe ich eine Liste der Leute aufgestellt, die seit gestern nachmittag, als sie das Büro verlassen hatten, angerufen haben.«

Peter bemerkte den vorwurfsvollen Unterton in ihrer Stimme nicht.

»Ja, danke«, murmelte er geistesabwesend.

»Sie haben übrigens einen Brief von Angela Blackwood bekommen. Sie hat den Roman schließlich doch zu Ende gebracht.« Mollie schüttelte seufzend den Kopf. »Alle vier Jahre ein Buch. Ich habe keine Ahnung, wie sie davon leben kann.«

»Ich schon.« Peter lächelte flüchtig. »Sie hat eine ganze Armada von Geliebten.«

»Das gibt's doch nicht! Sie ist doch häßlich wie die Nacht!« Peter verschwand grinsend in seinem Büro, und Mollie war froh, ihn wenigstens einmal wieder zum Lächeln gebracht zu haben.

Nachdem Peter seinen Mantel aufgehängt hatte, setzte er sich an seinen Schreibtisch und starrte trübsinnig auf den Berg Post. Der Brief von Angela Blackwood lag obenauf. Er öffnete ihn. Angela Blackwood war in ihren Briefen ebenso weitschweifig wie in ihren Büchern. Peter war bei der dritten Seite angelangt, als die Sprechanlage auf seinem Schreibtisch summte. Peter runzelte die Stirn, antwortete jedoch nicht. Eine Minute später steckte Mollie den Kopf zur Tür herein.

»Entschuldigen Sie, Mr. Matty, aber da ist ein Herr am Telefon, der Sie sprechen möchte. Seinen Namen will er nicht nennen.«

»Fragen Sie ihn, was er von mir will.«

»Das habe ich bereits getan, aber er will es mir nicht sagen. Dabei ist er ausgesprochen höflich.«

»Na, gut … Stellen Sie das Gespräch durch!« meinte Peter schließlich. Als das Telefon klingelte, griff er nach dem Hörer. »Peter Matty«, meldete er sich.

»Mr. Matty, entschuldigen Sie die Störung … mein Anruf kommt wohl ungelegen …?«

Wie Mollie bereits gesagt hatte, hatte der Anrufer eine sympathische Stimme.

»Mit wem spreche ich denn?« unterbrach Peter ihn.

»Wir haben eine gemeinsame Freundin«, fuhr der Mann fort, ohne auf Peters Frage einzugehen. »Mrs. du Salle. Sie hat mich erstens gebeten, Sie anzurufen, um Ihnen zu sagen, wie sehr sie den Vorfall von gestern bedauert. Und zweitens …«

»Hören Sie«, fiel Peter ihm ins Wort. Er ärgerte sich über die Vertraulichkeit des Mannes. »Falls Mrs. du Salle mir etwas sagen möchte, dann soll sie das bitte selbst tun.«

»Ich habe keine andere Reaktion von Ihnen erwartet, und ich muß gestehen, daß ich Sie verstehen kann. Warten Sie bitte einen Augenblick. Ich werde sehen, was sich machen läßt.«

Diese plötzliche Wende in der Taktik des anderen, verwirrte Peter momentan. Am anderen Ende wurde es still, und Peter bereute bereits, den Unbekannten so schroff behandelt zu haben. Dann hörte er eine leise Stimme, die sein Herz schneller schlagen ließ.

»Peter … hier spricht Phyllis.«

»Wo sind Sie? Von wo aus telefonieren Sie? Und wer war der Mann, mit dem ich gesprochen habe?« Trotz aller guten Vorsätze bombardierte Peter sie wie am Vortag im Taxi geradezu mit Fragen.

»Peter, bitte hören Sie«, begann Phyllis ruhig und emotionslos. »Die Sache gestern … tut mir leid. Ich habe den Kopf verloren. Ich hätte nicht einfach davonlaufen dürfen.«

»Das scheint bei Ihnen zur Gewohnheit zu werden.«

»Mein größter Fehler war, damals überhaupt mit Ihnen nach Dorset zu fahren. Das habe ich inzwischen bitter bereut. Ich möchte mich für alle Unannehmlichkeiten, die Sie durch mich gehabt haben, entschuldigen.«

»Am Telefon können wir nicht reden«, entgegnete Peter

gezwungen ruhig. »Ich muß Sie wiedersehen. Es gibt so viele Fragen ...«

»Tut mir leid«, erwiderte sie tonlos, und Peter fragte sich, ob sie möglicherweise nicht frei reden konnte. »Wir können uns nicht treffen.«

»Warum nicht?«

»Das habe ich doch schon gesagt. Ich habe einen Fehler gemacht... und außerdem will ich Sie nicht wiedersehen. Tut mir leid, aber das ist die Wahrheit.«

Diese emotionslose kühle Feststellung tat Peter ebenso weh wie der Faustschlag des Taxifahrers am Vortag.

»Wollen Sie es wirklich nicht?«

»Nein. Ich möchte Sie nicht verletzen, aber es gibt keinen Grund, warum ich Sie wiedersehen sollte. Ich würde es nur bereuen.«

»Habe ich Sie irgendwie beleidigt oder verärgert?« fragte Peter.

»Nein ... ich möchte Sie eben nur nicht wiedersehen. Das ist doch ganz einfach.«

»Ja, aber was mich betrifft, ist das gar nicht so einfach«, entgegnete Peter ärgerlich. »Ich will Sie wiedersehen, weil ich endlich erfahren möchte, warum Sie mich belogen ... warum Sie mir diese absurde Geschichte über Sir Arnold Wyatt erzählt haben. Warum Sie absichtlich ...«

Peter verstummte abrupt und hielt den Hörer weit vom Ohr. Der aufdringliche Ton des Freizeichens sagte ihm, daß Phyllis aufgelegt hatte. In der festen Überzeugung, daß er sie nie wiedersehen werde, hängte er ebenfalls ein.

10

»Gib mir noch mal dasselbe, Don!«

Der Barkeeper, der in Hemdsärmeln und schwarzer Weste hinter der Theke stand, stellte das Glas beiseite, das er gerade poliert hatte, und sah den Gast zweifelnd an.

»Nur einen kleinen Scotch, Sir«, versuchte er ihn zu überreden. »Nein, ich will einen Doppelten.«

»Na, gut, Sir«, murmelte Don, füllte das Glas jedoch nicht sofort.

»Habe ... habe ich schon drei gehabt?« erkundigte sich Peter schleppend.

»Nein, vier, Sir.«

»Vier? Sind Sie sicher?«

»Ja, Mr. Matty. Sie hatten bisher genau vier Doppelte.« Der ›Blue Boar‹ lag ganz in der Nähe des Verlagsgebäudes. Es war ein gemütliches Lokal, und Peter kehrte nach Büroschluß oft auf einen Sprung dort ein. Um halb sieben Uhr abends an einem Werktag war die Bar beinahe leer. Abgesehen von Peter gab es nur noch einen Gast, der ein paar Barhocker weiter an der Theke saß. Peter beachtete ihn nicht.

Peter Matty war einer von Dons respektabelsten Gästen. Er hatte bisher noch nie erlebt, daß Peter so viel getrunken hatte, und machte sich deshalb Sorgen.

»Möchten Sie wirklich noch einen Whisky, Sir?« Peter nickte mehrmals. »Selbstverständlich.«

»Es geht mich zwar nichts an, Mr. Matty, aber haben Sie noch vor, Auto zu fahren?«

»Nein, das habe ich nicht vor. Aber Sie haben ganz

recht, Don.« Peter zeigte mit dem Finger auf ihn, um seinen Worten Nachdruck zu verleihen. »Es geht Sie wirklich nichts an.«

»Entschuldigen Sie, Sir.« Don zuckte mit den Schultern und wandte sich ab, um Peters Glas nachzufüllen.

»Schon gut. War nicht so gemeint«, versicherte Peter hastig, als er merkte, daß er einen alten Freund verärgert hatte. »Vielleicht trinken Sie ein Gläschen mit?«

»Sehr freundlich von Ihnen ... aber im Augenblick möchte ich nicht.«

Don stellte das Glas vor Peter ab und schob die Wasserkaraffe daneben. Peter ignorierte den Fingerzeig und trank einen Schluck Whisky pur. Dann zündete er eine Zigarette an. »Sind Sie verheiratet, Don?«

»Ja, Sir. Das muß ich leider zugeben.«

»Leider? Es freut mich zu hören, mein Lieber.« Peter hob das Glas hoch und schnitt eine komische Grimasse. »Schauen Sie mich an! So sieht nämlich ein Junggeselle aus, den man zum Narren gehalten hat.«

»Lassen Sie sich deshalb keine grauen Haare wachsen, Sir.« Don blinzelte dem anderen Gast zu. »Das passiert uns allen hin und wieder.«

In diesem Augenblick läutete das Telefon, das hinter der Bar im Regal stand.

»Entschuldigen Sie mich.« Don hob ab. »Hallo? ... Ja ... Wen wollten Sie sprechen? ... Ja, der ist hier.« Er wandte sich an den Mann im karierten Anzug. »Für Sie, Sir.«

»Oh.« Der Mann glitt vom Barhocker. »Gibt es in diesem Lokal eine Telefonzelle?«

»Nein, tut mir leid, Sir«, erwiderte Don. »Sie müssen schon von diesem Apparat aus telefonieren.«

»Danke.«

Don hob das Telefon hoch, das an eine Verlängerungsschnur angeschlossen war, und stellte es vor den Gast auf

die Theke. Peter registrierte zum ersten Mal, daß der Mann ziemlich groß und ungefähr Mitte Vierzig war und einen gepflegten Schnurrbart hatte.

»Hallo? ... Oh, hallo ... Von wo aus sprechen Sie?« Es folgte eine lange Pause. Don und Peter sahen sich nicht an und taten so, als hörten sie nicht zu. Der Mann hatte eine kultivierte, angenehme Stimme, und Peter glaubte sie zu kennen. »Sind Sie sicher?« fragte der andere Gast in diesem Moment. »Sind Sie sicher, daß es unser Freund ist? Haben Sie ihn wiedererkannt? ... Ist er noch in der Wohnung? ... Ich verstehe ... Nein, tun Sie das nicht. Es bleibt alles so, wie wir es verabredet hatten. Ich treffe Sie in zirka einer Viertelstunde.«

Damit legte der Mann den Hörer auf. Don stellte den Apparat an seinen Platz zurück.

»Was bin ich schuldig?«

»Augenblick ... Das macht genau 90 Pence, Sir.«

Der Mann im karierten Anzug reichte Don eine Pfundnote. »Der Rest ist für Sie. Guten Abend.«

Damit nahm er seinen Hut von einem Stuhl und setzte ihn auf. Auf dem Weg zur Tür kam er an Peter vorbei. Er blieb plötzlich stehen und sagte im Plauderton: »Ich würde an Ihrer Stelle nicht mehr lange bleiben, Mr. Matty. Ich fürchte, Ihnen steht noch ein aufregender Abend bevor.«

Peter starrte mit glasigem Blick auf den Rücken des großgewachsenen Mannes, als dieser durch die Schwingtür das Lokal verließ.

»Zum Teufel, für wen hält er sich eigentlich? Außerdem wollte ich sowieso gerade nach Hause gehen.«

Er knöpfte seinen Mantel zu und war bereits auf dem Weg zur Tür, als Don ihn an die Zeche erinnerte.

»Oh, habe ich noch nicht bezahlt? Wieviel macht es?«

»Vier Pfund und zwanzig Pence, Sir«, erwiderte Don.

Peter öffnete seufzend die Brieftasche. Draußen traf ihn die frische, kühle Nachtluft wie ein Schlag, und er wünschte, er hätte Dons gutgemeinte Ratschläge befolgt. Er mußte einige hundert Meter weit laufen, bevor er ein freies Taxi anhalten konnte. Dankbar fiel er in die Polster.

»Alles in Ordnung, Sir?« erkundigte sich der Fahrer, als er Peter vor dem Royal Hospital am Sloane Court absetzte.

»Ja, natürlich. Wieviel schulde ich Ihnen?«

Peter brauchte einige Zeit, bevor er einen Geldschein aus der Brieftasche gezogen und das Wechselgeld gezählt hatte, und stand noch immer auf dem Gehsteig, als das Taxi wieder davon fuhr. Kurz darauf ertönte das Quietschen von Autoreifen, als ein roter Triumph Spitfire mit überhöhter Geschwindigkeit um die Ecke bog, dem Taxi die Vorfahrt abschnitt und beinahe mit ihm kollidierte. Das Klappdach des Sportcoupes war zurückgeschlagen, und Peter sah noch flüchtig den Hinterkopf des Fahrers, bevor der Wagen hinter der nächsten Kurve verschwand. Vor dem Haupteingang des Appartementhauses kramte Peter einige Minuten vergeblich nach seinem Schlüssel, bis ihm einfiel, daß diese Tür erst nach Mitternacht abgeschlossen wurde. Selbstgespräche führend stieg er zu seiner Wohnungstür hinauf. Beim dritten Anlauf gelang es ihm schließlich, den Schlüssel ins Schloß zu stecken. Er hängte den Mantel in der Diele auf und ging ins Wohnzimmer.

Auf der Schwelle blieb er wie vom Donner gerührt stehen. Der Anblick, der sich ihm bot, wirkte schlagartig ernüchternd. Sämtliche Bücherregale, der Schrank und der Schreibtisch waren ausgeräumt und ihr Inhalt wahllos auf dem Teppich verstreut worden. Sogar das Schränkchen, in dem Peter seinen Alkoholvorrat aufbewahrte, war aufgebrochen worden. Dabei hatten die Eindringlinge offenbar

eine Flasche Gin zerbrochen, deren Inhalt jetzt über sämtliche Fächer und auf den Teppich tropfte. Nichts war verschont geblieben. Sogar die Bilder hatte man von der Wand genommen, um sich zu vergewissern, daß nichts dahinter verborgen war.

Entsetzt und angewidert ging Peter in sein Schlafzimmer, wo ihn dieselbe sinnlose Verwüstung erwartete.

Das viktorianische Lokal in Islington hatte geöffnet. Als Peter vorbeilief, hörte er, wie sich drinnen Henry Higgins zu grotesk verstärkten Elektrogitarren die Lunge aus dem Leib schrie. Dieses Mal waren vor dem Haus, in dem Max Lerner wohnte, keine fußballspielenden Kinder zu sehen. Der Lift war allerdings noch immer außer Betrieb. Die vielen Stufen, die Peter zu Max Lerners Appartement hinaufsteigen mußte, besserten seine Laune nicht gerade. Die Erschütterung, die er angesichts der brutalen Verwüstung seiner Wohnung empfunden hatte, hatte sich inzwischen in kalte Wut verwandelt.

Peter bediente energisch den Klopfer an Max' Tür. Er hörte von drinnen Geräusche, doch nichts tat sich. Er klopfte noch einmal und drückte gleichzeitig auf den Klingelknopf.

Es vergingen mehrere Minuten, in denen Peter abwechselnd den Türklopfer bediente und klingelte, bevor Max Lerners Stimme hinter der Tür ärgerlich rief:

»Wer ist da?«

»Ich bin's, Peter. Peter Matty. Ich muß mit dir reden.«

Auf der anderen Seite der Tür war es einen Augenblick still. Peter glaubte schon, Max wolle ihn nicht hereinlassen, als sich der Schlüssel im Schloß drehte und die Tür aufging. Max trug offenbar nur einen dünnen Morgenmantel und war barfuß. Sein Haar war zerwühlt, und die Wange zierten Spuren von Lippenstift.

»Hallo, Peter. Was zum Teufel machst du denn hier?« Peter drängte sich an ihm vorbei in die Diele und ging ins Wohnzimmer. Es war leer, doch kalter Zigarettenrauch hing in der Luft, und es roch nach billigem Parfüm. Auf der Couch lag ein Paar Herrenhandschuhe.

Max war Peter mit betretener Miene gefolgt. Peter drehte sich abrupt zu ihm um.

»Bist du heute abend in meiner Wohnung gewesen?«

»In deiner Wohnung?«

»Ja.«

»Nein, warum? Du bist so aufgeregt! Was ist denn los, alter Junge?«

»Wenn du nicht in meiner Wohnung gewesen sein willst, dann möchte ich wissen, was du in der Royal Hospital Road gemacht hast.«

»In der Royal Hospital Road? Wann soll ich denn da gewesen sein?«

»Ungefähr vor einer halben Stunde … und zwar in deinem Wagen. Ich habe dich gesehen.«

Max schüttelte energisch den Kopf. »Ausgeschlossen! Das kann ich nicht gewesen sein. Ich war den ganzen Nachmittag hier, habe dann eine Freundin zum Essen eingeladen und anschließend sind wir …« Max grinste und deutete auf die Schlafzimmertür. »… und seither sind wir hier. Aber worum geht's überhaupt? Weshalb die ganze Aufregung?«

Max' Proteste klangen so überzeugend, daß Peter Zweifel kamen. Trotzdem war er sicher, daß der Mann am Steuer des roten Sportwagens Max gewesen war. Und ausgerechnet Max fuhr einen roten Triumph Spitfire.

Ohne Max auch nur eine Sekunde aus den Augen zu lassen, sagte Peter: »Jemand hat bei mir eingebrochen, die ganze Bude durchsucht und alles verwüstet.«

»Um Gottes willen! Das tut mir wirklich leid.« Max

wirkte ehrlich entsetzt. »Das ist ja scheußlich, alter Junge. Aber was habe ich damit zu tun …?«

Er verstummte. Seine Miene veränderte sich, und er verzog beleidigt den Mund.

»Großer Gott! Du glaubst doch wohl nicht, daß ich dahinterstecke?«

»Und? Steckst du dahinter?«

»Bist du verrückt?« Max war jetzt ehrlich wütend. »Ich habe dir doch schon gesagt, daß ich seit nachmittags hier in meiner Wohnung gewesen bin.«

Max wandte den Kopf, als er über Peters Schulter hinweg etwas sah, das seine Aufmerksamkeit erregte. Peter wirbelte herum. Die Tür zum Schlafzimmer hatte sich geöffnet, und ein Mädchen stand auf der Schwelle. Sie war mollig und sah in Max' Herrenoberhemd sehr sexy aus. Ihr Lippenstift war verschmiert. »Was ist denn los, Max?« fragte sie schmollend.

Max schwieg und wandte sich an Peter. »Glaubst du mir jetzt?«

Die Bar des ›Blue Boar‹ war vollbesetzt, als Peter dieses Mal zurückkehrte. Don hatte alle Hände voll zu tun, um die Wünsche seiner Gäste zu befriedigen. Peter mußte warten, bis drei andere Personen bedient worden waren, bevor er an die Reihe kam. Don schien seinen Blicken auszuweichen.

»He, Don!« rief er, als der Barkeeper zum anderen Ende der Theke gehen wollte.

»Oh, Mr. Matty!« Don tat so, als habe er Peter noch gar nicht bemerkt. »Ich dachte nicht, daß Sie heute noch mal kommen würden.«

»Das kann ich mir vorstellen.«

»Was darf ich Ihnen bringen?«

»Ich hätte Lust auf einen doppelten Scotch, begnüge mich aber lieber mit einem Glas Tomatensaft.«

»In Ordnung, Sir«, antwortete Don erleichtert, als er merkte, daß Peter inzwischen wieder wesentlich nüchterner war. »Don!« rief Peter den Barkeeper zurück, der schon den Tomatensaft holen wollte. Leise fragte er: »Erinnern Sie sich an den Mann im karierten Tweedjackett, der am frühen Abend dort drüben an der Bar gesessen hat? Bevor er gegangen ist, hat er kurz mit mir gesprochen.«

»Ja, natürlich. Das war Mr. Talmadge.«

»Und wer ist das, Don?«

»Tja, also ...« Don zuckte mit den Schultern. »Ich bin mir da nicht sicher. Aber ich glaube, er hat irgendwas mit der Kultusbehörde zu tun.«

»Ist er Stammgast bei euch?«

»Nein, das kann man nicht sagen. Allerdings ist er in den vergangenen Wochen ziemlich oft hier gewesen. Komisch, daß Sie sich für Mr. Talmadge interessieren. Ungefähr vor einer Woche sind Sie zur Mittagszeit mit einem Freund auf einen Drink bei uns gewesen. Ich glaube, es war Max Lerner.«

»Ja, das stimmt. Es war mit Max Lerner.«

»Also, nachdem Sie gegangen waren, hat Mr. Talmadge mich über Mr. Lerner ausgefragt. Komme sofort, Sir!«

Ein Gast winkte Don mit einem Geldschein. »Was für Fragen, Don?« wollte Peter wissen.

Don grinste. »Dasselbe wie Sie jetzt. Wer ist er? Was macht er? Ist er Stammkunde?«

»Und konnten Sie seine Neugier zufriedenstellen?«

»Ich habe ihm erzählt, daß Max Lerner Journalist ist und daß ich nur von ihm weiß, daß er ständig Probleme mit den Unterhaltszahlungen an seine Ex-Frauen hat.«

»Aha.« Peter beobachtete, wie Don eine Flasche Tomatensaft nahm, die Verschlußkappe abdrehte und ein Glas Saft einschenkte. »Hat sich Mr. Talmadge vielleicht zufällig auch nach mir erkundigt?«

»Nein, Sir. Er hat sich nur für Ihren Freund interessiert. Möchten Sie Worchestersauce zu Ihrem Tomatensaft, Sir?«

»Mir scheint, du solltest dich jetzt endlich entscheiden, wie du dich weiter verhalten willst, Peter.« Claude und Peter Matty saßen sich am Tisch in der Kajüte der Yacht ›First Edition‹ gegenüber. Peter war noch am frühen Abend aus London abgefahren und rechtzeitig zum Abendessen mit seinem Bruder in Poole angekommen. Inzwischen waren sie bereits bei Kaffee und Brandy angelangt. »Entweder du willst dich immer tiefer in diese Geschichte hineinziehen lassen, oder ...«

»Ob ich das will ... darauf kommt es schon nicht mehr an.«

»Oh, doch!«

»Aber, Claude! Bitte denk daran, was allein in der vergangenen Woche alles passiert ist. Meine Wohnung wurde durchwühlt ... man hätte mich beinahe verhaftet ... und Max Lerner hat einen Rückzieher gemacht, als ...«

»Hör mir doch mal zu, Peter!« unterbrach Claude ihn und trank einen Schluck Kaffee. »Das, was in der vergangenen Woche geschehen ist, kann ich mir nicht erklären. Ich weiß nicht, warum man deine Wohnung verwüstet hat, weshalb Mortimer Brown ... wenn überhaupt ... die Fotos vertauscht hat, und wer dieser Talmadge ist. Aber ich bin sicher, daß das alles nicht passiert wäre, wenn du nicht versucht hättest, dich an Phyllis du Salle heranzumachen.« Als Peter protestieren wollte, hob Claude abwehrend die Hand. »Bitte, Peter... entscheide dich. Entweder du vergißt diese Frau endgültig, oder du nimmst die Konsequenzen in Kauf.«

Peter zündete sich die siebte Zigarette an.

»Tut mir leid, Claude, aber ich kann sie nicht vergessen. Ich hab's versucht ... aber es ist zwecklos. Ich muß sie finden und mich mit ihr aussprechen.«

»Aber du hast doch mit ihr geredet, Peter«, erinnerte Claude den Bruder. »Du hast mit ihr telefoniert, und sie hat dir dabei klipp und klar gesagt, daß sie nichts mit dir zu tun haben will.«

»Ich glaube nicht, daß das die Wahrheit ist.«

»Als ich dich vor ein paar Minuten über dieses Gespräch ausgefragt habe, klang das aber noch ganz anders. Da hast du behauptet, sie habe barsch und abweisend gewirkt.«

Peter schüttelte eigensinnig den Kopf. Seine Schwärmerei für Phyllis du Salle hatte ein Stadium erreicht, in dem er zu keinem logischen Gedanken mehr fähig war. Claude beschloß, weiter zu versuchen, ihn zur Vernunft zu bringen.

»Peter, du hast mich nach meiner Meinung gefragt, und ich will sie dir nicht verheimlichen«, begann Claude erneut. »Wenn du so weitermachst ...«

Claude verstummte abrupt und lauschte angestrengt. Er hatte an Deck Schritte gehört.

»Mr. Matty?« rief eine vertraute Stimme. »Ich bin's ... Mrs. Frinton!«

»Kommen Sie nur runter, Mrs. Frinton«, forderte Peter die Ladenbesitzerin auf.

Mrs. Frinton erschien im Kajütenaufgang.

»Entschuldigen Sie die Störung«, begann sie und stieg die Treppe herunter. Sie blickte von einem zum anderen. »Aber eine Mrs. Cassidy hat für sie angerufen, Mr. Matty.«

»Das ist Sir Arnold Wyatts Haushälterin«, erinnerte Peter seinen Bruder Claude.

»Sie möchte Sie gern morgen vormittag gegen elf in ›Fletcher's Cafe‹ in Heatherdown treffen.«

»Mehr hat sie nicht gesagt?«

»Nein. Sie läßt ausrichten, daß sie die Sache mit dem Foto erklären möchte.«

»Mit dem Foto?«

»Ja, das hat sie behauptet, Mr. Matty.«

»Danke, Mrs. Frinton.« Als sich Mrs. Frinton zum Gehen wandte, erinnerte sich Peter seiner guten Manieren. »Oh, Augenblick, Mrs. Frinton! Darf ich Ihnen vielleicht eine Tasse Kaffee oder ein Glas Kognak anbieten?«

»Nein, danke. Sehr freundlich. Aber ich muß wieder nach Hause und meine Abrechnung machen. Bei mir ist einfach alles durcheinander.« Sie schüttelte lächelnd den Kopf.

Am späten Vormittag herrschte in Heatherdown Hochbetrieb. Peter beschloß daher, den Jaguar auf dem öffentlichen Parkplatz abzustellen. Er wußte schließlich nicht, wie lange das Gespräch mit Mrs. Cassidy dauern würde. Peter steckte die erforderlichen Münzen in die Parkuhr und legte seine Parkscheibe hinter die Windschutzscheibe.

Bis zu ›Fletcher's Cafe‹, in dem Peter mit Claude an jenem Vormittag Kaffee getrunken hatte, an dem er Phyllis du Salles Foto im Schaufenster von Mortimer Brown gesehen hatte, mußte er noch ein paar hundert Meter zu Fuß gehen. Auf dem Weg zum Cafe mußte er durch die High Street und an Mortimer Browns Fotoladen vorbei.

Als er in die Hauptstraße der Kleinstadt einbog, kam der Autoverkehr dort wegen irgendeiner Behinderung am anderen Ende der Straße fast zum Erliegen. Peter ging schneller weiter und sah, daß eine Fahrbahn von einem Notarztwagen und zwei querstehenden Streifenwagen blockiert wurde. Alle drei Autos hatten Blaulicht eingeschaltet. Auf dem Gehsteig und auf der Straße hatte sich eine Menge Neugieriger versammelt. Der Aufruhr schien direkt vor Mortimer Browns Geschäft stattzufinden.

Beim Näherkommen erkannte Peter, daß die Polizisten die Menge zurückdrängten, um den Platz vor der Ambu-

lanz und den Streifenwagen frei zu halten. Auf den Stufen vor der Ladentür standen zwei Kriminalbeamte und waren in ein ernstes Gespräch vertieft.

Peter bahnte sich den Weg durch die Menge und sah gerade noch, wie die beiden Sanitäter des Notarztwagens eine Bahre aus dem Geschäft trugen. Der Körper, der darauf lag, war mit einer Plane bedeckt. Kurz darauf hatten sie die Bahre in die Ambulanz geschoben.

»Wissen Sie, was passiert ist?« erkundigte Peter sich bei seinem Nebenmann.

»Natürlich«, antwortete dieser eifrig. »Der Mann, dem das Fotogeschäft gehörte, ist ermordet worden.«

»Mortimer Brown?« stammelte Peter verwirrt. »Mortimer Brown ist ermordet worden?«

Die Frau des Mannes nickte. »Ja, ich glaube schon.«

Peter beobachtete, wie der jüngere der beiden Kriminalbeamten auf einen Streifenwagen zuging, und trat einen Schritt vor, um ihn anzusprechen.

»Verzeihen Sie, haben Sie einen Augenblick Zeit, Sir?«

Der Sergeant blieb stehen und musterte Peter aufmerksam. »Können Sie mir sagen, was passiert ist?«

»Jemand ist ermordet worden, Sir«, erwiderte der Kriminalbeamte kühl.

»Ja, das habe ich schon gehört. Aber wer ist ermordet worden? Und vor allem, wie ist er ermordet worden?«

»Er?«

»War denn nicht Mr. Brown das Opfer?« erkundigte sich Peter.

»Nein, da sind Sie falsch informiert, Sir.« Der Sergeant legte die Hand auf die Türklinke des Streifenwagens und deutete zum Fotogeschäft zurück. »Mr. Brown steht doch dort.«

Der Sergeant stieg in den Streifenwagen, und Peter drehte sich um. Auf der obersten Treppenstufe vor dem

Fotoladen stand Mortimer Brown und unterhielt sich tatsächlich mit dem zweiten Kriminalbeamten.

Der Fahrer des Streifenwagens schaltete bereits die Zündung ein. Peter beugte sich hastig zu dem geöffneten Fenster auf der Beifahrerseite hinunter.

»Aber wer ist dann ermordet worden?« fragte er den Sergeant. »Eine Frau namens Cassidy, Sir.«

11

»Mrs. Cassidy?« Peter starrte den Beamten ungläubig an. »Was ... wie ist das denn passiert?«

»Sind Sie Zeitungsreporter, Sir?« erkundigte sich der Sergeant vorsichtig.

»Nein.« Peters Blick schweifte wieder zu Mortimer Brown zurück. »Allerdings habe ich Mrs. Cassidy flüchtig gekannt. Ich war sogar heute vormittag mit ihr verabredet.«

»Heute vormittag?« wiederholte der Sergeant erstaunt.

»Ja, um elf Uhr.«

Der Sergeant öffnete wieder die Wagentür und stieg aus. »Das interessiert mich natürlich sehr. Erzählen Sie, Sir.«

»Ich sollte mich im Cafe dort drüben mit ihr treffen. Gestern hatte sie mit einer Bekannten von mir diese Verabredung vereinbart und ...« Peter verstummte. »Aber Sie haben meine Frage noch nicht beantwortet. Wie ist Mrs. Cassidy eigentlich ermordet worden?«

»Sie wurde erschossen. Offenbar wollte die ältere Dame gerade den Fotoladen betreten, als jemand aus einem fahrenden Wagen mehrere Schüsse auf sie abgegeben hat. Mrs. Cassidy war sofort tot.«

»Und wann ist das passiert?«

»Ungefähr vor zwanzig Minuten.«

»Waren die Schüsse wirklich für Mrs. Cassidy bestimmt?« fragte Peter.

»Eine gute Frage, Sir. In diesem Punkt sind wir nicht sicher.« Der Sergeant blickte zum Fotoladen hinüber, wo

sein Inspektor offenbar das Gespräch mit Mortimer Brown beendet hatte. Der Fotograf ging in seinen Laden zurück, und der Inspektor kam auf seinen Kollegen zu.

»Dieser Herr hier war mit Mrs. Cassidy verabredet«, erklärte der Sergeant, als der Inspektor zu ihnen trat.

Der Inspektor musterte Peter interessiert. Er war ungefähr Mitte Dreißig, hatte kluge, braune Augen und einen breiten Schnurrbart.

»Die beiden wollten sich in ›Fletcher's Cafe‹ treffen«, fuhr der Sergeant fort.

»Sind Sie mit Mrs. Cassidy befreundet gewesen, Sir?«

»Nein. Mrs. Cassidy war die Haushälterin von Sir Arnold Wyatt.«

»Ja, das wissen wir bereits«, erwiderte der Inspektor ungeduldig. »Mich interessiert allerdings, ob Sie mit ihr befreundet waren.«

»Nein, das habe ich doch bereits gesagt. Sie hat lediglich gestern abend eine Bekannte angerufen und sich mit mir verabredet.« Der Inspektor zog die Augenbrauen hoch. Der unverwandte, prüfende Blick des Kriminalbeamten brachte Peter etwas aus der Ruhe. »Ich heiße Peter Matty und bin Verleger, wohne eigentlich in London, habe jedoch ein Boot hier im Hafen von Poole liegen. Vor einigen Wochen bin ich bei Sir Arnold Wyatt gewesen, und dabei ist Mrs. Cassidy zufällig ...« Inzwischen hatten sich einige Neugierige um die kleine Gruppe versammelt und hörten zu. »Hören Sie, hier können wir doch nicht reden«, sagte Peter ärgerlich.

»Da muß ich Ihnen recht geben, Mr. Matty«, antwortete der Inspektor. »Kommen Sie doch bitte aufs Revier. Sind Sie mit dem Wagen da?«

»Ja.«

»Dann holen Sie am besten Ihr Auto und folgen uns, Sir.«

»Hm … ja, ist gut. Mein Wagen steht auf dem Parkplatz.« Als Peter sich auf der High Street schnell entfernte, sah Inspektor Lane ihm nachdenklich nach.

»Peter Matty«, murmelte Sergeant Colford. »Haben Sie schon mal was von ihm gehört?«

»Ich weiß nicht. Irgendwie kommt mir der Name bekannt vor.«

Sir Arnold Wyatt kehrte mit dem Nachmittagszug aus London zurück. Der ehemalige Strafverteidiger war Traditionalist und trug die einem Gentleman entsprechende Melone, einen schwarzen Tuchmantel mit Samtkragen, einen dunklen Nadelstreifenanzug und dazu passende, nach Maß gefertigte Lederschuhe. Die Aktentasche in seiner Hand stammte noch aus seiner Zeit als praktizierender Anwalt. Als er aus dem Bahnhofsgebäude ins Freie trat, wartete bereits das Taxi auf ihn.

Während der Fahrt nach ›Forest Gate Manor‹ freute sich Sir Arnold bereits auf die Tasse Tee und die frischen Rosinenbrötchen, die Mrs. Cassidy um diese Zeit stets für ihn bereithielt. Als das Taxi um die letzte Kurve bog, sah er sofort den Streifenwagen, der in der Einfahrt parkte. Ein Polizist in Uniform saß hinter dem Steuer, und zwei Herren in Zivil kamen gerade vom Haus her auf das Auto zu. Als sie das Taxi bemerkten, blieben sie stehen.

Wyatt ahnte Schlimmes und stieg langsam aus dem Wagen. Der ältere der beiden Männer in Zivil sprach ihn an.

»Sir Arnold Wyatt?«

»Ja, bitte?«

»Ich bin Inspektor Lane von der Kriminalpolizei, Sir. Und das ist mein Kollege Sergeant Colford.«

»So etwas habe ich fast vermutet. Was ist passiert? Ist bei mir eingebrochen worden?«

»Nein, Sir«, erwiderte Lane mit ernster Miene. »Ihre Haushälterin, Mrs. Cassidy … sie ist ermordet worden.«

»Ich kann mir vorstellen, wie Ihnen jetzt zumute ist, Sir«, seufzte Inspektor Lane mitfühlend. »Trotzdem wäre ich Ihnen dankbar, wenn Sie uns einige Fragen beantworten könnten.«

Sir Arnold Wyatt und die beiden Kriminalbeamten saßen sich in der Bibliothek des Herrenhauses gegenüber. Der Hausbesitzer hielt ein Glas Whisky in der Hand. Lane und Colford hatten dankend abgelehnt.

»Ja … ja, selbstverständlich.« Wyatt bemühte sich, seinen Schock zu überwinden. »Entschuldigen Sie, Inspektor, aber ich kann das noch gar nicht fassen. Was ist denn eigentlich passiert? Sie sagten, Mrs. Cassidy sei erschossen worden?«

»Ja«, antwortete Lane. »Als Mrs. Cassidy das Fotogeschäft von Mortimer Brown betreten wollte, feuerte jemand aus einem fahrenden Wagen einen Schuß ab. Sie wurde getroffen und war sofort tot.«

»Aber weshalb um Himmels willen sollte jemand meine Haushälterin umbringen wollen?«

Lane ignorierte Sir Arnolds Frage. »Wann haben Sie Mrs. Cassidy zum letzten Mal gesehen?«

»Heute morgen. Ich habe das Haus gegen acht Uhr verlassen und bin mit meiner Enkelin nach London gefahren. Jane verbringt das Wochenende bei Freunden.«

»Dann haben Sie vermutlich den Zug um acht Uhr fünfundvierzig genommen, oder?« wollte Lane wissen.

Wyatt trank sein Glas Whisky aus und stellte es auf den Tisch. »Ja, ganz richtig. Allerdings hatte der Zug gut eine Viertelstunde Verspätung.«

»Wußten Sie, daß Mrs. Cassidy am späten Vormittag nach Heatherdown fahren wollte?«

»Ja, soviel ich mich erinnere, hatte sie vor, zum Einkaufen zu gehen.«

»Hat Sie Ihnen auch gesagt, daß sie zu Mortimer Brown wollte?«

»Nein, das hat sie nicht.«

»Wissen Sie vielleicht, was sie dort gewollt haben könnte?«

»Nein, leider nicht.« Sir Arnold schüttelte den Kopf. »Da müssen Sie schon Mr. Brown fragen.«

»Das haben wir bereits getan, Sir. Aber Mr. Brown hatte auch keine Ahnung, weshalb Mrs. Cassidy zu ihm wollte.«

»Mir geht es ebenso, Inspektor«, seufzte Wyatt.

Colford, der Wyatt aufmerksam musterte, war sicher, daß die Trauer und Ratlosigkeit des ehemaligen Strafverteidigers nicht gespielt waren.

»Nur noch eine Frage, Sir. Wußten Sie, daß Mrs. Cassidy heute vormittag mit einem Mann namens Peter Matty verabredet gewesen ist?«

»Nein, davon hatte ich keine Ahnung!« Wyatt drehte sich erstaunt um und begegnete Colfords kühlem, abschätzendem Blick.

»Kennen Sie Mr. Matty, Sir?« erkundigte sich Lane prompt. »Ja, natürlich. Mr. Matty ist Verleger. Er ist mehrmals wegen einer ... Aber wie kommen Sie darauf, daß Mrs. Cassidy mit ihm verabredet war?«

»Mr. Matty hat ausgesagt, daß Ihre Haushälterin ihn gestern abend telefonisch um eine Unterredung gebeten hatte. Sie wollten sich heute in Heatherdown treffen.«

»Das ist mir ganz neu, Inspektor«, erklärte Wyatt nachdrücklich. »Von einer solchen Verabredung habe ich nichts gewußt.« Lane nickte Colford unmerklich zu. Beide erhoben sich. »Vielen Dank für Ihre Hilfe, Sir. Wir bleiben in Verbindung.«

Peter nahm den Fuß vom Gaspedal, als er sich Heatherdown näherte. Er schaltete das Abblendlicht ein, als ihm ein Motorradfahrer entgegenkam. Die Straßenlaternen an der High Street waren eine trübe, aber ausreichende Beleuchtung, so daß Peter das Fernlicht nicht brauchte.

»Ich weiß es zu schätzen, daß du es tun willst, Claude.«

»Das hoffe ich auch«, entgegnete Claude rauh. »Ich bin nämlich eigentlich strikt dagegen.«

»Claude, es hat doch keinen Sinn. Ich muß herausbekommen, was da eigentlich dahintersteckt. Warum wollte Mrs. Cassidy nur mit mir sprechen?«

»Du kennst meine Ansichten über dieses Thema«, entgegnete Claude. »Ich brauche sie wohl kaum zu wiederholen.«

»Du glaubst also, ich soll einfach vergessen, was heute vormittag passiert ist?«

»Ja, natürlich.«

Peter warf einen Blick in den Rückspiegel. Schon seit einiger Zeit folgte ihnen ein Wagen. Peter nahm noch mehr Gas weg und fuhr mit den vorschriftsmäßigen fünfzig Kilometern pro Stunde durch die Ortschaft.

»Das klingst alles nicht sehr überzeugend.«

»Peter, ich verstehe deine Gefühle ... Trotzdem mache ich mir Sorgen. Diese ganze Geschichte gefällt mir immer weniger.«

»Was gefällt dir denn bitte nicht?«

»Abgesehen von der Tatsache, daß man deine Wohnung verwüstet hat, finde ich es sehr beunruhigend, daß Mrs. Cassidy ermordet worden ist, kurz nachdem sie Verbindung zu dir aufgenommen hatte.«

»Du meinst also, mir könnte etwas zustoßen?«

»Wenn du es weiterhin zuläßt, daß du immer mehr in diese Affäre verwickelt wirst ... ja.«

»Na, gut. Wenn du nicht mehr mitmachen willst, dann

mußt du es nur sagen.« Peter trat auf die Bremse und lenkte den Wagen an den Straßenrand. Sie waren gerade an Mortimer Browns Fotoladen vorbeigefahren, und die Brücke lag direkt vor ihnen. »Glaub mir, ich nehm's dir nicht übel.«

»Nein, nein! Ich mache natürlich mit.«

»Sir Arnold wird sich dir viel eher anvertrauen, glaub mir, Claude!«

»Falls er überhaupt etwas weiß, das er mir anvertrauen könnte. Du willst also, daß ich herausbekomme, ob er von deiner Verabredung mit Mrs. Cassidy gewußt hat?«

Der Wagen, der ihnen die ganze Strecke gefolgt war, überholte den Jaguar. Peter gab mehr Gas.

»Und wenn er davon gewußt hat, welche Schlüsse ziehst du daraus?«

»Das werden wir sehen.«

Hinter den Fenstern von ›Forest Gate Manor‹ brannte Licht, und die Vorhänge waren nicht zugezogen. Dies allein zeigte, wie sehr sich Sir Arnold in allem auf seine Haushälterin verlassen hatte. Das Licht aus der Bibliothek erleuchtete noch ein großes Rasenstück.

Peter setzte Claude vor der Haustür ab.

»Ich warte in dem kleinen Feldweg neben dem Haupttor auf dich.«

Claude ließ sich Zeit, bis die Rücklichter des Jaguars in der Auffahrt verschwunden waren, bevor er auf den Klingelknopf drückte. In der Hand hatte er das Päckchen, das seine neueste Langspielplatte enthielt. Es dauerte nicht lange, bis er Schritte in der Halle hörte. Wyatt selbst öffnete die Tür. Aus der Tatsache, daß der alte Herr so schnell auf sein Klingeln reagiert hatte, schloß Claude, daß er vermutlich einen Besucher erwartete. Sir Arnold war ganz offensichtlich sehr erstaunt, Claude zu sehen.

»Guten Abend, Sir Arnold.«

Wyatt faßte sich schnell. »Oh ... hallo, Mr. Matty.«

»Hoffentlich störe ich nicht.«

»Nein ... nein keinesfalls«, widersprach Wyatt hastig. »Haben Sie ein paar Minuten für mich Zeit?«

»Selbstverständlich.« Wyatt sah an Claude vorbei die Auffahrt hinunter. »Sind Sie vom Tor aus zu Fuß bis zum Haus gegangen?«

»Mein Bruder hat mich hier abgesetzt. Er hat in Heatherdown noch einiges zu erledigen.«

»Bitte kommen Sie doch rein.« Claude betrat die Halle.

»Sie müssen entschuldigen, Mr. Matty«, sagte Wyatt, als er die Tür schloß. »Aber ich hatte eigentlich jemand anderen erwartet und habe Sie nicht sofort erkannt.«

»Das habe ich mir beinahe gedacht.« Claude überreichte ihm das Päckchen. »Das ist die neueste Plattenaufnahme mit mir, von der ich Ihnen erzählt hatte. Ich habe heute morgen einige Exemplare zugeschickt bekommen.«

Wyatts müdes Gesicht verzog sich zu einem freudigen Lächeln. »Wie nett, daß Sie daran gedacht haben. Sehr aufmerksam von Ihnen. Kommen Sie doch ins Wohnzimmer, Mr. Matty.«

Er öffnete eine Tür in der Diele und knipste einen Kronleuchter an. Der Raum war mit schönen antiken Möbeln eingerichtet. Wyatt ging quer durchs Zimmer und stellte den elektrischen Kamin an.

»Darf ich Ihnen einen Drink anbieten?«

»Nein, vielen Dank«, wehrte Claude ab.

»Merkwürdig, daß Sie ausgerechnet heute kommen, Mr. Matty«, begann Wyatt. »Ich wollte Sie ... oder vielmehr Ihren Bruder nämlich gleich morgen früh anrufen.«

»Wegen Mrs. Cassidy?«

»Ja.« Wyatt zog die Schallplatte aus der Verpackung und betrachtete die Hülle mit einem Lächeln, bevor er sie

beiseite legte. »Mein Bruder ist am Vormittag, kurz nachdem Mrs. Cassidy erschossen worden ist, ebenfalls in Heatherdown gewesen!«

»Ja, ich weiß. Das hat die Polizei mir schon gesagt.«

»Es muß ein furchtbarer Schock für Sie gewesen sein. Ich selbst konnte es kaum fassen …«

»Ja … ja …« Wyatt starrte ausdruckslos durch das Fenster in die Dunkelheit hinaus. Er schüttelte traurig den Kopf. »Ich kann's offengestanden noch immer nicht glauben. Ich bin in London gewesen und habe es erst nach meiner Rückkehr erfahren…«

»Hat die Polizei einen Verdacht, wer es gewesen sein könnte?«

»Nein, ich glaube nicht. Und wenn, dann haben sie es mir nicht gesagt. Ich kann einfach nicht begreifen, warum jemand meine Haushälterin umbringen wollte.« Wyatt merkte plötzlich, daß er seinem Gast noch immer keinen Stuhl angeboten hatte. »Bitte setzen Sie sich doch, Mr. Matty.«

Claude nahm in einem tiefen Lehnstuhl Platz.

»Möchten Sie wirklich nichts zu trinken?«

»Nein, danke.«

»Wie geht es Ihrem Bruder, Mr. Matty?« erkundigte sich Wyatt. Claude fühlte, daß diese Frage nur eine Höflichkeitsfloskel war.

»Danke, gut. Allerdings hat ihn der Mord an Mrs. Cassidy sehr erregt und verwirrt. Er war schließlich zur Tatzeit mit ihr verabredet. Nur deshalb ist er nach Heatherdown gefahren.«

Wyatt, der bis dahin unruhig im Zimmer auf und ab gegangen war, setzte sich plötzlich auf die Couch und sah Claude an. »Ja, ich weiß«, murmelte er.

»Sie haben von dieser Verabredung gewußt?« fragte Claude verblüfft.

»Der Inspektor hat es mir erzählt. Ich muß gestehen, es war neu für mich. Ich hatte keine Ahnung, daß Mrs. Cassidy und Ihr Bruder näher bekannt waren.«

»Soviel ich weiß, kannte er Ihre Haushälterin nur von seinen Besuchen in ›Forest Gate Manor‹.«

»Wer hat sich eigentlich mit wem verabredet?«

»Mrs. Cassidy wollte meinen Bruder dringend sprechen«, erwiderte Claude. »Sie hat für ihn telefonisch die Nachricht hinterlassen, er möge sie in ›Fletcher's Cafe‹ treffen.«

»Aber warum zum Teufel hätte sie das tun sollen?«

»Angeblich wollte sie meinem Bruder die Sache mit dem Foto erklären. Ich kann nur annehmen, daß das Bild Ihrer Tochter im Schaufenster von Mortimer Browns Fotoladen gemeint war.«

»Das alles kommt mir wirklich sehr merkwürdig vor.« Wyatt spielte mit den Quasten an der Couchlehne. »Ist es das erste Mal gewesen, daß Mrs. Cassidy sich privat an Ihren Bruder gewandt hat?«

»Soviel ich weiß, ja.« Claude machte eine kurze Pause, bevor er die Frage stellte, die Peter interessierte. »Bitte verzeihen Sie, wenn ich indiskret bin, aber haben Sie mit Ihrer Haushälterin über meinen Bruder gesprochen? Hatten Sie ihr erzählt, was an jenem Morgen in Mortimer Browns Fotoladen passiert war?«

»Ja, das habe ich«, erwiderte Wyatt ohne Zögern. »Und wie hat Mrs. Cassidy darauf reagiert?«

»Sie glaubte, Ihr Bruder habe sich das alles nur eingebildet … daß er unsterblich in diese Mrs. du Salle verliebt sei und deshalb … nun …« Wyatt zuckte die Schultern und lächelte flüchtig.

»Sie meinen, er sei deshalb unausgeglichen und schwierig?«

»Ja.«

»Ist das wirklich Ihre Meinung?«

»Eigentlich weiß ich gar nicht, was ich von alledem halten soll.« Wyatts Blick schweifte erneut zum Fenster. Claude hatte den Eindruck, der alte Herr lausche auf ein Geräusch von draußen. »Der Mord an Mrs. Cassidy hat mich so durcheinandergebracht, daß ...« Er sah Claude an. »Eigentlich sollte ich Ihnen das nicht erzählen. Ich habe versprochen, es für mich zu behalten, aber ich muß mich Ihnen anvertrauen.« Er verschränkte die Finger ineinander und beugte sich vor. »Vierundzwanzig Stunden bevor Ihr Bruder zum ersten Mal zu mir gekommen ist, hat mich ein Mann namens Talmadge angerufen. Er wollte mich dringend persönlich sprechen. Auf meine Frage, worum es gehe, hat er geantwortet: ›Ich möchte mit Ihnen über einen alten Freund ... über Norman du Salle ... reden.‹«

»Norman du Salle? Ist du Salle ein Freund von Ihnen gewesen?«

»Ja, das war er.«

»Aber Peter gegenüber haben Sie genau das Gegenteil behauptet!« entfuhr es Claude ärgerlich.

»Ja, ich weiß ... ich weiß, was ich Ihrem Bruder gesagt habe, Mr. Matty.« Wyatt biß sich nervös auf die Unterlippe. »Aber bitte ... hören Sie mich an ...«

Julian Talmadge wußte, daß er zu seiner Verabredung eine halbe Stunde zu spät kam, als er die Auffahrt von ›Forest Gate Manor‹ hinauffuhr. Er parkte den Rover vor der Haustür, nahm einen Aktenkoffer vom Rücksitz, stieg aus und klingelte. Anschließend bediente er auch den Türklopfer, um sich bemerkbar zu machen. Als im Haus alles ruhig blieb, wiederholte er die Prozedur. Talmadge war es nicht gewohnt, daß man ihn warten ließ.

Als Wyatt schließlich die Tür öffnete, machte er einen erregten und zerknirschten Eindruck. »Verzeihen Sie, daß Sie warten mußten.«

»Guten Abend, Sir Arnold. Ich habe mich leider verspätet.« Talmadge sah ostentativ auf die Uhr. »Eigentlich waren wir ja für acht Uhr verabredet.«

»Ja ... hm ... ich hatte Sie früher erwartet.«

Talmadge musterte Wyatt prüfend, bevor er in die Halle trat. »Darf ich Ihnen den Mantel abnehmen?«

»Danke.«

Der Besucher nahm Mantel und Schal ab. Darunter trug er denselben karierten Tweedanzug wie im ›Blue Boar‹, als Peter ihn zum ersten Mal gesehen hatte.

»Sind Sie allein?« erkundigte sich Talmadge prompt. Es war ihm nicht entgangen, wie nervös sein Gastgeber war.

»Nein«, gestand Wyatt. »Tut mir leid, aber ich habe bereits einen Besucher. Er ist im Wohnzimmer.«

»Das macht nichts. Ich habe Zeit.«

»Darf ich Sie solange in die Bibliothek bitten?«

»Bleibt Ihr Gast länger?«

»Nein, ich glaube nicht«, antwortete Wyatt. »Es ist übrigens Mr. Matty.«

»Peter Matty?«

»Nein, sein Bruder Claude.«

»Sie haben mir nie erzählt, daß Claude Matty Ihr Freund ist«, entgegnete Talmadge beinahe vorwurfsvoll.

»Sie haben mich ja auch nie danach gefragt. Außerdem kann man ihn wohl kaum einen Freund nennen, wenn man bedenkt...«

»Was will er dann hier?« unterbrach Talmadge Wyatt.

»Er hat mir eine Schallplatte gebracht«, sagte Wyatt leise. »Aber das war natürlich nur ein Vorwand. Er wollte mit mir über seinen Bruder und den ... Mord an Mrs. Cassidy sprechen.«

Talmadge sah einen Augenblick nachdenklich auf Wyatt herab. »Nun ... wenn das so ist, dann sollten Sie uns lieber bekannt machen. Wir wollen ihm reinen Wein einschen-

ken.« Er lächelte frostig. »Immer vorausgesetzt natürlich, daß Sie das nicht längst getan haben.«

Peter hatte das Autoradio leise gestellt und hörte eine Konzertübertragung aus der Festival Hall. Mit abgestelltem Motor wurde es im Wagen ungemütlich kalt. Der Jaguar parkte hinter einer Hecke in der Nähe von Sir Arnolds Einfahrt und war von der Straße aus nicht zu sehen. Bisher war lediglich ein Auto in die Einfahrt nach ›Forest Gate Manor‹ eingebogen. Inzwischen hatte es zu regnen begonnen, und Tropfen prasselten auf das Wagendach.

Er hatte gerade seine fünfte Zigarette geraucht, als plötzlich eine dunkle Gestalt aus der Toreinfahrt trat. Als sie näherkam, erkannte Peter seinen Bruder. Er stieg aus.

»Du hast dir ja verdammt lange Zeit gelassen«, begrüßte Peter den Bruder.

»Ja, ich weiß.«

»Ich habe mir schon Sorgen gemacht. Hast du mit Wyatt gesprochen?«

»Ja ... aber nicht nur mit Wyatt, Peter. Komm, setzen wir uns ins Auto.«

Peter packte ihn beim Arm. »Was soll das heißen, du hast nicht nur mit Wyatt gesprochen? Wer saß in dem Wagen, der an mir vorbei zum ›Forest Gate Manor‹ hinaufgefahren ist?«

»Ich habe diesen Talmadge kennengelernt, von dem du mir erzählt hattest.«

»Den Talmadge aus der Kneipe?«

»Ganz richtig. Julian Talmadge.«

Peter konnte Claudes Gesicht in der Dunkelheit nicht erkennen, doch er hatte das Gefühl, daß dieser ihm etwas verschwieg.

»Ist er mit Wyatt befreundet?« fragte Peter.

»Nein, nicht direkt«, erwiderte Claude ausweichend. »Was wollte er dann von ihm?«

Claude machte Anstalten, zum Wagen zu gehen, doch Peter hielt ihn zurück.

»Claude, wer ist dieser Mann?« erkundigte sich Peter energisch.

»Talmadge gehört einer Spezialeinheit von Scotland Yard an.«

Peter ließ abrupt den Arm seines Bruders los. »Ach, du liebe Zeit!«

»Steig in den Wagen, Peter. Wir fahren zum Herrenhaus zurück. Talmadge möchte mit dir sprechen.«

»Also gut … ich akzeptiere, wer Sie sind … und was Sie sind«, stellte Peter fest. »Und jetzt kommen Sie bitte zur Sache, Mr. Talmadge.«

»Zu welcher Sache?« erkundigte sich Talmadge.

»Mein Bruder hat behauptet, Sie wollen mit mir sprechen«, konterte Peter.

Arnold Wyatt hatte inzwischen ein Tablett mit Gläsern ins Wohnzimmer gebracht. Claude, Talmadge und der Gastgeber tranken Whisky. Peter hatte einen Drink abgelehnt. Er stand neben dem Sofa und starrte wütend auf Talmadge hinab, der Peters Gereiztheit gelassen ignorierte.

»Ja, ich hielt das unter den gegebenen Umständen für eine gute Idee«, antwortete Talmadge schließlich mit einem amüsierten Lächeln. »Inzwischen bin ich meiner Sache nicht mehr so sicher.« Er erhob sich plötzlich. Der Mann von Scotland Yard überragte Peter um einige Zentimeter. »Mr. Matty«, begann er ernst. »Es ist mir klar, daß Sie in letzter Zeit einige unangenehme Dinge erlebt haben, und daß ich daran gewissermaßen nicht ganz unschuldig bin. Allerdings hat niemand versucht, Sie zum Narren zu halten. Seien Sie also vernünftig und hören Sie sich ruhig an, was Sir Arnold zu sagen hat.«

»Möchten Sie wirklich nichts zu trinken?« fragte Wyatt noch einmal nervös.

»Nein, danke.«

Wyatt setzte sich mit einem Glas Whisky in der Hand auf eine Sessellehne.

»Vor etlichen Jahren habe ich einen jungen Mann namens Norman du Salle gut gekannt«, begann Wyatt auf Talmadges Zeichen hin. »Er war der Sohn eines meiner besten Freunde. Norman, ein ehrgeiziger Junge, ist mit einundzwanzig Jahren nach Amerika ausgewandert und hat dort als Journalist Karriere gemacht. Jahrelang waren seine Zeitungsartikel ein großer Erfolg. Vor sieben oder acht Jahren begann er immer schlechter zu schreiben, und seine Kolumnen verschwanden aus den großen Tageszeitungen. Wie Sie sich vorstellen können, hatte er in der Blütezeit seiner Karriere viele wichtige Persönlichkeiten des öffentlichen Lebens kennengelernt: unter anderem Staatspräsidenten, Premierminister, Botschafter, berühmte Schauspieler, Industriemagnaten. Selbstverständlich hatte er auch immer mehr Informationen über diese Personen zusammengetragen … vertrauliche Informationen über deren Privatleben. Zu meinem Bedauern hatte er in den letzten Jahren von diesem Wissen Gebrauch gemacht.«

Wyatt trank einen Schluck Whisky. Es fiel ihm offenbar schwer, darüber zu sprechen.

»Sie meinen, er wurde zum Erpresser?« fragte Peter.

»Ja, Mr. Matty. Aber das ist noch nicht alles.« Wyatt warf Talmadge einen Blick zu. Der Mann von Scotland Yard nickte zum Zeichen, er solle fortfahren.

»Vor gut sieben Jahren suchte mich ein gewisser Martin Clifford auf. Er war Amerikaner und freier Journalist und besaß ein Empfehlungsschreiben von Norman … den ich nicht mehr gesehen hatte, seit er nach Amerika ausgewandert war. Obwohl Martin ein etwas merkwürdiger

junger Mann war, lud ich ihn ein, in meinem Haus zu wohnen, denn er war immerhin Normans Freund. Er blieb mehrere Wochen und hat schließlich … meine Tochter geheiratet. Ich bin von Anfang an gegen diese Verbindung gewesen.«

Wyatt blickte hilfesuchend Talmadge an.

»Fahren Sie fort«, forderte der Mann von Scotland Yard ihn jedoch nur lakonisch auf.

»Obwohl ich Martin nie gemocht hatte, habe ich erst vor kurzem die Wahrheit über ihn durch Mr. Talmadge erfahren. Ich schäme mich, es zu sagen, aber er hat für Norman gearbeitet.«

Sir Arnold verzog angewidert den Mund. Schließlich stand er auf, ging mit seinem Glas in der Hand zum Fenster und starrte in den dunklen Park hinaus. Talmadge begriff, daß er das Ende der Geschichte selbst erzählen mußte.

»Leider haben sich du Salles Aktivitäten nicht auf Amerika allein beschränkt«, erklärte er. »Er hatte auch einen wichtigen Verbindungsmann in unserem Land … eine Person mit dem Decknamen George Delta. Als Mrs. du Salle Anstalten machte, nach England zu reisen, nahmen wir sicher an, daß Delta früher oder später versuchen würde, Kontakt mit ihr aufzunehmen. Und nur aus diesem Grund haben wir uns für Sie interessiert, Mr. Matty.«

»Für mich?«

»Ja.« Talmadge lächelte bedauernd. »Aber warum ausgerechnet für mich?«

»Sie haben im Flugzeug mit Mrs. du Salle gesprochen … sich mit ihr angefreundet … und wollten sie unbedingt wiedersehen. Kurz gesagt, wir haben Sie für George Delta gehalten.«

12

Wie die meisten Verleger erledigte Peter sein größtes Arbeitspensum außerhalb der Bürozeiten, wenn er nicht mehr durch Telefonanrufe, Mollie oder Besucher gestört werden konnte. So hatte er auch dieses Mal ungefähr ein halbes Dutzend Manuskripte, die ihm seine Lektoren zur Veröffentlichung empfohlen hatten, nach Poole mitgenommen. Nachdem er bereits den ganzen Vormittag über mühsam versucht hatte, sich auf einen Roman zu konzentrieren, der im Schottland des siebzehnten Jahrhunderts spielte, wurde er gegen Mittag zunehmend nervöser. Claude, der um elf Uhr zum Einkaufen gegangen war, kam nicht wieder, und Peter sah immer häufiger auf die Uhr.

Um fünf nach zwölf hörte er plötzlich draußen das Motorengeräusch einer schweren Limousine näherkommen. Der Wagen hielt schließlich ganz in der Nähe der Yacht. Als eine Autotür zugeschlagen wurde, hielt Peter es nicht mehr aus. Er legte das Manuskript beiseite und ging an Deck.

Auf dem Kai stand ein glänzender, schwarzer Rover 2600. Der uniformierte Chauffeur öffnete gerade die Tür zum Fond des Wagens, und eine schlanke junge Frau mit kastanienbraunem Haar stieg aus. Sie trug ein leichtes Kostüm, hatte sich ein rotes Seidentuch leger um den Hals geschlungen und unterhielt sich mit Julian Talmadge, der im Auto sitzengeblieben war.

Talmadge entdeckte Peter zuerst. Er sagte etwas zu Phyllis. Sie drehte sich um, und sie sahen sich lange an. Schließlich winkte Peter ihr lächelnd zu. Phyllis erwiderte

seinen Gruß beinahe schüchtern, sagte nur kurz etwas zu Talmadge und kam dann auf die Jacht zu.

Anfangs herrschte eine gespannte Atmosphäre zwischen ihnen. Phyllis war nervös, und Peter wußte, daß sie nur auf Talmadges Veranlassung zu ihm gekommen war. Allerdings war er entschlossen, sie dieses Mal nicht mit Fragen zu bedrängen. Er sprach über unverfängliche Themen, bot ihr ein Glas Sherry an und führte sie zu einem Tisch unter der Sonnenplane an Deck.

Schließlich lenkte Phyllis das Gespräch auf das Thema, das beide am meisten beschäftigte.

»Julian Talmadge hat Ihnen offenbar schon alles über Norman ... und seine erpresserischen Aktivitäten mit Martin Clifford erzählt.«

»Ja, das stimmt.«

»Glauben Sie mir, Peter«, sagte sie eindringlich. »Ich habe nicht einen Augenblick geglaubt, Sie könnten etwas mit dieser dummen Geschichte zu tun haben. Davon habe ich auch Talmadge immer wieder zu überzeugen versucht.«

»Er dachte, ich arbeite für Ihren Mann und sei sozusagen der Verbindungsmann, nach dem sie suchen ... dieser George Delta.«

»Ja, ich weiß. Talmadge hat mir von ihm erzählt.«

»Hatten Sie über Delta Bescheid gewußt, bevor Talmadge Ihnen davon erzählt hat?« fragte Peter.

»Ja.« Phyllis wich seinem Blick nicht aus. Auf ihrem Gesicht lag das vom Wasser reflektierte Sonnenlicht, und Peter sah deutlich, daß sie sich für die Begegnung mit ihm besonders sorgfältig zurechtgemacht hatte. Er wertete dies als positives Zeichen.

»Linda Braithwaite hat seinen Namen erwähnt, als wir noch in Genf zusammen zu Abend gegessen haben, und mich gefragt, ob ich ihn kenne.«

»Haben Sie das Talmadge gesagt?«

»Das war nicht nötig.«

»Wie meinen Sie das?«

»Linda hat für Talmadge gearbeitet. Deshalb hatte sie sich auch in der Schweiz mit mir angefreundet und war mir nach England gefolgt … Ich hatte bestimmte Briefe und Tonbandaufnahmen, die Norman gehörten, und sie haben geglaubt … Na, jedenfalls hatten sie Angst, ich könnte sie Ihnen, oder vielmehr George Delta übergeben.«

»Ich verstehe.« Peter warf seine Zigarette über Bord. Eine Möwe stürzte herab und fischte sie aus dem Wasser. »Sie wissen vermutlich, was mit Linda Braithwaite geschehen ist?«

»Ja.« Phyllis' Mundwinkel zuckten. »An dem Tag, an dem sie ermordet worden ist, bin ich noch mit ihr zusammengewesen. Sie hatte gerade eine Besprechung bei Scotland Yard gehabt und war auf dem Heimweg, als George Delta sie geschnappt hat. So lautet wenigstens Talmadges Theorie.«

»Sie sind mit ihr zusammengewesen?«

»Ja. Es war Talmadges Idee, daß ich mich verstecken sollte. Er glaubte, daß mein Leben in Gefahr ist, solange sie noch nicht wissen, wer George Delta ist. Ich hatte wirklich keine andere Wahl, Peter.«

Peter zündete eine neue Zigarette an. »Wann haben Sie Talmadge kennengelernt?« erkundigte er sich schließlich.

»An dem Tag, an dem ich mit Ihnen nach Poole gefahren war und Sie mich überredet haben, mir Ihren Wagen auszuleihen. Sie erinnern sich sicher, daß Sir Arnold mich übers Wochenende in sein Haus eingeladen hatte.«

»Ja, natürlich«, antwortete Peter lächelnd. »Schließlich habe ich mir seit damals den Kopf darüber zerbrochen, was an jenem Abend mit Ihnen passiert ist.«

»Das ist eine ziemlich merkwürdige Geschichte, Peter. Vermutlich werden Sie mir gar nicht glauben.«

»Stellen Sie mich doch erst mal auf die Probe.«

Phyllis blickte über die blaue Wasserfläche zur Brownsea Island hinüber. Draußen auf der Lagune lagen gut ein Dutzend Jachten.

»Als ich an jenem Abend zu ›Forest Gate Manor‹ gefahren bin«, begann Phyllis, »parkte ein Streifenwagen der Polizei vor dem Eingang. Der Fahrer saß noch hinter dem Steuer und beobachtete mich so merkwürdig, daß ich das Gefühl hatte, er wartete nur auf mich. Ohne weiter auf ihn zu achten, bin ich schließlich mit meinem Koffer zur Haustür gegangen. In diesem Moment kam der Polizeibeamte bereits auf mich zu, grüßte freundlich und sagte: ›Mrs. du Salle?‹ Ich war überrascht, daß er meinen Namen kannte.«

»Trug er Uniform?« fragte Peter.

»Ja. Er war sehr höflich, nahm mir den Koffer ab, fragte mich, ob ich eine gute Reise gehabt hätte, und hat für mich geklingelt. Als Mrs. Cassidy dann geöffnet hat, hat er gesagt: ›Melden Sie bitte Sir Arnold, daß Mrs. du Salle gekommen ist.‹ Mrs. Cassidy hat sich daraufhin erboten, meinen Koffer zu nehmen, doch der Polizeibeamte wollte ihn nicht hergeben.«

Phyllis sah Peter an. Er hörte aufmerksam zu.

»Mrs. Cassidy hat mich anschließend in die Bibliothek geführt«, erzählte Phyllis weiter. »Und dort stand zu meinem großen Erstaunen Linda Braithwaite und unterhielt sich angeregt mit einem ranghohen Polizeioffizier in Uniform. Sir Arnold und ein anderer großgewachsener Mann saßen am Kamin.«

»War das Talmadge?« fragte Peter prompt.

Phyllis nickte. »In dem Augenblick, als ich den Raum betrat, hörten alle auf zu reden. Ich war einfach wie vor

den Kopf gestoßen. Schließlich hat Sir Arnold die Situation gerettet, indem er auf mich zukam und sagte: ›Mrs. du Salle, ich bin Sir Arnold Wyatt.‹«

Phyllis lächelte. Sie hatte Sir Arnolds Stimmlage gut getroffen.

»Dann hat mir Sir Arnold Chief Superintendent Galloway und Mr. Julian Talmadge vorgestellt. Er wußte, daß ich Linda Braithwaite bereits kannte.«

Peter nickte.

»Besonders hat mich natürlich die Anwesenheit von Linda Braithwaite verwirrt. Aber dann begann Talmadge über meinen Mann zu sprechen, und ich habe die Wahrheit über Norman erfahren. Ich wußte, daß Talmadge recht haben mußte, denn dadurch ließen sich so viele merkwürdige Dinge erklären.«

»Welche merkwürdigen Dinge?«

»Als Norman seinen Job verlor, hat er sich über unsere finanzielle Situation zuerst große Sorgen gemacht. Dann hat sich ganz plötzlich das Blatt gewendet. Norman besaß Geld wie Heu. Als ich ihn deswegen zur Rede gestellt habe, hat er behauptet, er habe den Auftrag, eine Artikelserie für eine deutsche Tageszeitung zu schreiben, und einen hohen Vorschuß bekommen ...«

Phyllis verstummte und sah lächelnd über Peters Schulter hinweg zur Gangway. Peter drehte sich um. In diesem Augenblick sprang Claude gerade mit mehreren Einkaufstüten bepackt an Deck. Peter stand auf.

»Phyllis, darf ich Ihnen meinen Bruder vorstellen. Claude, das ist Mrs. du ... Phyllis.«

»Es freut mich sehr, Sie kennenzulernen«, sagte Phyllis, ohne aufzustehen. »Ich habe Ihr Konzert damals in Genf sehr genossen.«

»Danke. Nett, daß Sie das sagen.«

Peter merkte, daß sich die beiden sehr zurückhaltend,

ja beinahe mißtrauisch begrüßten. Bevor Claude Phyllis die Hand schüttelte, stellte er seine Einkaufstüten umständlich ab.

»Hast du eigentlich das ganze Dorf leergekauft?« erkundigte sich Peter.

»Fast.« Claude rieb sich die Finger, die vom Tragen ganz steif waren.

»Wir wollten gerade nach Bournemouth zum Mittagessen fahren. Kommst du mit?«

Claude sah Phyllis an, lächelte flüchtig und schüttelte den Kopf. »Nein, vielen Dank, aber ich habe noch einiges zu erledigen.«

»Bitte, kommen Sie doch mit!« drängte Phyllis. »Ich würde mich sehr freuen.«

»Nein, das ist sehr nett von euch, aber ...« Claude sammelte die Einkaufstüten wieder ein und ging zum Kajütenaufgang. »Ich habe heute morgen gut gefrühstückt und möchte jetzt lieber noch ein paar Briefe schreiben.«

»Wie du willst, Claude«, seufzte Peter. »Dann bis später!« Phyllis lächelte Claude an, als Peter ihren Arm nahm und sie zur Gangway führte. Claude beobachtete nachdenklich, wie die beiden über den Kai und zu Peters Jaguar liefen. Dann stieg er in die Kajüte hinunter.

Er hatte gerade einige Einkäufe ausgepackt und in die Regale in der Kombüse gestellt, als Peter plötzlich atemlos die Treppe hinuntergerannt kam.

»Hab' meine Brieftasche vergessen«, keuchte er.

Peter riß eine Schublade auf, nahm die Brieftasche heraus, steckte sie ein und wollte schon wieder an Deck laufen, als er auf der Treppe abrupt stehenblieb.

»Na, wie findest du sie?«

Da ihn die Frage ganz unvorbereitet traf, suchte Claude nach den richtigen Worten: »Oh ... sie ... sie sieht besser aus, als ich erwartet hatte.«

Peter lachte fröhlich und verschwand im Kajütenaufgang. Mit Phyllis am Steuer des Jaguar fuhren sie nach Bournemouth. Peter war in Hochstimmung, als der Wagen lautlos an den bewaldeten Hängen des Badeorts vorbeifuhr.

»Sie haben mir noch immer nicht gesagt, wo Sie jetzt eigentlich wohnen?«

»Zur Zeit habe ich ein Zimmer in einem kleinen Hotel bei ...« Sie räusperte sich. »In der Nähe von London.«

»War das Talmadges Idee?«

»Ja. Er hat darauf bestanden, daß ich mich weiterhin verstecke.« Sie sah ihn flüchtig an. »Er hat Angst, daß Sie oder George Delta Kontakt zu mir aufnehmen würden. Offenbar glaubt Delta, daß ich wertvolle Informationen besitze.«

»Informationen, die Sie von Ihrem Mann haben?«

»Ja.«

»Und haben Sie sie?«

»Nein, natürlich nicht.« Phyllis bremste langsam ab, als ein Fußgänger auf dem Zebrastreifen die Straße überquerte. »Peter, es tut mir leid, daß ich Ihnen meine Adresse nicht nennen kann, aber ich habe Talmadge versprochen, darüber strengstes Stillschweigen zu bewahren.«

»Schon gut. Ich verstehe das. Holt Talmadge Sie heute nachmittag wieder ab?«

»Ja. Um drei Uhr. Wo soll ich jetzt abbiegen?«

»Fahren Sie in den Kreisverkehr, und dann ist es die dritte Ausfahrt.« Peter schwieg, bis Phyllis auf der richtigen Straße war.

»Ich verstehe natürlich, daß Sie vorsichtig sein müssen, aber wie kann ich Sie in Zukunft erreichen?«

»Wann kehren Sie nach London zurück?« fragte Phyllis. »Vermutlich übermorgen.«

»Gut, dann rufe ich Sie Montag morgen in Ihrem Büro an.«

»Ist das ein Versprechen?«

Phyllis hielt vor einer roten Ampel an und wandte sich lächelnd an Peter.

»Ja, das ist ein Versprechen.«

»Hallo, Peter.« Claude sah mit amüsiertem Lächeln auf, als Peter in die Kajüte stürmte. Peter rauchte ein Zigarillo und schien mit sich und der Welt zufrieden. »Nach deinem Gesichtsausdruck zu schließen, muß das Mittagessen ein voller Erfolg gewesen sein.«

»Stimmt. Du hättest mitkommen sollen.«

»Damit du es mir ein Leben lang hättest vorwerfen können?« Claude stecke die Partitur, die er studiert hatte, in eine Ledermappe und machte sie zu. Dann aß er ein Stück Schokolade mit Nüssen und Früchten.

»Hast du nichts zu essen gehabt?«

»Ich habe mir ein belegtes Brot gemacht ... und als Nachtisch esse ich Schokolade. Das genügt mir. Wann siehst du Phyllis wieder?«

»Nächste Woche. Sie hat versprochen, mich Montagmorgen anzurufen.« Peter setzte sich Claude gegenüber und deutete auf die Ledermappe. »Was ist damit?«

»Oh ... das wollte ich dir gerade erzählen. Es ist ärgerlich, aber ich muß nach Schottland. Montag oder Dienstag bin ich zurück.«

»Gibst du ein Konzert?«

»Nein, im Gegenteil. Gerade das will ich vermeiden. Die Agentur weigert sich, eine Absage anzunehmen.«

»Und wann fährst du?« fragte Peter.

»Heute nachmittag«, antwortete Claude leichthin.

Asche fiel von Peters Zigarillo auf den Tisch, doch er merkte es nicht. »Heute nachmittag schon?«

»Ja, ich will noch den Zug um drei Uhr fünfzehn kriegen. Kannst du mich zum Bahnhof bringen?«

»Natürlich.« Peter überwand seine Überraschung nur langsam. »Fliegst du von London aus?«

»Nein, ich nehme den Zug mit Schlafwagen. Mein Agent erwartet mich in Euston.« Claude steckte das letzte Stück Schokolade in den Mund und warf das Silberpapier in den Papierkorb. »Aber jetzt erzähl mir mal von deinem Rendezvous. Was ist denn passiert?«

»Das, was ich in den vergangenen Wochen erlebt habe, ist nichts im Vergleich zu dem, was Phyllis durchgemacht hat.«

»Das kann ich mir vorstellen«, sagte Claude ernst.

Peter warf ihm einen prüfenden Blick zu, doch Claude verzog keine Miene.

»Offenbar besaß Norman du Salle Informationen, die gewisse prominente Persönlichkeiten in diesem Land schwer belastet hätten. Scotland Yard wiederum hat geglaubt, daß Phyllis in diese Dinge eingeweiht war, und hatte Angst, sie könne entführt werden.«

Claude nickte. »Von George Delta, oder?«

»Ja.«

»Ich verstehe. Hat Phyllis erklärt, warum Sie diesen Zwischenfall in der Harley Street im Taxi provoziert hat?«

»Ja. Talmadge hatte eine Zeitlang angenommen, ich sei Delta. Phyllis war anderer Meinung, so daß sie sich entschlossen hatte, mich auf die Probe zu stellen. Die Szene in der Harley Street wurde vom Geheimdienst genau beobachtet. Zu meinem Glück hat mein Benehmen die Leute davon überzeugt, daß mein Interesse an Phyllis rein privater Natur ist. Sie hat mich später auf Talmadges Veranlassung hin angerufen und mir einen Korb gegeben.«

Claude dachte einen Augenblick nach.

»Aber wenn ich mich recht erinnere, dann ist nach

Phyllis' Anruf ...« Er verstummte, als er Schritte an Deck hörte. »Das muß Mrs. Frinton sein. Ich glaube, ich weiß, weshalb sie hier ist.«

Claude stand hastig auf, um ihr zuvorzukommen, doch schon im nächsten Moment erschien sie im Kajütenaufgang. Sie trug ein Päckchen und mehrere Briefe in der Hand.

»Entschuldigen Sie die Störung, Mr. Matty, aber diese Bücher sind noch mit der Nachmittagspost gekommen. Ich dachte, sie sind vielleicht wichtig.«

Peter nahm die Briefe und das Päckchen, das einige Bücher enthielt, auf die er bereits gewartet hatte.

»Danke, Mrs. Frinton. Sehr freundlich von Ihnen.«

Die ältere Dame nickte lächelnd und wandte sich dann an Claude. »Und die Gebühr für Ihr Gespräch beträgt drei Pfund und vierzig Pence, Sir. Ich habe gerade die Vermittlung angerufen.«

»Ja ... ja, natürlich, Mrs. Frinton.« Verlegen zog Claude drei Pfundnoten aus der Brieftasche und suchte in seinen Taschen nach dem restlichen Kleingeld.

»Hier, Mrs. Frinton. Drei Pfund und vierzig Pence.«

»Danke, Sir.« Mrs. Frinton zählte schnell nach und steckte das Geld ein.

»Ich habe Ihnen zu danken, Mrs. Frinton.«

»Drei Pfund und vierzig Pence«, wiederholte Peter nachdenklich, als Mrs. Frinton sich verabschiedet hatte. »Das muß ja ein verdammt langes Telefongespräch gewesen sein.«

»Ja«, antwortete Claude gelassen. »Ich habe stundenlang mit Schottland telefoniert.«

Am Montagmorgen schien sich alles gegen Peter verschworen zu haben. Der Verkehr wurde in der Innenstadt umgeleitet, und auf allen Straßen herrschte Stoßverkehr.

Als er schließlich das Verlagsgebäude erreichte, waren die Parkplätze in der Nähe besetzt. Er mußte seinen Wagen in fünfhundert Meter Entfernung abstellen und zu Fuß zum Büro zurückgehen.

Mollie schien nicht überrascht, daß er zu spät kam. Sie hatte sich offenbar daran gewöhnt und hörte nachsichtig und amüsiert zu, als er sich entschuldigte.

»Sie sollten die U-Bahn nehmen«, schlug sie vor. »Die Post liegt auf Ihrem Schreibtisch, und es haben mindestens sechs Leute für Sie angerufen.«

»Auch Mrs. du Salle?«

»Ja, stimmt. Sie haben Sie nur um Minuten verpaßt.«

»Verdammt. Will sie es nochmal versuchen?«

»Nein.« Mollie sah Peters enttäuschtes Gesicht. »Sie möchte mit Ihnen zu Mittag essen. Hier ist die Adresse des Restaurants.« Sie gab ihm einen Zettel. »Mrs. du Salle ist um ein Uhr dort.«

Peters Miene hellte sich schlagartig auf. »Sie sind ein Schatz, Mollie.«

»Außerdem hat Mr. Lerner versucht, Sie dringend zu erreichen. Er hat schon zweimal angerufen.«

»Ist er in London?«

»Ich glaube schon. Aber ich habe ihn nicht danach gefragt.«

»Hat er gesagt, was er will?«

»Nein, er ruft zurück«, erwiderte Mollie.

Peter ging in sein Büro, hängte seinen Mantel auf und kam Sekunden später ins Vorzimmer zurück.

»Hat zufällig mein Bruder aus Schottland angerufen?« erkundigte er sich bei Mollie.

»Nein, leider nicht.« Mollie schüttelte den Kopf. In diesem Moment begann das Telefon zu klingeln. Sie hob ab. »Matty Verlag. Was kann ich für Sie tun? … Moment, Mr. Lerner. Ich sehe mal nach, ob er schon hier ist.«

Mollie legte die Hand über die Sprechmuschel, und Peter machte ihr ein Zeichen, daß er den Anruf in seinem Büro entgegennehmen wolle.

Peter ließ sich Zeit. Nach allem, was passiert war, hatte er es nicht besonders eilig, mit Lerner zu sprechen.

»Morgen, Max«, meldete er sich dann frostig. »Das ist aber eine Überraschung. Ich dachte, du bist längst über alle Berge.«

»Nein, ich bin noch hier. Ich möchte mit dir sprechen, Peter«, bat er beinahe unterwürfig. »Könnten wir heute zusammen zu Mittag essen?«

»Heute? Tut mir leid, aber das geht nicht.«

»Könntest du dann vielleicht irgendwann zu mir kommen? Hast du nachmittags Zeit?«

»Tja, Max, ich fürchte ...«

»Wie wär's mit heute abend?« drängte Max Lerner.

»Ich habe einen ziemlich arbeitsreichen Tag vor mir, Max.« Möglicherweise bereute Max, den Scheck zurückgegeben zu haben, überlegte Peter. Trotzdem hatte er nicht die Absicht, Max eine zweite Chance einzuräumen. »Heute abend muß ich ...«

»Hör zu, Peter«, unterbrach Max ihn beinahe verzweifelt. »Es ist verdammt wichtig. Ich muß dich heute unbedingt sprechen.«

»Für wen ist es wichtig? Für dich oder für mich?«

»Für uns beide. Und ich habe nicht vor, mir Geld von dir zu leihen. Mit Geld hat es nichts zu tun.«

»Weshalb willst du dann mit mir sprechen?« fragte Peter. Am anderen Ende entstand eine längere Pause, bevor Max antwortete: »Ich möchte mit dir über George Delta reden.«

»George Delta?« wiederholte Peter. »Kennst du ihn?«

»Ja. Peter, ich muß dich sprechen!«

Peter zögerte nur Sekunden. »Also gut. Ich komme heute abend gegen acht Uhr zu dir.«

Der Ober brachte Peter eine zweite Tasse Kaffee.

»Wünschen Sie noch Kaffee, Madam?« wandte er sich an Phyllis.

Phyllis schüttelte den Kopf.

»Wie wär's mit einem Likör, Phyllis?« erkundigte sich Peter. Auch das lehnte Phyllis ab.

»Darf ich rauchen?«

Als der Ober gegangen war, zündete Peter den Zigarillo an, den er bestellt hatte. Eigentlich hatte er sich vorgenommen, das Rendezvous nicht durch unangenehme Fragen zu verderben, doch die Zeit drängte. Es gab Dinge, die er unbedingt wissen mußte.

»Phyllis, erinnern Sie sich an den Abend, als ich zu Ihnen ins Connaught Hotel gekommen bin?«

»Ja.« Phyllis lächelte.

»Wir haben uns damals in der Hotel-Bar unter anderem auch über Max Lerner unterhalten.«

»Tatsächlich? Das weiß ich offengestanden nicht mehr.«

»Max Lerner ist Journalist. Er saß bei mir im Taxi, als wir uns im Verkehrsstau begegnet sind.«

»Ach, ja richtig. Jetzt erinnere ich mich.«

»Sie haben damals behauptet, daß Sie ihn kennen.«

»Ja, ich bin ihm vor langer Zeit mal in Begleitung meines Mannes begegnet ...« Ihre Miene wurde ernst. Sie sah ihn verwirrt an. »Aber das hatte ich Ihnen doch erzählt, oder?«

»Wo sind Sie Lerner begegnet?« wollte Peter wissen.

»In Washington.«

»Er kann sich daran allerdings nicht erinnern.«

»Wirklich nicht? Vielleicht habe ich mich geirrt und verwechsle ihn. Aber eigentlich glaube ich das nicht.«

»Ich auch nicht.«

»Warum interessieren Sie sich für diesen Mann?«

Wie Peter befürchtet hatte, hatte das Thema die Ver-

trautheit, die während des Essens zwischen ihnen entstanden war, schlagartig zerstört.

»Er hat seit Jahren für mich gearbeitet … Das heißt, er hat gewisse Informationen für mich beschafft und ein ganz gutes Buch geschrieben, das wir vor ungefähr fünf Jahren veröffentlicht haben. Trotzdem interessiert es mich, was Sie über ihn wissen, Phyllis.«

»Eigentlich gar nichts«, antwortete Phyllis.

»Aber Sie sind ihm doch in Washington begegnet, oder? Wo genau ist das gewesen?«

»Ach, du meine Güte!« Phyllis runzelte nachdenklich die Stirn.

»Das muß auf der Party irgendeines Zeitungsverlegers gewesen sein, und dieser Max … Wie war gleich sein Familienname?«

»Lerner.«

»Ja, richtig. Max Lerner. Ich glaube, Norman hat ihn mir vorgestellt.«

»War er ein Freund Ihres Mannes?«

»Nein, das kann ich mir nicht vorstellen.« Sie sah ihn stirnrunzelnd an. »Aber Sie haben mir noch immer nicht gesagt, weshalb Sie sich für diesen Mann interessieren?«

»Er hat mich heute morgen angerufen und dringend um eine Unterredung gebeten. Max behauptete, es sei wichtig, daß wir uns noch heute sehen. Auf meine Frage, warum er unbedingt mit mir sprechen wolle, antwortete er, es gehe um ›George Delta‹.«

»George Delta?« wiederholte sie überrascht. Peter nickte.

»Kennt er George Delta?«

»Ja. Das behauptet er wenigstens.«

Phyllis musterte Peter noch immer stirnrunzelnd. »Haben Sie Talmadge davon erzählt?«

»Nein.«

»Das hätten Sie aber tun müssen, Peter. Ich finde, er sollte von diesem Anruf wissen.«

»Ich wollte ihn offengestanden auch anrufen, aber im letzten Augenblick habe ich mir's anders überlegt«, erwiderte Peter. »Warum?«

»Ich habe mir überlegt, daß es besser ist, wenn ich mir erst mal anhöre, was Max zu sagen hat. Vielleicht war das ein Fehler. Jedenfalls rufe ich Talmadge noch heute abend an.«

»Wann treffen Sie sich mit diesem Mann?« erkundigte sich Phyllis.

»Heute abend.«

»Und wo?«

»In seiner Wohnung«, antwortete Peter. »Allein?«

»Ja, natürlich.« Sie hatten ganz unbewußt die Rollen vertauscht. Inzwischen war sie diejenige, die die Fragen stellte. »Warum fragen Sie?«

»Vielleicht könnten wir uns nach Ihrer Unterredung mit Lerner treffen? Ich möchte wissen, was passiert ist.«

»Sicher, warten Sie im ... Nein, Augenblick. Das ist keine gute Idee. Ich bin um acht Uhr mit Max verabredet, aber ich weiß nicht, wie lange das Gespräch dauern wird. Vielleicht ist es das Beste, Sie kommen einfach in meine Wohnung.«

Zu seinem Erstaunen akzeptierte sie diesen Vorschlag nach nur kurzem Zögern.

»Also, gut.«

»Für den Fall, daß Sie zuerst dort sein sollten, gebe ich Ihnen einen Schlüssel, damit Sie hinein können«, erklärte Peter, nahm eine Visitenkarte aus der Brieftasche und schrieb auf die Rückseite seine Privatadresse. »Es ist leicht zu finden. Meine Wohnung liegt im ersten Stock.«

13

Offenbar belebte ›Screaming Henry Higgins‹ das Geschäft der viktorianischen Kneipe an der Ecke vor Max Lerners Wohnblock. In der Seitenstraße, in der Peter normalerweise seinen Wagen abstellte, war kein einziger Parkplatz frei. Als er im Schrittempo durch die Straßen der Umgebung fuhr, sah er aus den Augenwinkeln eine Frau in einem glänzend schwarzen Regenmantel und Kopftuch, die gerade die Tür eines roten Metro aufschloß. Peter wendete den Jaguar hastig in der nächsten Einfahrt und fuhr auf den Parkplatz des Metro, als dieser mit quietschenden Bremsen auf die nächste Kreuzung zuraste.

Am Eingang des Wohnblocks drückte Peter auf den Klingelknopf neben dein Schild mit Max' Namen. Erst nach einigen Minuten meldete sich eine durch den Lautsprecher verzerrte Männerstimme und fragte: »Hallo?«

»Ich bin's, Max. Ich komme rauf«, rief Peter ins Mikrophon. Der Aufzug war inzwischen repariert worden. Peter sah das als gutes Omen an. Seine beiden letzten Besuche in diesem Haus hatten schließlich nicht gerade dazu beigetragen, sein Vertrauen in Max Lerner zu stärken. Davon abgesehen glaubte er noch immer nicht, sich bezüglich der Identität des Fahrers des Triumph Spitfires getäuscht zu haben, der ihm vor dem Haus am Russel Square ausgerechnet an jenem Abend aufgefallen war, als man seine Wohnung durchsucht und verwüstet hatte.

Auch die Tatsache, wie besorgt Phyllis gewesen war, als er ihr von seinem nächtlichen Treffen mit Max Lerner erzählt hatte, machte ihm klar, daß die Sache möglicherweise

nicht ganz ungefährlich war. Er war froh, daß wenigstens ein Mensch wußte, daß er um acht Uhr an diesem Abend mit Lerner verabredet war.

Wie immer tönte auch jetzt harte Rockmusik aus der Wohnung neben Max' Appartement. Als Peter auf die Klingel drückte, sah er, daß im Sicherheitsschloß ein Schlüssel steckte. Da niemand auf sein Klingeln antwortete, nahm er an, das Max den Schlüssel draußen gelassen hatte, damit er jederzeit in die Wohnung konnte. Peter drehte den Schlüssel herum und stieß die Tür auf. Auf der Schwelle blieb er wie versteinert stehen. Max lag auf dem Läufer im Flur. Im grellen Neonlicht der Diele wirkte seine Haut durchsichtig und wächsern. Seine weit aufgerissenen Augen starrten ausdruckslos zur Decke. Sein Mund war geöffnet, als habe die Kugel, die ihn getötet hatte, einen Angstschrei erstickt. Aus einer Wunde in der Brust rann Blut. Am anderen Ende des Korridors rasselte eine Sicherheitskette, und ein Schlüssel wurde im Schloß herumgedreht. Peter trat schnell in die Wohnung und machte die Tür hastig hinter sich zu. Sein einziger Gedanke galt der Stimme, die auf sein Klingeln über die Sprechanlage geantwortet hatte. Der Lautsprecher hatte sie bis zur Unkenntlichkeit verzerrt. War Max erst getötet worden, nachdem Peter die Klingel gedrückt hatte, oder hatte sein Mörder kaltblütig durch die Sprechanlage geantwortet?

Peter kniete vorsichtig neben Max nieder und fühlte den Puls. Die Zigarre, die Max in der Hand gehalten hatte, war ihm entglitten und lag jetzt noch immer qualmend auf dem Teppich. Peter wollte gerade wieder aufstehen, als er sah, wie sich die Tür zum Wohnzimmer langsam öffnete. Zuerst nahm er nur ein Paar Schuhe und Hosenbeine wahr. Dann schweifte sein Blick höher. Er erkannte den leichten Regenmantel, den leger geschlungenen Schal und die behandschuhten Hände.

In der rechten Hand hielt Claude eine Pistole. Sie war auf Peter gerichtet.

»Claude! Was zum Teufel machst du denn hier?«

Claude senkte die Waffe. »Das erkläre ich dir später.«

»Nein, das will ich jetzt wissen!« verlangte Peter, dessen Angst sich in Wut verwandelt hatte. »Max ist tot!«

»Das weiß ich.«

»Was machst du dann ...«

»Das erkläre ich dir, wenn Talmadge hier ist.«

»Talmadge?« Peter stand auf. »Du hast die Polizei angerufen?« fragte er verblüfft.

»Selbstverständlich habe ich das getan. Großer Gott, Peter, du glaubst doch wohl nicht, daß ich mit dem Mord an Max etwas zu tun habe?«

»Was machst du dann hier mit einer Pistole in der Hand?«

»Die Waffe habe ich im Wohnzimmer gefunden. Als du dich unten durch die Sprechanlage gemeldet hast, habe ich deine Stimme nicht erkannt. Ich wußte nur, daß jemand zu Max wollte und ich mit einer Leiche in dieser Wohnung allein war.«

Unten auf der Straße ertönte die Sirene eines Streifenwagens. Talmadge hatte die Mordkommission unter der Leitung von Inspektor Holroyd mitgebracht. Nach einem kurzen Verhör, wurden Peter und Claude zusammen mit einem jungen Polizeibeamten in Max' Schlafzimmer verfrachtet, während Holroyds Team sich an die Arbeit machte. Erst als Wohnzimmer und Diele fotografiert und nach Fingerabdrücken durchsucht worden waren, wurden Peter und Claude erneut vernommen. Max' Leiche hatte man inzwischen aus der Diele entfernt.

»Sie hatten also eine Verabredung mit Mr. Lerner?« fragte Holroyd Peter. Holroyd war ein ungefähr fünfunddreißigjähriger Mann mit scharfen Gesichtszügen.

»Hatte Max Lerner diese Verabredung getroffen?« erkundigte sich Holroyd.

»Ja«, erwiderte Peter.

»Wann?« Holroyd setzte sich an den Tisch und zückte sein Notizbuch.

»Heute morgen. Er hat mich im Büro angerufen und gesagt, er wolle dringend mit mir sprechen. Daraufhin haben wir uns für acht Uhr abends in seiner Wohnung verabredet.«

»Und aus welchem Grund wollte er mit Ihnen reden?«

»Es ging um einen Mann namens George Delta«, erwiderte Peter mit einem Seitenblick auf Talmadge, der in einem Sessel saß und beide Brüder aufmerksam beobachtete.

»George Delta?« wiederholte Talmadge ruhig.

»Bist du sicher, daß Max Lerner diesen Namen genannt hat?« fragte Claude. »Wollte er mit dir wirklich über George Delta sprechen?«

»Ja, da bin ich ganz sicher.«

»Das scheint Sie wohl zu überraschen, Sir«, bemerkte Talmadge.

»Ja, das stimmt«, gab Claude zu. »Ich bin sogar sehr überrascht. Und das aus gutem Grund. Ich weiß nämlich zufällig, daß Max Lerner George Delta gewesen ist.«

Alle starrten Claude verblüfft an. Holroyd sagte gar nichts mehr. Offenbar fühlte er sich auf diesem Terrain fremd und überließ es Talmadge, mit der neuen Entwicklung fertig zu werden.

»Fahren Sie fort, Mr. Matty«, forderte Talmadge Claude auf. »Was wissen Sie sonst noch?«

Claude betrachtete nachdenklich seine Hände.

»Vielleicht sollte ich Ihnen zuerst mal erzählen, was mit einem italienischen Dirigenten geschehen ist, den ich gut gekannt habe«, begann Claude schließlich. »Enrico Mu-

ralto hat nämlich vor fünf Wochen in Stockholm Selbstmord begangen.«

Holroyd nickte. »Das habe ich in der Zeitung gelesen.«

»Muraltos Frau Eva ist eine gute Bekannte von mir. Wie alle anderen traf sie der Tod ihres Mannes völlig unerwartet. Allerdings kursierten zu diesem Zeitpunkt bereits Gerüchte, daß Enrico erpreßt wurde. Nach dem Tod des Dirigenten bin ich zwei oder drei Tage bei Eva geblieben, um ihr zu helfen, die Papiere ihres Mannes zu ordnen. Dabei sind wir auf das Foto gestoßen, das Enrico mit einem Unbekannten zeigt. Eva hatte den Mann noch nie zuvor gesehen.«

Claude sah von Holroyd zu Talmadge. Falls sich die beiden fragten, wie intim Claudes Bekanntschaft mit Eva Muralto war, zeigten sie es nicht.

»Fahren Sie fort, Mr. Matty!« forderte Talmadge Claude erneut auf.

»Vor drei Tagen bin ich kurzentschlossen nach Rom und zu Eva geflogen, um mir dieses Foto noch mal anzusehen.«

»Nach Rom?«

»Ja, Peter.« Claudes Blick schweifte von Peter zu Talmadge. »Heute morgen erst bin ich zurückgekommen. Und als erstes habe ich diese Telefonnummer hier angerufen.«

Claude deutete auf den Telefonapparat auf dem kleinen Ecktisch.

»Natürlich war Max Lerner zunächst überrascht, daß ihn ein Unbekannter anrief, aber als er erfuhr, daß ich Peters Bruder bin, wurde er neugierig. Ich sagte ihm, daß ich gerade auf dem Flughafen in London angekommen sei und ihn sofort sprechen wolle. Bei dieser Gelegenheit hat er mir erzählt, daß er mit Peter um acht Uhr in seiner Wohnung verabredet war.«

»Wann hat dieses Telefonat stattgefunden?« fragte Holroyd. »Kurz nach der Landung des Flugzeugs aus Rom. Um Viertel vor sieben.«

»Mr. Matty, dieses Gespräch könnte sehr wichtig sein. Geben Sie bitte die Unterhaltung so präzise wie möglich wieder«, forderte Talmadge ihn auf.

»Ich werd's versuchen, Inspektor«, seufzte Claude. »Auf Lerners Frage, weshalb ich ihn so dringend sprechen wolle, habe ich ganz offen geantwortet, daß ich gerade aus Rom käme und bei Mrs. Muralto gewesen sei.«

»Und wie hat er darauf reagiert?«

»Er war ganz offensichtlich ziemlich erschrocken, hat aber trotzdem geleugnet, den Namen zu kennen. Als ich ihm dann allerdings erzählt habe, daß ich ein Foto von ihm und Enrico Muralto besitze, konnte er diese Lüge natürlich nicht mehr aufrechterhalten.«

»Was hat er daraufhin gesagt?« wollte Talmadge wissen. »Er hat einfach gefragt: ›Was wollen Sie von mir?‹ Ich habe geantwortet, daß ich nicht sein Spiel spielen und ihn erpressen wolle. ›Ich habe Enrico nicht erpreßt‹, hat Lerner entgegnet. Nachdem ich ihn weiter unter Druck gesetzt hatte, sagte er schließlich: ›Ich habe gewisse Dinge über Enrico herausgefunden und diese Informationen weitergegeben. Aber ich habe ihn nicht erpreßt. Das schwöre ich.‹«

Talmadge und Holroyd tauschten einen Blick und lächelten flüchtig. Peter konnte sich lebhaft vorstellen, wie Max Lerner sich verteidigt hatte.

»Ich habe darauf entgegnet, daß ich über diesen feinen Unterschied ausführlicher mit ihm sprechen wolle«, fuhr Claude fort. »Schließlich hat er sich widerwillig bereit erklärt, mit mir zu reden. ›Ich wollte mich sowieso heute mit Ihrem Bruder unterhalten und bin den ganzen Abend zu Hause‹, lautete seine Antwort.«

»Um wieviel Uhr sind Sie hier in der Wohnung gewesen?« fragte Holroyd.

»Punkt zehn vor acht war ich unten vor dem Haus. Als auf mein Klingeln hin niemand in der Sprechanlage geantwortet hat, bin ich zur Wohnung hinaufgefahren. Die Tür war verschlossen und drinnen rührte sich nichts.«

»Haben Sie keine Geräusche aus der Wohnung gehört?«

»Nein. Im Nachbarappartement lief eine Stereoanlage auf voller Lautstärke. Ich wollte schon wieder gehen, als ich sah, daß auf dem Fußboden vor der Wohnungstür ein Schlüssel lag. Den Rest wissen Sie: Ich habe Lerner tot in der Diele liegend gefunden und sofort Scotland Yard benachrichtigt. Fünf Minuten später kam mein Bruder.«

»Ich verstehe. Danke, Sir.« Holroyds Stimme hatte einen gewissen, skeptischen Unterton. Er musterte Claude nachdenklich. »Und die Waffe? Wo haben Sie die Pistole her?«

»Das habe ich doch bereits gesagt. Sie lag auf dem Fußboden neben diesem Stuhl dort. Entweder hat man sie absichtlich zurückgelassen oder in der Eile verloren.«

»Eine interessante Theorie«, bemerkte Holroyd sarkastisch. »Es ist lediglich eine Vermutung«, entgegnete Claude.

»Sie hätten die Waffe nicht berühren dürfen, Sir«, warf Talmadge leicht vorwurfsvoll ein. »Ich bin nur froh, daß Sie wenigstens Handschuhe anhatten.«

»Ja«, stimmte Holroyd zu. »Ein Glück, daß Sie Handschuhe dabei hatten.«

»Ich trage fast immer Handschuhe«, erklärte Claude und musterte gelassen seine Hände. »Meine Hände sind schließlich mein Kapital.«

»Ich muß Sie trotzdem bitten, mit aufs Revier zu kommen, Sir. Wir brauchen Ihre Fingerabdrücke.«

»Selbstverständlich. Das verstehe ich.« Holroyd wandte sich an Peter.

»Das gilt auch für Sie, Sir.«

»Ich bin heute abend noch mit Mrs. du Salle verabredet«, sagte Peter zu Talmadge. »Ich möchte sie auf keinen Fall versetzen.«

Talmadge nickte schweigend, während sich Holroyd erneut an Claude wandte.

»Ist Ihnen beim Betreten der Wohnung, abgesehen von dem Toten, irgend etwas Ungewöhnliches aufgefallen?«

»Ja. Ich habe gehört, wie eine Tür zufiel, und bin sofort in die Küche gerannt. Die Hintertür war zu. Ich habe sie geöffnet, draußen jedoch niemanden gesehen.«

»Hm«, murmelte Holroyd.

»Allerdings glaube ich nicht, daß ich mich bezüglich dieses Geräuschs getäuscht habe«, fuhr Claude fort. »Die Hintertür hat eine Sicherheitskette. Und als ich in die Küche kam, bewegte sie sich noch.«

»Sie beobachten sehr genau, Mr. Matty«, bemerkte Holroyd sarkastisch.

»Kaum. Das wäre jedem aufgefallen.«

»Na gut, Mr. Matty. Sie haben also nach Ihrer Landung auf dem Flugplatz von London sofort Max Lerner angerufen. Was haben Sie denn gemacht, nachdem dieses Gespräch beendet war?«

»Das habe ich doch bereits gesagt. Ich habe ein Taxi genommen und bin sofort hierhergefahren.«

»Und Sie haben sonst mit niemandem telefoniert?«

»Nein.«

»Auch nicht mit Ihrem Bruder?« drängte Holroyd.

»Nein.«

»Warum eigentlich nicht? Das wäre doch naheliegend gewesen, oder?«

»Es war Viertel vor sieben«, entgegnete Claude. »Ich wußte, daß ich Peter um acht Uhr sowieso sehen würde, falls er die Verabredung mit Lerner einhielt.« Bisher hatte

Claude Holroyds zynische Fragen gelassen und selbstsicher ertragen, aber jetzt reichte es ihm offenbar. Er wandet sich an Talmadge. »Außerdem wollte ich zuerst mit Lerner sprechen und ihn wegen des Fotos zur Rede stellen.«

Peter kannte Claude gut genug, um zu wissen, daß er vor ihnen etwas verbarg. Die ausweichende Antwort auf Holroyds letzte Frage hatte das deutlich gezeigt.

In diesem Augenblick zog Claude einen unversiegelten einfachen Briefumschlag aus der Tasche und gab ihn Talmadge. Dieser nahm ein Foto heraus und betrachtete es eingehend. Claudes und Talmadges Blicke trafen sich. Schließlich steckte Talmadge das Foto wieder in den Umschlag zurück und schob diesen in die Brusttasche seines Jacketts.

14

Peter schüttete eine Handvoll Kaffeebohnen in die Kaffeemühle. Die schrillen Mahlgeräusche übertönten die sanfte Musik, die aus der Stereoanlage im Wohnzimmer tönte. Während die Kaffeemühle lief, nahm Peter zwei Likörgläser aus dem Schrank und stellte sie neben die Flasche Grand Marnier auf das Tablett. Er trug ein bequemes Hausjackett. In seine Freude auf Phyllis' Besuch mischten sich die nagenden Zweifel, die Claudes merkwürdiges Verhalten in Max Lerners Wohnung bei ihm hinterlassen hatten.

Als er die Kaffeemühle ausschaltete, hörte er Schritte in der Diele.

»Peter? Sind Sie da?«

Peter lief aus der Küche in den Korridor. In dem kleinen Vorraum stand Phyllis. Sie trug einen Pelzmantel und hatte ihr Haar aufgesteckt.

Er starrte sie einen Augenblick schweigend an. In ihrer Abendtoilette war sie attraktiver denn je.

»Sie sehen bezaubernd aus«, murmelte er.

»Ich habe geklingelt, aber niemand hat geantwortet. Ich war nicht sicher, ob Sie schon zu Hause sind.«

»Die Kaffeemühle lief, deshalb habe ich nichts gehört. Darf ich Ihnen den Mantel abnehmen?«

Peter hängte den Pelzmantel an die Garderobe. »Entschuldigen Sie, daß ich nicht gleich geöffnet habe, aber ich bin erst vor ein paar Minuten zurückgekommen und wollte schnell noch Kaffee kochen.«

»Was ist denn mit Ihnen los, Peter?« Phyllis beobach-

tete stirnrunzelnd seine nervösen Bewegungen. »Haben Sie Sorgen? Ist was passiert?«

»Ja. Aber zuerst trinken wir eine Tasse Kaffee.«

»Nein, ich möchte jetzt keinen Kaffee. Sagen Sie mir lieber, weshalb Sie so nervös sind. Was ist denn heute abend geschehen?«

Peter antwortete erst, als er Phyllis ins Wohnzimmer geführt hatte.

»Max Lerner ist tot. Er wurde ermordet.« Phyllis schlug entsetzt die Hand vor den Mund. »Wann?«

»Heute abend. Kurz bevor ich in seine Wohnung gekommen bin.«

»Soll ... soll das heißen, daß er tot war, als Sie ...«

»Ja. Er lag tot in der Diele. Man hat ihn erschossen.« Phyllis ging zum Kamin und starrte in den Spiegel, der dort über dem Sims hing.

»Das ist ja schrecklich«, flüsterte sie. »Es muß ein Schock für Sie gewesen sein. Hat die Polizei einen Verdacht, wer es gewesen sein könnte?«

»Das weiß ich nicht, Phyllis. Es ist schwer zu sagen ...«

Phyllis drehte sich ärgerlich zu ihm um.

»Die Polizei glaubt doch hoffentlich nicht, daß Sie etwas mit der Sache zu tun haben, oder?«

»Nein, vermutlich nicht, aber ...« Er schüttelte unglücklich den Kopf. »Mein Bruder ist ebenfalls zur Tatzeit in Lerners Wohnung gewesen. Offenbar hatte er mit Lerner telefoniert und sich ebenfalls mit ihm verabredet. Wenigstens behauptet Claude das.«

»Was soll das heißen ›er behauptet es‹?« fragte Phyllis überrascht. »Glauben Sie Ihrem Bruder denn nicht?«

»Ich weiß überhaupt nicht mehr, was ich glauben soll«, seufzte Peter. »Er hat der Polizei eine wirklich merkwürdige Geschichte erzählt. Es fällt mir schwer zu ... Ich weiß wirklich nicht, was ich davon halten soll, Phyllis.«

»Ist Ihr Bruder mit Max Lerner befreundet gewesen?«

»Nein.«

»Weshalb wollte er dann mit Lerner sprechen?« erkundigte sich Phyllis.

»Das ist eine gute Frage. Ich habe sie mir selbst schon gestellt.«

»Ich finde, wir sollten jetzt doch eine Tasse Kaffee trinken«, sagte Phyllis daraufhin mit einem Lächeln.

Peter ging in die kleine Küche, gab den gemahlenen Kaffee in die Filtertüte und schaltete die Kaffeemaschine ein.

Als er ins Wohnzimmer zurückkam, hatte Phyllis in einem Sessel Platz genommen und hängte die Handtasche gerade über die Lehne.

»Vor drei Tagen hat Claude mir erzählt, er müsse geschäftlich nach Schottland fahren. Jetzt kam raus, daß er statt dessen in Rom gewesen ist. Er hat dort eine Bekannte namens Mrs. Muralto besucht.«

»Mrs. Muralto?« wiederholte Phyllis scharf und sah Peter prüfend an.

»Ja. Haben Sie den Namen schon mal gehört?«

»Ich glaube, ja«, antwortete Phyllis gedehnt und starrte stirnrunzelnd auf den Teppich unter ihren Füßen. »Ist Mrs. Muraltos Mann nicht Enrico Muralto, der Dirigent gewesen, der Selbstmord begangen hat?«

»Ja, das ist richtig.«

In diesem Augenblick klingelte es zweimal kurz an der Haustür.

»Ich habe in der Zeitung darüber gelesen. Es ist, soviel ich mich erinnere, in Stockholm passiert.«

»Also, offenbar hat Claude …« Ärgerlich über die Störung stand Peter auf.

»Erwarten Sie noch Besuch?« fragte Phyllis.

»Nein, eigentlich nicht.« Peter schüttelte den Kopf.

»Entschuldigen Sie mich einen Moment«, murmelte er hastig, als es erneut klingelte.

Draußen vor der Wohnungstür stand Julian Talmadge. »Entschuldigen Sie, wenn ich störe, Mr. Matty«, begann er aalglatt wie immer. »Aber ich möchte noch einmal kurz mit Ihnen sprechen.«

»Natürlich, kommen Sie rein«, forderte Peter Talmadge auf und versuchte, nicht allzu unhöflich zu wirken.

»Danke.«

Talmadge nahm den Hut ab, als er in die kleine Diele trat. Peter machte keine Anstalten, ihn ins Wohnzimmer zu führen. »Mrs. du Salle ist bei mir«, bemerkte er lediglich.

»Oh, wenn ich das gewußt hätte, hätte ich Sie heute sicher nicht mehr belästigt.« Talmadge sah Peter zerknirscht an. »Ich hätte mich natürlich telefonisch anmelden müssen.«

»Schon gut, gehen Sie ruhig rein«, seufzte Peter schließlich resigniert.

Talmadge ging ins Wohnzimmer.

»Guten Abend, Mrs. du Salle«, begrüßte er Phyllis.

»Guten Abend.« Phyllis lächelte frostig.

»Tut mir leid, daß ich störe, Mr. Matty, aber die Angelegenheit ist wichtig.«

»Soll ich vielleicht lieber…« Phyllis wollte aufstehen, doch Talmadge machte eine abwehrende Geste.

»Nein, bitte bleiben Sie. Ich bin sicher, daß Mr. Matty Ihnen bereits erzählt hat, was heute abend passiert ist, oder?«

»Sie meinen den Mord an Lerner? Ja, das hat er.«

»Wir hatten gerade darüber gesprochen.«

»Haben Sie schon einen Verdacht, wer es gewesen sein könnte, Mr. Talmadge?« erkundigte sich Phyllis.

»Nein … noch nicht.« Talmadge wandte sich wieder an

Peter. »Allerdings haben wir inzwischen eine merkwürdige Entdeckung gemacht. Mr. Matty, haben Sie bei Ihrem Telefongespräch mit Mr. Lerner heute morgen definitiv gesagt, daß Sie am Abend zu ihm kommen wollten?«

»Ja, natürlich.«

»Sie haben an Ihrer Absicht keinen Zweifel gelassen?«

»Nein ... kaum. Ich habe mich für acht mit ihm verabredet. Weshalb fragen Sie?«

»Ganz offenbar hatte Mr. Lerner den Eindruck, daß Sie nicht zu ihm kommen würden«, erwiderte Talmadge betont langsam. »Aus diesem Grund hat er Ihnen einen Brief geschrieben.«

»Einen Brief?«

»Ja. Max Lerner hat heute vormittag ein Einschreiben an Ihre Privatadresse geschickt.« Talmadge zog einen Zettel aus der Tasche. »Den Abschnitt mit der Einlieferungsquittung haben wir in seiner Wohnung gefunden.«

»Aber ... aber was steht in diesem Brief?« fragte Peter verwirrt.

»Da bin ich überfragt, Mr. Matty.« Talmadge steckte den Abschnitt wieder ein. »Aber es würde mich doch sehr wundern, wenn er nicht sehr interessante Informationen enthielte.« Talmadge musterte Peter herablassend.

»Ich möchte Sie nur dringend bitten, den Brief nicht allein zu öffnen, sondern sofort Scotland Yard zu benachrichtigen, wenn Sie ihn erhalten.«

Nach einer unruhigen, schlaflosen Nacht stand Peter früh auf. Der vorausgegangene Abend hatte enttäuschend geendet. Peter war sicher, daß Phyllis nicht so viel Mühe auf Make-up und Kleidung verwendet hätte, wenn sie sich nichts aus ihm machen würde. Die Nachricht vom Mord an Max Lerner hatte jedoch von Anfang an einen Schatten auf ihr Zusammensein geworfen, und Talmadges unver-

hoffter Besuch hatte ihnen den Abend endgültig verdorben. Kurz nach Talmadge war auch Phyllis gegangen. Peter hoffte inständig, daß Phyllis eine erneute Einladung in seine Wohnung annehmen würde.

Normalerweise hätte er die Angelegenheit mit Claude besprochen, doch seit dem merkwürdigen Gespräch in Max Lerners Appartement, wurde Peter das Gefühl nicht los, daß der Bruder ihm etwas verheimlichte. Schon aus diesem Grund hatte Peter keine Einwände erhoben, als Claude ein Zimmer im ›Savoy‹ bezogen hatte. Außerdem hatte er mit Phyllis ungestört sein wollen. Die beiden Brüder hatten sich auf dem Polizeirevier voneinander verabschiedet, und Peter war nicht gewillt, den ersten versöhnlichen Schritt zu tun.

Kurz darauf klingelte das Telefon.

»Guten Morgen, Mr. Matty. Hier spricht Talmadge«, meldete sich der Beamte von Scotland Yard am anderen Ende.

»Tut mir leid, Mr. Talmadge, aber die Post ist noch nicht gekommen«, erklärte Peter prompt.

»Das weiß ich. Keine Sorge. Lange kann's nicht mehr dauern. Ist Ihr Bruder bei Ihnen?«

»Nein.«

»Erwarten Sie vielleicht seinen Besuch?« bohrte Talmadge weiter.

»Nein, in nächster Zeit wohl kaum.«

»Ich verstehe. Dann sind Sie also allein?«

»Natürlich«, antwortete Peter gereizt. »Dann setzen Sie sich bitte. Ich habe Ihnen einiges zu sagen.«

»Schon gut! Schießen Sie los.«

»Holen Sie sich einen Stuhl, Mr. Matty«, beharrte Talmadge. »Sie brauchen ihn.«

Fünf Minuten später legte Peter den Hörer langsam auf die Gabel. Er bedauerte nicht, auf Talmadges Rat hin die Information sitzend entgegengenommen zu haben. Die

Neuigkeiten, die Talmadge ihm mitgeteilt hatte, waren tatsächlich niederschmetternd. An der Tür läutete es Sturm. Peter konnte sich nur mühsam überwinden, aufzustehen und zu öffnen.

»Morgen, Sir«, begrüßte ihn der Briefbote freundlich. »Ich habe ein Einschreiben für Sie. Bitte unterschreiben Sie hier.«

Peter kritzelte hastig seinen Namen auf das Formular. Kurz darauf lief der Briefträger fröhlich pfeifend die Treppe wieder hinunter, und Peter schloß die Wohnungstür. Er warf einen Blick auf seine Uhr. Es war dreizehn Minuten nach acht.

Der große Briefumschlag, den er in der Hand hielt, wog schwer. Die Adresse war mit der Schreibmaschine geschrieben worden.

Peter kehrte mit dem Kuvert ins Wohnzimmer zurück. Dort ging er zum Getränkeschrank, dessen Schloß noch immer nicht repariert war, und goß sich einen doppelten Kognak ein, den er in einem Schluck trank. Der Alkohol, der brennend seine Kehle hinunterrann, hinterließ ein wohliges Gefühl.

Schließlich schaltete er das Radio ein und setzte sich mit dem Rücken zur Tür in seinen Lieblingsstuhl. Er ahnte, daß er nicht lange würde warten müssen. Den dikken Briefumschlag auf den Knien, beobachtete er die Zeiger seiner Uhr.

Peter hörte nicht, wie sie die Haustür öffnete. Erst ein leises Geräusch verriet ihm, daß sie bereits im Wohnzimmer stand. Er griff nach dem dicken Kuvert, stand auf und drehte sich um.

Sie trug einen glänzenden, schwarzen Regenmantel und hatte das Haar im Nacken zusammengebunden. Sie war ungeschminkt und hielt die schwarze Pistole in der Hand unverwandt auf seinen Magen gerichtet.

»Hallo, Phyllis«, sagte Peter gezwungen gelassen. »Ich habe Sie schon erwartet.«

Phyllis zog überrascht die Augenbrauen hoch. »Dann wissen Sie auch, weshalb ich gekommen bin. Geben Sie mir das Kuvert!«

»Das können Sie ruhig haben. Aber alles zu seiner Zeit«, entgegnete Peter. »Zuerst unterhalten wir uns.«

»Ich bin nicht hergekommen, um mit ihnen zu plaudern. Geben Sie mir den Brief!«

»Was ist in jener Nacht, als Ihr Mann verschwunden ist, wirklich passiert, Phyllis?« fragte Peter. Seine Stimme klang hart und bitter. »Hatte er die Wahrheit über Sie herausgefunden? Hatte er gemerkt, daß Sie seine Freunde erpreßten? Oder haben Sie das gemeinsam mit Norman besorgt?«

»Jetzt reicht's!« schnitt sie ihm gereizt das Wort ab. »Sie haben selbst gesehen, wie es Max ergangen ist. Geben Sie mir den Brief!«

Im Hintergrund spielte noch immer das Radio.

»Claude hatte von Anfang an das Gefühl, Sie zu kennen«, fuhr Peter ungerührt fort. »Deshalb ist er nach Rom geflogen. Er hatte dort ein Foto gesehen, das Sie zusammen mit Enrico Muralto und Max zeigte.«

Als Peter langsam um den Tisch herumging, folgte sie gespannt mit der Pistole jeder seiner Bewegungen.

»Sie glauben wohl nicht, daß ich ernst mache und die Waffe benutze, was?«

Es war erstaunlich, wie sehr sich ein Gesicht verändern konnte. Phyllis du Salle war noch immer eine schöne Frau, doch das Mädchen mit dem reizenden Lächeln, das ihn am Flugplatz von Genf bezaubert hatte, gab es nicht mehr. Ihre Augen musterten ihn hart und kalt. Was Peter jedoch am meisten beunruhigte, war die Angst, die er in ihnen las.

»Nach dem Tod von Linda Braithwaite und Max Lerner wäre ich dumm, wenn ich nicht glauben würde, daß Sie von der Waffe auch Gebrauch machen«, entgegnete er.

»Dann geben Sie mir endlich den Brief!« wiederholte Phyllis drohend und trat einen Schritt auf ihn zu. »Kommen Sie ja nicht näher.«

Peter streckte die Hand mit dem Kuvert aus. Phyllis entriß es ihm mit der Linken und klemmte den Umschlag hastig unter den rechten Arm. Dann griff sie in die Tasche ihres Regenmantels.

»Hier ist Ihr Wohnungsschlüssel. Ich wollte ihn eigentlich als Souvenir behalten, aber ich werde wohl kaum je wieder hierherkommen.«

Peter ließ sich durch den beinahe echten Ton des Bedauern in ihrer Stimme und das alte, bezaubernde Lächeln täuschen. Er streckte die Hand aus. Seine Finger berührten bereits den Schlüssel, als sie diesen fallen ließ. Peter bückte sich automatisch danach. In diesem Augenblick sauste der Pistolenkolben auf seinen Hinterkopf herab.

Phyllis handelte schnell. Sie steckte das Kuvert in den Regenmantel, knöpfte das Revers zu, riß das Telefonkabel aus der Wand, schraubte den Schalldämpfer von der Pistole und schob die Waffe in die eine und den Schalldämpfer in die andere Manteltasche. Dann verließ sie die Wohnung.

Auf dem Weg zum Lift und auf der Straße begegnete sie niemandem. Ihr roter Metro parkte in nur zwanzig Metern Entfernung am Straßenrand. Sie hatte ihn unverschlossen gelassen. Der Sloane Court wirkte öde und verlassen.

Im Wagen zögerte sie kurz, bevor sie den Zündschlüssel ins Schloß steckte. Die Versuchung nachzusehen, was das Kuvert enthielt, war zu groß. Sie riß den Umschlag auf und zog einen zusammengefalteten Stapel von DIN-A4-Seiten

heraus. Als sie sie aufschlug, stellte sie zu ihrem Entsetzen fest, daß es sich um leere, weiße Papierbogen handelte. Sofort war ihr klar, daß man sie hereingelegt hatte. Sie warf die nutzlosen Bogen auf den Beifahrersitz und ließ den Motor an.

Mit Vollgas raste sie in Richtung Royal Hospital Road davon. Fünfzig Meter vor der Kreuzung tauchte plötzlich ein Streifenwagen vor dem Metro auf und sperrte die Straße. Phyllis trat hart auf die Bremse. Zwei Polizisten in Uniform stiegen, gefolgt von einem hochgewachsenen Herrn in Zivil, aus dem Streifenwagen und sahen sie an.

Phyllis legte hastig den Rückwärtsgang ein, wendete und fuhr zurück. Dabei rammte sie beinahe einen Milchwagen. Sie hatte fast das Ende der Straße erreicht, als ein zweiter Streifenwagen um die Ecke bog und auch diesen Fluchtweg sperrte. Phyllis wußte, daß sie in der Falle saß, und hielt an.

Holroyd und seine beiden Beamten kamen gemächlich auf den roten Metro zu. Im Rückspiegel sah Phyllis, wie Talmadge aus dem zweiten Streifenwagen stieg.

Talmadge war zwar kein Feigling, doch sein Magen krampfte sich nervös zusammen, als er sich langsam dem roten Metro näherte. Er wußte, daß Phyllis bereits zwei Menschen umgebracht hatte und sich jetzt endgültig in die Enge getrieben fühlen mußte. Sie war sicher bewaffnet.

Der Mann von Scotland Yard war noch knapp zwanzig Meter vom roten Metro entfernt, als die Tür geöffnet wurde und Phyllis ausstieg. Obwohl er die Pistole in ihrer Hand sah, setzte Talmadge seinen Weg ungerührt fort. Phyllis hob die Waffe. Ohne den Blick von ihr zu wenden, ging Talmadge weiter.

Er hatte den roten Metro schon fast erreicht, als Phyllis sich den Pistolenlauf in den Mund schob.

»Nein!« schrie Talmadge und begann zu rennen.

Es war zu spät. Phyllis drückte ah. Der Schuß hallte vielfach von den Häuserwänden wider. Talmadges Bakkenmuskeln zuckten, als er auf die schrecklich entstellte Gestalt auf dem Pflaster hinabsah.

Claude saß auf einem Poller am Kai von Poole Harbour. Es war ein warmer, sonniger Nachmittag, und er lauschte zufrieden der Geräuschkulisse des kleinen Hafens. Der Urlaub war bald zu Ende. Sein Agent hatte ihn dazu überredet, in der darauffolgenden Woche ein Konzert in Monaco zu geben.

Das Schlagen einer Autotür riß ihn aus seinen Träumereien. Er drehte sich um. Am Straßenrand parkte ein Rover der Polizei. Julian Talmadge war eben ausgestiegen und kam auf Claude zu. »Hallo, Mr. Matty«, begrüßte Talmadge ihn freundlich. Sie schüttelten sich die Hand.

»Nett, daß Sie gekommen sind.« Claude massierte sich nach dem kräftigen Händedruck Talmadges die schmerzenden Finger.

»Sie sehen erholt aus«, bemerkte Talmadge. »Wie geht es Ihrem Bruder?«

»Körperlich ist er fit ... aber seelisch ... Na, kein Mann mag es, wenn man ihn zum Narren hält.«

Sie schlenderten Seite an Seite zu Peters Yacht hinüber. »Wem sagen Sie das«, murmelte Talmadge seufzend. »Ich habe mich bei dieser Angelegenheit auch nicht gerade mit Ruhm bekleckert.«

»Das würde ich nicht sagen.«

»Oh, doch. Im Gegensatz zu meiner Kollegin Linda Braithwaite, habe ich mich von Mrs. du Salle viel zu sehr beeindrucken lassen. Ich weiß wirklich nicht, was passiert wäre, wenn Sie sie nicht erkannt hätten.«

»Dabei bin ich mir meiner Sache zuerst ganz und gar

nicht sicher gewesen«, gestand Claude. »Erst als Sie Evas Foto vergrößern ließen, bestand kein Zweifel mehr.«

»Ich bin Ihnen für Ihre Hilfe sehr dankbar. In den letzten Tagen hatte ich übrigens ständig Kontakt zu meinen Kollegen in Marseille. Sie haben Phyllis du Salles Geschichte nie geglaubt. Es stimmt zwar, daß Norman du Salle leidenschaftlich Puppen aus aller Welt gesammelt hat, aber die Franzosen hatten immer den Verdacht, daß das Ehepaar sich wegen ganz anderer Dinge gestritten hatte.«

»Sie meinen also, daß Phyllis die Geschichte von der Puppe in ihrem Badezimmer erfunden hatte, um den Verdacht von sich abzulenken?«

»Ja. Und mit demselben Trick hat sie auch hier gearbeitet. Kurz nachdem Mrs. Braithwaite ermordet worden war, hat sie auch eine Puppe ins Badezimmer Ihres Bruders geschmuggelt.«

»Aber wie ist sie in seine Wohnung gekommen?« warf Claude ein.

»Mr. Matty, für Leute vom Schlage Phyllis du Salles ist es kein Problem, in eine Wohnung einzubrechen. Außerdem wissen wir, daß Mrs. Galloway, die Zugehfrau, zuvor ihre Handtasche verloren hatte. Die Polizei hat sie gefunden und ihr zurückgebracht. Natürlich fehlte nichts, aber inzwischen konnte Mrs. du Salle einen Wachsabdruck vom Schlüssel machen.«

»Ich verstehe. Wie sind Sie nur darauf gekommen, daß Phyllis die Puppe in Peters Wohnung gebracht hatte?« erkundigte sich Claude neugierig.

»Ich will mich nicht mit fremden Federn schmücken, Mr. Matty«, gestand Talmadge lächelnd. »Das habe ich nämlich von Mortimer Brown erfahren.«

Claude blieb abrupt stehen. »Von Mortimer Brown?«

»Ja, wir konnten Brown gestern in Belfast schnappen.«

»Und er hat gestanden?«

»Es blieb ihm praktisch nichts anderes übrig, Mr. Matty.« Talmadge lächelte zufrieden. »Schließlich ist er des Mordes an Mrs. Cassidy angeklagt.«

Talmadge und Claude fanden Peter in der Kajüte. Nach dem heftigen Schlag, den Phyllis ihm mit dem Revolverknauf versetzt hatte, hatte der Arzt ihm strenge Ruhe verordnet. Peter sah blaß und müde aus. Talmadge erzählte ihm das, was er bereits Claude berichtet hatte.

»Dann ist Phyllis also praktisch die Hauptakteurin in dieser ganzen Geschichte gewesen?« fragte Peter, als Talmadge geendet hatte.

Talmadge nickte. »Nach dem Tod ihres Mannes hat sie sozusagen die Macht übernommen. Sie hatte natürlich schon seit einiger Zeit eng mit Norman du Salle zusammengearbeitet und kannte die meisten Kontaktpersonen, die Mr. du Salle regelmäßig mit Informationen und Fotos versorgt hatten.«

»Sie meinen Menschen wie Max Lerner und Mortimer Brown?«

»Ja, und nicht zu vergessen Sir Arnold Wyatts Schwiegersohn.« Talmadge nahm dankbar die Tasse Kaffee, die Claude ihm gebracht hatte und trank einen Schluck. »Ich weiß nicht, ob Sie das gemerkt haben, Mr. Matty, aber Phyllis du Salle hat auch versucht, etwas über Sie in Erfahrung zu bringen.«

»Über mich?«

»Natürlich. Deshalb wurde Ihre Wohnung durchsucht.« Peter schüttelte verwirrt den Kopf. »Was ich noch immer nicht begreife, ist, weshalb das Foto von Phyllis du Salle im Schaufenster von Mortimer Browns Geschäft gestanden hat.«

»Phyllis war Brown nie persönlich begegnet und wollte sichergehen, daß er bereit war, mit ihr zusammenzuarbeiten«, erwiderte Talmadge. Norman du Salle hatte in der

Vergangenheit häufig Probleme mit Mortimer Brown gehabt. Das Foto im Schaufenster bedeutete allerdings, daß er durchaus an weiteren Kontakten zu Phyllis interessiert war. Sobald sie das Bild gesehen hatte, rief sie ihn an und verabredete sich mit ihm.«

»Und Brown hat Phyllis' Foto dann einfach wieder gegen das Bild ausgetauscht, das ursprünglich im Schaufenster ausgestellt war?«

»Richtig.« Talmadge nickte. »Unglücklicherweise ist ausgerechnet Mrs. Cassidy im Fotoladen gewesen, als Phyllis anrief, und hat einen Teil des Gesprächs mitangehört. Obwohl Brown sie davor gewarnt hatte, hat sie sich schließlich doch entschlossen, Ihnen davon zu erzählen. Das Ende der Geschichte kennen Sie ja bereits.«

Peter betrachtete Talmadge nachdenklich. Für ihn waren noch viele Fragen unbeantwortet geblieben, doch er war längst nicht mehr sicher, ob er wirklich alles wissen wollte.

»Es tut mir leid, daß Max in diese Sache verwickelt war«, murmelte er. »Ich weiß, daß er eigentlich kein schlechter Mensch gewesen ist... Wir haben uns ganz gern gemocht ...«

»Mr. Lerners Problem war, daß er wohl irgendwann den Boden unter den Füßen verloren hat«, seufzte Talmadge.

»Warum, glauben Sie, wollte er mich an jenem Abend, an dem er ermordet worden ist, sprechen?« erkundigte sich Peter. »Ich nehme an, daß er das Land verlassen und Ihnen vorher noch reinen Wein einschenken wollte. Natürlich gegen Barzahlung, Mr. Matty.«

»Ja, da können Sie recht haben.« Peter lachte traurig. »Ich weiß nicht, wie es euch geht, aber ich könnte jetzt einen anständigen Drink vertragen.«

Peter stand auf, holte eine Flasche Kognak aus einem Spind. Talmadge und Claude sahen sich lächelnd an. Der

Beamte von Scotland Yard und Claude waren jeder auf seine Art zufrieden: Talmadge, weil er seinen Fall gelöst hatte, und Claude, weil Peter sich vom Schock der vergangenen Tage langsam zu erholen schien. Peter stellte eine Flasche Remy Martin und drei Gläser auf den Tisch.

»Wissen Sie, was Sie jetzt brauchen?« sagte Talmadge zu Peter, als dieser die Flasche entkorkte. »Sie brauchen Urlaub.«

»Ich bin ganz Ihrer Meinung«, stimmte Claude energisch zu. »Ich gebe Ende des Monats in Monte Carlo ein Konzert und versuche Peter schon die ganze Zeit dazu zu überreden, mich zu begleiten.«

»Schade, daß mich niemand zu überreden versucht, mit Ihnen nach Monte Carlo zu reisen«, seufzte Talmadge grinsend und hob sein Glas. »Prost!«

Der Ford Granada mit Chauffeur hielt vor der Abflughalle des Londoner Flughafens. Der Fahrer sprang heraus und öffnete die Tür zum Fond des Wagens für seine beiden Passagiere. Claude und Peter trugen Regenmäntel über der leichten Sommerkleidung.

Claude machte einem der Gepäckträger ein Zeichen und paßte auf, während ihr Gepäck aus dem Auto auf den Gepäckwagen verladen wurde. Peter wartete auf dem Gehsteig. In der Hand hielt er den Aktenkoffer mit Claudes Partituren.

Inzwischen hatte ein Taxi hinter dem Ford Granada angehalten. Peter beobachtete interessiert, wie eine hübsche junge Frau ausstieg. Offenbar war sie der Meinung, keinen Gepäckträger zu brauchen, doch als sie alle ihre Habseligkeiten aus dem Wagen geholt hatte, hatte sie keine Hand mehr frei. Bei dem Versuch, gleichzeitig einen kleinen Reisekoffer, die Handtasche und einen Blumenstrauß festzuhalten, während sie in ihrer Handtasche nach dem

Geld kramte, um den Taxichauffeur zu bezahlen, wäre ihr die Handtasche beinahe aus der Hand gefallen.

Sie hielt sie im letzten Augenblick fest, ließ dabei jedoch den Blumenstrauß los. Als nächstes fielen die Zeitschriften, die sie unter den Arm geklemmt hatte, zu Boden.

Peter eilte ihr zu Hilfe. Die hübsche Unbekannte lächelte dankbar, als Peter die Zeitschriften aufsammelte. Er erwiderte ihr Lächeln. In diesem Augenblick packte Claude ihn schweigend mit festem Griff am Arm, nahm ihm den Blumenstrauß aus der Hand, überreichte ihn der jungen Frau und schob Peter dann wortlos durch die Glastür in die Abflughalle.

Ende